Florent Lenhardt

# PAX EUROPÆ

## 1 – Certitudes

ISBN 978-952-7164-03-7

« *Concitoyens des États-Unis d'Europe,*

*Permettez-moi de vous donner ce nom, car la république européenne fédérale est fondée en droit, en attendant qu'elle soit fondée en fait. Vous existez, donc elle existe. Vous la constatez par votre union qui ébauche l'unité. Vous êtes le commencement du grand avenir.* »

Victor Hugo, 4 septembre 1869


« *Le jeune d'aujourd'hui, lorsqu'il s'éveille à lui-même, à la conscience, à la pensée, se retrouve dans une forêt de cadavres debout.* »

Merab Mamardachvili

# DÉPLOIEMENT (MOUVEMENT 0)

## Prologue

21 juin 2033. Berlin.

Dans le ciel gris et terne de la capitale des États-Unis d'Europe, le bourdonnement incessant des hélicoptères de presse semblait les prémices d'un orage à venir. La pluie tombait finement sur la colonne de véhicules de sécurité qui se faufilait à travers la grande masse de gens venus assister à l'arrivée des ministres. La liesse populaire ne se laissait pas encore entacher par des manifestants hostiles, bien que le Parti Défédératiste Européen tentât depuis des semaines de mobiliser les opposants dans un bras de fer constant avec les autorités, toujours aux franges de la loi. Michael Kith, chroniqueur au *Federal Post Journal* en faisait ses choux gras. Et le moins qu'on puisse dire c'était que ces derniers mois étaient devenus beaucoup plus intéressants pour un homme comme lui. Le pouce prêt à enclencher son microphone, il scrutait l'arrivée des officiels.

Des Commandos du Maintien de l'Ordre retenaient fermement la meute de journalistes qui se pressait contre les barrières. Un murmure parcourut soudain la foule : une voiture blindée s'arrêtait au pied de l'immense bâtiment de l'Assemblée. Il se transforma vite en brouhaha quand le ministre de l'Intérieur Edmund Trovich sortit du véhicule pour se diriger vers les marches massives du perron, encadré par son service de sécurité. Kith se fraya un chemin à coups d'épaules et de jurons et tendit son bras au-delà des barrières en espérant parvenir à enregistrer les réponses à ses questions.

« Monsieur le ministre ! Votre cote de popularité explose depuis vos déclarations hostiles à l'égard de la Russie

1

Indépendante, comptez-vous réellement agir dans les prochaines semaines ? lança-t-il à la volée. »

Un type le repoussa vivement et un micro jaillit d'on ne sait où.

« Le terrorisme slaviste n'est-il pas plus urgent que les divergences avec le président Tukerov ? »

Le ministre, grand et athlétique, ne se contenta pas du sourire de rigueur adressé aux photographes, il se retourna lentement et tonna fortement pour s'assurer d'être entendu :

« La Russie Indépendante et la Slavie ne sont pas deux problèmes distincts ! Les Russes facilitent – voire encouragent – les actions terroristes des Slavistes. Je compte bien régler le problème une bonne fois pour toutes.

— Vous voulez parler de notre nouvelle technologie militaire ? Sera-t-elle utilisée sur le terrain en cas d'intervention ?

— Vous le saurez bien assez tôt, répondit le politicien avec un sourire en coin. »

Michael n'en avait pas raté une miette, et à ces mots, une pensée lui traversa l'esprit : il devait enregistrer le ministre de la Défense et de la Guerre ! Interview croisée pour article sensationnel ! Il se tordit le cou pour voir l'élu conduit par ses gardes du corps sur les premières marches. Ses récentes attaques verbales contre la Russie avaient su emporter l'adhésion des Européens, offrant à Trovich une popularité exceptionnelle, mais cette verve accusatrice faisait flotter la menace d'un attentat sur l'assistance. À vrai dire, beaucoup de photographes espéraient secrètement voir cette perspective se réaliser, rêvant du cliché qui les rendrait célèbres...

« Monsieur le ministre, pourquoi est-ce vous qui devez annoncer des mesures militaires ? N'est-ce pas le rôle du... »

Sombre idiot, songea Michael en soupirant. Où ces demeurés avaient-ils eu leur diplôme de journalisme ? En temps normal c'est le ministre de la Défense et de la Guerre qui aurait du faire un discours sur cette technologie révolutionnaire flambant neuve. Mais il paraissait évident que c'était uniquement pour ménager les esprits agités des défédératistes que le ministère de l'Intérieur s'en chargeait. Le Président avait préféré un représentant n'ayant pas de lien direct avec l'Eurocorps. L'image était un atout essentiel lorsqu'on rassemblait tant de peuples sous la même bannière... Michael en connaissait un rayon, et pour cause...

Le ministre monta quelques marches de l'Assemblée ministérielle. Il sentait certainement la pression, entendait les cris, car il se tourna afin de faire face à ses concitoyens et de les saluer de son meilleur profil.

*Oui, ça donnera très bien dans la presse,* ricanait Michael intérieurement, *pourquoi ne pas poser un peu, hein, Edmund ? Les élections approchent, donne-toi une chance !*

Trovich fit mine de se retourner vers le bâtiment, mais une main retint son mouvement. Un de ses gardes du corps lui retenait le bras. Les sourcils froncés il sembla exprimer une certaine contrariété.

« Qu'est-ce qui vous arrive ? entendit Kith de son oreille de journaliste aguerri. Vous allez retarder le timing ! »

Le garde du corps ne cilla même pas et glissa sa main dans sa veste avec une lenteur angoissante. La foule n'en crut pas ses yeux, et alors que des jappements se faisaient déjà entendre, le crépitement des flashs déclencha aussitôt un orage médiatique. Les autres hommes de la sécurité, trompés par les cris fouillaient désespérément la foule du regard pour déceler la menace.

« Edmund Trovich, né Youriteski Petrovic. Tu as quitté la mère patrie. »

Le politicien fut pétrifié de terreur. La masse se mit à hurler et plongea la scène dans le chaos. Bousculé, Kith faillit ne pas voir l'homme dégainer un revolver. Le cœur battant, il eut à peine le réflexe de tendre son microphone au-dessus de la vague humaine.

« Aujourd'hui, le traître paye. »

Edmund tenta de se dégager pour trouver de l'aide, le regard paniqué. Désespéré. Mais il y eut une détonation, puis deux, puis trois, puis une véritable rafale. Le sang avait giclé et souillé les marches illustres, c'est tout ce que le journaliste eut le temps de voir dans la mêlée. L'assassin criblé de balles s'affala en arrière, tandis que Trovich tombait dans les bras d'un garde du corps. Les CMO repoussaient déjà les spectateurs... C'était tout pour aujourd'hui.

Hambourg, plusieurs heures plus tard.

S'il se trouvait bien une chose qu'une nuit hambourgeoise avait à offrir, c'était la garantie de trouver des bars jusqu'à pas d'heure et des ennuis pour tous, sans avoir à chercher très loin. Les pubs, clubs et autres *Bierstuben* restaient ouverts bien après que les premiers lève-tôt soient déjà partis travailler, voire ne fermaient jamais, au point que le monde de la restauration et de la fête faisait officiellement les trois-huit. C'était toléré par la loi, et peu s'en privaient.

La clientèle variait au fil de la soirée, son âge décroissant quand ses revenus augmentaient sensiblement. Passé minuit et demi il n'y avait bien souvent que des jeunes qui noyaient leurs quotidiens dans de l'alcool scandaleusement surtarifé et de la musique trop forte et des moins jeunes qui tentaient de s'intégrer sans succès à cette masse insouciante. À ce petit microcosme nocturne typique des grandes villes européennes, il y avait une exception de taille. Les militaires en permission.

Lorsqu'ils ne portaient pas l'uniforme – ce que certains faisaient en dépit du règlement afin d'impressionner la gent féminine – on ne pouvait pas les rater pour autant : coupe de cheveux à la brosse ou carrément rasée, larges épaules roulées exagérément au moment de passer la porte de l'établissement, et le parler fort, pour marquer l'entrée et se faire bien remarquer de tous. La plupart du temps, les fanfaronnades en restaient là, surtout car la majorité des soldats étaient des appelés du Service Obligatoire, pas des machines de guerre, et que tout le monde le savait bien. Les civils toléraient la chose en soupirant, après tout, un peu de frime n'avait jamais tué personne. Sauf quand, l'alcool aidant, militaires ou civils finissaient par traverser la ligne rouge.

« On ne devrait pas être là. »

Assis sur le tabouret du bar, Grégory Mertti observait son ami par-dessus le bock de bière qu'il maintenait à portée de lèvres. Ses yeux noisette en profitèrent pour s'assurer que le groupe de jeunes qui les dévisageait depuis vingt bonnes minutes n'avait pas cessé de se concerter. La situation était classique : Un bar plein de potentiels défédaristes, qui fêtaient à mots couverts l'assassinat d'un ministre qu'ils ne se lassaient probablement pas de voir et revoir se faire trouer le costard à la télé, une soirée joyeuse donc, et bien arrosée. Et deux militaires isolés. Bref, ça allait bientôt cartonner.

« Matti nous laissera rentrer, t'inquiète, l'assura son camarade avec un sourire en coin. Si notre chef de chambrée bien-aimé ne nous attrape pas en flag, y a pas de danger.

— Je te parle pas de notre escapade, répliqua Greg en désignant de la tête le groupe qui se tapissait dans un box derrière eux, mais des défés qui pullulent par ici... »

À ces mots, l'autre agita ses sourcils d'un air taquin en guise d'avertissement. Et le sang de Grégory ne fit qu'un tour.

« Une bande de punks ! s'esclaffa alors son ami en bondissant de son tabouret. Où ça ? »

*Oh non...*

C'était le signal, le top départ. Greg avait pourtant été très clair : faire le mur malgré l'alerte pour s'amuser un peu, oui. Chercher les embrouilles, non. Il n'avait rien contre un peu d'action, loin s'en fallait, mais il s'était finalement lassé des chamailleries de brasserie. Son camarade Cyril Engström, lui, n'avait toujours pas compris la futilité de la chose apparemment... Ce dernier se tenait maintenant debout, légèrement chancelant sous l'effet de ses schnaps, un rictus de défi sur sa figure pâle, presque poupine. Un visage d'ange qui attirait généralement les filles comme des mouches avec du miel. Malheureusement pour elles, et au grand dam de l'Italien, ce soir le Danois préférait une autre forme de virilité.

« Où ça ? répétait-il en se tournant ostensiblement vers les clients les plus hostiles. Tu dois te tromper, Greg, y a pas de parasite ici, seulement des tire-au-flanc. »

Et la petite pique aux *civies* au passage. Comme ça, si les défédératistes ne mordaient pas à l'hameçon, les pacifistes qui avaient préféré le Service Civil Européen normalement réservé aux femmes se sentiraient *peut-être* insultés. Et *peut-être*, avec un peu de chance, les deux groupes concernés joindraient leurs forces pour un peu plus de sport. Grégory roula les yeux au plafond en inspirant profondément. Pourquoi est-ce que Cyril devait toujours en faire trop et gâcher toutes leurs escapades nocturnes ?

« Hé, blondinette, si tu tiens pas l'alcool faut pas sortir de ta machine à laver le cerveau. »

La voix avait jailli d'un des groupes les plus denses. Cinq types penchés autour d'une table, dans une alcôve improvisée par deux paravents design, vêtements passe-partout, mais l'un d'eux portant une boucle d'oreille en forme de croix. Défés, clairement. Engström se tourna vers eux et leur révéla ses dents parfaites avec un sourire de prédateur. Ses yeux couleur de menthe se plissèrent malicieusement, mais Greg avait remarqué qu'il était déjà moins assuré dans ses gestes qu'à l'habitude. Il avait trop bu, et ça n'annonçait rien de bon pour la suite… En partant de sa Région Italienne natale pour l'Eurocorps, il s'était séparé de quelques amis à la descente facile avec, presque, un certain soulagement. Parce qu'à cause d'eux il s'était trouvé dans bien trop de situations similaires à celle-ci. S'il ne s'était pas agi de Cyril, Mertti se serait volontiers éclipsé, lui laissant le soin de se sortir tout seul de ce pétrin. Mais Cyril était… *Cyril*. Avec tout ce que cela impliquait.

« Laver le cerveau, ha, ha ! lança Engström à la cantonade. Me dit le mec qui croit encore en Dieu ! »

Crispations autour de la table, une main sur un bras, des murmures de dissuasion. Grégory se prit à espérer que les défés en resteraient là s'il parvenait à entraîner son ami hors de ce guêpier. Certes, son ami lui en voudrait pendant quelques jours comme l'ado de dix-neuf ans qu'il était. Mais ça vaudrait mieux qu'un blâme pour avoir été sauvé in extremis par la Police Militaire.

« OK, ça suffit, dit-il en abandonnant son bock sur le comptoir. On se casse. »

Il se leva et saisit le bras de son camarade dans le même mouvement, d'une main ferme mais amicale. Main qui fut repoussée d'une convulsion du bras. Non, son ami danois n'avait pas l'intention d'en rester là. Cette fois l'agacement commençait à dominer l'inquiétude chez Grégory. Ce n'était pas du tout le moment pour les pitreries « à la Engström » qui les avaient rendus trop célèbres au goût de leur chef de chambrée.

« Cyril, on se barre, *maintenant*.

— Oh, ça va, les shambalas ne se sont même pas encore levés !

— Maintenant ! »

Le ton dur était celui du commandement, le genre de ton que Cyril n'appréciait pas après trop de verres. Plus question d'obéir, au contraire. Le jeune homme lui jeta un rictus à la face, amusement mêlé de provocation, avant de marcher vers les défédératistes.

« Et merde », jura l'Italien en soupirant à nouveau.

Le rapport de police parla d'insultes et de crachats suivis de claques, coups de poing et ruades. La vérité comportait plus de pieds et de chaises. Grégory tenta d'abord de s'interposer entre un Cyril rendu goguenard par le schnaps et des civils fous furieux, puis un coup de coude sous le menton le projeta un moment hors de la mêlée. Lorsqu'il parvint à se ressaisir, son camarade ne riait plus. Trois contre un et des verres projetés au visage. Sa première pensée fut qu'il l'avait bien cherché, et l'envie de se faufiler en douce hors du bar revint fugacement, avant que l'appel de l'amitié ne l'emporte sur la raison. Après tout, Cyril était l'un des seuls amis qu'il était parvenu à se faire depuis qu'il avait quitté Barletta, l'un des rares qui ne l'avaient pas gratifié du cliché de voleur dès la première rencontre et qui savait raconter autre chose que ses exploits sexuels et sa passion pour les sports automobiles. Engström, en fin de compte, était l'un des seuls qui semblait avoir quelque chose à dire. Quand cette tête de mule ne s'obstinait pas à chercher les emmerdes en état d'ébriété !

Saisissant un tabouret, Greg se fraya un passage à grands moulinets qui envoyèrent valser agresseurs – agressés ? – et tables. Le personnel appelait déjà la police, plus ou moins discrètement histoire de ne pas attirer les foudres des hooligans qui dévastaient l'établissement, tandis que les autres clients se tenaient à distance, mais pas trop. Hors de question de rater le spectacle. Certains filmaient même la scène avec leurs tablettes téléphoniques et l'envoyaient en direct sur les réseaux sociaux. Mais Mertti s'en moquait, il faisait trop sombre pour que qui que ce soit le reconnaisse un jour en visionnant ce genre de vidéo sur Euronet, et la musique trop forte couvrirait les éclats de voix. La dernière des choses dont il avait besoin était de recevoir un coup de fil de sa petite amie lui demandant si c'était bien lui qu'elle avait vu en train de fracasser le mobilier d'un bouge hambourgeois. Après tous les efforts qu'il avait entrepris afin de paraître plus mature que ses dix-sept ans, bonjour la honte… Dire que c'était Cyril le plus vieux *et* le moins adulte des deux !

« Tu peux te lever ? » lui beugla-t-il en maintenant leurs adversaires à distance avec son tabouret.

Un croassement suivi d'une quinte de toux lui répondit. Engström, plié en deux sur le sol, cracha une glaire de sang et de salive et tenta de sourire avec bravade, sans succès. D'une main lourde, il s'appuya sur une banquette souillée et se redressa en grognant. Son crâne coupé par des éclats de verre saignait beaucoup, mais Greg ne s'en fit pas. Il avait vu ça assez souvent pour ne plus s'inquiéter.

« Alors ? attaqua-t-il en profitant d'avoir l'avantage moral. C'était vraiment nécessaire, grande gueule ?

— Si tu m'avais aidé dès le début », rétorqua son camarade.

Les défédératistes s'étaient ressaisis à leur tour et brandissaient des chaises et des bocks à bières, armes improvisées mais redoutables. L'un d'eux tenta plusieurs feintes avant de se lancer sur Cyril, sentant une proie plus facile. Mais Engström l'évita comme un acrobate et Greg lui asséna un violent coup de tabouret dans le dos qui envoya le pauvre bougre au tapis.

« C'est ma faute maintenant ? Monsieur fait les conneries et je dois trinquer avec, trop facile !

— T'as fait le mur aussi, que je sache, je t'ai pas forcé !

— Je te parle pas de ça, répliqua Greg piqué au vif d'être ramené à sa culpabilité dans l'escapade nocturne, mais de *ça* ! »

Leurs opposants avaient compris qu'ils devraient déborder leurs adversaires et s'apprêtaient à charger en groupe sur les deux soldats quand une voix forte tonna dans le bar :

« Police Militaire ! On ne bouge plus ! »

Le visage de Greg se figea et pâlit. Cette fois c'était cuit. La PM qui les embarquait, ça voulait dire blâme, probablement du trou, et après avoir quitté la caserne durant une alerte, un procès pour désertion ? Il se maudit mille fois de s'être laissé tenter. Cyril l'avait baratiné, bien sûr, on sort et on rentre, ni vu ni connu, avant que la sécurité ne soit trop parano et que la joie des pubs leur soit définitivement interdite. Son pote Matti le Finn leur garantirait un passage discret, aucun souci. Il aurait dû savoir que son ami ne pourrait pas s'en tenir là, qu'il en voudrait plus et qu'il gâcherait tout. Comme toujours.

Il tourna la tête en direction du militaire qui apparut en pleine lumière en uniforme de l'Eurocorps. Il s'attendait à voir débarquer un sous-officier en tenue réglementaire mais reconnut très vite la coupe de l'infanterie. Ce type n'était pas un PM. Et pour cause ! Les sourcils broussailleux, les yeux gris et une moue réprobatrice vissée aux lèvres : leur chef de chambrée. Greg faillit soupirer de soulagement mais comprit qu'il risquait de compromettre le bluff. Ce bon vieux Erwin était venu les sortir de la mouise, inutile de saborder son effet.

« Vous deux, lança le faux policier en brandissant un bâton électrique. Suivez-moi, vous connaissez la procédure. »

Engström venait de comprendre, lui aussi, et fit mine de protester – un peu trop exagérément peut-être. Ils s'aidèrent l'un l'autre à se diriger vers la sortie pendant que leur sauveur toisait les défédératistes en se contentant de lâcher les excuses d'usage. Le barman n'osa pas réclamer face à face quelque dédommagement que ce soit – il irait se plaindre auprès du commandant de la caserne ou pire, dans le *Bulletin Régional*. Lorsque la porte claqua derrière eux, la musique jouait toujours trop fort.

Dehors, l'air frais et humide fut comme une claque pour les deux bagarreurs. Ils marchèrent d'un pas rapide sous les lampadaires, le long des trottoirs encombrés de déchets plastiques de cannettes vides. Au loin, d'ailleurs, brillait déjà le gyrophare orange de la balayeuse de nuit qui nettoyait inlassablement la ville des traces de l'incivilité quotidienne, comme on se débarrasserait méthodiquement d'une preuve à charge avant la venue de l'aube. La rue serait propre au petit matin.

Ils finirent par dépasser le véhicule dans un silence de honte, évitant à peine les projections d'eau des brosses automatiques. Grégory ruminait encore la scène si amèrement qu'il ignora l'eau savonneuse comme on accepte une punition. Aucun des deux coupables n'osait dire quoi que ce soit à Erwin, leur chef de chambrée, et peut-être plus que cela. Cyril tout autant que Greg espéraient en faire un véritable ami, mais ils ne cessaient de lui apporter ce genre d'ennuis et pour Mertti, c'était chaque fois comme s'il s'éloignait de cette relation privilégiée à laquelle il aspirait tant.

« Vous savez ce qui se passerait si ça se savait ? » demanda finalement Erwin alors qu'ils arrivaient à proximité des murs d'enceinte de la Caserne d'Unités d'Assaut de Hambourg.

Silence.

« Vous direz merci à Balder d'avoir vendu la mèche, continua-t-il sans se soucier d'obtenir une réponse. Au moins un gamin de ma chambrée qui a un minimum de sens des responsabilités. »

Et une louche de plus, bien amère. Les deux soldats ne pouvaient détacher le regard de leurs rangers souillées.

« Ah, Cyril, tu diras merci à ton camarade Matti de m'avoir prêté ceci moyennant ma discrétion, ajouta-t-il en lui passant le bâton électrique sous le nez. Je me serais mal vu dégainer illégalement mon pistolet dans un bar plein de civils pour sauver deux déserteurs alcooliques. »

Le savon habituel, bien chargé, un peu exagéré mais mérité, était comme toujours de cette petite phrase anodine qui voulait pourtant tout dire. Pour venir les sortir du pétrin, Erwin avait fait le mur lui aussi. Il aurait pu se contenter de faire son devoir de chef, dénoncer leur escapade et mettre en branle la procédure standard de la PM. Mais non, pas Erwin. Il s'était compromis pour limiter la casse, au risque de finir comme eux, au trou. Une bruine fine et froide se mit à tomber du ciel rendu orange par la pollution lumineuse, à la fois libératrice et oppressante. Tout comme ce sentiment de s'endetter plus encore auprès de leur camarade.

« Je devrais vous en mettre une dose, tiens ! Mais je crois que vous en avez assez pris pour cette nuit… On en reparlera quand vous serez sobres. »

# Chapitre 1

23 juin 2033. Région Allemande. Caserne de Hambourg.

L'été européen était semblable à tous les précédents : Giboulées, averses, grisaille. Erwin Helm remonta le col de sa veste trempée. Sous la pluie battante, il traversa la place d'armes vide. Une heure auparavant, cinq cents soldats se tenaient au garde-à-vous sous le déluge, attendant docilement qu'on les appelle pour embarquer à bord de dix hélicoptères cargos, ces monstres à deux rotors.

Avec ses cheveux brun-clair tirant sur le blond et son visage sérieux aux sourcils en bataille, Helm n'avait rien du physique d'un parfait petit soldat, du moins le voyait-il ainsi. Assez mince, il évoquait plutôt un employé de bureau d'une quelconque entreprise européenne, anonyme. Seul son regard perçant trahissait sa véritable personnalité, vive, mais contenue. Dans la vie, mieux valait ne pas en montrer trop.

*Il faut toujours garder quelques cartes retournées.*

Des mâts ruisselants pendaient plusieurs drapeaux des États-Unis d'Europe, la Rose des Vents encerclée de douze étoiles d'or sur un fond bleu nuit. Le jeune homme leur adressa un regard compatissant, comme si quelque part ces bannières gorgées d'eau traduisaient la situation actuelle du pays : une superpuissance boursouflée qui n'avait d'autre perspective que de pendre lourdement en espérant revoir du beau temps un jour. En un mot que l'européos avait su judicieusement emprunter au portugais, la *Saudade* européenne.

D'ailleurs, Erwin venait juste d'apprendre la nouvelle élévation du niveau d'alerte, ce qui expliquait pourquoi la moitié de la garnison se trouvait déjà en route vers une base intermédiaire, du côté de la mer Noire. Ç'aurait été mentir de dire qu'il n'avait pas soupiré de soulagement en découvrant l'absence de son nom sur la liste des partants, mais l'ennui guettait dans cette caserne. Le climat odieux, les entraînements répétitifs, les alertes… Accélérant le pas pour échapper aux caprices du temps, il atteignit enfin le bâtiment du secrétariat et poussa la porte dans son élan. Le hall plein de militaires était tellement bondé qu'il eut du mal à s'égoutter en s'ébrouant. Il se brossa l'eau des cheveux et s'empressa de se rendre du côté du bureau de la Poste Fédérale.

Le jeune soldat traversa le couloir grouillant d'hommes pressés en tentant de se faufiler entre les cigarettes, les gobelets de café fumants et les journaux grand ouverts. Tous portaient l'uniforme de façon plus ou moins réglementaire, des vestes béantes révélaient des chemises hors saison. L'agitation palpable avait quelque chose d'enivrant, chacun cherchait à se renseigner sur le même sujet, les mêmes mots étaient sur toutes les lèvres. Si l'heure n'avait pas été aussi grave, un tel remue-ménage pour une simple rumeur aurait fait ricaner le jeune homme. Ses « camarades » étaient toujours aussi crédules, prompts à prendre pour argent comptant n'importe quelle déclaration sur Euromédia. Des moutons.

Il brusqua un soldat plongé dans sa lecture d'un magazine et n'eut pas le temps de dire quoi que ce soit : le type était déjà reparti en marmonnant quelque chose, sans même lever les yeux. Difficile de savoir ce qui perturba le plus le jeune homme : qu'il n'ait pas eu l'occasion de s'excuser ou que l'autre n'ait pas pris la peine de le regarder, comme s'il n'existait pas. Cette impression pesante de n'être personne dans cette masse continua de le travailler jusqu'à ce qu'il ne repère enfin celui qu'il cherchait.

« Watson ! »

Il tenta d'appeler le postier de la section à travers le hall. Évidemment, avec le brouhaha ambiant, ce dernier n'entendit strictement rien. Le jeune soldat attrapa un mouchoir en papier d'une boîte traînant sur un comptoir et s'essuya le visage encore ruisselant.

« Eh, Watson ! »

Il se fraya un passage à travers la foule aux vêtements bleus et atteignit enfin le postier. Après une brève mais ferme poignée de main, ils se décalèrent afin de libérer le passage à tous ceux qui traversaient hâtivement le couloir. S'accoudant à un extincteur, Helm prit une pose détendue.

« Salut. Quelque chose pour moi ? »

Le sourire de son ami s'élargit. Watson Ó Broin était un homme bon vivant originaire de la Région Galloise, mais son embonpoint actuel était trompeur : En son temps, il avait servi dans le Service Postal des *Europex* – Eurocorps en Opérations Extérieures. Pour ce qu'en savait Erwin, son camarade avait connu dans sa jeunesse des affectations bien mieux payées dans les communications. Jusqu'à ce que *quelque chose* le fasse soudain muter à des postes plus discrets, un *quelque chose* que Watson était venu lui raconter, un beau jour, et qui avait rendu un grand service au jeune soldat. Mais comme l'accent du gallois et les mots en dialecte écorchait l'européos qu'il ne pratiquait que de mauvaise grâce, Erwin avait du mal à rester sérieux en sa compagnie, même avec les *choses* qui se tramaient. La plupart du temps, Ó Broin parlait tout simplement anglais afin que tout le monde saisisse au moins « le sens général de son propos ». Après tout, l'européos n'en était qu'un vague dérivé, et Erwin ne comprenait toujours pas pourquoi les politiciens de la période du Millenium Crash s'étaient arc-boutés à cette idée de langue nouvelle et unificatrice… Un délire de plus dans leur lubie européenne, peut-être ? Ou bien avaient-ils pensé que, pour pallier aux rayonnages vides et aux rues enflammées, une langue commune saurait combler les ventres creux des citoyens ? Un slogan célèbre de l'époque, que tout écolier de la fédération se devait d'avoir vu au moins une fois dans ses livres d'Histoire, disait : *Partageons plus que la monnaie*. Erwin n'était pas persuadé que les manifestants songeaient à l'européos en brandissant ces panneaux, et il se félicitait souvent de ne pas avoir connu la Crise de 2006, ses privations, sa violence… et l'*europhorie* qui avait suivi. Non pas qu'il rejetât l'Europe Unie, bien au contraire, mais tout avait été fait dans la précipitation, sans réel respect des…

« Arrivé ce matin, dit-il en hochant de la tête. Hé, tu m'écoutes ?

— Oui, oui ! s'excusa le jeune homme, un peu penaud. Arrivé ce matin, hein ? »

Cette affirmation aurait pu paraître anodine, mais ces derniers temps, avec les récents évènements, les visioconférences privées par Euronet avaient été suspendues et le contact avec l'extérieur se faisait désormais par e-mail et courrier papier, lesquels n'étaient bien souvent envoyés et distribués qu'après avoir été soigneusement lus et expurgés, et pouvaient mettre une bonne semaine avant de parvenir à leur destinataire. Les services de sécurité ne lésinaient pas sur le zèle en ce moment, car pour le nouveau plan de l'État-major, rien ne devait filtrer hors de la caserne. Tout était tellement surveillé qu'Erwin en soupirait régulièrement de dépit. C'était comme un mauvais film sur la guerre froide, les faux accents russes en moins.

« Au soldat Erwin Helm, de la part du Haut Commandement Suprême, voyez-vous ça !

— Oh ! Ça va, épargne-moi la cérémonie officielle, sourit Erwin en se saisissant du paquet.

Watson répondit par une moue malicieuse et paternelle.

— Et je dois te le remettre en mains propres, continua-t-il avec un accent pompeux exagéré. Un petit autographe sur ma tablette s'il te plaît. Et donne ça à ton pote Mertti. »

Il prit l'enveloppe et ses doigts humides firent baver l'encre de l'adresse. Helm retourna le pli et vit qu'il était expédié de Barletta par une certaine Sidonie A.

« Ça va lui remonter le moral, acquiesça Erwin en hochant sombrement de la tête. À cause de ce qui se passe en ce moment... Tu as vu les images, toi ?

— Le raid de représailles ? Non, ça passera tout à l'heure sur Euromédia... »

Erwin soupesa le paquet et sourit ironiquement.

« Si ça se trouve, dans trois jours, je serai abattu par un sniper russe dans une région paumée pour la plus grande gloire des États-Unis d'Europe... D'ailleurs ils me l'envoient justement maintenant pour cette raison, probablement. Ils espèrent que j'y reste, ils pensent peut-être que j'arrêterai mes recherches après avoir reçu ça... En tout cas ils se foutent bien de ma gueule ! Ils me la donnent comme un souvenir de vacances... Tiens, d'ailleurs ça irait très bien sur une cheminée, qu'est-ce que t'en penses ?

— Fallait s'attendre à ce qu'il n'y ait pas cérémonie, tempéra Ó Broin avec un pauvre sourire. Ils n'aiment pas tes questions, sans compter le harcèlement postal que tu leur fais subir et tes recours juridiques... à leur place j'en aurais marre aussi ! plaisanta son ami avec un rire spontané. Pourtant ils te la donnent, ajouta-t-il, c'est déjà un début de réhabilitation, non ?

— C'est pas ce truc qui va m'empêcher de fouiller... grogna le jeune homme. Ils veulent m'acheter.

— N'exagère pas, calma Watson. Et puis, ils auraient pu ne rien t'envoyer, hein ! C'est un début, tu dois être sur la bonne voie... Je sais que c'est dur, j'ai fait tout ce que je pouvais pour t'aider... avec les conséquences que tu connais.

— Oui, répondit chaleureusement Erwin. Tu en as fait beaucoup, je ne te remercierai jamais assez...

— J'aurais aimé pouvoir faire plus, regretta-t-il. Mais tu finiras peut-être par y arriver. »

Erwin marmonna quelque chose, mais préféra en revenir aux activités récentes. Il lui fallait détourner le sujet s'il ne voulait pas déverser sur le pauvre bougre toute son amertume.

« L'idée du raid de représailles à un point aussi flou de la frontière me froisse un peu. C'est vrai, ça pourrait passer pour une agression contre la Slavie, la frontière est tellement proche. Et comme elle fluctue presque chaque jour, c'est un risque énorme que prend l'État-major… »

Le regard du postier changea du tout au tout. Les petites rides malicieuses disparurent et ses traits se durcirent.

« Trovich avait annoncé la couleur… Deux pays, un seul problème. »

Remarquant ce durcissement de ton, il sembla se reprendre presque aussitôt, un peu gêné.

« Mais ce n'est que passager, ajouta-t-il en faisant mine de balayer cette idée de la main. À mon avis, on en entendra plus parler dans deux mois. Ils expliqueront que la seule cible était la Russie, et tout le monde la bouclera, satisfait de la réponse… Comme d'habitude, en somme, et ça fait 20 ans que ça dure.

— Ça va péter, argua soudain un soldat en passant, je vous le dis. S'ils ont utilisé la Technologie Furie… »

L'homme repartit comme il était venu, ne laissant derrière lui qu'un petit silence embarrassé. En effet, personne ne savait réellement ce qu'était la Technologie Furie, si ce n'était qu'il avait fallu sept ans pour la mettre au point. Elle utilisait la forme sphérique, officiellement pour allier aérodynamisme – ce qui n'avait aucun sens et attisait donc les curiosités – et esthétisme. L'armement, paraît-il, n'avait aucune équivalence avec celui des avions de chasse ou des hélicoptères de combat actuels. On entrait dans une nouvelle ère technologique, le vrai XXIème siècle.

« Pas la peine de s'angoisser. J'ai reçu des nouvelles de la campagne, et elles sont très bonnes.

— Il y a encore moins d'une heure, le Président des E.U.E. en personne a annoncé la mise en place du plan Furie. Tu sais ce que ça veut dire ? Mise en place des nouvelles technologies de combat, utilisation de toutes les ressources disponibles pour le Ministère de la Défense et de la Guerre. Mobilisation de toutes les troupes dormantes et des appelés pour les 5 ans… J'appelle ça de l'embrigadement, moi.

— S'il le faut, répéta mécaniquement Watson comme une leçon. Tant qu'il y a une menace, il faut rester en alerte.

— Mais nous entrons en guerre ! Ce n'est pas le rétablissement pacifique d'une région instable, cette fois, c'est plus que cela !

— Non, contredit durement Ó Broin. Nous nous plaçons en état d'alerte. Le plan Furie n'implique pas que les troupes partent contre l'ennemi sur un front qui n'existe même pas. Ce n'est que préventif, et dans trois mois, quatre au plus, le plan Furie passera aux oubliettes. Dis-toi que c'est une simple manœuvre, et puis finalement, ce n'est qu'un raid, pas une campagne à long terme. Maintenant, excuse-moi, mais j'ai du boulot ! »

Le Gallois le salua du chef et s'empressa de retourner à sa tâche, abandonnant Erwin dans ses pensées. Le jeune soldat avait l'impression très nette qu'il avait braqué son vieux camarade avec ce qui passait probablement pour de la paranoïa, et cette sensation de n'avoir que ces sujets à la bouche au risque de devenir imbuvable provoqua un élan de tristesse, presque de culpabilité.

« Désolé… » murmura-t-il dans le vide.


À peine fut-il entré dans la chambrée que les commentaires allant bon train se mêlèrent au son de la télévision pour faire bourdonner ses oreilles. Lentement, Helm referma la porte et comprit sans encore le voir que les trois personnes occupant la pièce débattaient de ce qui se disait en continu sur la chaîne d'informations Euromédia. C'était une ambiance familière à laquelle il s'était facilement attaché. Certes, il y avait les inconvénients d'avoir la responsabilité de trois larrons infernaux, et donc de payer les pots cassés en conseil de discipline, mais il y avait aussi le reste. Il avait *ça*.

« Encore Euromédia… Vous croyez vraiment que vous allez découvrir ce qui se prépare en regardant la télé ? »

Debout au milieu de la pièce, il balaya les couchettes de son regard dit du « faucon » pour saluer ses camarades. Grégory, Cyril et Balder, avachis sur les lits au carré, se regardèrent d'un drôle d'air, comme si son intervention avait quelque chose de cocasse. Cette sensation de ridicule devint vite insupportable. Il déposa son colis et la lettre sur son bureau, ôta sa veste détrempée puis passa dans la minuscule salle de bain pour se sécher cheveux et visage.

« Bah en fait, commença à expliquer Cyril Engström avec un sourire taquin, ils sont toujours super informés sur Euromédia, quand ils disent quelque chose, c'est que c'est vrai, alors qu'ici, personne ne sait ce qui est vrai ou pas… »

Y avait-il une pointe d'ironie ? Helm l'espérait. Et connaissant le gaillard c'était fort probable. Il avait le don presque inné de repérer chez ses interlocuteurs les sujets de conversations qui fâchaient. Et quel camp choisir pour garantir un effet dévastateur. Un talent qu'il mettait un peu trop souvent à profit. D'ailleurs, Engström se sentit obligé d'ajouter d'une voix mielleuse :

« Quoi, tu préfères Euronews ? »

Soupir exaspéré dans la salle de bain.

« On discutait des Indépendants, Erwin », expliqua Grégory comme pour tenter de relever le niveau.

L'actualité était un sujet de débat sans fin au sein de la chambrée, et les Indépendants un parfait sujet de division. Alors que le Millenium Crash avait provoqué des unions d'États un peu partout dans le monde, certains pays n'avaient rallié aucune alliance de grande envergure, que ce soit celle de l'Europe, de l'Amérique, de l'Afrique ou d'Asie. Faute d'être utile aux yeux de ces puissances, faute de ressources, faute de volonté politique, faute de guerre… Ou faute de « talent » comme le prétendait Cyril, qui était persuadé que les États qui ne s'en étaient pas tirés aussi bien que l'Europe le méritaient et ne pouvaient s'en prendre qu'à eux-mêmes. « Pas de panache, pas de succès », lâchait-il régulièrement face à l'écran. Certains s'en étaient pourtant mieux sortis que Cyril ne voulait bien l'admettre, et avaient tiré leur épingle du jeu en créant de petites coalitions comme l'Océanie ou la Grande Inde qui, à vrai dire, n'était plus *du tout* une puissance mineure. Quant aux autres… Du point de vue strictement politique les grands blocs avaient une fâcheuse tendance à oublier complètement leur présence lors des sommets. Greg trouvait cette attitude scandaleuse, Cyril ne comprenait même pas qu'il se pose la question de ces pays-là. Balder, leur compagnon de chambre, attendait silencieusement le bon moment pour jouer les arbitres sans avoir d'opinion bien arrêtée, jugeant Cyril trop européiste et Greg trop naïf. Forcément, dans cette situation, les insultes fusaient, le ton montait, on s'agitait un peu et Erwin devait les calmer. La routine.

« Non, trancha d'ailleurs Helm en coupant le son de la télévision. Vous brailliez à propos des Indépendants. Une nuance notable qui distingue une fois de plus notre chambrée de celle d'en face, tranquille, propre et silencieuse, comme à son habitude. Et c'est ainsi dans tout le couloir sauf ici. Vous vous êtes fait suffisamment remarquer la fois passée. »

Il y eut un silence et des regards. Le ton était net et autoritaire.

« Et puis pour ta vision très utopique d'Euromédia, je te conseille d'ouvrir le dictionnaire entre les mots propadiène et propagateur au terme « propagande ».

— Il connaît le dico par cœur, fit un des trois.

— Il l'a préparée longtemps à l'avance, répondit Cyril en souriant. Faudrait que je fasse pareil avec le mot « ironie », tiens, ça ferait une belle réplique. »

Le regard du chef de chambrée fut tout à coup attiré par des chaussettes sur les échelons d'un lit superposé, une poubelle plein à ras bord et des bottes dans un état à cent lieues du réglementaire.

« C'est une porcherie, ici ! lança brusquement Erwin. Le commandant peut passer d'un moment à l'autre et vous serez sanctionnés ! (Il se figea pour mimer une intense réflexion) Non... *Je* serai sanctionné ! On est en état d'alerte depuis ce matin. Ça veut dire capacité à se mettre en uniforme et à sortir de la pièce en moins de 3 minutes. Est-ce le cas ?

— Ouais, commença Engström pour tenter de renverser la balance, mais ils sont beaucoup plus sévères avec nous... On est beaucoup plus inspectés que les autres chambrées ! »

Erwin grimaça et se tourna vers lui, contenant son échauffement. S'il y avait bien une chose qu'il ne supportait pas d'entendre, c'était bien ce genre d'âneries... Il aurait cru qu'après l'affaire du bar Cyril aurait enfin décidé de faire profil bas. Apparemment, il avait sous-estimé le larron.

« Tu m'étonnes ! s'emporta-t-il alors sans retenue. Tu as vu dans quel état je vous ai ramassés ? Quand la police a débarqué chez le commandant pour tirer cette étrange affaire au clair, devine qui il a suspecté dans la seconde ? S'ils n'avaient pas eu peur d'un scandale de plus...

— Si on a plus le droit de s'amuser un peu...

— Arrête la mauvaise foi, s'il te plaît ! rétorqua Erwin en pointant sur lui un doigt accusateur. On est en état d'alerte dormante depuis six mois, et depuis ce matin en état d'alerte permanente ! On ne peut tout simplement plus se permettre de faire les zouaves ! »

Le blanc qui suivit fut éloquent, et Helm n'entendant pas le traditionnel murmure du genre « Mais qui utilise encore ce mot-là ? », n'insista pas pour cette fois et se détendit rapidement.

« Tiens, Greg, cette lettre est pour toi. »

Trop heureux d'entrevoir une porte de sortie à cette remontrance embarrassante, Grégory Mertti s'empressa d'ouvrir sa lettre, déchirant l'enveloppe sans ménagement.

Des nouvelles de sa Région, et de sa Sidonie… Son cœur s'emballait et bien vite ses yeux dévorèrent avec passion les lignes manuscrites. Le silence dura trop longtemps et pendant que leur ami lisait sur sa couchette, Cyril et Balder s'accordèrent à changer de sujet. Erwin attendit que tous soient occupés et s'installa à son bureau, puis saisit son couteau. Avec patience et méthode, il ouvrit enfin son colis. Il fallait qu'il se concentre sur autre chose que la crise en cours. Sinon, il allait faire une dépression…

Lorsqu'ils remarquèrent ce que faisait Erwin, chacun observa discrètement le déballage du paquet. Cyril, Greg, et Marc « Balder » Dean se tenaient derrière Erwin et se redressaient lentement pour observer le contenu du paquet.

« Vous croyez sans doute que je ne vous vois pas. »

Brusquement, les trois hommes trouvèrent une occupation : Cyril vérifia l'ampoule de sa table de chevet, Balder ôta une toile d'araignée imaginaire, tandis que Greg reprenait son courrier du début après une première lecture trop impatiente…Avec un sourire, et sans quitter son colis des yeux, Erwin songea à leur cacher le contenu même après qu'il l'eut sorti du carton. Il souleva lentement la languette et saisit un morceau de métal. Il le dégagea doucement et lui apparut alors une boîte métallique semblable à un étui à cigarettes. Sur le couvercle battant était gravée la bannière européenne, les douze étoiles représentant l'union économique encerclant en son sein une rose des vents, symbole des horizons multiples des États européens réunis en un seul élément. Dans son dos, les trois compères attendaient avec impatience, et une discrétion des plus maladroites.

Contre toute attente, Erwin glissa l'étui dans son tiroir qu'il referma à clef. Puis la clef disparut dans la poche de poitrine de sa veste de treillis bleu sombre sur laquelle était brodé le blason de l'Eurocorps.

« Quoi ? exulta Balder. Tu ne l'ouvres même pas ? »

Bien qu'originaire des côtes anglaises, Marc ne faisait

guère honneur au flegme légendaire de sa Région. Il avait même tendance à être caractériel, ce qui avait causé quelques tensions lors de son arrivée dans la chambrée. Pourtant, entre les farces de Cyril et le pessimisme mêlé de feint sérieux de Greg, ses humeurs bougonnes avaient trouvé leur place assez naturellement, et s'étaient même atténuées. Son impulsivité, elle, n'était en rien entamée. C'était ce que Helm aimait le plus chez son ami : il ne ratait jamais une occasion de s'indigner. Dommage que ce ne soit seulement pour des futilités…

« Je l'ouvrirai, déclara malicieusement Erwin, quand vous arrêterez de loucher par-dessus mon épaule. »

Ils ronchonnèrent, presque par réflexe et prirent des mines de persécutés.

« C'est très désagréable », rajouta Erwin en haussant la voix pour être sûr d'être entendu.

Cyril remonta le son de la télévision lorsqu'il eut vérifié que Greg avait fini de lire sa lettre, mais prit bien garde à ne pas le pousser trop, des fois qu'Erwin ait encore quelques remontrances dans son sac. Des images d'une base européenne située dans le Sud étaient agrémentées d'un commentaire tonitruant, sans doute un discours du Ministre de la Défense et de la Guerre. Des paroles de harangue, glorifiant la nouvelle Technologie Furie des États-Unis d'Europe. Tous se tournèrent pour prêter attention au reportage qui résuma la situation actuelle à grand renfort d'images d'archives et de voix off dramatique.

Depuis des années déjà, peut-être même depuis le Millenium Crash, les Indépendants se querellaient avec les Unions d'États, allant parfois jusqu'à des escarmouches, notamment ce désaccord pakistanais entre Iran et Grande Inde devenu quasiment le feuilleton du journal de 20 heures. Mais depuis les trois derniers mois, le ton était monté plus que de raison en Russie et en Slavie. La frontière n'avait cessé de fluctuer. Le différend ? Une montagne artificielle qui avait été conçue en des temps obscurs pour servir de zone tampon. Aujourd'hui, le Mouvement Slaviste tentait de revendiquer cette ligne immense en terre et béton comme leur, et la Russie sautait sur l'occasion pour tenter de renverser les préfectures européennes du secteur. Désirant éviter un véritable conflit, les États-Unis d'Europe s'étaient contentés de repousser les attaques. Mais la frontière entre E.U.E., Russie indépendante et Slavie ne semblait plus pouvoir séparer les trois belligérants, bien que la Montagne – ou le Mur – s'étende de l'Oural à la mer Morte. Et deux jours auparavant, le Ministre de l'Intérieur européen, Edmund Trovich, avait été assassiné par un illuminé russe. Tout ce qu'il fallait pour créer une bombe.

Alors que le documentaire finissait plus ou moins subtilement sur cette note théâtrale, le présentateur réapparut et prit un ton grave. Il demanda solennellement aux parents de dissimuler les images prochaines à leurs enfants. Ces images étaient récentes et d'une « rare violence » - commentaire qui arracha un ricanement à Cyril qui souligna l'abondance de « rare violence » sur Euromédia. Le drapeau des États-Unis d'Europe apparut alors quelques secondes à l'écran, accompagné de l'hymne à la joie de Beethoven, puis les images défilèrent.

Erwin et ses camarades observèrent une vingtaine de sphères qui traversaient le ciel sombre et pluvieux en vrombissant. Une bande sombre à l'avant, deux réacteurs sur les côtés desquels partaient deux ailes obliques, plongeant vers le sol. Et au bout de chaque aile, une batterie de missiles air-sol-air. Aussi étranges qu'elles soient, et aussi mauvais que soit l'angle de prise de vue, elles leur semblaient familières.

« Alors c'est ça, une Furie…

— C'est gros, mais je demande à voir leur maniabilité, répondit Cyril d'un ton distant. Une boule qui vole ? Ça n'a pas de sens ! »

Soudain, la caméra zooma et dézooma sur les engins en

plein vol et filma les canons principaux crachant des salves très rapides dont on ne distinguait que des pointillés d'une luminosité intense. L'effet dramatique obtenu mit fin aux commentaires. Les balles frappèrent finalement l'arpent de la Montagne, remuant la boue dans d'effroyables explosions parallèles. Aussitôt le bruit intense des rafales fut alors couvert par celui des boules de gaz avalant tout sur leur passage. Les réacteurs propulsèrent les engins sphériques au-delà des premiers points d'impact, et les appareils disparurent momentanément dans les volutes de fumée noire. Soudainement, à un kilomètre en avant, une batterie antiaérienne cracha des salves encore plus intenses. Le ciel fut alors strié de bandes lumineuses. Un festival de son, de lumière, et de feu.

« La vache, elles cartonnent sec ! » s'extasia Cyril les yeux grands ouverts.

Erwin fixait l'écran avec un certain malaise. Cette démonstration était bien théorique, que donnerait le même assaut sur une base avec des *hommes* ?

En quelques secondes, la batterie atteignit un appareil qui s'embrasa lentement, perdant de l'altitude pour s'écraser finalement dans une explosion assourdissante. En un instant toutes les Furies se déployèrent et louvoyèrent entre les tirs comme des rapaces ! Dans la chambrée de Hambourg, les quatre spectateurs furent bluffés par les mouvements fluides et improbables de ces bulles de métal. Comment était-ce seulement possible ? Leurs missiles fusaient droit vers une dizaine de batteries qui se mettaient en action. Elles furent désintégrées et laissèrent derrière elles d'énormes cratères. Des canons rugirent du côté des défenses, leurs obus vrillaient le ciel de tous côtés, déchirant les nuages, éclairant les cieux de plomb tels des éclairs durant un orage lointain. Mais le vacarme du tonnerre, lui, était horriblement proche à travers les enceintes intégrées à l'écran plat.

« Bon sang ! Vous avez vu ça ? » s'exclama Greg en se

redressant sur sa couchette, les yeux écarquillés.

Des missiles vinrent s'écraser sur les canons antiaériens et une ligne d'explosion se dessina le long de l'alignement de bunkers qui sembla jaillir du sol soudainement. On ne voyait qu'une quinzaine de sphères dans le champ de la caméra qui formaient deux arcs de cercle pour se replier vers les lignes arrière.

« Déjà fini ? »

Non, le spectacle n'était pas terminé. Dès que le cadre de la caméra quitta les Furies d'Assaut il se braqua sur deux sphères plus grandes que les précédentes ! Sur leur dos se dressait un cylindre ressemblant à un réacteur. Deux ailes parfaitement droites partaient de la sphère pour finir par deux boules d'un gris mat. Balder commenta le calibre énorme des deux réacteurs qui saillaient à l'arrière, et l'impossibilité théorique de ce monstre de voler, mais les images parlaient mieux que lui. Ils semblaient plus lents et beaucoup moins agiles, et pourtant ils flottaient bien dans les airs. Et aux vues de l'assurance du vol des pilotes, ce ne devait pas être un souci. Les canons adverses crachèrent la mort dans leur direction, mais les sphères n'étaient pas encore tout à fait à portée. Elles semblaient d'ailleurs être exactement où il fallait.

« Qu'est-ce qu'ils attendent ? » s'impatienta Cyril.

Les monstres de métal s'immobilisèrent en hauteur et restèrent ainsi quelques secondes durant lesquelles la chambrée retint son souffle. Les canons antiaériens s'étaient tus, la vidéo semblait baigner dans un silence surréaliste et inquiétant. Le spectacle qui s'offrait aux yeux était effrayant lui aussi. Des cratères avaient transformé la plaine en paysage lunaire. Partout, des colonnes de fumée noire s'élevaient lentement et silencieusement vers le ciel. La pluie battait le sol remué, et diminuait la visibilité du reportage.

« Quel temps pourri, se plaignit Balder, on n'y voit presque plus rien ! »

D'un seul coup, de chaque engin sphérique, une rafale de missiles s'élança des cylindres qui se trouvaient sur leur dos. Il s'agissait visiblement d'un lance-missiles, contenant à vue de nez une soixantaine de têtes, peut-être plus. Tous filèrent en direction des bunkers et une lumière intense s'éveilla à chaque impact. On aurait cru un bombardement apocalyptique ! Cyril entrouvrit les lèvres et murmura :

« Ils ne pourront rien faire contre *ça*… »

Une sphère s'avança enfin alors que le tumulte n'avait pas encore cessé et que la ligne défensive se faisait proprement lessiver sous des tonnes d'explosifs et de boue. Elle s'avança jusqu'au-dessus de la ligne, et les deux sphères situées aux extrémités des ailes se décrochèrent et tombèrent comme des masses. Déjà l'engin se retirait en accélérant ostensiblement. Les autres appareils partaient hors champ de la caméra, eux aussi très rapidement. Erwin avait ouvert de grands yeux terrifiés !

« J'espère que ce n'est pas ce que je crois », murmura Balder devant l'écran comme s'il lisait dans ses pensées.

Les deux boules lâchées par l'engin chutaient l'une à côté de l'autre, avec un silence plus effroyable que le tonnerre précédent. Le caméraman semblait reculer aussi. Un bruit de moteur devint perceptible. Des cahots. Une bosse. Quelqu'un pressant le conducteur pour accélérer. Mais l'objectif était braqué du mieux qu'il le pouvait sur le futur point d'impact. On voyait par intermittence les boules en train de tomber. Elles disparurent dans des colonnes de fumée sombre. La gorge nouée Helm se passa une main sur le visage.

« Je crois que si. »

Une lumière aveuglante engloba tout l'écran et un bruit gigantesque satura le micro de la caméra quelques secondes plus tard. On n'entendit plus rien. La lumière devint alors moins intense et une coupole de débris s'élevant au-dessus du champ de bataille apparut en gros plan. La base de la coupole sembla dévorer la plaine. Un rouleau de gravats, de fumée et de débris cavala derrière le véhicule de télévision. Et l'engloba finalement dans un silence mortel.

« Cette bombe n'est pas nucléaire, commenta le présentateur en voix off. Elle est conçue à partir du métal synthétique Kalanium. Toute la technologie Furie est basée sur la conservation du Kalanium. En effet, les métaux synthétiques ne se forment que durant une fraction de seconde. Les chercheurs européens ont réussi le coup de maître de créer un métal stable, durable, supérieur en puissance à l'uranium enrichi, mais non radioactif. »

Le discours se voulait rassurant, mais sonnait plus comme un amas de non-sens aux oreilles des quatre fantassins. Devant l'image trop iconique des deux coupoles de débris qui s'étaient élevées du point d'impact, rien ne pouvait calmer l'angoisse qui avait brusquement succédé à l'incroyable griserie de l'attaque.

« C'est ça ! beugla Grégory en se retournant. On va te croire sur parole. J'ai besoin d'air, je sors.

— Prends ta parka, lui répondit Balder en désignant la fenêtre du menton, il pleut des cordes depuis des heures.

— Il pleut des cordes depuis des années. »


« Bien qu'une Furie d'Assaut ne soit pas du voyage de retour, ce test est très concluant, poursuivit le présentateur. Le Ministre de la Défense et de la Guerre, Thomas Garibaldi, affichait sa satisfaction complète quant à l'utilisation qui a été faite de la Technologie Furie lors de cette incursion. Les appareils sont peu coûteux, ce qui permettra de doter l'Eurocorps de 5 000 unités avant la fin de l'année. Toutefois, pour des raisons stratégiques, le ministre estime que la production des bombardiers Furie n'atteindra à cette date que 500 unités seulement. Mais on ne doute pas de la victoire sur les agresseurs Indépendants avec cet armement colossal.

Les États-Unis d'Asie estiment que ce raid de représailles contre les Indépendants est une chose risquée mais compréhensible, ils souhaitent toutefois rester neutres pour le moment. L'Union Africaine désire collaborer politiquement avec l'Europe sans pour autant impliquer ses troupes, ce qui peut amener à penser qu'ils réagiront à l'assassinat par un embargo. Cependant, après les preuves de la technologie européenne sur ce fragment de la ligne défensive russe, on ne doute pas du soutien des autres Unions très prochainement. Il faut se préparer à des réactions adverses violentes, mais de courte durée, a annoncé tout à l'heure le président Markus Tramper qui a rappelé le caractère régional de cette affaire. Les Slavistes ont lancé un appel après l'attaque pour dénoncer la violation de leur frontière. Une mission diplomatique se trouve en ce moment même à Kiev pour confirmer à la Principauté que la cible du raid était bien la Russie Indépendante, et qu'elle n'a aucune inquiétude à avoir.

C'est la fin de cette édition spéciale, surtout, pas de panique inutile, toute menace sérieuse pesant sur notre Fédération, sera évitée grâce à l'élévation au niveau 3 du plan *Anti-Strike*. L'armée est d'ores et déjà en état d'alerte permanente. Grâce à elle, vous pouvez dormir sur vos deux oreilles. » Conclut-il avec un sourire.

« Oui, déclara Balder en effleurant le symbole brodé sur la poche de son uniforme. Tout va bien. Nous sommes là… »

La pluie battante ne les aidait pas à garder le moral. Marc et Cyril jouaient maintenant aux cartes sur un lit, Grégory Mertti, lui, avait déjà commencé le livre qu'il venait d'acheter à la librairie militaire fédérale. « Occupation pour le guerrier » raillait-on souvent, car les soldats ne s'y rendaient généralement que pour acheter des magazines de tuning automobile, voire des mensuels érotiques.

« C'est quoi ? demanda Cyril sans lever les yeux de sa donne.

— *Voyage au centre de la Terre*, annonça Grégory en

baissant son livre sur sa poitrine. Dis-moi, tu t'intéresses à la lecture depuis quand, toi ?

— Depuis tout petit, j'adore les bouquins, les *Monsieur et Madame*, j'avais toute la collection !

— Je vois », bougonna Greg.

Souhaitant ne pas paraître trop moqueur, Cyril ajouta gentiment :

« Je voulais juste savoir ce qui te coupe du monde pendant quelques heures... J'ai encore du mal à saisir le concept de la lecture plaisir... »

Si son ton était enjoué, il n'en était pas moins sérieux. Lorsque Greg lisait un livre, rien ne pouvait le déranger. Même pas le rock punk de la chambrée voisine qui, à la vérité, n'était pas aussi silencieuse que le prétendait Erwin. Ce désintéressement complet avait souvent intrigué Cyril qui ne ressentait vaguement ce détachement qu'en jouant aux cartes ou aux jeux vidéos. Un moyen de se rappeler qu'au fond, ils n'étaient encore que des gamins.

Il passa un instant. Erwin était allé chercher une thermos de café.

« Vous croyez vraiment qu'on va partir ? »

La question que venait de formuler Balder, tous se l'étaient posée une bonne cinquantaine de fois depuis le début de la journée. Marc était allé faire une séance d'exercice supplémentaire parce qu'il se jugeait soudain « trop mince », voire « trop chétif », persuadé que l'action pointerait bientôt le bout de son nez. Ses amis, en revanche, s'entêtaient à trouver cela ridicule.

« Non, répondit lourdement Cyril. D'une, aucun déploiement de troupes n'est prévu. De deux, avec leur ... (Il prit un ton imitant un général pompeux) « Technologie Furie ! » Je pense que ça leur suffira si jamais ils tentent quoi que ce soit. On est tranquille !

— Trois boules de métal ne remplaceront jamais l'infanterie, Cyril. Tu regardes trop la télé...

— C'est ce que je n'arrête pas de vous dire, en profita

31

Erwin en refermant la porte.

— Écoute, Balder, rétorqua Engström, tu me demandes mon avis, je te le donne. Si tu veux tout savoir, j'ai aussi les boules de partir. Mais admettons… Les Indépendants ne sont pas unis, c'est leur faiblesse. Ce sera le monde entier contre les Slavistes et les Russes. Un vrai massacre, remarqua-t-il avec une grimace faussement attristée. Ils n'ont aucune chance ! Même si on partait ce serait, allez, deux semaines et ça serait torché !

— Ils ont la Bombe. » lâcha Balder, plus sombre qu'à l'habitude.

Un silence étrangement malsain régna un instant.

« Même s'ils ne tiraient qu'une fois avant qu'on riposte, ils pourraient rayer la capitale en un seul coup. Mais bon, ils n'auraient pas les couilles de la viser !

— Je ne sais même pas laquelle c'est en ce moment…

— Berlin, je crois. Oui Berlin. La dernière fois, c'était Londres, avant cela, c'était Athènes, non, Saint-Pétersbourg, Athènes c'était en….

— Bref, en ce moment c'est Berlin.

— Ils veulent arrêter les huit capitales itinérantes, informa distraitement Cyril. Mais je ne sais pas où sera la définitive. Peut-être qu'elle restera à Berlin. Moi j'aimais bien ce système : pas de jaloux !

— N'y compte pas trop, tout le monde va se taper sur la gueule pour avoir la Capitale dans sa Région !

— Ça ferait plaisir à Erwin, ça, Berlin. Région Allemande en force », ricana-t-il.

Ils rirent, plus par nervosité qu'autre chose.

« Ce n'est pas parce que je viens de cette Région que je suis supporteur à tous les coups… J'ai une grand-mère finnoise et j'ai jamais mis les pieds en Région Finlandaise… Je suis Européen. »

Entendre son camarade évoquer un détail personnel dans une telle conversation surprit beaucoup Greg, habitué à l'entendre esquiver toute discussion ayant un rapport quelconque avec la famille… Il s'apprêta donc à essayer de s'engouffrer dans cette brèche mais Cyril, à qui l'importance potentielle de cette remarque avait totalement échappé, renchérit dans la trivialité, au grand dam de son ami.

« Je prends les paris sur la Région Française ! Avec le Parlement de Strasbourg, historiquement ils ont leur chance.

— Stockholm, oui ! s'insurgea Balder. Strasbourg, c'est le trou du cul du monde !

— Non. Ce sera la Région Espagnole ou rien, c'est joli, la Région Espagnole, et c'est loin des Slavistes… »

Tous approuvèrent. L'inquiétude les poussait au sourire et leurs esprits fuyaient autant que faire se pouvait leur avenir nébuleux. Alors qu'un blanc s'installait, Cyril surprit tout le monde en changeant radicalement de sujet :

« Dites, en parlant de la Région Espagnole… ça vous manque pas un peu, les *filles* ? »

Balder ricana et lui flanqua une tape à l'épaule. Le point Godwin de Engström qui refaisait surface, une fois de plus. C'était d'autant plus insupportable qu'il était celui qui éprouvait le moins de difficulté à ce jeu-là, tout en prétendant, une fois en situation, ne pas être intéressé. Un jeu de chat et souris avec la gent féminine qui avait fini par intriguer ses camarades de chambrée au plus haut point. Pourquoi en parler constamment pour ne jamais saisir les occasions, pourtant nombreuses ? Grégory pariait sur un manque de confiance en lui, Marc « Balder » Dean préférait sa théorie, basée sur trois cas concrets, selon laquelle leur ami tombeur de ces dames n'attirait que les filles déjà prises. Dean ne pouvait s'empêcher de rire en repensant aux quiproquos insolubles – finissant régulièrement en bagarre – que son ami avait déjà provoqués en permission. Leur chambrée avait d'ailleurs sa petite réputation au *White Fire* de Hambourg, ce dont Cyril retirait même une certaine fierté.

« Frustré ? plaisanta-t-il le sourire jusqu'aux oreilles.

C'est pas toi qui leur dis « désolé, il n'y a pas de place pour une fille dans ma vie de baroudeur » ?

— Bah ! Je vois que des hommes du matin au soir depuis l'état d'alerte, ça commence à être lourd. On ne peut même pas s'amuser un peu…

— C'est justement pour ça qu'il n'y a pas de femmes dans l'armée, mon ami !

— Je croyais que le Service Civil Européen c'était pour leur éviter les travaux pénibles ? »

Ses trois amis rirent de bon cœur.

« Cyril le candide ! Le bourreau des cœurs qui croyait encore au père Noël ! »

Le Danois se renfrogna, goûtant peu de se voir ainsi tourné en dérision.

« Tu parles, ricana Greg. Je me rappelle très bien des débats à la télé, mon père était pour… Y avait eu plusieurs affaires pas nettes, des *dérapages*… Tout le monde s'en foutait jusqu'à ce que la fille ou la nièce d'un amiral se fasse coincer entre quatre gaillards genre…

— On a très bien compris. Oublions ça, lança Erwin, Cyril va faire une crise de nerfs si on continue de parler abstinence !

— Et toi ? répliqua Cyril curieux. Ça ne te manque pas, une petite amie ? »

Erwin, surpris, lui jeta un regard étrange. À vrai dire cela faisait un bon moment qu'il n'y avait plus pensé. Son esprit était obnubilé par le passé trouble de son père, et sa vie focalisée sur cette recherche de vérité. Depuis son adolescence, cette rage intérieure le consumait sous la couche de glace qu'il affichait devant tout le monde. Elle avait tout effacé autour d'elle, ne laissant de la place que pour une poignée d'amis, réunis ici autour de lui, et sa mère. Une fille ? Inconcevable !

« Je crois que je n'ai pas la tête à ça…

— Arrête, tout homme a la tête à ça ! glissa Greg avec un regard plein de sous entendus.

— Facile à dire quand on a *déjà* une copine ! contre-attaqua Balder avec le même regard.

— En Région Italienne, ce qui revient au même en ce moment, pesta Mertti en soupirant bruyamment.

— Oh, la vie est injuste », le plaignit Engström en surjouant l'hypocrisie au maximum.

Erwin rit avec ses amis, repensant aux paroles de Cyril. À part sa mère, il n'y avait pas de femme dans sa vie, et encore, elle vivait dans la Ruhr, loin, et en y songeant bien il n'avait plus que très peu de contact avec elle. Son univers était terriblement étriqué... Puis l'image fugace de sa mère en pleurs le suppliant de tout laisser tomber et de continuer les études traversa ses pensées, et il se souvint très exactement pourquoi ils ne se parlaient plus. Et pourquoi il était seul. Il tenta de ravaler sa honte et ses larmes, mais elles lui restèrent en travers de la gorge, comme une boule invisible. Heureusement, ses camarades étaient trop plongés dans leurs plaisanteries pour remarquer le retour douloureux de cette culpabilité accablante, et il s'en retourna à son Carnet pour ne pas les inquiéter. Non, il n'avait pas le temps pour ça.

« Le 1er Bataillon d'Infanterie A-01 de l'Eurocorps a été salué par près de neuf cent mille personnes dans les avenues de Séville cet après-midi, lors de sa parade exceptionnelle célébrant l'anniversaire de la mort de son premier commandant, le célèbre général Hildaño, héros de la lutte européenne pour la paix et la démocratie ! La ferveur de la foule saura sans nul doute motiver nos maris et frères prêts à partir défendre l'Europe contre l'ombre des assassins, comme le célèbre général a su nous inspirer dans le chaos du Millenium Crash ! Unis dans la diversité, et contre le terrorisme ! »

# Chapitre 2

Berlin, 14 juillet 2033.

Le ministère de l'Information avait eu l'honneur d'investir un monument exceptionnel, dessiné en 2013 par un architecte letton qui lui avait donné l'humble nom de *Verum scriptum est*[1]. Dressé vers le ciel, il représentait une gigantesque main tenant une plume de verre. La métaphore poétique dissimulait mal l'image du temple de la censure que les défédératistes faisaient circuler sur Euronet. Ces derniers devenaient de plus en plus agressifs : des tracts et des affiches, ces activistes étaient passés au stade supérieur, aux émeutes organisées et aux réunions clandestines en dehors de la juridiction du Parti Défédératiste Européen – et donc hors de tout contrôle.

Ancienne journaliste à l'*Europæn Tribune*, Emma Cardin trouvait le principe de parti défédératiste *européen* aussi saugrenu que celui de fédération *anarchiste*. Pourtant le problème était sérieux. En charge de dossiers de publications séditieuses, la jeune femme aux cheveux couleur de blé voyait leur verve se radicaliser et glisser vers la violence physique. Le ministère de l'Information avait pour mission d'enrayer l'escalade médiatique défédératiste, sous l'impulsion du président lui-même.

« Nico ! appela-t-elle en direction du couloir. Ça vient ce café ? »

Exténuée par les heures passées devant son écran plasma, elle se refusait à prendre du repos. Conscience professionnelle poussée à l'extrême selon certains, mais pour elle il s'agissait surtout de trouver quelque chose à faire de sa vie. Et tout ce qu'elle savait faire correctement,

---

[1] La vérité est écrite.

c'était bosser. Emma se laissa aller en arrière sur sa chaise moelleuse et passa sa main sur son plan de travail dégagé. Pas de fioritures, juste un petit arbre de pierre. Vieux souvenir affectif.

« Voilà, ça vient ! »

Un homme déboula dans la pièce, un gobelet fumant à la main, un journal dans l'autre.

« Et regarde ça, cet abruti de Michael Kith a encore fait des siennes ! »

Nicolaj, son dévoué collègue de bureau, lui posa son exemplaire du *Federal Post* sur la table. Le chroniqueur Kith jetait une fois de plus de l'huile sur le feu, quelle surprise ! Si elle avait su que ce genre de type, soi-disant journaliste, mais tirant plutôt sur le paparazzi, occuperait une bonne partie de son temps au ministère, Emma y aurait peut-être réfléchi à deux fois en établissant son plan de carrière.

« Cet idiot ne se rend pas compte du brasier sur lequel il souffle, le maudit-elle en fusillant l'article du regard.

— Oh, si, il le sait ! Et c'est bien ça le pire ! »

Originaire de la Région Russe, Nicolaj ne parvenait pas à se débarrasser de son lourd accent de l'Est. Ce qui n'était pas à son avantage ces derniers temps. Beaucoup de collègues du bureau le dévisageaient depuis l'assassinat de Trovich. Son physique maigre et sombre n'inspirait pas beaucoup la sympathie. Seule Emma semblait l'affectionner un peu. Son sourire était toujours chaleureux, un vrai rayon de soleil dans sa vie. Mais il était bien trop mal à l'aise pour le dire d'une façon ou d'une autre.

« Je le soupçonne même d'être des leurs.

— J'ai déjà fait un rapport sur lui, rien n'a bougé. »

La jeune femme soupira. Consciencieuse, elle avait écrit une dizaine de pages argumentant cette hypothèse, ce qui aurait dû aboutir à l'interdiction de publier. Non pas qu'elle apprécie l'usage abusif de ce genre d'injonction, elle était même plutôt contre en général. Trop d'affaires d'abus de pouvoir. Mais Kith… Après de multiples convocations devant la Cour de justice européenne, notamment pour dénonciations calomnieuses et obstructions à la justice à cause de certains articles destinés plus à choquer qu'à informer, le bougre crachait toujours son venin. Une attitude insupportable qui lui donnait des poussées autoritaires. « Pour lui, je suis prête à faire une exception » avait-elle dit à Nicolaj alors qu'ils débattaient du droit de la Presse. Cardin avait quitté les rédactions, mais le métier qui l'avait lancée lui tenait encore à cœur, comme une vieille amie. La voir bafouée par ce genre d'imposteur de l'information relevait à son sens du crime pénal. Pourtant, après que le Ministère ait ignoré tous ses rapports, elle avait fini par se demander si c'était le chroniqueur qui avait le bras long ou si on ne lui faisait pas confiance. Dès lors, sa propre confiance en elle s'était effacée et Emma hésitait à faire parler d'elle. Ne pas s'exposer restait un bon moyen de ne pas s'attirer de nouvelles critiques, de nouveaux reproches… Tout en entretenant cette idée d'injustice profonde.

*Pendant que moi je m'écrase, un trou du cul continue de publier…*

« Tu crois toujours qu'ils ne font pas attention à ton jugement ?

— Je ne sais pas, répondit-elle en enlevant les lunettes qu'elle portait pour écrire. Tout le monde en haut est devenu bizarre depuis que j'enquête sur Kith. »

Son directeur de département lui avait enfin confié le dossier quand Kith avait tenté de révéler les paroles de l'assassin du ministre de l'Intérieur. La bande audio lui avait été confisquée. Emma, pourtant, intriguée par la retranscription avait voulu creuser ce que Kith pouvait savoir sur ces mots : « tu as quitté la mère patrie » et « le traître paye ». Elle n'était pas du genre à chercher les ennuis, mais comment résister à un mystère ? Excitée par cette petite énigme, elle avait fait des recherches sur

Trovich. Et alors que quelque chose autour du passé du ministre et du premier mandat de Markus Tramper se dessinait, tout s'arrêta : deux jours plus tard, elle recevait un avertissement d'annulation d'accès à tous les rapports sur la bande audio censurée, et fut dessaisie du dossier Michael Kith. Sur le coup, ce fut un choc terrible. Elle avait cru à une mutation disciplinaire, à l'entérinement de sa carrière... sans savoir pourquoi ! Finalement les choses s'étaient tassées, et elle ne traitait désormais que des dossiers ennuyeux.

« Enfin, j'enquêtais...

— Réflexe de journaliste ! lui répondit Nicolaj avec un grand sourire. D'ailleurs à ce propos... »

Il lui jeta un regard en coin malicieux.

« La ministre de l'Éducation fera un discours sur le nouveau programme scolaire de cette rentrée. Elle aurait besoin de connaître les dernières critiques défédératistes sur le sujet, histoire de savoir où appuyer... Les élections arrivent et le gouvernement veut assurer. Le directeur avait besoin de quelqu'un, j'ai pensé que... comme tu t'ennuyais...

— Il m'a prise ? s'étonna la jeune femme avec un sourire rayonnant.

— Absolument ! Tu as deux jours pour rendre ton dossier à madame la ministre en personne. Tu vas enfin pouvoir faire du boulot sérieux, tu vois ? conclut Nicolaj avec un sourire amical.

— T'es un amour ! lui lança-t-elle en lui sautant au cou. *Back in businæs* ! »

L'une des premières choses que le directeur du *Federal Post Journal* avait demandé à Michael Kith au moment de l'embaucher, c'était qu'il traîne le moins possible ses guêtres à la rédaction. Il lui avait d'ailleurs dit avec ces mots-là, à peu de choses près. La réputation sulfureuse du journaliste appâtait peut-être le chaland dans les kiosques européens, il en allait malheureusement de même de la Sécurité Intérieure et du Ministère de l'Information. L'*Europæn Tribune* avait congédié Kith après un contrôle drastique du Service Fédéral de la Protection de la Vie Privée, le genre de visite que recevaient les magazines de presse à scandale. Pas le plus grand quotidien des États-Unis d'Europe. Flairant l'aubaine de voler un certain lectorat à son principal concurrent, le *Federal Post* avait donc décidé de prendre ses précautions en faisant de Michael Kith un chroniqueur semi-indépendant, dont l'office déclaré était son propre domicile. Kith n'était même pas sûr que son statut soit complètement légal, mais à tout le moins pouvait-il publier dans un grand journal, pas un torchon *people* ou le *Bulletin Régional* que ne lisait que la campagne.

De retour de sa petite prospection matinale, le journaliste gravissait les marches de son immeuble, fouillant la poche de sa veste en cuir à la recherche des clefs de son appartement, l'esprit concentré sur l'enveloppe que tenait fermement l'autre main. Non timbrée, elle avait été déposée directement dans la boîte aux lettres. L'expéditeur était un faux nom qu'il connaissait bien, une couverture qui l'intriguait parce qu'elle était particulièrement ancienne. Le souvenir de ses années d'études de journalisme ressurgissait avec ce pseudonyme, des années écervelées remplies de fêtes et d'alcool, et de pseudo-dissidents en herbe qui croyaient révolutionner le monde. Il ricana alors qu'il atteignait le palier du dernier étage et glissait enfin la clef dans la serrure de sécurité récemment installée.

L'appartement était très petit, l'entrée lui permettait d'y stocker son vélo de ville pour les urgences, mais ce dernier occupait toute la place et l'obligeait à se contorsionner pour accéder à la salle de vie, à la fois sa chambre et sa cuisine. Les murs étaient tapissés de clichés agrandis – certains étaient bien les siens, mais il s'agissait surtout de photos de grands reporters. Les deux ordinateurs ronronnaient au fond de la pièce, à côté du canapé-lit recouvert d'une tenture bleue au motif d'entrelacs celtiques. Il jeta sa veste sur le dossier du canapé et s'avachit à son tour, ouvrant l'enveloppe mystérieuse à l'aide du couteau qui traînait sur la table basse, à côté de l'assiette dont ne subsistaient que les miettes d'une pizza. La lettre qu'elle contenait était écrite à l'ordinateur, sans surprise, et n'était signée d'aucune façon, ni anagramme, ni initiales, ni symbole.

Michael s'apprêtait à la lire lorsque la fatigue lui glissa à l'oreille qu'un verre ne serait pas de trop. Il abandonna le papier sur la table et se dirigea d'un pas lourd vers le frigo, jouant des épaules pour dénouer son dos sans chercher à étouffer le soupir d'épuisement qui l'étreignait. Carolis Dokecz, songea-t-il en ouvrant la porte réfrigérée, déclenchant par là même un vrombissement plus proche d'une machine à laver que d'un frigidaire. Ce nom avait été utilisé par plusieurs de ses camarades, membres d'un petit club étudiant vaguement contestataire au début, puis dont certains membres avaient carrément fini défédératistes engagés. Kith avait préféré quitter le navire avant de se faire embrigader par ces gens-là. Non pas qu'il apprécie spécialement l'état actuel des E.U.E., mais de là à tout envoyer balader... dans le monde d'aujourd'hui, ce n'était plus possible, c'était juste irréaliste. Et la clandestinité, très peu pour lui.

Il retourna à sa lettre, posant sur la table une bouteille de Whisky Coca justement dosée par ses soins, et qu'il fallait finir vite avant que tout le gaz n'ait disparu et qu'il ait réellement l'impression de boire de la liqueur d'urine. Le journaliste hésitait même à tout déverser dans l'évier, ce serait peut-être mieux après tout. Picoler n'améliorerait pas sa situation, il se le rabâchait mentalement assez souvent. Mais ça l'aidait à atténuer le fait que, parce qu'il faisait son boulot correctement et qu'il gardait un œil critique sur les choses, ils avaient fait de lui un paria. Et un aigri.

« Alors, Carolis, que me vaut l'honneur ? » soupira-t-il non sans cynisme en se plongeant enfin dans son courrier.

*Mike, j'ai constaté dans tes articles que ton européos ne s'est pas amélioré, toi qui fais pourtant partie de la jeunesse dorée dont l'apprentissage de cette langue artificielle et faussement commune a été obligatoire et forcée.*

Kith eut un sourire sans joie. Ça, pour sûr, il n'était pas un grand romancier. Mais comme il aimait à le revendiquer haut et fort, l'important restait le fond, non la forme. Néanmoins cette mise en bouche l'aidait déjà à y voir plus clair sur l'identité de la personne qui se cachait derrière le pseudonyme de Carolis Dokesz.

*Toutefois, survivant à toutes tes coquilles et oubliant un instant ton style brouillon, je n'ai pu m'empêcher de remarquer à quel point tu semblais intéressé par la victime du dernier attentat remarquable auquel tu as eu le privilège d'assister – à croire que tu sais toujours où te trouver pour profiter de ce genre de spectacle, aurais-tu de meilleurs informateurs qu'autrefois ?*

Plus de doute, c'était elle. Sale petite fouine égoïste et suffisante et...

*Je pense que la providence t'a permis de mettre le doigt sur quelque chose de plus gros que tu ne le crois. Le Ministère de la Censure t'a fermé les portes des voies légales, mais si tu es intéressé par d'autres sources – par ailleurs bien plus fiables – Potsdamer Platz, biscotte.*

Michael reposa la lettre sur la table, pensif. La sangsue refaisait si subitement surface dans sa vie, pour lui proposer un rendez-vous qui plus est. Trop étrange pour être dénué de piège, connaissant « Carolis ». Néanmoins, il fallait avouer que l'appât était tentant : étant donné que la plupart de ses contacts dans l'administration étaient désormais surveillés par son chaperon attitré, une gourgandine du Ministère de l'Information, retrouver une mine telle que Carolis, quel pain bénit ! C'était d'ailleurs ce qui le gênait le plus : la perche était trop grande pour être le fruit de la charité ou d'un passé... charnel. Non, il devait oublier sa jeunesse, ou plutôt, se forcer à regarder autour de lui pour voir où elle l'avait conduit. Un appartement minable de la banlieue berlinoise dans un immeuble qui datait du Millenium Crash, une réputation exécrable, une vie ratée. L'Européen moyen.

Il but au goulot de longues rasades de son breuvage et tenta de réfléchir, mais c'était peine perdue. Il ne pouvait de toute façon rien faire de plus que tenter sa chance s'il espérait trouver de quoi faire des chroniques dans les prochaines semaines – et si possible creuser son dossier sur Edmund Trovich le va-t-en-guerre, paix à son âme. Vu la famine organisée qui s'annonçait dans son frigo suite à la censure du Ministère, il ne pouvait qu'accepter l'invitation. Tout en restant sur ses gardes.

Hambourg.

Lorsque Hambourg s'était vue gratifiée d'une Caserne d'Unités d'Assaut, les locaux déjà existants avaient été réorganisés, agrandis, tout comme l'avait été le parcours d'exercice. Le parcours d'entraînement journalier fut rallongé par de nouveaux obstacles plus spécifiques aux missions de ces unités, et de nouveaux terrains avaient été aménagés : un faux quartier urbain et une zone d'exercice à l'embarquement. C'était justement ici, sous une pluie fine, que la compagnie d'Erwin et ses camarades s'entraînaient sur un hélicoptère tanker à double rotor dont les pales bourdonnaient réellement.

« Compagnie, à mon commandement ! »

Le sergent-chef Miguel donnait de toute sa voix pour impressionner son homologue américain qui considérait l'exercice d'un œil attentif. Miguel les avait bien entraînés jusqu'ici, là n'était pas le problème, mais devant cet observateur étranger il se sentait obligé d'incarner le formateur parfait. Et sans vouloir être méchant, Cyril Engström n'y croyait pas une seule seconde. Le sergent-chef tenait ostensiblement son chrono-bracelet devant ses yeux, peut-être pour paraître plus concentré. Engström lui trouvait un « air d'attardé mental ».

« Embarquement ! »

Outre les mimiques exagérées et à cent lieues de sa méthode habituelle, Miguel avait également opté pour un exercice de base, probablement pour éviter tout accroc dans la démonstration. Tout, aujourd'hui, sonnait faux. Les soldats de l'Eurocorps bondirent tout de même en bon ordre et prirent place dans l'appareil à une vitesse impressionnante et sans piper mot. C'était un exercice courant, et tous auraient tout aussi bien pu l'effectuer en pleine crise de somnambulisme sans pour autant commettre la moindre erreur. Tout le monde boucla son harnais comme un seul homme, d'un geste mille fois répété.

« Je vais vomir, souffla Cyril en se tournant vers Erwin. Le bruit de l'hélico me donne la nausée. »

Sa pâleur habituelle s'était muée en une teinte verdâtre maladive. Il lui avait pourtant juré qu'il s'était fait faire un rappel de sérum contre le mal des transports… La peur des aiguilles l'avait sans doute fait mentir. Une fois de plus. Helm s'imagina la réaction du sergent si Cyril gâchait son spectacle en vomissant lamentablement, et cette réaction consistant vraisemblablement en punitions détournées et tâches ingrates, il s'efforça d'éviter la débâcle à la source.

« Respire. Et redresse ton arme, lui intima-t-il doucement. Bien droite, vers le haut.

— Tu voudrais pas tuer quelqu'un, hein, ricana Balder avec un sourire.

— Panique pas, Cyril, intervint Grégory, ce n'est qu'un exercice… »

Mertti s'était constitué un masque de détermination confiante, souhaitant comme à son habitude dissimuler ses propres craintes pour mieux rassurer les autres. Balder lui jeta un regard torve, agacé par ce constant affichage de pseudo-maturité. Derrière ce petit conseil à la dérobée, Grégory admettait sa propre terreur de partir prochainement, inutile d'avoir un diplôme de psychologie en poche pour s'en rendre compte. L'hypocrisie de son camarade lui arracha une moue irritée. Greg, lui, l'interpréta simplement comme une désapprobation de sa théorie et lui renvoya d'un ton sec :

« Tu verras !

— Oui, mais c'est le huitième en trois jours... enchaîna Engström. Entraînement intensif en plein état d'alerte ? On pourra dire ce qu'on voudra, ils nous préparent à partir...

— Je ne pense pas, répondit Erwin en regardant discrètement son chrono-bracelet.

— Dis plutôt que tu n'espères pas. »

En réalité, Helm savait pour avoir entendu des conversations par indiscrétion que quelque chose de gros était en cours. Mais il préférait conserver le moral de sa chambrée, et empêcher Cyril de lâcher définitivement sa galette devant Miguel. Il sourit donc du mieux qu'il put et dodelina vers son ami une tête rendue lourde par le casque d'infanterie.

« C'est vrai. »

Le gradé américain échangea quelques mots en espagnol avec Miguel, devant l'accès à la soute du tanker. Il avait le type hispanique, des sourcils épais, des traits durs et taillés à la serpe. Ses yeux scrutateurs n'inspiraient aucune confiance. En fait tout portait à croire qu'il n'était pas spécialement heureux d'être ici.

« Pourquoi il est là, d'après vous ? demanda Cyril pour tromper son mal de ventre.

— Il vient prendre de la graine, ricana Balder en affichant un rictus supérieur. »

Greg, tout à son habitude, trouva le moyen de dramatiser l'évènement et comprendre mieux que les autres :

« Ou il vient pour pouvoir coordonner une attaque

massive et…

— Non, je ne pense pas, rétorqua Erwin, bien décidé à ne pas les alarmer outre mesure. Les Américains veulent vérifier qu'ils se sont bien rangés du côté des plus forts… »

Voilà une phrase bien kitsch qui n'était pas pour lui plaire, mais devant l'angoisse latente de ses camarades il fallait faire des choix. La psychologie avant tout.

« Ils viennent peut-être apprendre à faire la guerre moderne, insista Balder. Vu la branlée qu'ils ont prise au Millenium Crash. »

Sa remarque fit rire plusieurs soldats autour d'eux. Vanner les Américains et leur brutale descente aux enfers, voilà bien un beau sport national qui réussissait à rassembler tous les Européens !

« Je doute que l'Europe ait pu avoir plus de succès dans la guerre au Moyen-Orient, répliqua Greg. Surtout pas à l'époque. Quand eux ils se coltinaient tous les pays arabes en même temps, nous on récupérait le contrôle de Chypre, rappela-t-il en puisant laborieusement dans les souvenirs nébuleux de ses cours d'Histoire. T'as pas comme l'impression qu'on jouait pas dans la même cour ? »

Cette fois, ce ton artificiellement pédant poussa Marc Dean hors de son mutisme.

« Bon, ça va là, t'as fini monsieur Moralisateur ? s'emporta-t-il en le balayant du dos de la main. Qui a réglé le problème *chez eux* et mit fin à *leur* guerre civile ethnique ? L'Eurocorps pour autant que je me souvienne ! C'est l'Europe qui a sorti l'Amérique de la merde, point barre !

— Pour le Conseil International de Sécurité », objecta-t-il avec agacement.

Balder décida de l'ignorer purement et simplement et soupira avec satisfaction, par pure provocation. Puisque Grégory s'entêtait à vouloir jouer les je-sais-tout, il comptait bien résister en employant une méthode qui avait fait ses preuves : la méthode Engström. Dommage que Cyril

nous préparions une attaque contre la Russie Indépendante, nous lançons quelques troupes pour parfaire l'illusion… et aboutir à un adoubement de Moscou, en quelque sorte…

— Mais nous fonçons en réalité vers… la Slavie ? Je ne comprends pas, avoua Eggton en reportant son regard à la fenêtre contre laquelle s'écrasaient les gouttes de pluie. La Slavie est restée calme ces derniers temps, allant même jusqu'à sous-entendre une possible… trêve. Il y a bien eu des attentats mais ce ne sont que quelques fanatiques… Et il se peut même que ces attentats soient dus à des défédératistes européens ! »

Pour objecter, Peterson secoua simplement sa tête massive. Si de la Région Anglaise de son père il avait le trait typique de la tenue et d'une certaine raideur, il dégageait également cette aura maladive de fonctionnaire obsessionnel que les Européens associaient à sa ville maternelle, la tristement célèbre Bruxelles. Et dans ce mouvement de tête dédaigneux qui sans un mot parvenait à exprimer tout le mépris que George Peterson éprouvait pour son homologue, William voyait suinter cet esprit procédurier et gestionnaire. Pour lui, Peterson incarnait le Bruxellois qui avait perdu le sens de la vie réelle depuis longtemps au profit de grands plans et de grandes idées parfaitement théoriques. Et forcément, erronées. Pas étonnant, d'ailleurs, que Bruxelles ne fasse finalement pas partie des huit capitales européennes itinérantes : personne ne voulait plus d'eurocrates comme George Peterson.

« Vous savez tout comme moi que les Slavistes sont des terroristes, argumenta ce dernier. Missiles, attentats à la voiture piégée, kamikazes explosifs… 302 civils innocents sont morts en 5 ans à cause de groupuscules slavistes ! Ça ne vous suffit pas ?

— Mais c'est un Russe qui a tué Edmund Trovich, rétorqua sèchement Eggton en se retournant pour affronter le regard sévère de Peterson. La cause est peut-être noble, le prétexte reste fallacieux. »

Encore un échange stérile en perspective, il le savait bien. Sa réputation de candide le desservait, il en avait conscience, mais William Eggton n'en avait pas encore assez de se battre contre les moulins à vent du cynisme ambiant, dans les hautes sphères de l'Eurocorps. Certains le traitaient peut-être de rêveur et de naïf dans les boudoirs – Peterson le premier –, mais le Haut Commandement Suprême le voyait toujours comme un futur membre potentiel et lui prêtait déjà son oreille. C'était pour lui le signe qu'il avait raison de tenir tête à des carriéristes comme celui qui se tenait devant lui avec ce petit air supérieur et ses boutons dorés qu'il ne cessait de polir nerveusement.

« L'Europe veut pacifier ses pays voisins, expliqua calmement Peterson en contournant la somptueuse table de briefing en bois de chêne. Pour stopper le terrorisme frontalier et éviter une situation semblable au conflit israélo-palestinien qui, comme vous devez certainement vous en souvenir, s'est terminé dans une bataille rangée et sanglante *ce juillet 2006…* et qui a eu pour conséquence le dépeuplement de la Bande de Gaza et surtout le Millenium Crash ! Vous voudriez voir Varsovie, si proche de la frontière, en proie à la guerre civile ? Vous voulez un bain de sang inutile ? »

Eggton rit sombrement en repensant à la Palestine et saisit au vol l'opportunité de renverser l'argument en sa faveur. Il n'aimait guère encourager son interlocuteur à partir dans de bêtes affrontements verbaux à coups de références historiques éculées, mais battre Peterson avec ses propres armes restait toujours un petit plaisir. Ça valait presque le cappuccino du matin.

« Israël a gagné la guerre… au prix du Millenium Crash, et de la chute des États-Unis d'Amérique. Fantastique. Et encore, dire qu'il a gagné la guerre me paraît un peu optimiste. Les deux camps se sont mutuellement détruits, rappela-t-il d'une voix blasée.

— Allons, William, ne me dites pas que vous croyez que cela est *militairement* possible ? Toutefois je dois vous accorder une chose : tout ça a commencé au Liban, s'est propagé à la Syrie, s'est déchaîné en Palestine et en Iran... Ils ont *laissé* l'incendie se propager. Et nous risquons de tomber dans le même schéma si nous ne tapons pas une fois pour toutes du poing sur la table devant Tukerov et Zwiel. Deux pays, un seul problème. »

Une rhétorique qui avait valu plusieurs balles à un ministre... Profitant du silence provoqué par sa tirade, Peterson fit quelques pas pour se préparer à asséner la suite de ses arguments, un rictus complaisant au coin des lèvres. *Ce* putain de rictus, songea William la mâchoire crispée.

« Et vous avez également raison sur un second et dernier point, concéda-t-il à Eggton en reprenant les sarcasmes. Israël occupe maintenant les anciens territoires palestiniens et libanais... qui sont encore secoués par de perpétuels attentats. C'est cet exemple de chaos qui motive le Haut Commandement Suprême dans sa décision d'attaquer la Slavie. La Slavie occupée permettrait de prendre une partie de la Russie Indépendante en tenaille avec la mer du Nord, et ce territoire mis en difficulté, une fois occupé, livrerait Moscou... Nous laisserions sur place un consulat qui permettrait de tenir les terroristes dans leur propre territoire, et ainsi protéger les civils européens de l'Est. »

Un grand camp de concentration pour soi-disant terroristes, en résumé. Voilà l'image que William se faisait de ce grand plan pour la paix. Évidemment il ne pouvait nier qu'il s'agissait là d'une méthode comme une autre pour tenter de contenir des débordements de plus en plus fréquents, mais c'était soigner les symptômes, pas guérir la maladie. L'Europe ne résolvait pas le problème, elle l'isolait, le mettait en quarantaine comme un virus. Mais c'était d'êtres humains dont on parlait ! Sa colère, pourtant, ne servirait à rien. Il le savait. Les décisions étaient déjà prises, et son oui ou son non ne feraient aucune différence, cette fois. À part peut-être pour la postérité, si qui que soit s'en souciait encore dans le futur.

« Je comprends », abdiqua Eggton à contrecœur en courbant la tête.

Il la redressa aussitôt et planta ses yeux de glace dans ceux de Peterson.

« Mais je n'approuve pas, trancha-t-il. Car c'est ce que le Haut Commandement désire, n'est-ce pas ? L'approbation de ses amiraux et hauts-généraux ? Histoire de se laver les mains si ça tourne mal et clamer haut et fort que « tout le monde a signé » ! »

Peterson détourna le regard et se servit un verre d'alcool au minibar situé au fond de la pièce. Il laissa se prolonger le silence et prit bien garde de ne pas proposer de verre à Eggton afin de le mettre mal à l'aise. Cette tension entre eux était inévitable, chaque fois qu'ils avaient à converser. Eggton haut-général, un statut honorifique qui, dans la réalité du terrain, ne faisait aucune différence, mais qui dans les grandes stratégies lui accordait une voix que les simples généraux comme lui n'avaient pas. *Lui*, George Peterson, devait se contenter piteusement de diriger la Caserne d'Unités d'Assaut de Hambourg, en lui mettant des bâtons dans les roues si possible pour faire bonne figure. Alors qu'Eggton jouissait déjà d'une importante réputation, lui devait encore faire ses preuves... Et cela le rendait malade de devoir lui exposer toutes ses décisions et informations comme un subordonné. Ce qu'il était presque. William esquissa un sourire faussement triomphant. L'entretien aurait au moins le mérite de rappeler mesquinement le général à sa place.

Il n'avait de toute façon pas vraiment besoin de l'accord d'Eggton, cette fois. Le choix était fait depuis longtemps, ce référendum n'était qu'une formalité. Mais la question n'était posée qu'aux haut-généraux afin de ne pas ébruiter la tactique. Peterson trouvait cela d'une cruelle injustice qu'Eggton soit autorisé à s'exprimer. Pourtant il se délectait en quelque sorte de cette situation, car au final c'était à *Peterson* lui-même qu'on avait demandé de questionner son rival. Le HCS avait le sens de l'humour.

« Alors pour vous c'est non ?

— Oui, c'est non. »

Le silence retomba comme une chape de plomb. Peterson fit rouler le glaçon dans son verre.

« Vous êtes sûr de ce que je dois rayer sur ce scrutin ? »

Il prit en main une fine feuille de papier vaguement bleuté déposée négligemment sur la table. Sur cette feuille, une simple question.

« Approuvez-vous la tactique du Haut-Commandement ? »

La feuille portait déjà son nom, ainsi que OUI ou NON, il suffisait de rayer la mention inutile. Eggton se dirigea lentement vers Peterson, lui arracha la feuille des mains et sortit son stylo Mont-Blanc de la poche de sa veste sans le quitter du regard.

« Il me semble que c'est à *moi* de rayer, *général*. »

Il relut rapidement les mots pour être sûr de ne pas se faire embobiner par Peterson dans une éventuelle tentative d'éviction et appliqua sa signature.

« Je n'approuve pas. »

Il tira en conséquence un trait sec et déterminé, sachant que sa voix serait inutile. Les dés étaient pipés.

Erwin se renfrogna en lançant un regard distant vers l'assiette de Cyril. Les pâtes étaient vraiment immangeables, mais le jeune Danois semblait prendre un certain plaisir à déguster la sauce synthétique. De plus, l'arrivée de l'instructeur américain n'avait pas amélioré l'humeur d'Erwin. Cyril pestait d'ailleurs que les E.U.E. n'aient rien trouvé de mieux que de faire venir un minable d'outre-Atlantique. Erwin secoua sa tête comme pour en chasser les pensées, puis il ouvrit sa barquette plastique et une odeur de désinfectant lui agressa les narines. Lorgnant sur les pâtes qui baignaient dans une sauce brunâtre, il capta un semblant d'odeur épicée.

« Ne me fais pas croire que tu trouves ça bon ?

— Tu n'es pas de cet avis ? s'étonna Cyril. Je te croyais gastronome.

— Je suis gastronome, se défendit Helm, c'est ce qui fait que je trouve ce – cette… chose, cet ersatz – infect !

— N'empêche, s'empressa d'ajouter Grégory la bouche pleine, c'est meilleur que les *ersatz* de nems qu'on a eus pour le Nouvel an chinois… Je me souviens, on avait eu des feuilles de salade fantaisie, avec de ces couleurs… »

Erwin n'écoutait plus. Il regarda sa montre, en fit tourner le bracelet métallique pour tuer le temps, appréciant de ne pas avoir à porter le chrono-bracelet militaire dont le plastique lui rongeait constamment le poignet. Les yeux perdus dans le vague, le bruit ambiant ne semblait pas l'affecter. L'habitude… Les masses grouillantes de la cantine, les mêmes sujets de conversations, tous des soldats, identiques… La lobotomie militaire, comme il l'appelait, avait cela de désespérant que le jeune soldat avait l'impression de manger au milieu de hordes de clones bien dressés. Habitués à suivre n'importe quel ordre, à exécuter n'importe quelle tâche. Sans penser à penser.

Mais ce qui nourrissait d'autant plus son amertume, c'était qu'en voyant le résultat satisfaisant sur ses soldats, le gouvernement européen ne s'en était pas contenté. Le matraquage intellectuel du ministère de l'information avait formé des générations de bons citoyens à la pensée modelée, remodelée, affinée selon les besoins de cet État des libertés que se prétendaient les États-Unis d'Europe. Et cette uniformité de toutes les classes sociales, de toutes les lois, de tous les formats, calibres, doctrines et opinions en était devenue si étouffante qu'Erwin ne supportait plus cet idéal européen imposé. La devise « Unis dans la Diversité » s'était lentement transformée en « Unis dans la Diversité Abolie », tout devant être égal, unique et identique. La standardisation n'était plus un moyen mais un but en soi. Cet état de fait avait fini par faire muer ses petites révoltes du quotidien en un véritable Léviathan de colère qu'il s'efforçait de contenir derrière un masque d'anonymat. Et pourtant qu'il la haïssait, cette case réservée pour lui !

Le souvenir de sa salle de classe – vingt-deux élèves, pas plus, c'était la loi en Région Allemande – ne lui arrachait pas vraiment de soupir nostalgique. Ses camarades de classe se confondaient dans sa mémoire, ils aimaient tous la même chose et pratiquaient les mêmes hobbies, lisaient les mêmes magazines et écoutaient les mêmes musiques, à tel point que dans les souvenirs d'Erwin, ils finissaient par tous avoir le même visage. Un visage quelconque, oubliable. Oublié.

Pourtant, malgré tout cela, c'était cette fédération qu'il comptait défendre. Paradoxe ? Non. Simple devoir envers sa patrie. *C'est en tout cas ce qu'aurait répondu Josch Helm*, se répétait-t-il tel un mantra. Car si le système ne marchait plus aujourd'hui, il fallait d'abord essayer de l'améliorer avant de le balancer aux ordures. C'était ce que Josch aurait fait. Ou avait voulu faire ?

Et c'était ce que les défédératistes n'avaient pas compris, faisant des seuls citoyens européens se revendiquant libres penseurs de vrais idiots sans vision ni imagination aux yeux d'Erwin. Les défédératistes préféraient se blottir dans la doctrine du « c'était mieux avant » et revenir en arrière plutôt qu'aller de l'avant, ce qui tendait à prouver qu'ils n'étaient finalement que des anticonformistes conformistes, qui n'avaient rien trouvé de plus parlant que de créer un parti défédératiste *européen*. Tout était dit.

À ce stade des réprimandes, le jeune soldat se rendit compte qu'il avait réitéré le même soliloque intérieur une fois de plus. Il se jurait pourtant à chaque fois de ne plus replonger dans cette léthargie stérile qui ne lui apporterait qu'un ulcère et des cheveux blancs à vingt-cinq ans, mais c'était plus fort que lui. Presque obsessionnel. Son cœur battait sourdement dans une poitrine compressée par un poids invisible. Il fallait qu'il prenne l'air. Quitter cette cantine, respirer librement, loin de cette oppressante omniprésence de « l'unité européenne ». Tout était Euro-quelque chose, Euromédia, Euro-Cola, européos, Euro-Connerie... À bien y réfléchir, il haïssait ces moutons, qu'ils soient fédéralistes ou défédératistes. C'était pourquoi il tentait d'arracher ses camarades de chambrée à ce troupeau. Ils comprendraient, un jour, mais il leur fallait du temps... Pour le moment il fallait leur laisser croire que l'Euro-Cola était bon pour la santé parce qu'il contenait du Xylitol, qu'Euromédia était une chaîne objective quand elle dénonçait les méfaits des terroristes slavistes, que le gouvernement était vierge de corruption, que les pâtes de la cantine étaient mangeables... Bref, que tout allait pour le mieux dans le meilleur des mondes.

Tout le monde commençait pourtant à être nerveux, l'ambiance était sensiblement différente aujourd'hui. Les premiers bataillons de choc étaient partis ce matin, ce qui expliquait que le réfectoire était beaucoup moins encombré qu'à l'habitude. Tout le monde savait désormais que l'Opération Furie, utilisant pour la première fois la Technologie Furie en temps de guerre et avec l'appui de l'infanterie, serait pour bientôt. Tous le sentaient. Ce qui impliquait que ce n'était pas des groupes antiterroristes qui partaient ou même de simples gardes pour stationner devant des monuments et des bâtiments administratifs, mais des soldats, des combattants. C'était bientôt la guerre, la vraie. Et personne ne se sentait prêt à y entrer. Mis à part l'état major et le Haut Commandement Suprême. Et les jeunes soldats idéalistes, et les civils persuadés d'être dans leur bon droit voire – pour certains – de faire leur devoir... finalement, n'était-il pas le *seul* dans tous les États-Unis d'Europe à ne pas vouloir y aller ? Le seul à garder la tête froide, la tête claire ? Le seul...

L'atmosphère avait certes de quoi être grisante pour les autres, mais la grande majorité des fantassins fédéraux n'avaient encore jamais ne serait-ce qu'aperçu une Furie d'Assaut ou bien encore un transport de troupes Furie. Dans le test montré à la population civile et aux soldats, les transports n'avaient jamais été utilisés, et leur degré d'efficacité restait donc un mystère. À Hambourg, ils s'entraînaient toujours à être héliportés en dépit de toutes les rumeurs sur leur déploiement par Transports Furies... Helm se voyait mal monter à bord d'une improbable boule de métal miraculeuse qui pesait des tonnes, tout ça sur la simple parole d'un officier promettant que d'une part cette sphère massive volerait bel et bien, et d'autre part, qu'elle tiendrait la route assez longtemps pour le débarquer... La désagréable impression d'entendre ses supérieurs lui revendre la guerre fraîche et joyeuse du maréchal Joffre sonnait comme un cor lugubre dans son esprit.

*Dans deux semaines à Moscou...*

« Erwin, si tu ne manges pas tes pâtes, donne-les au moins à quelqu'un avant qu'elles soient froides ! »

L'imprécation parvint enfin à déchirer le voile funeste qui recouvrait son esprit pour le ramener à l'instant présent. Cyril Engström scrutait son assiette inviolée, visiblement impatient de s'empiffrer pour « la bonne cause ». Il était de notoriété publique qu'il ne supportât pas qu'on jette de la nourriture. Sauf si par nourriture on entendait « soja ».

« Tiens, tu peux les prendre... »

Dépité, il repoussa son plateau tandis que le Danois se frottait les mains. Il accueillit le plat avec un sourire et lança un rapide « merci » avant de plonger littéralement son nez dans les nouilles. Une sonnerie annonça l'arrivée du second service.

« J'y vais, je libère la place, dit Erwin en se redressant.

— Les bataillons les plus importants sont partis, argumenta vainement Cyril, il y a bien assez de place, reste donc. »

Balder mit une main sur le bras de son camarade, l'invitant discrètement au silence. S'il était le roi incontesté de la psychologie de l'énervement, dans l'analyse des autres émotions, Engström n'était pas connu pour être une flèche.

« On te rejoint plus tard », fit-il, prenant la parole avant que l'autre ne proteste.

Mais le jeune homme semblait avoir vaguement compris qu'Erwin cherchait à être seul et s'était replongé dans les nouilles en murmurant une phrase complètement incompréhensible.

Après le repas, Greg proposa une partie de billard dans la salle de repos du mess, emportant avec lui quelques vivats enthousiastes. Mais profitant de la cohue pour récupérer les meilleures queues, Balder s'éclipsa discrètement et se dirigea vers la chambrée dans les couloirs déserts du bloc dortoirs. Alors que ses rangers martelaient le sol avec un léger écho, il tenta de déterminer ce qui le poussait à ne pas rejoindre les autres. Était-ce ce malaise, cette impression d'être constamment la cinquième roue du carrosse ? Ou l'agaçante manie de Greg de tenter de se faire plus intello qu'il ne l'était ? Ce qui, en soi, ne serait pas forcément un problème si cela ne passait pas par le rabaissement des autres, enfin, surtout de lui…

Par réflexe, Marc toqua à la porte. Il attendit un petit instant et, rassuré, l'ouvrit finalement, entrant d'un pas ferme. Il passa le petit couloir donnant à gauche sur la salle de bain, à droite sur le placard commun. Au plafond, une lampe choisie par Cyril, le plus original du groupe, éclairait le passage en lui donnant un air convivial. Balder atteignit la pièce en deux pas et s'arrêta subitement à l'entrée. Il s'était concentré pour éviter ce réflexe, mais il n'avait pu s'empêcher de marquer une pause en voyant Erwin concentré sur son carnet de notes.

Désireux de ne pas l'interrompre, il s'assit en silence sur sa couchette et fit mine de chercher quelque chose dans le sac qui pendait au bout du lit, prenant l'air le plus naturel possible.

« Pourquoi frappes-tu lorsque tu entres dans cette pièce ? C'est ta chambrée aussi… »

Balder fut étonné d'entendre le silence rompu par Erwin qui n'avait pas décollé son stylo du papier.

« Et bien c'est que… Je ne voulais pas déranger. Je sais que tu te concentres pour écrire (il hésita sur le mot à employer) … ce que tu écris, quoi. »

Il reporta son attention sur son sac, tentant de conserver une attitude spontanée. Pourtant Erwin l'impressionnait. Pour Balder, il était le modèle à suivre, ferme et serein, respectable et respectueux, ouvert et positif. Du moins était-ce l'image qu'il donnait de lui. Cette image fascinait Balder. Contrairement à Grégory, il ne feignait pas la maturité qu'on lisait dans son regard et que trahissait son ton, même lorsqu'il se lançait dans des réprimandes péremptoires. Et surtout, il y avait ce mystérieux carnet que Helm rédigeait sans cesse. Marc aurait aimé ne pas être aussi timide et renfermé, il aurait voulu être apprécié comme Erwin, entouré. Au lieu de ça, c'était le plus solitaire du groupe, il n'arrivait pas à rester trop longtemps en leur compagnie. Non pas parce qu'ils étaient désagréables, loin de là, mais parce qu'il se sentait différent d'eux. Il se sentait étranger à cette camaraderie, et préférait se griller une cigarette, seul, lorsque les autres proposaient une partie de cartes ou, comme aujourd'hui, se rassemblaient autour d'une table de billard. Qu'aurait-il fait s'il les avait accompagnés, de toute façon ? S'asseoir sur une chaise, dans un coin, rire de bon cœur aux blagues de Cyril et payer une tournée ? Jouer les produits Ikea, non merci !

Le jeune soldat remarqua qu'il était resté immobile, les yeux fixés sur ce fameux carnet, auquel des pages et des feuilles, pliées un nombre interminable de fois, avaient été rajoutées. Le tout avait l'allure d'un agenda d'avocat, débordant de notes, de croquis et de pochettes à puces de silicium… Balder ne pouvait s'empêcher d'être intrigué malgré la gêne que lui causait sa curiosité.

Erwin sourit. Il s'arrêta d'écrire à la stupeur de Balder qui resta tétanisé, aux aguets.

« Tu as entendu quelque chose, y a un problème ?

— Doucement, fit Erwin avec un geste des mains pour calmer son compagnon. Je voulais juste savoir si vous saviez ce que contient le paquet que j'ai reçu. »

Ah, c'était donc ça… Balder savait qu'il devait être franc. Mais il était seul avec Erwin, et même en mobilisant toute sa concentration, il ne pouvait résister au faible tremblement qui le saisissait. Malgré la petite poignée d'années à peine qui les séparait, c'était comme parler à un vieux professeur de lycée à qui il aurait omis de rendre une dissertation et s'apprêtait à évoquer une excuse impliquant l'appétit de son chien. Si seulement il était comme Greg et Cyril, si seulement il pouvait partager avec Erwin cette franche camaraderie, cette gouaille, cette unité, cette force… Être arrivé après leur rencontre lui donnait l'impression, diffuse mais persistante, d'être un greffon sur une plante qui se suffisait déjà à elle-même. Comme le bourgeon de trop. Il avait même formulé à Cyril sa vision de cinquième roue du carrosse, un soir où les verres de mousse s'accumulaient sur le comptoir du bar, au mess. Ce à quoi Engström lui avait assuré en ces termes qu'il n'avait pas à s'en faire : la cinquième roue était la plus importante de toute, celle qu'on devait toujours avoir avec soi, car c'était celle qui était destinée à vous sortir de la merde. L'analogie automobile lui avait arraché un sourire sans apaiser ses doutes, au contraire.

« Un étui, répondit-il, la voix chevrotant légèrement. En métal, avec le blason des États-Unis d'Europe. Les étoiles et la rose des vents…

— Et dans cet étui ?

— On n'en sait rien, avoua-t-il avec dépit. Tu ne l'as même pas ouvert !

60

— Bien. »

Balder s'attendit à ce que cette phrase eût une suite…
Qui ne vint pas. Erwin se replongea dans l'écriture de son
carnet et ne relâcha son attention que pour rediriger le
faisceau lumineux de sa lampe de chevet. Il ne chercha pas
à comprendre.

Il était arrivé dans cette chambrée en même temps que
Cyril. Ils remplaçaient deux gars mutés ailleurs,
apparemment. Ils avaient été accueillis par la courtoisie
joviale toute relative de Grégory Mertti et le mystère
d'Erwin Helm. Mis à part ses origines germaniques –
Autrichien, Allemand ? – et le fait qu'il ait vécu une partie
de sa vie en Région Italienne pour faire ses études, personne
ne savait rien de lui. Il avait fini par s'engager pour fuir la
douleur de sa mère après la disparition énigmatique de son
père, mais à part tout cela, donc, personne dans la chambrée
ne connaissait quoi que ce soit de la vie d'Erwin, à part
Erwin lui-même. Il parlait peu, mais avait l'esprit vif et
l'âme d'un meneur. Il inspirait confiance et sympathie, mais
surtout, respect. Il était naturellement devenu le chef de
chambrée, ce qui lui rapportait parfois quelques soucis à
cause des trois autres lurons dont Balder faisait partie. Et
surtout, contrairement aux autres, il ne semblait pas
s'enthousiasmer de la puissance qu'acquérait l'Europe,
toujours plus importante au fil des années. Cette seule
position idéologique suffisait à en faire une énigme.

« Ce ne sont pas des cigares de Cuba, hein ! plaisanta-t-il
dans le but d'en savoir plus.

— Excuse-moi, je ne t'ai pas entendu ? fit Erwin en
relevant son nez du carnet.

— Rien, laisse tomber. J'ai pas encore le niveau de
Cyril. »

De toute façon, Erwin n'aurait rien dit. S'il n'avait pas
jugé bon de leur montrer l'étui, c'était que ce n'était pas
nécessaire. Tout simplement. Et Balder avait confiance dans
le jugement de son ami. Car il s'agissait de toute évidence

61

d'un ami, plus qu'un simple compagnon. Ce qui n'était pas aussi sûr, pour Balder, était la réciprocité de ce sentiment… Il craignait tellement de n'être pour eux qu'un camarade de chambrée. Les autres lui donnaient toujours l'impression de ne pas le considérer comme ils se considéraient. Balder voulait être plus que cela, il voulait des amitiés qui duraient longtemps… Or ici, il avait surtout le sentiment de gêner l'amitié des trois autres. Il voulait tellement…

La porte s'ouvrit et deux rires distincts résonnèrent sur le palier. Greg et Cyril revenaient plus tôt que prévu après un incident que le récit goguenard des deux compères rendait difficile à comprendre, si ce n'était que deux bleus allaient probablement passer du temps à nettoyer. Qu'ils plaisantent ! Ils n'en auraient plus souvent l'occasion dans les prochains temps. Balder en était persuadé, plongé dans sa mélancolie de voir les deux s'amuser tandis qu'il était assis là, sur son lit, sans but, sans ami…

# Chapitre 3

15 juillet 2033. Berlin.

La pluie s'était calmée, les bouches d'égout se désengorgeaient et les rues de Berlin retrouvaient des allures de routes et de trottoirs, et non plus de torrents impétueux. L'orage qui avait déchiré le ciel de la capitale avait laissé la place à un ciel gris marbré de lumière, et on pouvait espérer voir la couche nuageuse se rompre pour laisser enfin passer le soleil. Michael Kith avançait d'un pas rapide, les cheveux noirs dégoulinants sur son front, l'eau ruisselant le long de son nez d'aigle et de son menton volontaire. Ses « collègues » caricaturistes l'avaient souvent croqué en rapace dans leurs dessins, lorsqu'une affaire de scandale l'impliquait d'une façon ou d'une autre. Le plus souvent, on le représentait en vautour, et force lui était d'admettre que la tête rentrée dans les épaules pour se protéger de la pluie, les sourcils froncés et ce rictus perpétuel au coin des lèvres, il y avait certainement quelque ressemblance. Il attendit nerveusement que le feu du passage piéton passât au vert avant de traverser promptement, bousculant quelques passants au moment de contourner les immenses tubes de verre de plusieurs mètres de haut qui jaillissaient du sol. Ces piliers translucides et diversement inclinés apportaient à la gare souterraine, qui s'étendait sous l'immense place, un peu de lumière naturelle. Le journaliste jeta brièvement un regard sur l'une des horloges publiques. « Biscotte » était leur vieux code pour midi moins le quart. Il était presque en retard.

Devant lui, une sorte de dôme évoquant le Fuji-Yama semblait suspendu entre deux immenses bâtiments par des câbles titanesques, telle une toile de verre recouvrant la place couverte. Autrefois, le dôme du Potsdamer Platz était

63

d'une majesté rare. Aujourd'hui, les tours de verre et de granit avaient poussé aux alentours, et le ciel couleur de plomb n'aidait guère à lui rendre justice. Il était noyé dans la masse de la modernité d'une Europe renaissante. Ou décadente, selon le point de vue de chacun. Michael n'était pas contre le progrès, mais Berlin avait perdu beaucoup de sa verdure au profit de gratte-ciel inutiles, d'un Parlement boursouflé et de ce maudit Ministère de l'Information qui n'existait que pour voler le pain des honnêtes journalistes, si on lui demandait son opinion d'eurocitoyen. Des parcs entiers, disparus. Alors qu'il ruminait cela, une petite voix intérieure lui glissa à l'oreille que, de toute façon, il serait bien le dernier à vagabonder dans les parcs et qu'il était donc le dernier concerné par ces changements. Au diable ! Au moins avait-il une raison de plus de se plaindre, même si elle ne le regardait pas.

Il rasa les vitrines richement garnies en vêtements de luxe et téléphones hors de prix pour se glisser sous le dôme sans avoir à fendre la foule. Ses yeux scrutaient chaque visage à la recherche de Carolis, et il ne tarda pas à la repérer près de l'un des énormes pots colorés dans lesquels poussaient de hauts et minces arbres rachitiques. Kith se dirigea droit sur elle, de sorte qu'elle le remarqua aussitôt à son tour. Le journaliste sentit son cœur s'emballer tandis que des images indécentes affluaient dans son esprit. Il n'eut cependant aucun mal à les remplacer par des souvenirs moins agréables de reproches et de trahison.

« Ça fait longtemps… *Carolis*, attaqua-t-il sans ambages ni se départir de son rictus cynique. J'apprécie le coup de pouce que tu cherches à me filer, mais… où est l'embrouille ? »

Il aurait aimé dire qu'elle n'avait pas changé, mais c'était faux. Ses cheveux auburn et bouclés colorés de mèches rouges étaient désormais chocolat, coupés courts. Les traits de sa bouche s'étaient faits moins pulpeux, moins tentateurs, pour adopter les premières rides d'une perpétuelle moue condescendante. Seuls ses yeux vert intenses gardaient leur aura d'antan : ils étaient toujours aussi méprisants que la dernière fois qu'il avait croisé son regard.

« La confiance c'est toujours ton fort.

— Donne-moi une seule raison de ne pas me méfier, riposta-t-il sur le même ton. Sympa le tailleur, après le foirage de ta révolution tu bosses dans un bureau de la Banque centrale européenne ?

— Certains ont trouvé de vrais boulots, entre-temps. Et ne vivent pas dans des taudis. »

La réplique était cinglante. Brutale et gratuite. Kith ne trouva aucune raison de ne pas en faire de même et lui envoya à la figure l'une des mille phrases bien senties qu'il avait répétées des nuits entières en attendant d'avoir la chance de vivre un moment tel que celui-ci.

« *Certains* n'ont pas la chance d'avoir des parents blindés d'argent, des relations haut placées et des petits amis dans chaque ville des E.U.E.. »

La femme accusa la diatribe et sa bouche, bien qu'entrouverte, ne répondit rien. De toute façon, songea Michael, à part se lancer dans un réquisitoire enrobé de mauvaise foi, que pouvait-elle bien répondre à ça, la révolutionnaire fille à papa ? Finalement, après avoir longuement contemplé la foule de Berlinois à la recherche d'une porte de sortie, elle se décida à reprendre.

« Je pense qu'on en a fini avec les politesses.

— Très bien, accepta-t-il, conscient d'avoir l'avantage et désireux de ne pas gâcher cette position. Tu as des infos inédites sur Trovich, parfait. Qu'est-ce que tu veux en échange, *Carolis* ? »

Il avait bien insisté sur ce faux nom, histoire de lui faire comprendre qu'il ne comptait pas se laisser influencer par leur passé commun. Elle n'était plus qu'un contact comme les autres, un pseudonyme, une source d'information. Carolis accepta cela sans broncher, ce qui tira au journaliste

65

une petite déception. Elle l'entraîna derrière le pot immense et parla à voix basse sur son ton de comploteuse qu'il avait appris à détester.

« Le gouvernement mobilise l'armée, la guerre va bientôt commencer.

— Tu m'as invité à enfoncer des portes ouvertes ? ricana-t-il avec aigreur.

— Tais-toi et écoute, le rabroua-t-elle durement. La révolte gronde, mais Tramper et le Parlement refusent de l'entendre. Il va falloir passer à l'action. »

Michael Kith n'en croyait pas ses oreilles. Malgré son beau costume et sa coupe de femme rangée des voitures, Carolis n'avait en fait pas bougé d'un poil : elle était toujours une révolutionnaire fille à papa ! Aussi incroyable que cela puisse paraître, à son âge elle n'avait pas lâché l'affaire ! La cocasserie de la situation était telle qu'il s'épancha d'un rire gras incontrôlé qui lui attira un regard de braises.

« Je peux savoir ce qui te fait rire ?

— Mais toi, ma pauvre ! lui asséna-t-il les yeux hilares. Tu baignes dans le pognon de papa depuis ton enfance et tu viens me parler, à moi, comme une défédératiste convaincue ! Mais sans les E.U.E. tu vivrais dans le même genre de taudis que moi, ma belle. T'es vraiment mal placée pour cracher dans la soupe, et pourtant à quoi, trente-cinq piges ? Tu fais toujours comme si t'étais à fond dedans. »

Elle ne dit rien et le foudroya du regard, assez longuement pour le forcer à reprendre son calme. Son sourire narquois ne disparut pas de sa face de rapace, mais du moins était-il un peu plus sérieux. Il se passa une main dans ses cheveux trempés et les lissa en arrière.

« Écoute-moi, j'ai des contacts défés, et eux ils ont de bonnes raisons de vouloir la fin de la fédération. Toi... merde, mais c'est quoi ton problème, t'as toujours pas réglé ton Œdipe ?

— Tu vois, c'est pour ça que je me suis barrée, rétorqua-

66

t-elle alors d'une voix glaciale. Balancer des saloperies t'es le champion, et t'en as fait ton métier. Mais prendre les gens au sérieux, ça t'en es incapable. »

Son sourire en coin fondit en un instant, ses sourcils se froncèrent d'indécision.

« T'es bon pour critiquer et descendre en flamme, mais t'as aucune opinion sur rien, tu crois en rien, tu ne penses rien. T'aurais eu Victor Wilem en interview que t'aurais été incapable de reconnaître le premier président des États-Unis d'Europe. Tu l'aurais traité de fou ou d'hypocrite, comme tu l'as fait avec moi. »

Après toutes ces nuits passées à affûter ses piques les plus acérées, Michael réalisa qu'il avait omis de se construire un bouclier. Il ne s'était pas préparé à la défense. Et ces mots simples, qu'elle lui crachait au visage avec cette moue hautaine qu'elle avait certainement travaillée, et bien ces mots rentraient en lui comme une lame dans du beurre. Ils se frayaient un chemin entre ses côtes pour se planter, avec une grande précision, droit dans le cœur. Il la regarda, interloqué. Le bruit des gens, sous le dôme, sembla soudain éclater à ses oreilles, et il eut la nette impression que tous avaient parfaitement entendu la conversation, entendu la vérité sur Michael Kith.

« Alors, pas de répartie cynique, monsieur Kith ? Ah non ! Bien sûr, ça viendra quand tu seras planqué tout seul derrière ton ordinateur. Je suppose que ton droit de réponse sera dans une colonne du *Federal Post* demain matin, bourré de fautes ? À défaut d'un article sur Edmund Trovich, vu que tu n'auras jamais rien de neuf sur l'affaire. »

Sa voix était plus tranchante qu'un scalpel, et elle taillait dans le vif à grands coups.

« Dans ce cas, merci de t'être déplacé pour décliner mon offre, au plaisir de ne plus te revoir. »

Voilà, la phrase fatidique, la même qu'autrefois. Il fallait bien qu'elle la sorte, il savait qu'elle ne s'en priverait pas, mais elle eut quand même l'effet dévastateur d'une bombe dans son crâne, et il mit quelques secondes à réaliser que Carolis disparaissait parmi les badauds du Potsdamer Platz. Il esquissa un geste pour la rattraper, mais se ravisa à la dernière seconde. Elle n'était visiblement plus disposée à dialoguer, allez savoir pourquoi, mais il se dit que la filer ne serait pas inutile, à tout hasard. Il se nia à lui-même qu'il était intéressé de découvrir où elle pouvait bien travailler, voire vivre. À la place il se convainquit mollement qu'il en saurait plus sur Trovich, avant d'envoyer au diable tout prétexte. Elle l'avait mouché, il n'en resterait pas là, point barre !

Il ne fut pas difficile de la suivre, le parapluie de poche qu'elle avait sorti de son sac en bandoulière noire était abîmé, et l'une des branches métalliques saillait du tissu de manière caractéristique. La densité de la foule en ce vendredi midi jouait en sa faveur : des tas d'Européens sortaient du travail pour aller en pause déjeuner ou, pour les plus chanceux, rentrer chez eux profiter du week-end pluvieux à souhait. D'ailleurs le soleil tardait à percer la grisaille, pourtant il s'en félicita, tant que Carolis continuerait d'utiliser son parapluie cassé, il pouvait encaisser le déluge. Elle déambula dans les rues berlinoises entre les immeubles de pierre massifs aux façades sculptées et les blocs de verre plus récents, longeant des trottoirs encombrés de pistes cyclables à n'en plus finir.

À mesure qu'elle s'aventurait dans un quartier d'habitation, des slogans défédératistes s'étalèrent à la peinture en bombe sur certains murs. Une affiche particulièrement réussie, collée sur un transformateur électrique, représentait le drapeau des États-Unis d'Europe, à ceci près que la rose des vents n'était pas entourée de douze étoiles d'or, mais d'un cercle de barbelés jaune sale. L'image tira au journaliste un ricanement de circonstance. Il avait laissé une longue avance à Carolis maintenant que les rues se faisaient moins bondées, et profitait de quelques citoyens rentrant du travail pour passer inaperçu. Finalement, elle pénétra dans un immeuble beige immonde, typique des années 80, et disparut derrière une porte vitrée. Lorsqu'il arriva à hauteur du bâtiment au crépi antédiluvien, il apprécia de constater que le loquet avait été laissé ouvert afin que la porte ne puisse pas claquer. Un coup d'œil à l'état déplorable du digicode mural lui laissa comprendre que l'installation ne devait plus être très fiable. Dans le hall, un panneau à lettres amovibles donnait la liste des locataires étage par étage. Carolis Dokesz n'y figurait pas, contrairement à un autre pseudonyme de sa connaissance, vivant selon toute vraisemblance au troisième étage. Une vieille couverture, peu usitée, qui amena à ses lèvres un sourire moqueur teinté de dépit. N'avaient-ils pas plus d'imagination pour leurs fausses identités que pour leur pseudo programme éculé ? Il gravit les marches quatre à quatre pour atteindre le palier du troisième étage. Aucun nom sur les sonnettes, mais deux paillassons qui lui souhaitaient la bienvenue. L'un en européos, l'autre en allemand. *Quelle subtilité*, rumina-t-il en levant les yeux au ciel.

Et maintenant, que faire ? Toquer à la porte et la mettre sur le fait accompli : je sais où tu te caches, dis-moi ce que tu sais ? Repartir à pas de loup et enquêter sur l'adresse pour finalement lui téléphoner à l'improviste ? Cette idée ne manquait ni de piquant ni de théâtralité. Oui, c'était très tentant, mais laissait un arrière-goût de psychopathie assez détestable. Non, mieux valait frapper et…

Il arrêta sa main en plein mouvement. Et si elle n'était pas seule ? Michael s'imagina un gros malabar ouvrir la porte grise et lui ordonner de déguerpir, sans entrevoir d'autre solution que d'acquiescer lamentablement et de s'enfuir, humilié. Cela dit, cela faisait partie des risques du métier, et ce n'était pas la première fois qu'il aurait à s'asseoir sur son amour propre. Il toqua donc, aussi vigoureusement que possible. Pas de réponse. Il toqua donc encore plus fort, jusqu'à marteler le contreplaqué dans une imitation aussi fidèle que possible des policiers de la FedPol venus perquisitionner chez lui le lendemain de son article sur les paroles de l'assassin de Trovich.

« Carolis, je sais que t'es là-dedans ! Ouvre, je suis prêt à discuter ! »

Quelqu'un se racla la gorge derrière lui, et il se retourna vivement, tout penaud… pour découvrir Carolis elle-même, dans l'entrebâillement de la porte au paillasson en européos. Il s'éloigna de la mauvaise porte d'un bond, les yeux grands ouverts dans la peur de voir surgir le malabar de derrière la porte grise… passablement irrité par son erreur.

« Kaï n'est pas chez lui, je peux laisser un message ? demanda-t-elle avec une grosse touche d'ironie.

— Très drôle.

— Tu m'as suivie.

— Tu m'as laissé te suivre. Je peux entrer ? »

Elle hésita sincèrement, le sondant de ses yeux d'émeraude. Puis, presque à contrecœur, elle le laissa pénétrer l'appartement. Il s'attendait à bien des choses, mais pas à ce qu'il vit en la suivant dans le petit salon. En fait, le logement de Carolis ressemblait beaucoup au sien. La propreté en plus, et une touche de bon goût de surcroît. Il avait peine à croire qu'aucune trace de la fortune parentale ne se soit immiscée ici.

« Installe-toi.

— C'est, euh… sympa chez toi.

— S'il te plaît, garde ce genre de banalités pour tes coups d'un soir.

— Je suis sincère, rétorqua-t-il brusquement, vexé par le sous-entendu. Avant, tu avais plus de… moyens.

— l'État fédéral a européanisé l'entreprise de mon père, il a été licencié au profit d'un nouveau directeur. Il croyait… enfin, il croit toujours que ça a quelque chose à voir avec moi et mes, disons, relations. Il m'a pratiquement jetée à la rue. »

Kith l'écouta, à la fois peiné et surpris. Peiné d'avoir eu des mots si rudes auparavant, mais peiné également que ce revirement de situation n'ait pas été complètement volontaire. Surpris, enfin, qu'elle lui révèle tout ça. Cette minute de sincérité réveilla ses soupçons mais il la laissa néanmoins finir.

« J'avais un diplôme, j'ai trouvé un travail de cadre. Je vis normalement maintenant.

— Et l'européanisation de l'entreprise familiale n'avait rien à voir avec toi, je suppose ?

— Les États-Unis d'Europe sont sortis de la crise en nationalisant, lui rappela-t-elle de son ton professoral et pédant, le fait que ces européanisations continuent ne devrait pas te surprendre.

— En fait si, ça fait presque dix ans que la fédération lâche du lest de ce côté-là, répondit Kith qui avait écrit quelques articles sur des affaires louches de privatisations mêlées de conflits d'intérêts et d'abus de pouvoir...

— Crois ce que tu veux, abandonna-t-elle avec une moue agacée, j'avais rien fait de spécial à l'époque. En fait j'avais lâché le truc. J'avais *réglé mon Œdipe*. »

Il avala la couleuvre sans mot dire.

« Mais avec ce qui se passe ces dernières années, la réélection de Tramper, la crise slaviste comme excuse pour mettre des policiers à chaque coin de rue et des caméras à chaque immeuble...

— Quand Zwiel a fait péter une bombe à Thessalonique et une bagnole au centre-ville de Košice les gens auraient été bien contents qu'on puisse retrouver les terroristes avec des vidéos.

— Oh arrête de réciter leur propagande policière, surtout toi, t'es pas crédible une seule seconde.

— Je te réponds ce qu'un citoyen lambda va te répondre, ma belle. Fais-toi à l'idée que les caméras et les flics, y en a qui demandent que ça.

— Des moutons ! exulta-t-elle.

71

— Peut-être, mais jusqu'à preuve du contraire, leur vote a autant de valeur que le tien. Tu peux reprocher ce que tu veux à Tramper et compagnie, mais ils ont été *élus*, et ça faut le respecter. Ça s'appelle la démocratie. »

Elle le regarda, médusée, presque choquée.

« Mais comment tu peux me sortir un truc pareil, tu craches sur eux à longueur d'articles ?

— Mon boulot c'est pas de nier leur légitimité, déclama alors Michael Kith avec un rictus de fierté, c'est d'empêcher qu'ils soient réélus. Et ça, c'est légal, démocratique, et respectueux de tous nos principes. Sauf peut-être de la vie privée, mais je ne m'attaque qu'à des figures publiques. Là ça compte plus. »

Pour la première fois depuis des années, il la vit sourire. Sincèrement, sans artifice. Cette vision soudaine et malheureusement éphémère lui enflamma la poitrine, mais il ravala bien vite ce sentiment. Son objectif, désormais, était de ne pas oublier que depuis le début, il y avait anguille sous roche.

« Je t'ai mal jugé.

— Comme tout le monde, en Europe, répondit-il avec une note d'humour.

— Sauf sur un point, se sentit-elle obligée d'ajouter. Tu ne prends vraiment personne au sérieux. Pas même tes lecteurs.

— Comment le pourrais-je ? s'offusqua-t-il faussement. Ils sont soit fédéralistes, soit défédératistes ! »

Ils rirent de bon cœur, mais Carolis en profita pour rebondir et en venir enfin au sujet qui les intéressait tous les deux. Juste au moment où Michael avait l'impression de revenir dix ans en arrière.

« Nous avons besoin de toi.

— Nous ? répéta Kith avec dédain et suspicion, un sourcil inquisiteur s'élevant au-dessus de son œil gauche.

— Tu sais très bien. Nous allons sortir de l'ombre, et nous voudrions pouvoir lancer un appel…

— De quel genre ?

— La branche religieuse du Parti Défédératiste Européen aimerait… »

Avait-il bien entendu ? Les oreilles de Michael en bourdonnaient encore.

« Plaît-il ? l'interrompit-il alors en portant exagérément la main à l'oreille. Les Religieux ?

— Si je m'adresse à toi, c'est que tu es l'un des seuls journalistes à ne pas être pourri par la doctrine de Mouvement Athée, expliqua-t-elle d'une voix sourde. Nos sympathisants défés dans le milieu des médias sont quasiment tous des ultra-laïques convaincus, les autres… les autres ont peur.

— Tu m'étonnes ! exulta Kith. C'est un coup à se faire embarquer par les CMO ! Je sais pas si t'es au courant, mais sur la liste du Ministère de l'Intérieur des gens à faire disparaître en priorité dans un trou sans fond, y a un tiers de terroristes russo-slavistes, un tiers de meneurs religieux secrets, un tiers de criminels en série. Dans cet ordre de priorité.

— Je sais, c'est justement pour ça qu'il faut que les gens sachent ce que font les offices religieux illégaux. Qu'ils sachent la vérité.

— Sur leurs orgies et leurs partouzes avec des gamins ? ricana le journaliste en levant deux paumes en signe de refus. Merci ça ira ! »

Il encaissa la gifle avant même de la voir venir. Il lui fallut même quelques secondes pour réaliser pourquoi sa joue gauche lui brûlait soudainement et son oreille sifflait étrangement.

« Au temps pour l'esprit critique du journaliste, cracha-t-elle.

— Je suis pas un modèle du genre, rétorqua-t-il en se massant la joue. Sérieux, quand ce ne sont pas des hippies *New Age* ou des pédophiles, c'est des ados punks qui cherchent le pire moyen pour se rebeller contre la société…

Quoi, me dit pas que toi aussi tu… »

Encore une fois ses lèvres dessinèrent la parfaite représentation du sarcasme.

« Tu t'es convertie à la religion ? gloussa-t-il malgré le regard offusqué de Carolis. Mais ça n'a plus aucun sens je veux dire… Les religions sont mortes après le Millenium Crash. Mouvement Athée les a achevées. S'accrocher à ça, c'est… rétrograde ! (Devant son silence de marbre, il ne put s'empêcher d'insister) On parle bien de Dieu, là ? Un vieux barbu dans le ciel qui aurait laissé ses églises, ses mosquées et ses synagogues se faire incendier, ses fidèles de tous bords se faire lyncher, ses lieux saints se faire démolir… On parle bien d'une entité soi-disant toute puissante qui n'aurait rien foutu pour sortir ses croyants du massacre ? Alors même s'il existe, à quoi ça sert de le vénérer ? On n'est plus au Moyen Âge…

— T'as fini ? lâcha-t-elle avec écœurement.

— Je peux aussi te parler de l'Inquisition, des Djihâds et du conflit israélo-palestinien qui a provoqué le Millenium Crash et donc le monde pourri dans lequel tu vis aujourd'hui, mais je crois que tu as compris où je voulais en venir, répondit-il avec un grand sourire amusé. Sérieusement, Nadja, les religieux…

— *Carolis*, le reprit-elle sévèrement. Toujours aussi bourré de clichés et d'idées toutes faites, à ce que je vois. Maintenant, écoute-moi bien, ou sors de chez moi. »

La sentence mit fin à l'humeur enjouée de Michael aussi soudainement qu'elle était apparue. Il réalisa non sans un certain malaise que, s'étant senti à son aise, il avait agi spontanément, c'est-à-dire comme un con. Cette pensée le calma rapidement et il reprit son sérieux, parvenant même à faire disparaître tout rictus de son visage.

« Un article, c'est tout ce que je te demande.

— Un article sur… les religieux, donc.

— Pas sur ce ton, Michael.

— Excuse-moi, mais si je fais un papier sur « les

religieux sont vos amis, il faut les aimer aussi », je perds mon boulot, et peut-être ma liberté. Apologie de la religion et des pratiques cultuelles illégales, tu connais ?

— J'ai des infos de première main sur Trovich, rappela-t-elle, consciente qu'il venait d'énoncer un fait sans exagérer, pour une fois.

— Super, comme ça ils vont rajouter sédition et viol de la vie privée, ou un truc du genre ! Je peux gérer une emmerde à la fois, mais pas toute une avalanche ! Surtout que…

— Je sais, soupira-t-elle en levant les yeux au ciel, les religieux. »

Carolis ne répondit rien. Ce que Michael venait de lui dire, les rares sympathisants à sa cause lui avaient déjà annoncé avec les mêmes arguments. Critiquer le gouvernement était une chose, légale qui plus est. Défendre les cultes et offices secrets, c'en était une autre. Bien plus grave. Ses connaissances dans le milieu des médias marchaient sur des œufs dès que le thème venait sur le tapis. Et Michael, bien qu'il ait été le dernier qu'elle ait osé contacter, essentiellement pour des raisons personnelles, restait le plus à même de porter un sujet aussi sulfureux sur le devant de la scène et de s'en sortir par une pirouette. C'était sa spécialité, les gens le lisaient rien que pour ça. Il était parvenu à accrocher les lecteurs même les plus fédéralistes par une capacité à appuyer là où cela faisait le plus mal. Mais pas seulement par provocation, et sa tirade sur le vrai but de son travail, bien qu'étant partiellement une plaisanterie, possédait bel et bien un fond de vérité. Peut-être que s'il perdait ses préjugés sur la question, Michael serait plus enclin à réviser son jugement. Et à prendre ce risque.

« Viens à un office avec moi, rencontre ces gens, dit-elle avec une touchante sincérité.

— Je ne veux pas m'engager dans une secte, Nad… Carolis.

— Je ne te demande pas d'adhérer, mais de regarder, d'observer, de juger en ton âme et conscience. Si tu ne veux pas écrire ce papier… tant pis, mais viens au moins te faire ta propre opinion sur la question. »

Kith sentit peser sur lui des attentes auxquelles il n'était pas sûr de pouvoir – vouloir ? – répondre. Seulement, deux yeux verts le scrutaient de telle sorte qu'il pouvait difficilement réfléchir, et même ses barrières habituelles dressées entre lui et les ruses sans limites de ses interlocuteurs ne parvenaient à atténuer l'ardeur à « bien faire » que ce regard réveillait en lui. Et au point où il était actuellement, chaperonné et coupé de ses sources habituelles, que lui restait-il ?

« OK pour voir une de vos séances, ou peu importe comment vous appelez ça. OK pour parler avec ton gourou. Mais je ne te promets rien. »

Malgré les termes péjoratifs employés, le ton était suffisamment amical pour faire comprendre à Carolis qu'elle venait de remporter cette manche. Elle sourit.

# Chapitre 4

Hambourg. 30 juillet 2033.

*Les jours passent et se ressemblent. Mais laisse-toi gagner par la routine et tu te retrouveras en train de suivre la masse comme un mouton. Baisse ta garde et ils te feront faire ce qu'ils veulent de toi. Et tu n'es pas un mouton, n'est-ce pas ? Non, il te faut continuer à réagir sur ce qui t'entoure. Un jour, un ordre idiot émanera d'un supérieur, mais tu auras tellement l'habitude d'exécuter les ordres à la lettre que tu en oublieras de te demander si cet ordre est valable ou pas. Tu ne dois pas te révolter à chaque fois qu'un ordre ne te plaît pas. Tu dois réagir lorsque l'ordre n'est plus sensé.*

Erwin lui avait dit ça une fois, et Cyril ne pouvait s'empêcher d'y repenser. Plus loin, presque de dos, Helm était comme lui au garde à vous. Au milieu d'une masse de 150 militaires de tous grades, il attendait que le général anglo-belge Peterson ait fini de donner les affectations de sa voix monotone torturée par un accent trop anglais pour être vraiment de l'européos. Beaucoup se demandaient avec un mélange de curiosité et d'inquiétude ce qu'il y avait d'aussi exceptionnel pour qu'un gradé de si haut rang se soit déplacé ici, dans cette caserne. Erwin lui avait tapoté l'épaule et pointé du doigt une équipe de télévision en plein préparatifs de tournage.

Cyril avait déjà été appelé. Il savait où il serait envoyé, dans quel groupe. Il attendit patiemment qu'il en soit de même pour Erwin. Il savait déjà que Greg serait avec lui, mais que Balder avait été affecté ailleurs. Autre mission, autre transport.

Connaissant beaucoup des soldats ici rassemblés, et pas seulement à cause de sa popularité au bar, il avait compris que les affectations s'étaient faites par niveau. Mais contrairement à ce que lui, Cyril Engström, aurait fait par bon sens, les groupes n'étaient pas équilibrés. La plupart du temps, ils mettaient les bons avec les bons, les mauvais avec les mauvais. C'était si évident que c'en devenait embarrassant pour les uns comme pour les autres. On avait l'impression d'entendre son nom scandé à haute voix sur la place d'armes suivi de la mention « futur héros » ou « toquard », et même si certains avaient du mal à réprimer leur fierté, la plupart des hommes de troupe se contentaient de hocher de la tête en mobilisant leurs efforts pour ne pas trahir la moindre émotion. On ne voulait blesser personne. D'autant plus que s'ils arrivaient par ce procédé douteux à se créer des unités très prometteuses, presque d'élite, ils obtenaient en contrepartie des groupes certains de servir de chair à canon. Le Haut Commandement voulait des exemples, des unités héroïques à glorifier, pour la propagande. Tant pis pour les autres groupes. Cyril s'imaginait déjà entendre le présentateur des infos sur Euronews déclamant comme on récite une recette de cuisine qu'il ne s'agirait là que de dommages collatéraux. En tout cas, il en était persuadé, c'était ce qu'Erwin devait se dire en ce moment même, à en croire les sourcils terriblement froncés séparés par cette ride qui ne se creusait que lorsqu'il était vraiment, vraiment en colère.

*Un jour, un ordre idiot émanera d'un supérieur.*

Il réfléchissait à cette phrase et ne lâchait pas Erwin du regard. Cet homme était ce qui se rapprochait le plus d'un modèle, incarnant calme, ténacité et esprit, des qualités qu'il n'avait pas encore acquises et qu'il visait pourtant comme objectif en sa compagnie. Évidemment cela passerait d'abord par l'apprentissage de la discipline, mais en ça Grégory finirait bien par l'aider. Se trouver avec eux, dans la même unité, aurait quelque chose de spécial. Cela signifierait que les généraux l'estimaient digne de combattre avec des soldats du niveau d'Erwin. Il serait digne de l'Europe ! L'Europe forte, puissante, l'Europe centre du monde économique, cœur vibrant de l'industrie mondiale. Son Europe, qu'il devait représenter et défendre comme son père l'avait voulu. Il avait été turbulent et oisif toute sa jeunesse, il était grand temps de se prendre en main, de devenir adulte. Et c'était avec Erwin Helm qu'il avait compris ça. Erwin qui était à présent comme son père, en moins violent...

*Mais tu auras tellement l'habitude d'exécuter les ordres à la lettre que tu en oublieras de te demander si cet ordre est valable ou pas.*

Ce classement était-il sensé ? La question, telle qu'aurait justement pu la formuler Erwin, le frappait tellement fort qu'il en restait bouche bée. Bien sûr, cet avertissement lui avait été adressé dans un contexte tout à fait différent, mais… Il commençait également à percevoir la chose de façon *différente*. Ceux qui n'étaient pas dans un groupe comme celui d'Erwin étaient considérés comme dispensables. Comment réagirait-il en se trouvant dans un tel groupe ? Et au combat, s'il se trouvait dans une telle unité ? Où était la grandeur de l'Europe dans tout ça ? Autrefois Greg aurait été le premier à faire ce genre de commentaire, et lui se serait contenté de rétorquer une bonne plaisanterie pour passer à autre chose. Mais telle une douche froide, l'exclusion de Balder de leur groupe d'amis lui passait définitivement l'envie de rire.

« Erwin Helm », lança le général.

Cyril retint son souffle. Il risqua un coup d'œil en coin en direction de Greg et surprit la même attente chez son ami. La même angoisse. Avait-il réfléchi comme lui aux tenants et aboutissants ?

Balder, quant à lui, avait un regard vague, triste. Cyril eut presque pitié de son camarade, mais rejeta ce sentiment péjoratif avec vigueur. Balder avait probablement besoin qu'on lui montre qu'on pensait à lui, pas qu'on avait remarqué.

« Bataillon C-3. »

Enfin le couperet était tombé. Engström laissa l'air s'échapper de ses poumons, lentement, savourant cette forme de libération. Il était avec Erwin, et avec Greg. Tout allait bien pour lui jusque là. Il s'autorisa même un léger sourire de connivence à Grégory, comme pour renouveler solennellement leur camaraderie dans le futur. C'était décidé, ils partiraient ensemble. Pourtant, en observant Balder, qui quitterait leur compagnie à ce carrefour de leurs vies, il remarqua une étrange lueur dans son regard. Avait-il les larmes aux yeux ?

Les groupes s'étaient dispersés après le départ du général Peterson, la télévision rentrait ses caméras et ses perches. La pluie ne tarderait pas à battre le macadam une fois de plus, mieux valait profiter de la fraîcheur de l'air gonflé par des rafales annonciatrices d'orage. C'était imminent. D'ailleurs, tout semblait imminent. Cyril s'empressa d'aller à la rencontre d'Erwin qui réconfortait Balder pour son affectation différente. Il constata qu'il avait bien vu : le jeune homme, avachi sur un plot en béton, ne retenait plus ses larmes. Son visage rouge de colère – ou de honte, difficile d'être certain – se congestionnait alors que s'écoulaient sur ses joues deux torrents de rage.

« Ils m'ont mis dans un groupe faible, crachait-il avec fureur. Je ne devrais même pas être dans votre chambrée ! Je ne suis pas comme vous ! Je suis un minable, un raté ! »

La gêne était suffocante. Le trio qui entourait Marc Dean ressentait peut-être plus de honte en cet instant que leur ami lui-même, forcé d'assumer un statut qu'ils n'avaient pas demandé, et de réconforter un camarade qui venait de se voir jeter le niveau au visage, comme une serpillière sale à une femme de ménage. Balder était humilié.

« Ne dis pas ça, intervint calmement Greg en arrivant par-derrière. Moi je te trouve super bon tireur.

— C'est vrai, acquiesça maladroitement Cyril. J'aimerais

faire tes scores au Famas. »

Marc le foudroya du regard, et le pauvre Danois eut soudain le pernicieux sentiment d'avoir lui-même accusé son ami d'être mauvais au travers d'une pitié mal placée. Tout ce qu'il put répondre fut un silence embarrassé alors qu'il fixait ses rangers.

« Ouais ! répondit Balder les dents serrées. Mais ça ne suffit pas. Ils vont nous envoyer crever devant vous pour faciliter la tâche aux *héros* !

— Eh là ! se défendit-il alors, piqué au vif dans cette culpabilité étrangère. On n'a pas choisi ! Si ça ne tenait qu'à moi, tu serais dans notre groupe.

— Mais ça ne tient pas à toi. »

*Tu ne dois pas te révolter à chaque fois qu'un ordre ne te plaît pas.*

« On peut toujours demander si… »

*Tu dois réagir lorsque l'ordre n'est plus sensé.*

« Tu sais aussi bien que moi que ça ne changera rien, trancha Marc en essuyant son nez du dos de la main avant de se recomposer une certaine stature. Laissez-moi, je dois prendre l'air. »

Il se dégagea de liens imaginaires pour briser le cercle qui se voulait réconfortant. Mais sa rancœur était profonde, alimentée par la honte. Il partit la tête baissée, l'air presque convaincu qu'il aurait dû s'y attendre. Il l'avait toujours su, il n'était pas comme eux.

« Ne le dérangez pas ce soir, fit Erwin sombrement.

— Je n'en avais pas l'intention…rétorqua Grégory pour marquer que cela tombait sous le sens. Il n'a vraiment pas de chance.

— C'est le niveau, qu'il n'a pas, pas la chance », répondit Cyril sans penser à mal.

La réaction fut immédiate. Avant même de réaliser, il se retrouva projeté au sol, s'écorchant les coudes sur le bitume. Les yeux grands ouverts, il comprit que Grégory venait de le pousser par-dessus le plot en béton, et une douleur fauve dans ses cuisses et dans son dos le lançait déjà.

« Qui t'es pour juger de ça ? éructa son ami fou furieux en le toisant de toute sa hauteur. Tu ne peux pas dire ça ! Tu n'en as pas le droit !

— Droit ? aboya Cyril, tout aussi enragé d'avoir été pris par surprise. Quel droit ? C'est pourtant avec ces critères qu'ils nous ont classés, tu as pigé toi aussi, non ?

— Te sens surtout pas obligé de péter plus haut que ton cul parce que tu es dans une bonne unité, Balder vise bien mieux et bien plus loin que toi. »

Cyril tenta de se relever au plus vite, bien décidé à égaliser le score d'un bon crochet du droit, mais, il se retrouva dans l'incapacité totale de se redresser. Ce qui ne fit que renforcer sa rage.

« Du calme, les gars, s'interposa Erwin avant qu'ils n'en viennent au sang. Ceci n'est pas de notre ressort. Au combat, on a tous le même niveau, c'est la volonté qui fait la différence.

— Ouais ! Et bien pour le moment, gronda Greg en fustigeant d'un index vengeur un Cyril étalé sur la route, ses conneries sur les niveaux il peut se les foutre là où ça lui fera le plus de bien !

— J'ai bien une idée, répliqua Engström avec la seule arme qui lui restait, mais t'as pas l'âge légal…

— Silence ! C'est l'Eurocorps ici ou un *Kindergarten* ? »

Leur chef de chambrée les foudroya du regard. Ils réalisaient la puérilité de leur altercation. Ou du moins firent-ils semblant, car ils feignirent de se calmer. Helm offrit sa main au Danois pour l'aider à se relever tandis que Grégory se massait le menton, ruminant toujours, le regard vagabond, et sans un mot de plus, ils se quittèrent, partant tous dans des directions opposées. Erwin se retourna pour voir les derniers groupes de soldats discuter sur la place d'armes, la plupart ayant attendu de voir si les deux compagnons finiraient par se taper dessus une fois de plus. Les choses n'évoluaient pas au mieux, et contre toute attente il se prit à espérer que la mission ne commence au plus vite. La tension du départ, l'anxiété rampante qui infestait toutes leurs pensées, se faisait dangereusement palpable, physique, électrique. Inquiet, il reprit son chemin et accéléra le pas dès qu'il sentit tomber la première goutte de pluie.

La soirée fut calme, mais l'ambiance pesante. Chacun évitait le regard de l'autre. Balder n'était pas encore revenu. Greg lisait son livre. Cyril se faisait une partie de solitaire en attendant de poursuivre un poker avec Balder. Ça lui remonterait le moral. À Cyril aussi d'ailleurs. Erwin, lui, écrivait sur son carnet. Au bruit du stylo sur le papier, il écrivait plus vite que d'habitude. Il écrivit plus de pages également.

Cyril n'y tint plus. Il se leva de son lit où il était assis en tailleur et se pencha au-dessus de l'épaule d'Erwin.

« Tu pourrais m'expliquer ce que tu écris exactement ? »

Il avait parlé vite, et ses intonations rendues agressives par toute la tension accumulée dans la journée frelatèrent ses intentions. Il voulait simplement briser ce silence, cette chape de malaise étouffante qu'il ne supportait plus dans une chambrée d'ordinaire si... animée. Hélas, Greg, lui aussi, avait les nerfs en pelote, et il ne lui en fallut guère plus pour réagir au quart de tour. Aussitôt, il leva les yeux de son livre et dit d'un ton menaçant :

« Si tu es stressé, va donc au gymnase et défoule-toi sur un punching-ball !

— Pardon. »

La réponse lui parvint du tac au tac, sans ironie, sans moquerie. Brutalement, peut-être, d'une voix sèche et rapide, mais sans violence. C'était un pardon sincère et spontané, si spontané, en réalité, que Cyril lui-même devait s'étonner que ce mot ait franchi si aisément ses propres lèvres. Mertti eut une moue respectueuse.

« Wow ! C'est la première fois que tu t'excuses...

— On est tous un peu… sur les nerfs… en ce moment, commença Cyril et se passant une main sur ses cheveux blonds rasés à la brosse. Je crois que c'est là qu'on a besoin les uns des autres. Désolé de m'être emporté. »

Il y eut moment de flottement gêné.

« J'écris notre vie ici, dit alors Erwin autant pour rompre le silence que récompenser ce progrès inattendu. Comment ça se passe, et tout ça. Ça me fera un souvenir, une sorte de « Mémoires » de la chambrée. Et j'écris aussi… des choses plus importantes. Mais je préfère ne pas en parler. »

Cyril acquiesça et retourna à ses cartes, le corps encore parcouru des frissons de l'adrénaline, de la satisfaction d'avoir crevé l'abcès et de la fierté d'avoir été pour la première fois de sa vie celui qui avait pris les devants. Il releva tout de même la tête et prononça à haute voix ce que les trois hommes se demandaient tout bas.

« Quelqu'un sait où est Balder ?

— Si on le savait, on serait allé le chercher, répondit vaguement Greg, déjà replongé dans son livre.

— Donc, non ?

— S'il a envie d'être seul, ce que je comprends tout à fait, il faut le laisser faire, déclara Erwin en faisant tourner sa chaise de bureau vers son compagnon. Si tu vas vers lui alors qu'il te fuit, il va prendre ça pour une provocation.

— Ce n'est pas notre faute s'ils l'ont classé dans la catégorie faible !

— C'est le genre de chose qu'il faudra éviter de prononcer devant lui, ajouta Mertti en levant à peine le nez de son roman. Ça aussi, ça ressemble à une provocation, même si tu ne le dis pas dans ce but… »

On toqua à la porte. Greg et Cyril regardèrent Erwin, plein d'espoir.

« Oui… fit ce dernier en lâchant son stylo.

— C'est sûrement Balder qui vient s'excuser comme toi et qui veut de nouveau te battre dans une partie de cartes, murmura Greg avec un clin d'œil taquin.

— Compte là-dessus, pépère, sourit Cyril en puisant dans l'euphorie de la réconciliation un peu de son moral et de son humeur facétieuse. Tiens, toi je te bats quand je veux, à n'importe quel jeu. J'ai une chance insolente ! »

Erwin était allé ouvrir, puisque le visiteur n'avait pas pris la peine d'entrer. Cette fois, Balder en faisait un peu trop avec sa lubie de toquer en toute circonstance...

« Fais gaffe, prévint Greg avec un sourire qui s'élargissait. J'ai aussi une chance de cocu !

— Normal, tu es le seul d'entre nous à avoir une nana ! »

Erwin ouvrit la porte et tomba sur un jeune homme qui ne devait pas avoir plus de seize ans. Même Greg, le jeunet, presque un bébé, Cyril et lui-même, avec ses vingt-deux ans, faisaient partie des hommes les plus jeunes du bataillon, plus vraiment des bleus, mais en pleine formation. Celui-là paraissait n'avoir même pas fini son lycée... Il lui semblait qu'on n'engageait des adolescents qu'à partir de l'âge de Grégory...

*De toute façon, c'est trop jeune*, songea Erwin dans l'instant. *Tout ça pour former des générations d'Européens dociles...*

« C'est ici la chambrée de Marc Dean ? »

Il n'était pas très assuré dans sa démarche. Bredouillant, regardant plus volontiers ses lacets que les yeux de son interlocuteur.

« Il n'est pas là, répondit Erwin de façon amicale pour le calmer.

— Ça, je le sais, annonça le très jeune homme. Je suis ici parce que nous avons échangé de chambrée à sa demande. Il cherchera le reste de ses affaires demain. »

Un hoquet de surprise retentit dans son dos, mais Erwin ne put dire s'il venait de Greg ou de Cyril. Il se demanda aussitôt comment Balder s'y était pris pour faire aboutir sa requête, et surtout aussi vite.

« Vous ferez partie de quelle division ? questionna Erwin, la mine plus sombre.

— Bataillon C-23, je suis aide médicale d'urgence.

— Brancardier, en clair, lança dédaigneusement Greg du fond de la chambrée.

— N'es-tu pas un peu jeune pour entrer dans l'Eurocorps ?

— Alerte permanente, informa le garçon, donc réquisition de tout jeune homme valide et sans emploi ou sans études à partir de 16 ans. Je m'appelle Yoann Kreel, et vous ?

— Moi, c'est Erwin Helm, voici Grégory Mertti et Cyril Engström. »

Il fit les présentations en le conduisant dans la pièce.

« Alors Balder s'est cassé… soupira amèrement Cyril.

— C'est son choix, répondit Erwin en prenant Yoann à l'épaule. Maintenant, notre quatrième camarade de chambrée s'appelle Yoann. Tu apprendras très vite les règles de vie commune dans cette chambrée…

— On ne fume pas à l'intérieur, commença Greg.

— On ne boit pas à l'intérieur, poursuivit Cyril. Pas de femme à l'intérieur, on nettoie le lavabo et la douche après utilisation.

— On économise l'eau chaude et on partage équitablement tout ce qui peut se partager, exception faite des produits reçus par courrier personnel, chocolats, etc.…

— Les rideaux, on les ferme avant de dormir, on aère le matin, on met les déchets à la poubelle du salon, pas de la salle de bain.

— Les vêtements sales au panier : rien sur les lits, et encore moins au sol. C'est compris ? »

Yoann observa les deux hommes en sachant très bien qu'ils lui en voulaient de remplacer leur ami dans la chambrée. Il jeta un coup d'œil mal assuré à Erwin qui semblait plus raisonnable et acquiesça, souhaitant dissiper rapidement son malaise.

« Dans ce cas, ça roule ma poule, conclut Greg en replongeant dans son livre.

— Ah ! Une dernière chose, dit tout de même Cyril. On ne se connaît pas encore, mais on se respecte déjà. Compris ? »

Après la brève dispute et cette stupide histoire de niveaux, ces mots sonnaient comme un signe d'espoir. Malgré leur colère, Erwin songea qu'ils n'en étaient pas venus aux poings... même s'il s'en était fallu de peu. C'était bon signe, puisqu'une réaction aussi raisonnable n'aurait peut-être pas pu être envisageable dans certaines autres chambrées. Tous – et lui inclus – sortaient à peine de l'adolescence, ils étaient encore puérils sur bien des points. Cette gaminerie durant l'après-midi renforçait Helm dans ses convictions : trop jeunes, trop influençables, malléables. Stupides. Cyril avait pourtant pris un ton bien sombre et solennel, et il supposa que le départ de Balder le touchait plus qu'il ne le laissait paraître.

« Bien sûr, répondit l'autre intimidé. Comme vous voudrez !

— Et il y a un chef de chambrée chez qui tu peux aller te plaindre s'il y a lieu. Écoute bien ses conseils, obéis lorsqu'il te donne un ordre, et tout se passera bien.

— Cyril, fit Erwin moitié furieux, moitié gêné. Il me traitera comme n'importe quel chef de chambrée. Je ne suis pas gradé, dit-il à l'intention de Yoann. Donc pas de problème, on est pareil.

— Tu *es* le chef de chambrée, insista Cyril déterminé. De nous quatre, tu es le plus âgé, et sans doute le plus calme et le plus raisonné. On te doit respect et obéissance...

— Parce que *toi* tu m'obéis en toute occasion peut-être ? Je ne suis pas un gradé, répéta-t-il à l'attention du nouveau venu. Je suis comme toi, nous sommes au même niveau.

— Je ne pense pas », conclut Engström avec un air des plus sérieux.

Erwin abandonna la partie et vit que le nouveau semblait réfléchir aux paroles de Cyril sur le chef de chambrée.

« Il exagère, dit-il pour le sortir de sa rêverie avant qu'il ne se mette à penser comme Cyril. Tu dois juste me dire quand un robinet est foutu, quand la peinture des murs s'écaille ou lorsqu'on manque de papier-toilette, ce genre de chose. »

Cyril conserva un silence mutin. Pour lui, cela semblait impliquer plus de responsabilités.

« Allez, change les draps, termina Helm en tapotant amicalement l'épaule de son nouveau compagnon de chambrée. Ta couchette c'est celle-là. »

La cordialité fut son maître mot ce soir-là, néanmoins, il ne put s'empêcher de réfléchir plus longuement à ce qu'avait dit Cyril. Allongé sur sa couchette sous la couverture à l'odeur musquée, son esprit ne cessa de divaguer dans l'obscurité. Les responsabilités étaient quelque chose qu'Erwin avait beaucoup de mal à appréhender... Devait-il être flatté ou inquiet ?

Berlin, le lendemain. 31 juillet 2033.

Le quartier du château de Charlottenburg était très beau, très vert et surtout très tranquille, ce qui était plutôt bon signe pour Kith alors qu'il s'ébrouait sous les trombes d'eau à la porte de l'immeuble où l'attendait Nadja. Enfin, Carolis... La façade élégante était probablement reconstruite après guerre selon les plans d'origine, peut-être même dessinés avant la République de Weimar. Michael n'avait jamais été bon en architecture, et pour lui les bâtiments étaient soit anciens, soit modernes. Soit beaux, soit moches. Ici, ils étaient indiscutablement très beaux.

Dans ce cadre plein de parcs et d'étangs – pour beaucoup artificiels – le journaliste se sentit enfin respirer. C'était le Berlin qu'il aimait. Avec le temps et les grands travaux dignes de son statut de capitale européenne, la ville avait perdu de son identité au profit de constructions immenses et scintillantes qui avaient fini par tout grignoter et transformer Berlin en mégapole du XXI$^{\text{ème}}$ siècle :

Charlottenburg avait su résister, presque comme un musée à ciel ouvert. C'était l'un des derniers poumons verts de la ville, ce qui rendait les loyers généralement hors de prix et réservait le quartier aux bien nantis, à la nouvelle élite européenne. En particulier les Délégués du Parlement, qui préféraient bien souvent se loger ici à leurs frais plutôt que de vivre dans les Hôtels Parlementaires, les résidences fédérales mises à leur disposition dans chacune des Huit Capitales. Un cadre de vie plus agréable, une vie plus privée jalousement préservée derrière de hautes clôtures en ferronnerie, des haies impénétrables et des agences de sécurité privées... En marchant dans les rues, Kith savait qu'il s'aventurait dans un des lieux de Berlin où les journalistes étaient le moins appréciés, et avait donc bien pris garde à conserver un profil bas, tout en reconnaissant que c'était bien là le meilleur endroit pour cacher la lie des États-Unis d'Europe. Une descente de CMO à Charlottenburg ferait très mauvais genre.

Michael pénétra dans le hall de l'immeuble, sombre et carrelé, au couloir décoré de moulures de plâtre vieillissantes. L'escalier en bois à la rampe massive le conduisit avec moult craquements vers le second étage, très mal éclairé par les fenêtres anciennes. Pourtant, il ne se risqua pas à allumer la lumière, comme si appuyer sur l'interrupteur eut été tirer une sonnette d'alarme. Après tout, même s'il faisait tout pour ne pas y penser, il prenait un risque énorme en venant ici, il jouait gros. Non pas qu'il n'ait jamais pris de risques dans sa carrière, loin s'en fallait, mais cette fois, c'était différent, car il jouait véritablement avec le feu. Après ses derniers scandales, se faire prendre en compagnie de religieux signerait son arrêt de mort professionnel. Ou pire.

C'était aux prises avec ces pensées lugubres qu'il atteignit la bonne porte et tendit une main tremblante en direction du heurtoir, avant de se raviser. Pourquoi allait-il prendre un pareil risque ? Pour elle ? C'était stupide, elle n'en valait pas la peine, il n'en valait pas la peine, et jamais leur histoire ne pourrait reprendre comme avant. Il n'en doutait même pas. Alors quoi, était-ce par conscience professionnelle ? Il ricana sous cape. Comme s'il avait jamais eu ce genre d'éthique auparavant. La curiosité ? Le frisson du danger ? Finalement la réponse s'imposa d'elle-même : le manque de choix et d'alternative. De toute façon, il était grillé auprès du Ministère de l'Information à cause de cette gourgandine de Cardin. Il devait explorer de nouvelles voies. Aussi frappa-t-il, le cœur battant, la gorge serrée.

Le temps sembla se figer tandis qu'il attendait dans sa veste en cuir trempée, les cheveux dégouttant sur son visage fermé. Des pas approchèrent derrière la lourde porte en bois et lorsque celle-ci s'ouvrit en grinçant, ce fut pour révéler une dame assez âgée dans des vêtements de luxe, les cheveux en chignon, le regard sévère et la bouche plissée dans une moue de perplexité mêlée de mécontentement.

« C'est à quel sujet, monsieur ? »

L'espace d'un instant, Michael se sentit défaillir en croyant s'être trompé de porte, convaincu d'avoir toqué chez la femme d'un Délégué, ou pire… Puis, prenant le taureau par les cornes, se lança dans son interprétation du citoyen un peu paumé.

« Excusez-moi madame, s'empressa-t-il de répondre en ouvrant de grands yeux exagérément confus, j'ai dû me tromper de porte… Pourriez-vous m'indiquer le bon palier de mademoiselle Carolis Dokesz ? »

La femme le toisa de haut en bas avec un regard perçant rempli de dignité et d'une assurance désarmante. Bien que petite et fluette dans son ensemble carmin, elle donnait l'impression au journaliste de pouvoir déchaîner les forces du ciel et de l'enfer sur un claquement de doigts. Peut-être son angoisse extrême de se faire arrêter ajoutait-elle à cette illusion.

« Vous êtes un ami ? »

Quitte ou double. Son nom était bien connu, au point qu'il était généralement suffisant pour se voir offrir l'hospitalité ou une porte au visage. Dans ce cas précis, s'il n'était pas en présence d'une alliée, révéler son identité de fouinard de la presse, de « journaleux », dans ce quartier précis, c'était se tirer une balle dans le pied. Mais avait-il le choix ? Et si c'était un test ?

« Je suis monsieur Kith, lâcha-t-il tout à trac. Elle m'a invité.

— Je sais, répondit-elle en s'écartant pour le laisser entrer. Par ici s'il vous plaît. »

Elle le conduisit dans un immense appartement meublé avec goût jusqu'à une salle bien illuminée, un ancien salon réaménagé en... en quoi exactement ? Une chapelle ? Pourtant cet endroit ne ressemblait guère à l'idée que Kith s'était faite de ce genre de lieux. Il y avait certes une croix au mur et des bougies, ainsi qu'une bibliothèque richement fournie en livres théologiques, pour les tranches que Michael parvint à lire à la dérobée, mais pas de fioritures, de statues, de peintures. Des chaises pliables étaient rangées contre le mur, attendant d'être ouvertes pour accueillir les fidèles dans un cadre très peu formel. On aurait plus dit une sorte de salle de réunion pour religieux anonymes. Ce qui était peut-être le cas, finalement...

Un homme en costume noir l'attendait, debout devant les carreaux ruisselants de la fenêtre. Dehors, un saule agité par le vent fouettait la vitre de temps à autre de ses branches les plus hautes. Kith ne reconnut pas l'homme ni le costume qui, s'il était bien empreint d'un certain côté uniforme, ne portait aucun signe distinctif. Pas de médaillon, de col romain, de bouton, de symbole... L'inconnu devait bien avoir soixante ans, les cheveux courts et grisonnants, le visage noble marqué de rides profondes que le temps et les soucis s'étaient acharnés à creuser le long de son nez et entre ses yeux d'un bleu perçant.

« Monsieur Kith, le salua-t-il en lui tendant une main

portant une chevalière d'argent. Vous êtes finalement venu.

— Je l'ai promis à Carolis. Elle n'est pas ici ? demanda-t-il en dissimulant sa suspicion autant que possible.

— Elle nous rejoindra pour l'office, comme les autres. Toutefois j'ai pensé que nous devrions prendre le temps de discuter seul à seul, j'espère que vous ne m'en voudrez pas d'avoir organisé ce petit guet-apens. »

Sa plaisanterie bon enfant arracha à Kith un sourire de politesse et il accepta la chaise que l'inconnu déplia pour lui avant de s'asseoir à son tour. Ils étaient face à face devant la fenêtre, à quelques pas de la bibliothèque.

« Elle vous a dit ce que je souhaiterai ?

— Un article sur vous et... votre... mouvement. »

L'homme sourit et le sonda d'un regard pénétrant.

« Je tiens, monsieur Kith, à éclaircir une chose avant que nous ne commencions. Je sais que vous n'êtes pas croyant, alors sachez ceci : en aucune façon je ne vous demande d'adhérer à ce que nous faisons, disons, pensons, et croyons. Tout ce que nous aimerions vous demander, c'est d'être notre tribune face au gouvernement européen, non pas notre porte-parole, mais notre porte-voix. Vous saisissez la différence ? »

Quelle entrée en matière ! Nadja avait dû particulièrement insister sur son scepticisme pour que le religieux mette ainsi les points sur les i, ce qui pouvait être une marque de profond respect, comme de plan tordu. L'impression de se faire passer de la vaseline s'insinua dans l'esprit de Michael qui décida de ne pas perdre de vue que le risque d'être manipulé était toujours bien présent.

« J'entends bien, monsieur... ? Je ne connais même pas votre nom.

— On me nomme Père Manfred, répondit l'autre d'un ton amical. Mon vrai nom ne devrait apparaître nulle part, en particulier dans votre article. Vous comprenez ?

— Évidemment...

— Toute recherche à partir de cette adresse...

— Me mènera à un vieux pseudonyme défédératiste, j'ai bien compris que la recette n'avait pas changé, ricana Kith avec son éternel sourire blasé. Mais dites-moi, Père Manfred, qu'est-ce que vous foutez avec les défés, je veux dire... certains sont radicalement ultra-laïcs et pro Mouvement Athée. Kevin Kiffer a beau minimiser l'importance de ces gens-là dans sa branche, Nils Abrazo n'a pas tort de dire qu'ils sont aussi dangereux que le Ministère de la Laïcité... »

Le religieux soupira et sourit à nouveau, mais avec plus d'amertume et moins de malice. Il trahissait, sans vraiment chercher à la dissimuler, une profonde lassitude.

« Quel choix nous reste-t-il ? demanda-t-il. L'Europe fédérale veut l'unité à tout prix, la diversité religieuse est sacrifiée, les Lois de Sûreté de jadis ont purgé les communautés, ont plongé les derniers fidèles dans la panique, la terreur, la méfiance, la paranoïa. Certains se sont dramatiquement radicalisés et sont désormais hors de tout contrôle... Des schismes s'opèrent... Depuis qu'il n'y a plus de structures religieuses, le cadre du parti défédératiste nous aide à ne pas partir à vau-l'eau. Sans lui, ce serait l'éclatement, la dispersion, la radicalisation. »

Père Manfred tourna son visage abattu vers la vitre, ses traits exprimant une infinie tristesse. Kith avait déjà eu l'occasion de discuter avec ses amis défédératistes, mais n'avait jamais vu les choses sous cet angle. En fait, il réalisa qu'il ne savait rien de concret de cet univers souterrain et parallèle, hormis les clichés habituels et les aperçus fugitifs de ses années d'études... À l'époque, il pensait que ce n'était qu'une mode, que tout cela passerait. Mais finalement les choses avaient empiré. Tant de choses semblaient avoir changé depuis.

« Nous devons également faire face à une nouvelle génération de croyants, des jeunes qui n'ont connu que la fédération ultra-laïque et qui se tournent vers nous comme ils se sont tournés vers le néo-paganisme et le *New-Age* dans les années 70 et 80… Ils cherchent à se forger une nouvelle spiritualité, artificielle, bricolée, avec ce qu'ils trouvent à leur disposition et qui surtout ne ressemble en rien à l'ordre établi. Dans notre monde profondément défiguré par Mouvement Athée, la religion est devenue un moyen comme un autre de se rebeller et de s'insurger.

— Les punks dans les églises, grinça Kith en regrettant aussitôt cette note de cynisme.

— C'est ça. Nous ne les repoussons pas, après tout, certains cherchent vraiment à rencontrer le divin. À nous de faire le tri, entre ceux qui croient, et ceux qui cherchent quelque chose à croire, peu importe quoi. Beaucoup se sont simplement rendus compte qu'ils ne croyaient plus en rien et se mettent en quête de ce qui les fera espérer.

— Une sorte de Saint Graal moderne ? proposa le journaliste pour essayer de se rattraper.

— On peut le voir ainsi, monsieur Kith, approuva Père Manfred les yeux brillants. Malheureusement cette quête nous amène énormément de fauteurs de troubles et de nouveaux fanatiques, et nous sommes mal placés pour faire la fine bouche en matière de prêche. Certains de mes confrères commencent à se résigner et pensent qu'il faudra s'appuyer dessus pour regagner nos libertés et nos droits. J'entends murmurer de plus en plus ouvertement que les citoyens européens sont des moutons endormis et qu'un berger doit les réveiller en sursaut… Là encore, le parti défédératiste est un vivier en la matière. »

Sur le ton de la conversation, Père Manfred venait de lui avouer que certains prêcheurs s'apprêtaient à passer à des actions offensives aux côtés des casseurs défédératistes… Kith sentit son malaise croître à vitesse grand V en réalisant qu'il parlait peut-être à l'un des futurs chefs de guerre des religieux en Europe, et que ce dernier lui demandait d'être son *porte-voix*. Père Manfred remarqua sans doute son blêmissement car il s'empressa de dissiper le malentendu.

« Je n'adhère pas à cette politique, que cela soit entendu.

Je veux certes retrouver ma liberté de culte, mais pas au prix du sang. Ce serait donner raison à Mouvement Athée. Le Mouvement est mort aujourd'hui, et son héritage ultra-laïc est tout ce qu'il en reste. Je pense qu'en provoquant un débat ouvert et sain, on peut retrouver un équilibre. Si les citoyens réalisent que la religion n'est pas forcément opposée à la laïcité de la fédération tant que les deux parties se respectent et restent à leur place, on doit pouvoir calmer les ardeurs des fanatiques des deux bords, ne croyez-vous pas ? »

Michael ne sut pas comment répondre et sans même y penser, ses yeux se fixèrent sur ses chaussures gorgées d'eau. La tête basse, il digéra les paroles de son interlocuteur et tenta d'analyser les chances de succès de ce projet de fou. Il ne pouvait nier que sur le principe, Père Manfred l'avait convaincu que sa cause méritait une certaine attention, mais… L'homme n'avait-il pas une foi trop grande et utopiste en la nature raisonnable et réfléchie de l'être humain ? Organiser une conciliation publique pour désarmer les deux extrêmes dans un débat ouvert ne fonctionnerait que si tout le monde se comportait en êtres civilisés, prêts à débattre, à accepter et comprendre les arguments d'en face. Or, lui-même, Michael Kith, ne se sentait absolument pas prêt à accepter les arguments de fanatiques religieux et d'ultra-laïcs convaincus. La logique et la raison, dans ce débat, seraient les deux premières perdantes – si non grandes absentes.

« J'ai besoin de vous pour attirer l'attention du grand public sur ces enjeux, insista Manfred avec plus de force, et désamorcer la crise qui arrive avant qu'elle n'éclate. »

Kith releva les yeux et ne put s'empêcher d'exprimer ses doutes sans ambages.

« J'entends bien, Père, mais… Comment dire… Personne ne voudra vous écouter. Les extrémistes de votre bord vous accuseront de trahir votre foi en vous agenouillant devant le Ministère de la Laïcité, les gars d'en face refuseront de prendre le risque de se faire embobiner par un illuminé... sans même vous écouter. Ils vous jugeront sur ce que vous êtes, un religieux, pas sur ce que vous dites ou pensez, même si vous prêchez la tolérance et le progressisme. Comment feront-ils la différence entre vous et vos confrères désespérés ou opportunistes qui vont surfer sur la violence qui gronde au sein des défédératistes ? »

Père Manfred accusa le tableau avec douleur, et sa déception fit mal au cœur du journaliste. Kith n'était pas du genre mélodramatique et sentimental, mais cet homme avait quelque chose de touchant, et son désarroi était pénible à contempler. Un vrai crève-cœur. Pourtant il fallait être réaliste, ce débat n'avait quasiment aucune chance d'avoir lieu, et quand bien même, aucune chance d'aboutir. C'était un rêve, ou plus exactement, un vœu pieux.

« Je suis désolé, surenchérit Michael, mais il ne faut pas oublier non plus que les défédératistes ont besoin de toutes les forces vives disponibles pour leur lutte... Si vous apaisez les religieux prêts à en découdre, ils perdent en militants. Même votre ami Abrazo le pro religion, et je serai tenté de dire *surtout* Abrazo, ne vous laissera jamais parvenir à vos fins. Il a besoin de révolte, pas de conciliation. En tant que leader défédératiste, il comptera sur vos fanatiques pour les jours de grande sortie, si vous voyez ce que je veux dire.

— Sur qui pouvons-nous compter dans ce cas ? rétorqua Père Manfred d'une voix où le désespoir se disputait à la rhétorique. Les religieux sont-ils condamnés à se radicaliser faute de mieux pour ne pas se retrouver isolés ? »

Les mains du prêcheur s'étaient jointes, non en signe de prière mais de réflexion. Ses yeux s'éteignirent avec ses mots et il plongea dans une légère catatonie, pensive et triste. Kith ne sut pas quoi lui répondre, et un long silence gêné s'installa dans la pièce, jusqu'à ce que l'homme aux cheveux gris ne murmure ces quelques mots :

« Qu'il est difficile, Seigneur, d'être le dernier à croire en la raison et aux hommes de bonne volonté… »

Comme pour lui répondre, le son lourd du heurtoir les avertit que quelqu'un était arrivé pour l'office. Les pas alertes de la femme en carmin se dirigèrent vers la porte et des voix se firent entendre. Un petit groupe de personne pénétra le couloir, Kith entendit les salutations, des bribes de conversations dominicales… Mais son interlocuteur restait immobile et silencieux, la mine défaite.

« Père Manfred, vos fidèles sont arrivés », se hasarda Michael.

L'homme se redressa et se recomposa tant bien que mal un sourire faible et fragile. Il se leva dignement l'observa quelques instants en silence avant de lui tendre la main. Le journaliste l'accepta de bon cœur, sentant grandir en lui une sensation d'inconfort étrange qu'il ne put ni définir ni expliquer.

« Merci d'être venu et de m'avoir entendu, monsieur Kith.

— Tout le plaisir fut pour moi, Père Manfred, répondit-il avec sincérité. Je suis désolé de ne pas pouvoir faire grand-chose pour vous.

— Chacun fait ce qu'il peut en ce monde, en son âme et conscience. N'en soyez pas désolé, vous avez pris le risque de venir et de m'entendre. Beaucoup de gens, pourtant sympathisants de longue date, n'ont pas osé faire ce pas. »

Cette sentence fut comme un boulet de canon dans l'estomac du journaliste. Bien qu'elle fût en son honneur, elle rajouta au malaise de Michael dont la gorge serrée et les jambes flageolantes lui donnaient l'inexplicable impression de se rendre à l'échafaud. Après un dernier sourire paternel, Manfred le raccompagna d'une main à l'épaule vers le couloir pour lui signifier qu'il ne lui imposerait pas l'office après cette discussion. Les invités patientaient dans une autre salle, sans doute par souci d'anonymat. Seule Carolis l'attendait dans le couloir, les yeux mystérieusement brillants. Elle devait s'attendre à le voir convaincu ou au moins chamboulé, ce qui n'était pas tout à fait faux. Mais…

« Alors ? attaqua-t-elle.

— Je… »

Sa voix mourut dans sa gorge, ses yeux replongèrent vers le parquet.

« Je vois, répondit-elle alors sans reproche, mais avec une énorme déception. Je pensais que… mais bon, au moins tu es venu…

— C'est tout à votre honneur, répéta Père Manfred. Au moins vous avez pris la peine de vous faire votre propre opinion. Et qui sait, peut-être changerez-vous d'avis un jour ? »

*S'il n'est pas trop tard*, sembla conclure la voix du prêcheur dans l'esprit de Kith. Pourtant rien ne trahissait le reproche chez lui non plus. Plutôt la fatigue, et une pointe de désillusion. Avait-il été trop brutal dans ses mots ? Trop tranché dans ses opinions ? Avait-il noirci le tableau outre mesure ? Michael commença à se demander s'il ne devait pas relativiser ses propos avant de partir, mais c'était impossible. Il pensait chaque phrase et ne voulait pas mentir, même par politesse. Pas maintenant. Car il commençait à comprendre que la foi de cet homme reposait autant, si ce n'était plus, sur l'Homme que sur Dieu. Bien qu'il ne puisse rien pour lui, il lui devait au moins la franchise.

« Bonne chance, Père Manfred », se contenta-t-il donc de dire en guise d'adieu.

Quand la porte se referma derrière lui, il se précipita dans l'escalier, comme pour fuir les regards imaginaires qui le poursuivaient. La déception de son hôte ne le quittait pas, d'autant que ses propos étaient sensés malgré leur naïveté. Le poids qui grandissait dans son esprit prit lentement la forme de quelque chose de nouveau chez lui, quelque chose d'inédit et de très désagréable. Il avait mauvaise conscience.

# Chapitre 5

Hambourg, un mois plus tard. 6 septembre 2033.

Peterson rejoignit trois autres généraux dans la salle de briefing décorée de drapeaux des États-Unis et de toutes les Régions Européennes. La bannière tricolore noir, rouge et or trônait au bout de la table rutilante, la caserne étant allemande. George ricana en lorgnant l'étendard lourd et figé. Il avait toujours trouvé que cette petite attention censée rappeler l'individualité de chaque Région au sein du système fédéral ressemblait définitivement à un cache-misère. Les E.U.E. avaient été imaginés comme un système fédéral, mais il était clair qu'ils étaient désormais un système fédéré. Qu'on s'en réjouisse ou pas, la décence réclamait qu'à tout le moins on assume.

« Les appareils sont là, déclara-t-il pour recentrer son attention sur la tâche qui l'attendait. Je vais devoir les présenter à la foule, alors j'espère que la documentation du lieutenant Gary est correcte ! »

Ils se dépêchèrent pour rassembler les liasses de feuilles imprimées qui s'entassaient sur la table et les chaises. De son côté, Eggton n'ouvrit pas la bouche jusqu'à ce qu'ils sortent du bâtiment des hauts gradés. Les aides de camp non plus ne pipaient mots, par peur d'importuner les deux hommes qui se méprisaient réciproquement dans leurs moindres gestes, la moindre attitude. Une fois dehors, après avoir savouré la caresse d'un vent frais et le chant trop rare des mouettes qui volaient bas, William estima qu'il était temps de lancer les hostilités.

« Elles vous plaisent ? »

Peterson faillit sursauter. Décidément, il fallait qu'il se détende.

« Alors ? insista-t-il. Vos Furies vous plaisent ? Après

tous les morts qu'il a fallu traîner derrière nous pour les voir de nos propres yeux…

— J'aurais préféré me voir épargner la présentation aux journalistes, grommela son homologue sincèrement agacé. Une perte de temps ! Vous n'allez pas me dire que le département communication ne pouvait pas bricoler une bonne vidéo couillue avec de vraies Furies pour la télé, plutôt qu'une exposition rébarbative… Un Transport en plus, ajouta Peterson avec un tic blasé. Ça n'intéresse personne. »

Il fallait reconnaître que ce choix n'était pas des plus enthousiasmants, même William était forcé de l'admettre. Les journalistes qui avaient été autorisés à filmer l'évènement n'avaient pas cherché à dissimuler leur déception en découvrant l'objet de la présentation. Un transport, gros et moche, selon leurs propres termes. Et surtout pas une seule arme. Un canon, une mitrailleuse, un lance-pierre auraient fait l'affaire, pour peu qu'ils soient en Kalanium. Le public voulait voir ce miracle technologique, ces armes ultramodernes, et on leur proposait une paire de couilles. Si le protocole n'avait pas été sacré aux yeux d'Eggton, cette remarque d'un commentateur d'Euromédia l'aurait bien fait éclater de rire. Non, le Transport Furie n'était pas un canon de beauté. Mais au fond, Eggton se réjouissait de cette énorme faute de goût du département communication. L'intérêt malsain de la population européenne pour les nouveaux jouets de son gouvernement n'était pas pour lui plaire, lui qui désapprouvait toute promotion de la Technologie Furie dans le domaine civil. Malheureusement, il comprenait aussi que ce projet avait nécessité beaucoup d'impôts.

« La première ville à mélanger les deux corps d'Armée sera Lviv, entama Peterson pour tenir son interlocuteur à jour, une ville industrielle moyenne qui n'est que faiblement défendue, parce que toutes les troupes défensives slavistes sont parquées à Ternopil pour protéger leur bien le plus précieux : le centre alimentaire. Tous les producteurs de la région ou presque passent par là, pareil pour l'importation. Le centre est une plaque tournante du réseau alimentaire slaviste : Ternopil sera donc rasée pour, d'une part, affamer l'armée ennemie, et d'autre part empêcher les troupes stationnées là pour la défense de rejoindre les faibles unités qui défendent Lviv. En plus, cet acte sapera le moral des troupes de Zwiel. C'est clair, net, et sans risque majeur », conclut rapidement Peterson.

Eggton resta coi et immobile, peinant à ne pas trahir sa colère, mais elle prit le dessus.

« Raser Ternopil ? Et les populations civiles ? Vous savez ce qu'est un crime de guerre ?

— Elles seront averties de notre arrivée, rassurez-vous, répondit Peterson de sa voix monocorde, elles auront juste eu le temps de déserter sans pouvoir sauver le centre. Il faut marquer l'exemple au fer rouge, cela nous facilitera la suite, et vous savez, ce n'est qu'une image, on supprimera seulement les accès routiers, l'industrie et la zone de transit du centre alimentaire. »

Bouché bée, William puisa dans sa discipline et ses dernières réserves de patience pour ne pas exulter. Ce n'était pas tant le plan d'une subtilité digne de l'Union soviétique qui le mettait hors de lui, mais plutôt la démarche souple et détendue du salaud qui le récitait, sa voix neutre – ennuyée, peut-être – et l'absence totale de considération humaine qui suintait de chaque pore de sa peau. *Si cette enflure avait posé son cul sur les bancs de Nuremberg*, bouillonnait William, *il aurait inventé la formule « j'ai seulement suivi les ordres »*. Et comme pour enfoncer le clou, George conclut avec un petit sourire qui se voulait réconfortant :

« Nous devrions préserver 60% de la ville. Maintenant, excusez-moi, je dois me rendre sur l'estrade et faire le travail d'un autre. »

L'hymne fédéral composé par Beethoven commença à

retentir tandis que le général Peterson, flamboyant dans son uniforme bleu sombre à boutons dorés et au buste bardé de médailles gravissait les marches de l'estrade en métal et bois. En dépit de tous ses efforts, il arborait un sourire ravi qui sonnait faux même de loin, d'où Eggton l'observait avec dégoût. Alors qu'il se mettait en place et regardait les deux autres généraux, la foule de civils se resserra et les perches de journalistes semblèrent jaillir comme des hampes vers l'orateur. William s'étonnait presque, rictus aux lèvres, qu'un amoureux de la publicité comme George « Carriériste » Peterson puisse faire une tête pareille lorsqu'on lui offrait l'insigne honneur de briller quelques secondes aux informations du soir. Tout en remerciant le HCS de ne pas l'avoir envoyé en pâture aux fauves des médias européens. Des mots malheureux auraient pu lui échapper par *mégarde*.

Cette pensée éveilla un curieux désir d'imaginer la suite. Oui… que se passerait-il s'il cédait à toute cette exaspération qu'il contenait depuis des mois, montait sur la scène et s'emparait du micro de cette ordure ? Que se passerait-il s'il déversait tout ce qui lui pesait sur le cœur, de l'usine à gaz que représentait la chaîne de commandement européenne aux décisions discutables du HCS en passant par les copinages entre amiraux et l'interventionnisme des structures fédérales au niveau régional sous le prétexte du *Plan Anti-Strike*… Récemment encore il bataillait pour limiter les abus de pouvoir des unités militaires déployées contre les terroristes slavistes et qui prenaient des décisions avec la Police des Frontières Européennes sans même consulter – voire informer – les parlements régionaux. Peine perdue. Le bien commun avant tout. Alors oui, il en aurait des choses à dire. Il pourrait même parler des heures, et William était prêt à parier sa main que les journalistes préféreraient une seule minute de son réquisitoire à la prose insipide que Peterson s'apprêtait à déblatérer. Néanmoins, il y aurait un lourd prix à payer pour cette seule minute de franchise, et il était bien placé pour le savoir...

L'excitation que cette petite fantaisie avait éveillée en lui s'évanouit et l'amertume reprit sa place de seigneur et maître dans son esprit. À quoi bon s'imaginer ce genre de choses ? Espérer crier sa vérité à l'Europe un jour relevait pratiquement du masochisme tant ses perspectives étaient limitées. Il était un officier de carrière, dont le Haut Commandement Suprême récompensait la discrétion tout autant que l'efficacité par sa confiance. Gâcher cela serait l'erreur de sa vie : après avoir gravi péniblement chaque échelon, la peur de la disgrâce planait forcément à quinze ans à peine de la retraite.

C'était la première journée ensoleillée depuis que Balder était parti de la chambre et les évitait soigneusement. Déjà un mois. Le temps filait vite. Grégory et Cyril, d'un commun accord, ne parlaient plus de l'incident, si ce n'était à mots couverts, couvrant la fuite de leur camarade du voile du tabou. Yoann Kreel en souffrait naturellement, sa seule présence criant à la face de tous les autres que Marc Dean s'en était allé et n'avait aucunement l'intention de les revoir. Si Greg tentait au moins quelques approches timides, Cyril s'enfermait dans un déni catégorique et repoussait toute perspective de rapprochement avec « le nouveau ». Pour Erwin, la position de chef de chambrée – et par corollaire de véritable arbitre social – devenait particulièrement inconfortable.

Une masse compacte de militaires, de civils et de journalistes s'était groupée devant l'estrade en question pour écouter la présentation. Mais le public ne fixait pas le général. Tous les regards épiaient un appareil formé de deux énormes sphères de métal séparées par un module de pilotage vaguement rectangulaire à fond courbe. Les trois parties étaient reliées entre elles par deux fins pylônes noirs qui contrastaient avec la couleur générale, un gris métallique banal. Helm plissait désormais les yeux avec scepticisme. Les sphères étaient proprement monstrueuses, en particulier si l'on se mettait à réfléchir à l'impression de fragilité qui se dégageait des pylônes. Cyril, quant à lui, préférait relayer les commentaires de la foule qui s'amusait à y voir une représentation démesurée d'attributs virils, tout à fait dans l'esprit compensatoire des militaires. Ces ricanements allèrent bon train de longues minutes avant que l'assistance ne finisse par se lasser du salace.

« Ce transport de troupes est le fruit de la Technologie Furie, déclarait pompeusement le général. Le réacteur principal se trouve sur le toit du module de pilotage. Les deux autres réacteurs, sur les côtés des sphères, sont les auxiliaires et lui accordent une dextérité et une maniabilité au combat hors pair. »

Le public partagea un étrange silence dubitatif. On essayait de leur vendre de l'agilité, de la maniabilité et de la vitesse en leur montrant un engin massif et inerte que personne, ici, ne parvenait à s'imaginer décoller du bitume, ne serait-ce que de quelques mètres. Alors voler… Toutefois, sans avoir l'air de remarquer le doute qui planait sur l'assistance sans oser dire son nom, le général présenta l'appareil sous tous ses aspects techniques. Tout le monde aurait aimé voir l'engin en action, obtenir la preuve que cette paire de sphères pouvait bel et bien se détacher du sol, mais il semblait clair que ce n'était pas du tout prévu au programme. Trois hommes aux uniformes de hauts gradés semblaient faire des rondes autour de l'engin, s'assurant que tout était en place, se penchant pour vérifier les détails les plus infimes. Erwin et ses amis se mirent même à douter que cet engin ne soit véritablement un Transport Furie, mais plutôt un modèle grandeur nature. Greg justifiait cette théorie par le fait que la présentation évitait soigneusement une visite des deux soutes sphériques. Les sas restaient désespérément scellés. La déception était palpable, Cyril voulait déjà repartir.

« Il est dénué d'armement, comme vous l'avez sûrement remarqué, car il n'est pas conçu pour déployer des troupes au cœur de l'action. En contrepartie, son blindage afin de le protéger en vol contre la DCA. Chaque sphère contient 56 places assises, un véhicule de reconnaissance biplace dont je n'ai pas de modèle de présentation, malheureusement (Soupir de connivence parmi les journalistes). Le module central n'a que deux places, le pilote et un éventuel passager. »

L'appareil semblait fantastique à cause des improbabilités techniques qu'il éveillait dans les esprits, mais n'était vraisemblablement rien comparé aux Furies d'Assaut, modèle de la technologie de combat Furie que tous, sans exception, auraient préféré voir de leurs propres yeux aujourd'hui. Ou encore aux Bombardiers Furie *Mjölnir*, des monstres de métal qui transportaient sur le sommet de leur sphère un lance-missiles d'une effroyable précision, disait-on. Des « vues d'artistes » se trouvaient bien dans la plaquette d'information que Cyril était parvenu à dérober à un reporter du *Federal Post*, mais rien de concret...

« Général, commença un journaliste de l'*Europœn Tribune*, la forme sphérique qui semble incontournable dans la Technologie Furie est totalement antiaérodynamique. Pourquoi ce choix ? »

Grégory se pencha à l'oreille d'Erwin pour y glisser « Enfin une question intelligente ».

« Avant de répondre, je tiens à rappeler que la Technologie Furie concerne également les armes, l'équipement, les unités de communications, les scanners, et pas uniquement les appareils sphériques qui attirent, il est vrai, plus facilement l'attention. Pour vous répondre, le choix de la forme sphérique concerne les besoins engendrés par sa technologie de répulsion magnétique – comprenez que je ne suis pas autorisé à entrer dans les détails. En fait, il est temps de changer la forme de nos engins. Les avions de chasse actuels sont meilleurs qu'avant, mais nos Furies sont encore meilleures, car nous partons dans une toute nouvelle direction technologique. Nous progressons dans la recherche, en particulier dans les bobines magnétiques, et les sphères se sont imposées, revenant en fin de compte à la sagesse de la Grèce Antique : la perfection est dans la sphère. »

Rien de plus que dans la plaquette d'information, même le slogan final. Tout compte fait, Erwin était de l'avis de Cyril, inutile de traîner leurs guêtres plus longtemps dans les parages. Rien à voir, et rien de nouveau... Tandis que les questions fusaient et que les réponses fuyaient, il se mit à chercher Balder du regard, persuadé que son camarade se serait laissé attirer par la curiosité, lui aussi. Mais il savait très bien que Marc les éviterait s'ils venaient le chercher, et ne pas l'apercevoir n'éveilla pas de réelle déception, mais conforta plutôt un profond sentiment de nostalgie. Mertti discutait avec Yoann du potentiel des Furies d'Assaut. C'était un pas de plus vers le rapprochement. Erwin était vraiment heureux de le voir y mettre du sien, lui qui n'avait aucune idée pour infléchir l'attitude bornée de Cyril dans cette crise. Peut-être ne s'impliquait-il pas assez lui-même ?

« Bon, dit Grégory à la cantonade tout en se frottant les mains, il fait beau, je vais voir si je ne peux pas sortir me balader en ville, aujourd'hui. Tu viens avec, Yoann ?

— Impossible, rétorqua Erwin à regret. Les militaires ne peuvent plus sortir avant le prochain départ vers les bases, en vue de l'offensive.

— Je suppose qu'ils veulent éviter les déserteurs, déduisit Yoann en hochant de la tête. Une partie de tennis, Greg ? »

Bien que maladroit, on sentait que Yoann acceptait la main tendue.

« C'est vraiment des tortionnaires ! Ils ne peuvent pas laisser passer ceux qui ne partent pas encore ?

— Il y aurait des risques que certains s'échangent les

passeports militaires, des trucs comme ça.

— J'ai entendu dire que c'était pour éviter des actions de militants défédératistes dans l'enceinte de la caserne...

— Moi, je suis d'accord pour le tennis, coupa Erwin pour couper court aux élucubrations stériles.

— Ça marche pour moi aussi, on se fera un tournoi. Je vais voir si Cyril veut nous accompagner.

Il s'éloigna à la recherche de leur compagnon. Il revint au bout d'une petite minute.

— Il préfère rester dans la chambre, fit-il, visiblement déçu.

— Tant pis pour lui, répondit Erwin. Moi, je vais me détendre...

— C'est à cause de moi... »

L'effet domino de la culpabilité n'en finissait plus ! C'était ce qu'Erwin avait souhaité empêcher, visiblement sans succès. Heureusement, Grégory semblait bien déterminé à enrayer ce cercle vicieux, lui aussi :

« Non, Yoann, répondit-il en envoyant un clin d'œil à Erwin. C'est parce qu'il aime bien faire le rabat-joie en tirant la gueule. Il pète la forme toute l'année, mais y a des jours, comme ça... Je pense que la Furie ne lui inspire pas trop la gaieté. Dans ces cas-là, faut le laisser ruminer ses pensées, n'est-ce pas, Erwin ?

— Mais tout à fait... »

Il souriait, retrouvant les moments gais d'avant l'alerte permanente. Mais en se tournant vers Yoann, il entrevit le transport derrière la foule de civils grisés par l'ambiance et un nœud se forma dans son estomac. Il se dit que rien n'était plus comme avant désormais, qu'ils avaient franchi le point limite, le non-retour. Ils allaient tous faire semblant de s'amuser, prétendre penser à autre chose, mais ça ne serait pas pareil. Balder parti, Cyril se sentait d'humeur maussade, peut-être à cause de Yoann, ou bien le brancardier n'était-il que la cristallisation de leur échec, Erwin n'en savait rien, mais...

Le soleil se reflétait sur la carlingue impeccable du transport.

Une menace persistante et inquiétante.

*D'une manière ou d'une autre*, songea Erwin, *elle va changer notre vie.*

« Balder est parti hier, annonça Greg dès qu'il fut entré dans la chambre. Je suis allé voir sur le listing au tableau d'affichage. »

Sa voix chevrotait légèrement. La tristesse ? La colère ?

« Merde, grommela Cyril allongé sur sa couchette. Il aurait pu nous dire au revoir. »

Il y a avait presque une touche de reproche acerbe dans l'intonation du Danois.

« Ça lui a vraiment fait mal, cette histoire de niveau, murmura Yoann. Moi aussi, je suis dans un groupe faible, apparemment.

— Oui, expliqua Cyril en montant d'un ton, mais toi, ça ne te dévalorise pas face à tes meilleurs amis ! »

Yoann lui renvoya un regard en coin qui en dit long. Qu'en savait-il après tout ? Lui avait-il jamais demandé ? Grégory avait plus ou moins compris que les anciens amis de Kreel avaient réagi avec moins de solidarité que ceux de Marc, et il comprit que cette pique à la dérobée, pas même mal intentionnée, en fin de compte, blessait le jeune homme bien plus que Cyril ne pouvait se l'imaginer.

« Étions-nous vraiment ses meilleurs amis ? »

Engström écarquilla aussitôt des yeux outrés.

« Quoi ? T'as vu le groupe qu'on formait avant… »

Il jeta un regard étrange à Yoann.

« Avant qu'il parte, finit Erwin pour lui éviter de prononcer des paroles vexantes.

— Ouais. Ça.

— Balder a fait ce qui lui semblait être le mieux pour lui. Si tu es vraiment son meilleur ami, tu dois respecter ce choix.

— Arrête de déconner ! riposta Engström avec violence. Le respect ça va dans les deux sens, je vois pas pourquoi il nous crache à la gueule, comme ça, alors qu'on n'a rien demandé ! »

Certes, il n'avait pas complètement tort. Personne n'avait voulu ce classement humiliant. Mais Cyril avait accumulé trop de regrets et de rancœurs, et faute de pouvoir les déverser sur un bouc émissaire, Erwin le lui interdisait, il commençait à les orienter sur Marc lui-même. Et ils n'avaient pas besoin de ça. Helm préféra donc l'interrompre pour éviter toute parole qu'il regretterait probablement après s'être calmé.

« Mais rien, trancha-t-il. C'est comme ça. D'ailleurs, en tant que chef de chambrée, je dois vous donner vos dates de départ.

— Tu les as reçues et tu n'as rien dit ? exulta Greg en rejetant son livre.

— Je t'attendais. On me les a transmises il y a une petite heure.

— Alors ? demanda Cyril avec impatience.

— Nous partons tous les trois dans deux jours au plus tard, Yoann, il te reste une semaine. Le C-3 part avant le C-23, et pas au même endroit. On risque fort de ne plus se revoir, Yoann. »

Le jeune homme les regarda en silence, s'attardant sur Cyril qui paraissait tout de même gêné. Avait-il compris qu'il avait peut-être trop parlé sans savoir ?

« Tu pars du côté de l'Oural, informa Erwin, la voix tendue. Les Russes. Les autres, nous partons du côté de la Slavie. À l'autre bout de la ligne défensive. En clair, Yoann aura le boulot officiel et nous « l'attaque secrète »…

— Les Slavistes, murmura Greg comme un prédateur ayant découvert une proie. Les Slavistes…

— Ça fait un truc en plus à écrire sur ton carnet, remarqua Cyril en faisant un signe de tête vers le bureau d'Erwin. Balder est parti comme un voleur, sans dire au revoir. Ça rajoutera du Drama. »

Sans plus rien ajouter, il sortit de la pièce, laissant la porte se refermer toute seule dans un claquement sec. La forte odeur caractéristique de leurs draps et couvertures militaires, étrange, presque épicée, assaillit soudain Grégory. Il regarda les barreaux de lit en métal à la peinture écaillée. Le vieux bureau cabossé et bancal dont seul Erwin se servait. Au fond, il regretterait cette chambre dans laquelle il avait passé tant de bons moments en compagnie de ses trois amis. Il l'appréciait malgré son inconfort et ne remarquait les petits détails qui lui donnaient son ambiance si particulière et conviviale qu'au moment de la quitter. Peut-être parce qu'alors même qu'il y vivait encore, il avait déjà l'impression de l'avoir perdue.

Le lendemain, les trois compères sortirent du bar cafétéria du mess. Greg sourit. Aujourd'hui était le genre de journée qu'il fallait savourer : Cyril était de nouveau de bonne humeur après avoir pu exprimer son malaise, quant au nouveau, il n'était pas resté, il avait compris de suite. Le bruit de la foule les agressa dès qu'ils quittèrent le mess pour s'engager sur la route. Le bruit d'une foule immense, incroyable, un tonnerre d'applaudissements et des cris de départs. Greg entendit distinctement l'hymne national qui retentissait en fond. Ce devait être le délire.

« Y aurait-il le président en personne ? railla Cyril en tendant exagérément l'oreille.

— Je ne pense pas, ricana Mertti, mais on peut toujours aller voir. »

La place d'armes était bondée. Des bruits de bottes résonnaient avec une puissance incroyable. Cyril sentit les battements de son cœur s'accélérer et tenta d'apercevoir quelque chose. La musique qui montait était celle de Beethoven. L'Hymne à la Joie. L'Hymne fédéral. Des au-revoir tonitruants étaient scandés de toutes parts. Des cris de joie, parfois. Et ces bottes. Des troupes marchaient au pas. Il s'approcha et fendit la foule discrètement. Il finit par atteindre les rambardes métalliques qui séparaient la foule de ceux qui marchaient en rangs serrés de façon parfaitement cadencée.

Il écarquilla les yeux, oubliant presque la présence d'Erwin et de Greg. Il n'avait vu pareil rassemblement que lors des cérémonies de la fête nationale du 9 mai, à la télévision. Les rangs étaient impeccables. Parfaits. Les uniformes n'avaient pas un pli de travers. Ils devaient être un bon demi-millier de soldats à avancer en cadence vers les appareils en forme de doubles sphères. Les premiers Bataillons équipés de la Technologie Furie partaient au combat.

Il leur fallut jouer des coudes pour s'approcher à travers la masse. Un monde fou. Aussi fou que le bruit des réacteurs en allumage. Les gens poussaient des cris extasiés. Des transports de troupes Furie décollaient du sol avec un vrombissement terrifiant. Les rejets des trois réacteurs étaient tellement surchauffés qu'on ne voyait qu'une vague couleur bleuâtre dans les tuyères d'évacuation. Il devait y avoir une demi-douzaine de transports qui traversèrent le ciel en faisant trembler le macadam de la route. La plupart des gens se plaquaient les mains sur les oreilles sans lâcher les appareils du regard.

Cette fois tous les doutes furent balayés. Ces monstres pouvaient voler. Et comme pour se venger des quolibets que les soldats avaient crachés sur eux depuis la démonstration, les voilà qui rugissaient un cri de guerre qui provoquait chez l'assistance une chair de poule incontrôlable. Leur puissance paraissait sans limites tant les vibrations sourdes faisaient trembler chaque fibre des spectateurs. Euphorisant. La musique de Beethoven retentissait plus fort que les cris et les applaudissements.

La foule était en délire. Cyril restait stupéfait par la beauté de la scène, comme ne manquerait pas de l'être toute la population des États-Unis d'Europe. Les objectifs des caméras se braquaient sur la jeunesse avalée par les soutes des nouveaux Transports Furie. Le tout dans la joie et la bonne humeur. Un symbole fort. Et l'Hymne à la Joie mieux joué qu'il ne l'avait sûrement jamais été.

Les engins filèrent dans les cieux hambourgeois en emportant leurs troupes vers la frontière, beaucoup plus loin au sud-est. L'orchestre avait fini l'hymne. Le brouhaha des conversations animées remplaça celui des cris et des moteurs. On allait parler de ce décollage encore longtemps. Ils s'approchèrent encore dans l'odeur d'ozone et de carburant, histoire de croiser de vieux amis et de discuter encore une fois avant le départ.

« Ils sont super ! s'extasiait Cyril sans remarquer la mine désapprobatrice de son chef de chambrée.

— Ne me dis pas que ça t'a plu ? demanda nerveusement Greg en regardant le ciel dans la direction de vol des engins. C'est juste de la propagande.

— Tu ne trouves pas que ce mot est un peu fort ?

— Au contraire. Ils veulent mettre les populations civiles dans leur poche avant l'assaut. Ou bien ils tentent de se rassurer eux-mêmes. Ils ne sont pas aussi confiants qu'ils aimeraient le laisser croire. »

Helm approuva d'un hochement de tête muet. Greg commençait à comprendre, c'était intéressant.

« Et demain, ce sera notre tour. »

La chambrée était silencieuse. Chacun avait sa petite occupation. Greg répondait à son courrier, relisant parfois la dernière lettre reçue, Yoann jouait avec une console de jeu portative, Cyril jouait encore aux cartes et Erwin, bien sûr, rédigeait des phrases sur son carnet. Ils auraient pu passer pour une bande de copains en vacances. De simples amis. Mais trois sur quatre partiraient demain. Et que cette idée leur convienne ou pas, ils allaient à la guerre.

Bien sûr, un départ en opération n'était pas à envisager tel qu'on le voyait à peine 30 ans auparavant. Les hommes n'étaient plus le fer de lance des assauts et n'étaient finalement qu'un simple appui. Mais cela restait la guerre. Et à la guerre, même aujourd'hui, même dans une armée aussi moderne que l'Eurocorps, on pouvait mourir. Perdre un ami était une hypothèse aussi plausible qu'impitoyable. Tous y songeaient. Mais Yoann ne cessait de répéter que la guerre était gagnée de toute façon, et que les pertes humaines ne seraient dues qu'à des accidents, et rien de plus.

Erwin, lui, se contentait de répondre qu'à l'instant présent, on ignorait toujours comment l'infanterie réagirait au feu avec la Technologie Furie, et qu'on ne pouvait prévoir comment se dérouleraient les combats. Il ne se risquait pas à des pronostics.

Greg espérait que ce ne serait pas un conflit trop important. Jusque là, cela n'avait été qu'une guerre de frontière, et les attaques avaient toujours été suivies de pourparlers délicats. Ce n'était même pas une guerre, c'était simplement du terrorisme. La guerre allait commencer lorsque l'offensive serait lancée. Du moins, c'est ce que tout le monde pensait. En effet, les Russes s'étaient protégés au maximum afin de prévenir toute attaque. Mais les Slavistes ne se sentaient nullement menacés. Jusqu'à présent, les menaces prononcées par les généraux de l'Eurocorps et le Président, ainsi que le Ministre de la Défense et de la Guerre, n'avaient visé que les Russes. L'assaut de représailles très en bordure des territoires russes et slavistes ne menait à aucune piste concernant l'assaut secret que préparait l'Europe.

Quant à Cyril, il semblait ne pas avoir d'opinion sur ce qui se tramait, parlait de filles, de séries télévisées, de ragots, jouait aux cartes... Il était plus qu'évident qu'il cherchait dans la trivialité un moyen quelconque d'échapper à l'inévitable réalité d'un départ imminent. Erwin en concluait qu'il avait peur, comme tout le monde. Ou bien ne réalisait-il pas vraiment ce qui les attendait ?

Après tout, tous les eurocitoyens étaient assurés que la guerre contre les Russes serait courte. Qu'un conflit se tramât semblait évident, voire nécessaire aux yeux de l'opinion publique, justifié par les images de terrorisme barbare dont Euromédia l'abreuvait jour après jour. La résistance serait passive. Mais personne ne savait, hormis les militaires, que les Slavistes étaient en réalité la vraie cible, et ce pour l'ouverture sur les autres territoires indépendants qu'offrait la Slavie. Ces enjeux qu'Erwin entrapercevait en tentant de comprendre le grand dessein du Haut Commandement Suprême, paraissaient à ses yeux l'une des raisons plausibles pour lesquelles ils n'avaient pas le droit de sortir. L'information devait rester interne. Raison pour laquelle également tous les civils présents lors du départ des troupes, dans l'après-midi, étaient internes à la base. Il devenait évident désormais que l'assaut serait double et partiellement secret. Et lorsque le monde apprendrait les véritables attaques européennes, ce serait déjà fini et la Slavie serait occupée. Les autres Unions se tourneraient vers l'Europe pour mettre fin au terrorisme des Indépendants. Alors elle affirmerait sa domination et se couronnerait définitivement et sans conteste superpuissance à la tête du monde.

Grégory songeait lui aussi à la durée de leur mission. Évidemment, la guerre serait vite terminée. Le problème existait depuis longtemps, et il semblait que jamais quelqu'un ne déciderait de s'en occuper. Et désormais, ça allait se faire. Vite et bien, d'après les supérieurs. Mais ce que craignait Greg, c'était une guerre à long terme. Sa Région Italienne et sa Sidonie lui manquaient terriblement... Les permissions s'étaient faites rares ces derniers mois, et il faudrait attendre la fin de l'opération en Slavie avant de pouvoir envisager poser une demande de perm. Le temps où il reverrait sa douce se dérobait constamment et parfois c'était comme s'il devait se résigner à une relation épistolaire. Et ça, c'était hors de question. La seule idée de lui faire l'amour après un vrai dîner à l'italienne lui enflammait l'imagination à lui en couper le sommeil. Ce qu'il tentait désespérément de cacher aux autres, souvent sans succès.

« Arrêtez de vous ronger les ongles », lâcha Erwin, sentant la pression monter chez chacun.

Les respirations étaient plus fortes, la sueur perlait sur les fronts, les mains moites commençaient à trembler légèrement. Ils avaient peur. Ils n'osaient même plus regarder leur chrono qui leur indiquait implacablement que l'heure approchait. Ils allaient partir. Bientôt.

« Je vais me prendre une douche, lâcha Greg.

— Maintenant ? »

Il était décidément plus nerveux qu'à l'habitude.

« Oui. Ça va me délasser. »

Greg se leva et se rendit rapidement dans la salle de bain. Lorsqu'il fut parti, les autres se regardèrent avec un sourire. Même Cyril semblait à l'aise avec Yoann. Mais ça ne durerait pas. La tension les faisait rire sans véritable raison, et forçait un peu le soldat à accepter le nouveau.

« Quand il aura fini, j'irai aussi. »

Saurait-il faire ce qu'il faudrait ? Il n'avait participé à aucune manœuvre – où aller ? – ni même surveillé le moindre monument. Il n'avait jamais eu à tirer réellement sur des hommes. Et encore moins des balles au Kalanium…

« Quelqu'un pourrait-il me rappeler la composition du Kalanium ? »

Sous l'eau brûlante de la douche, sa question pouvait sembler stupide. Mais le silence venant de la pièce voisine l'angoissait, en quelque sorte. Il tendit l'oreille et baissa l'intensité du jet. La vapeur l'enveloppait comme une brume agréablement chaude qui ne parvint pourtant pas à alléger le poids sur ses épaules. L'eau ruisselait le long de son corps, ses cheveux gouttaient en produisant un son régulier sur le fond carrelé de la douche. Tout semblait si banal, à l'heure du changement. Si normal, si ce n'était son cœur serré et cette impression d'avoir cette épée de Damoclès trop près de sa tête…

« Aucune idée, et à vrai dire… commença Erwin.

— On s'en fout, termina Cyril en se retournant sous son drap pesant à l'odeur musquée, typique des tissus militaires. Pourquoi ? Tout ce qu'il faut savoir, c'est que c'est un métal artificiel, léger, efficace pour les blindages et redoutable comme munitions lorsqu'il est enrichi.

— Tu as bien appris par cœur tes fiches d'éducation militaire, ricana Erwin en se redressant. Mais tu as oublié de préciser que…

— Il n'émet aucune radiation. Tu vois, je le sais ! Sans déconner, ce baratin on dirait la définition de la poudre de perlimpinpin ! »

La plaisanterie fit rire Grégory qui se séchait rapidement. Les cheveux ne prenaient pas trop de temps, rasés à un demi-centimètre – c'était réglementaire pour éviter les parasites et permettre d'être bien tenu à tout moment. Il sentait la pression. Une boule imaginaire grossissait dans sa gorge. L'adrénaline augmentait aussi. Il se jeta nu sur son lit et attendit un petit moment avant de se glisser dans les draps. Tant pis pour le pyjama. Il ferma les yeux et écouta le bruit de l'eau qui coulait désormais pour Cyril. Entrouvrant les yeux pour lire son chrono, il constata amèrement qu'il lui restait six petites heures.

Le lendemain, 7 septembre 2033.

« On se lève, appela un homme en ouvrant grand la porte. C'est l'heure ! Commencez à vérifier votre matériel ! Soyez à l'heure ! »

La chambrée s'agita. Tous avaient assez mal dormi, mais l'anxiété, l'excitation, et un petit peu d'impatience tout de même les mirent sur pieds en un clin d'œil. Les portes des placards métalliques s'ouvraient dans des grincements désagréables, des mains fébriles finissaient de remplir les sacs de voyage. Vêtements, affaires personnelles... Ils saisirent les sacs et les posèrent dans le couloir après avoir vérifié qu'ils avaient bien mis leur étiquette, portant leur affectation, aux poignées. Le chariot passerait dans quelques instants pour récupérer les affaires tandis que les soldats partaient au réfectoire par le couloir obstrué.

Il fallait sauter par-dessus des bagages, éviter d'autres personnes qui désiraient se rendre dans l'autre direction, contourner les chariots de ramassage. L'agitation qui régnait dans le bâtiment E s'amplifiait. Les petits-déjeuners étaient pris à la va-vite, chacun se précipitait pour dire au revoir – adieu – à ses amis, cherchait l'objet oublié en chambrée. Les lits devaient être débarrassés afin d'accueillir des volontaires de la Région Belge dans les prochains jours. Le chaos organisé était le seul maître du bâtiment. 300 personnes agitées dans un même et imposant bloc de chambrées et d'administration.

Il fallut une heure au groupe d'Erwin pour pouvoir retrouver Yoann dans ce capharnaüm. Cyril lui serra la main poliment mais froidement. Greg lui tapota l'épaule en lui adressant des encouragements pour tenir jusqu'à la fin de la semaine. Erwin arriva à ce moment-là, revenant de ses adieux avec Watson, son ami gallois.

« Fais attention avec les volontaires belges, déclara Cyril. Ils vont t'obliger à manger comme eux.

— En matière de gastronomie, grommela Erwin, tu n'es pas le mieux placé pour donner des conseils. »

Une sonnerie stridente mais brève retentit dans les haut-parleurs du couloir. On y était.

« À une prochaine fois, réussit à dire Yoann en les saluant.

— Oui. Une prochaine fois. »

Un mensonge, naturellement. Ils s'éloignèrent dans le couloir pour rejoindre la place d'armes. Ils allaient être équipés et pourraient partir d'un moment à l'autre. L'heure approchait.

L'orchestre se mit en place juste derrière le général sur une estrade couverte, pour se protéger d'une pluie battante bien décidée à faire ses adieux au Bataillon C-3 de Hambourg. Les soldats ne partant pas commençaient à s'amasser devant les barrières, ils venaient dire au revoir. Les autres, au garde-à-vous sous les trombes d'eau, attendaient. Près de l'orchestre, des dizaines de conteneurs kaki s'ouvraient lentement, dévoilant des râteliers d'armes et des sacs de combat. Le général lança un ordre. Les colonnes de militaires passèrent en ordre parfait devant les conteneurs, afin que les techniciens qui s'affairaient comme des abeilles puissent leur fournir le matériel. Erwin regarda les soldats devant lui mettre leur sac à dos de 5 kilos exactement, et saisir leur fusil mitrailleur Famas M3. Tout ceci semblait ridicule pour les hommes mobilisés : ils avaient déjà préparé le paquetage, graissé et remonté eux-mêmes le Famas qu'ils recevaient à présent. L'essentiel était de rester dramatiquement visuel sous l'œil des caméras que le Ministère de la Défense et de la Guerre laissait probablement tourner pour son prochain spot de recrutement.

Une fois équipés, les fantassins saisirent le casque à lunettes de vision améliorée accroché par une lanière au ceinturon de leur uniforme et s'en couvrirent leur tête rasée. Cette version bourrée d'électronique pesait plus lourd que leur version d'exercice, mais Erwin le trouva néanmoins plus confortable. Il se coulait dans son uniforme avec une facilité qui le surprenait lui-même. Les plaques du plastron de protection glissées entre les couches de tissus lui donnaient un air de machine, ce qui en cet instant précis était paradoxalement rassurant. Tout cet équipement procurait la sensation de porter une armure à toute épreuve, et face à l'inconnu du champ de bataille, Helm ne crachait pas sur un peu plus de chances de survie.

L'orchestre commença alors à jouer l'Hymne à la Joie. Un Hymne national qui sembla bien ironique aux oreilles des combattants. Le texte en européos, ajouté a posteriori, ils le connaissaient tous par cœur.

*Plus de haine, plus de frontière.*

Voilà ce qu'on pouvait entendre – entre autres – dans les paroles de ce chant qui les menait à la guerre. Mais cette fois-ci, l'orchestre entonnait sans chorale l'hymne fédéral, conscient peut-être du cynisme que cela aurait affiché. Ce fut au tour d'Erwin de saisir le sac à dos. Sentant la pression des suivants, il s'en harnacha rapidement et s'avança avec une tension grandissante vers le technicien qui lui tendait son Famas. Il avait les jambes en coton. Il se sentait prêt à s'écrouler. La tension dans ses bras était si forte qu'ils lui semblaient sur le point de lâcher, et ce Famas qui paraissait peser une tonne… Erwin s'était saisi de l'arme avec une sensation de déplaisante et, les mains glacées, avançait pour laisser la place au suivant. Il tremblait de tous ses membres, trempé, il avait peur. Autour de lui, les soldats semblaient confiants. Ils avaient foi dans cette nouvelle technologie. Mais lui doutait sérieusement qu'elle leur fût si miraculeuse. Il avait un très mauvais pressentiment au moment de partir. Afin de ne pas alerter les autres, et surtout pour éviter les railleries d'un Cyril ragaillardi par la veille, il tenta de se contrôler et rejoignit le rang.

Lui que tout le monde prenait en exemple, sans peur et sans reproche, lui l'élément brillant, calme et serein, la force tranquille… il avait peur. Et bien que cela soit tout à fait naturel, il en avait soudain presque honte. S'il avait peur, il trahissait les autres, non ? Comment allaient-ils réagir en constatant que le grand Erwin Helm était comme n'importe qui ? Cyril se mettrait-il à baver sur son dos comme il l'avait fait avec Balder ?

Lorsqu'ils furent cinquante-six, les soldats du groupe d'Erwin avancèrent vers l'une des deux sphères du Transport Furie qui faisait déjà chauffer ses moteurs. Le bruit assourdissant des réacteurs s'amplifia. Ils embarquèrent avec dignité dans la sphère, leurs bottes martelant la passerelle. Erwin la sentit frémir alors qu'il jetait un dernier regard vers les bâtiments de la caserne d'Unités d'Assaut. Puis, observant l'intérieur de la soute, il vit qu'un espace vide servait d'antichambre. Au fond, des échelons menaient à un puits d'accès. Les soldats s'y engouffrèrent, Erwin agrippa les échelons et monta le plus rapidement qu'il put. Il vit que des ouvertures dans le puits permettaient d'accéder à des rangées de fauteuils. Le tout était ridiculement étroit, de quoi devenir claustrophobe. Il se jeta au fond d'une rangée sous l'impulsion d'autres soldats derrière lui. Il n'avait même pas le temps de réfléchir à ce qu'il faisait, les choses le poussaient inévitablement jusqu'au fond de cette obscurité. L'équipement ne l'aidait en rien à se glisser à sa place. Le siège était peu confortable, mais la ventilation permettait de ne pas suffoquer.

Les autres criaient des instructions étouffées autour de lui. Ses oreilles bourdonnaient, car les voix avaient une drôle de résonance dans cette exiguïté. Il aperçut Cyril passer devant l'ouverture du puits et monter plus haut dans la sphère. Et Greg ? Était-il dans cette sphère ? Dans l'autre ? Dans un autre transport ? Soudain une panique inexplicable monta en lui. Où était-il ?

« Nous allons décoller, bouclez votre harnais », fit une voix dans un haut-parleur intégré à la paroi de métal.

Les réacteurs poussèrent une longue plainte et le transport vacilla. Avec une impulsion qui plaqua tout le monde au fond de son siège, il décolla dans le ciel pluvieux et maussade.

Premier front. Frontière Européo-slaviste. Camp de Kovel.

La nuit était tombée. Le vent léger ramenait au camp les notes d'une musique locale jouée sur un violon. Ancienne

République d'Ukraine avant d'être intégrée à la Slavie, cette région avait subi de nombreux changements au niveau de sa frontière en dix ans. Les États-Unis d'Europe avaient réussi à récupérer un faible morceau d'Ukraine afin d'en faire un avant poste européen sur la ligne de démarcation slaviste.

Kovel était une ville moyenne, voire petite comparée à des cités européennes. Mais en ex-Ukraine, c'était tout de même une bourgade remarquable. La dernière ville de cette importance prise par les E.U.E. était Rivne, sur l'un des affluents du fleuve Pripiat. Malheureusement, la grande ville de Lviv était restée slaviste. C'était l'objectif de la prochaine invasion. Prendre Lviv, Ternopil, Khmelnytskyï, puis remonter vers Kiev. Dniepropetrvsk tomberait alors facilement. Dans le même temps, Bucarest serait assiégée. Puis Voronej, la ville russe prise par les Slavistes. Gomel, ancienne ville de Biélorussie. Et ainsi de suite, comme l'indiquaient la multitude de flèches sur les cartes d'État-major.

Mais il fallait aller vite. Très vite, pour éviter une contre-attaque déplaisante et malheureusement probable. La Russie était grande, mais personne ne savait avec certitude combien d'hommes elle pouvait mobiliser ni quel était son niveau technologique. Un mystère inquiétant... Mais les stratèges européens étaient confiants : elle ne poserait pas de problème.

Les Slavistes, eux, avaient une grande connaissance de la technologie atomique, et possédaient, en outre, des bombes A et H ; cependant la localisation des silos étant connue officieusement, aucune tête ne pourrait passer grâce au bouclier antimissile européen. L'atout de l'Europe se trouvait dans les bombes au Kalanium et surtout le réseau crypté Euronet pour sa logistique. Sans l'un ou l'autre, les manœuvres européennes devenaient impossibles. Les bombes K étaient infiniment plus performantes, et ne laissaient pas de radiations derrière elles. Cependant, les antimilitaristes rappelaient que ce n'était qu'après avoir lâché la Bombe que les hommes avaient découvert le revers de la médaille. Et si ce schéma se répétait ?

« C'était une décoration… »

Erwin se retourna et vit Greg le fixer avec respect.

« Ce que tu as reçu, c'était une médaille, non ? Tu peux me le dire, maintenant qu'on part au combat…

— Oui, acquiesça Erwin. J'ai reçu la Croix de Guerre. »

Il y eut un silence gêné. Greg ne devait pas s'attendre à ce qu'il avoue.

« Wow, et t'as fait ça comment ?

— J'essaye de sauver quelqu'un du déshonneur et du mensonge. Je cherche la vérité, un amiral a cru bon de m'en féliciter de cette manière... »

La réponse ne le satisfaisait pas entièrement, mais si Erwin n'était pas allé plus loin, c'était qu'il voulait garder cette affaire pour lui.

« Je ne voulais pas que ça vous monte à la tête, que vous me voyiez comme un héros ou un forcené. J'ai fait un truc normal. Je ne pensais même pas la recevoir, au début. Je pensais que rien que l'annonce les persuaderait que j'abandonnerais mes recherches.

— Je vois, acquiesça Greg comprenant qu'Erwin ne lui en dirait vraiment pas plus. Tu pourrais être sergent, voire lieutenant puisque tu as cette médaille, tu pourrais sauter les étapes…

— Je sais. Mais ça a porté la poisse à mon père. Je ne ferai pas la même erreur. »

Il y eut un silence.

« Excuse-moi, je dois aider à charger du matériel, on se retrouve plus tard. »


« Montez à bord du transport, annonçait une voix sans doute enregistrée. Départ imminent. »

Erwin s'était habitué au stress. Il n'allait pas mieux, il vivait simplement avec. Il avait retrouvé Cyril, quant à Greg, après avoir annoncé chercher des toilettes, il avait disparu, mais il avait tout de même précisé qu'ils seraient dans la même Furie. Arrivé ici depuis à peine deux jours, il allait déjà repartir. Sur le terrain herbeux, une multitude de soldats embarquait de façon chaotique. Plus de cérémonie, plus de propagande. Juste le désordre de la vie quotidienne. Le vent souffla brusquement plus fort. Même piétinée, l'herbe frémissait lentement. Les troupes couraient vers les transports dans la lumière des projecteurs. Une légère brume flottait près des arbres. L'air était humide.

Un soldat passa en trombe devant Erwin, le ramenant à la réalité. Il se mit à courir lui aussi vers le transport où Cyril embarquait avec un calme déconcertant de la part d'un jeune fougueux comme lui. Il eut le temps de le voir disparaître dans le puits avant d'être bloqué dans la masse de soldats. Il parvint à trouver une place et remarqua étonné que ses jambes s'étaient remises à trembler et que ses mains étaient à nouveau glacées. Un homme s'assit à côté de lui en poussant un soupir de soulagement. Il semblait presque heureux de partir. Avec un sourire béat, il se tourna vers Erwin.

« J'ai presque cru que je ne trouverais pas de place ! »

Erwin remarqua que l'homme devait avoir un ou deux ans de plus que lui.

« Mackenheimer, se présenta l'homme en tendant sa main vers Erwin qui la serra poliment avant de boucler son harnais. Vous n'avez pas l'air très à l'aise… ?

— Helm. Erwin Helm.

— Région Allemande ?

— Je viens de Hambourg, acquiesça Erwin, mais je suis originaire de la Ruhr. La province économique de la Région…

— Je suis du Nord. J'ai fait mes études militaires en Région Anglaise… »

La discussion s'arrêta là, curieusement. Des techniciens embarquèrent un véhicule de reconnaissance dans l'antichambre du transport, le sas se referma et le transport décolla avec moins de panache que la première fois. Un commandant commença à leur expliquer certains détails de l'opération depuis le poste central qui reliait les deux sphères du transport. Ils allaient devoir prendre le complexe de stockage d'armement de Lviv. La ville serait à prendre en même temps. L'obstacle majeur étant que Lviv était protégé par un efficace système défensif et qu'un gigantesque champ de mines recouvrait la plaine devant la cité. Il faudrait atterrir derrière le champ de mines malgré les tourelles antiaériennes, prendre les complexes industriels et d'armement, s'infiltrer en ville et prendre la préfecture pour s'assurer le contrôle de la cité. C'était simple comme un jeu d'enfant.

Erwin regarda son chrono-bracelet, réglementaire au combat, car plus solide que les simples montres. Il ne restait plus beaucoup de temps de répit avant la tempête. Était-il assez préparé pour *ça* ? Les mois d'entraînement sous la verve truculente du sergent Miguel dans la boue et la pluie diluvienne seraient-ils suffisants lorsque les portes de la soute s'ouvriraient grand sur un enfer de métal et de flammes, prêt à l'avaler ? La confiance que chaque soldat dans ce transport s'était forgée avec plus ou moins de conviction s'évanouissait dans un néant d'appréhension et de peur. Celle de l'inconnu, et de la mort. Helm jeta un coup d'œil nerveux à Mackenheimer qui malgré l'air décontracté qu'il tentait de se donner resserrait sa mentonnière avec un peu trop de fébrilité pour être convaincant. L'adrénaline les gagnait tous, leur souffle s'accélérait comme des sportifs se préparant au sprint final.

Il aurait donné n'importe quoi pour échanger ne serait-ce qu'un regard avec Cyril ou Grégory, mais il était coincé dans la pénombre entre deux inconnus. Et ses jambes tremblaient encore.

# Chapitre 6

Lviv. 8 septembre 2033.

Le transport vacillait sans cesse pour éviter le tir de la D.C.A. Dans la soute, les hommes n'entendaient que les explosions extérieures, le sifflement des obus et des rafales frôlant leur appareil. Dans la manœuvre chaotique qui avait suivi la première vague défensive des avions de chasse ennemis, le véhicule de reconnaissance replié au fond de la soute en forme de sphère s'était déjà disloqué. Un râle faible s'échappait de l'engin, le pilote devait être coincé. Mais personne ne se sentait le courage de décrocher son harnais pour aller le secourir. Dans le cockpit, le visage presque dissimulé par les énormes lunettes fumées de son casque, Ennio Gayans tenait les commandes.

« Commandant, le site de largage est bien trop éloigné. Il faut se poser. Maintenant ! »

Son engin effectua un quart de tonneau et quelques soldats ne purent retenir leur haut-le-cœur. L'odeur fétide commença à donner la nausée à chacun. Il semblait que leur instructeur n'avait pas menti : le sang appelle le sang, et il en va de même avec le vomi. Le bruit assourdissant du moteur avait déjà déchiré les tympans de tous les soldats assis contre la paroi derrière laquelle le moteur brûlait avidement des litres de carburant.

Un obus traversa le fuselage, déchiquetant en une fraction de seconde le blindage, l'isolant, les câblages et le capitonnage très léger de la coque. L'air siffla tandis qu'une vapeur blanche et glaciale s'échappait de la déchirure. Des morceaux de mousse et de joints volaient en tout sens, le vent hurlait assez pour être perçu jusqu'à la cabine de pilotage, un petit module indépendant situé entre les deux soutes de transport sphériques.

« Commandant », supplia à nouveau Gayans, le pilote.

Une batterie semblait avoir désigné l'appareil comme une priorité absolue. Avec un zèle peu commun, l'artilleur stria le ciel d'abondantes décharges lumineuses. Son pourvoyeur à la pièce lourde chargeait caisson sur caisson pour que jamais la batterie ne soit en reste. Un second impact transperça le métal. Avec une explosion assourdissante, le fond de la soute de la sphère gauche se disloqua et alla s'écraser au sol comme un vulgaire tas de métal froissé. Le véhicule de reconnaissance Furie s'était enflammé et chuta lamentablement dans le vide avant de s'éparpiller en milliers d'éclats. Les hommes qui n'étaient pas morts dans l'explosion hurlaient en voyant le sol défiler en dessous d'eux. Certains pendaient dans le vide, uniquement retenus par leurs harnais. Mais pour la plupart, la vie les avait déjà quittés.

« Grave avarie commandant ! Tous les systèmes dans le rouge, sphère gauche endommagée à 36 %. »

L'alarme sifflait plus fort que les obus.

« Moteur gauche en chute importante de puissance, alimentation inférieure inexistante. »

Le commandant comprit. Le réservoir situé sous le moteur avait causé l'explosion. Et le réservoir supérieur ne suffisait plus à assurer l'alimentation en carburant au moteur. La lumière rouge aveuglante tournoyait derrière lui, jetant un halo menaçant sur la console de pilotage. Il pouvait voir très clairement le sol se rapprocher par la verrière. Et pire que tout, la plaine disparaissait lentement dans un brouillard opaque, empêchant tout repérage d'un site d'atterrissage potentiel.

« Commandant, insistait le pilote en articulant chaque syllabe, il faut se poser maintenant ou le réservoir supérieur gauche va nous exploser à la gueule !

— Faites ça, répondit le gradé sans lâcher du regard le sol criblé d'explosions. Préparez-vous à ouvrir la soute droite. »

Un bruit mat accompagna une secousse dans le module indépendant de pilotage. Apparemment, le moteur principal de l'appareil, fixé sur son toit, venait d'être emporté.

« Avarie critique ! Moteur principal inexistant, moteur secondaire gauche en rade, moteur secondaire droit en surchauffe ! On lui en demande trop, commandant ! Si les bobines magnétiques lâchent, la Furie tombera comme une masse ! »

La plaque de métal qui leur avait servi de toit s'était déchirée et claquait avec le vent fort. Le commandant de la section passa la tête par l'écoutille restreinte du poste de pilotage et jeta un coup d'œil dans le puits d'accès. Le fond n'avait pas de souci – et c'était tant mieux puisque la trappe d'accès s'y trouvait – mais le haut du puits était dégoulinant d'une sorte d'huile rouge orangé ruisselant de la trappe technique permettant l'entretien du moteur emporté.

« On a une fuite de carburant, annonça-t-il froidement en rentrant sa tête dans le poste de pilotage. La durite d'alimentation n'a pas dû partir avec le moteur. Il n'y a plus qu'à espérer que ça ne va pas s'enflammer. »

Ennio était arc-bouté sur les commandes et tentait de s'essuyer la bouche dégoulinante de sueur sur la manche de son uniforme sans relâcher la pression de sa main sur la manette. Ses articulations blanchissaient sous l'effort, il commençait à trembler en grognant des choses incompréhensibles.

Une nouvelle alarme s'enclencha. Le transport venait d'entrer dans le rayon d'action d'une deuxième tourelle antiaérienne.

« Missiles sol-air classe Ulysse ! »

Six missiles partirent dans des directions opposées et décrivirent des arcs de cercle variés qui se refermaient lentement sur le transport. Les missiles filaient à une vitesse hallucinante, et la distance prise au lancement leur permettait d'appréhender les trajectoires du transport et de corriger les leurs en conséquence.

« Manœuvre d'évitement ! Faites-nous une manœuvre Newton !

— Si je coupe les moteurs, nous risquons de ne plus pouvoir les rallumer, commandant !

— C'est ça ou les missiles nous explosent la gueule ! Ou bien le moteur va finir par nous péter au visage, c'est vous qui voyez. J'ai dit, une manœuvre Newton ! »

Le missile qui avait emprunté la trajectoire la plus directe se rapprocha d'un coup plus dangereusement. Il venait d'actionner sa « poussée ultime », comme disaient les pilotes. Les deux moteurs secondaires du transport crachotèrent avant de stopper net leurs entrées d'air tandis que l'appareil répulsif – un réseau de bobines magnétiques – était mis hors service. L'appareil chuta alors comme une masse incontrôlable en direction du sol.

« Enclenchez le compensateur de chute libre !

— Le répulseur est mort ! J'enclenche le système de survie, mais je dois drainer le carburant du réservoir gauche restant !

— Rien à foutre, enclenchez-moi ce système ! »

Tandis que les soldats serraient les dents à s'en briser la mâchoire, le transport prenait de plus en plus de vitesse. Sa trajectoire diagonale devenait de plus en plus verticale, le sifflement des missiles devenait perceptible à travers la coque. Dans ce qui restait de la sphère gauche, tous les survivants avaient déjà enclenché leur système de survie et mis leur masque respiratoire sur le nez. Les lunettes de vision améliorée étaient mises en action. Dans la seconde sphère, le responsable de la soute aboya un ordre. Tous avaient compris ce que tentait le pilote avec sa manœuvre Newton. Mais tous savaient également les risques que l'on prenait à tomber comme une pomme.

« Vos masques et vos lunettes, ordonna le responsable en se plaçant au fond de la soute pour être perçu de tous. Une contre-attaque au gaz n'est pas à exclure. Ils ont levé un brouillard de guerre. Vous ne verrez rien à cinq mètres, même avec vos lunettes. J'ignore à quelle distance nous nous trouvons de notre objectif. Cependant, vous deviez initialement traverser 800 mètres avant le complexe. On peut supposer que cette distance sera multipliée par deux ou trois. Des Furies d'Assaut seront là pour vous couvrir. Il faut simplement que vous éliminiez les blocs antiaériens. Je rappelle que ce travail est celui du groupe *d'intervention*, les autres vous foncez ! »

Il marqua une pause lorsque l'alarme collision hurla dans la soute.

« Nous sommes à 150 mètres du sol, annonça-t-il sombrement. Tenez-vous prêt, évitez le champ de mines, si la poisse ne nous l'a pas encore fait passer. Bonne chance.

— Alerte Collision, les informa une voix enregistrée sur un ton calme et posé censé rassurer les passagers. Impact imminent. Alerte Collision. Impact imminent. »

Un grondement assourdissant secoua l'appareil. La sphère gauche, déjà endommagée, venait d'être anéantie par un missile Ulysse. Le cockpit indépendant de pilotage fut éventré lorsque le pylône se disloqua.

« Accrochez-vous à mon siège ! » hurla Gayans pour éviter que le commandant ne tombe après un cahot à travers la faille dans la coque.

La seconde sphère tenait bon. Le module indépendant ne tenait plus à celle-ci que par un pylône d'à peine un mètre cinquante de large, pour un globe de métal de pratiquement onze mètres de diamètre.

Enfin, le cockpit indépendant toucha le sol le premier. Il se déforma et se plia, le pylône se tordit sous plusieurs angles mais tint bon, grâce à sa conception au Kalanium. Des éclats de plastique et de métal jaillirent du module comme des étincelles. Le système anticollision avait réduit la puissance du choc qui n'en restait pas moins extrêmement violent. La sphère remplie d'hommes de troupe racla la roche avec un crissement abominable. Des gravats en tout genre furent arrachés du sol pour former un sillon large et profond creusé par la masse de métal. Le tonnerre de destruction était devenu intenable. Le pylône se rompit brusquement comme un élastique qui claque et le module indépendant défonça une petite maison de vacances en pierre blanche. Après un tonneau très lent, il s'immobilisa enfin.

La sphère ralentit jusqu'à stopper et demeura dans le silence quelques secondes, noyée dans un nuage de poussière. Seul le crépitement des cailloux retombant sur la coque surchauffée par la friction et le sifflement des câbles électriques sectionnés crevaient ce silence relatif. Les missiles ayant perdu l'acquisition de leur cible s'écrasèrent à proximité sans toucher l'épave. Les explosions laissèrent cinq colonnes de fumée noire et dense monter vers le ciel.

Puis enfin, l'énorme écoutille d'entrée de la sphère s'ouvrit avec un grincement lugubre.

Il était temps de se déployer dans l'inconnu.

« Commandant, appela lentement le pilote au milieu des débris, partiellement recouverts de câblages arrachés et de plaques isolantes en lambeaux. Commandant, vous êtes toujours vivant ? »

Gayans se redressa avec toutes les peines du monde et regarda d'abord autour de lui. Le brouillard de guerre créé artificiellement commençait à s'infiltrer comme un fantôme à travers les déchirures de la coque. Il devait se dépêcher de sortir avant de ne plus voir comment s'échapper. Il regarda au sol. Le commandant gisait désarticulé comme un pantin. En voyant le mince filet de sang s'échappant de son nez et de sa bouche, il commença à paniquer. Il se baissa et chercha le pouls. Il n'y en avait plus. Retirant le ceinturon du gradé, le jeune pilote récupéra l'arme de poing logée dans son holster.

Prenant garde à ne pas se blesser, il se glissa difficilement à travers la déchirure. Il s'agrippa aux câbles pendants devant son visage et s'extirpa enfin de la carcasse.

Il n'y voyait rien. Ses yeux lui piquaient. Mais ce ne devait pas être le brouillard de guerre, plutôt la fumée d'un incendie. Il chercha le foyer et remarqua une colonne noire très vague, juste à côté de la carcasse. Craignant qu'il ne s'agisse du réservoir, il sauta du haut de l'engin et retomba lourdement sur le sol. Piquant un sprint, il quitta l'engin le plus rapidement possible en se repérant aux bruits des appareils passant au-dessus de lui. Des explosions en plein ciel zébraient d'éclairs la mélasse du brouillard et le grondement de tonnerre des détonations semblait étouffé, comme un orage lointain.

À une cinquantaine de mètres de là, les troupes détachaient leur harnais dans la sphère encore opérationnelle. Le système automatique étant en panne, un des soldats dut user de toute sa force pour actionner le système manuel. Toute la troupe trépignait, aux aguets, prête à en découdre. Le cliquetis des armes et les raclements impatients des rangers sur le métal se mêlaient à leur respiration rauque et saccadée. Une sorte d'euphorie désespérée gagnait les fantassins aux visages crispés.

« Cette fois ça y est, murmura quelqu'un dans le fond. Cette fois c'est pour de vrai. »

L'écoutille s'ouvrit avec un chuintement lugubre, les Famas se braquèrent vers l'extérieur, parés à déverser leurs rafales de mort… et instantanément, la brume artificielle envahit la soute.

« Sortez vite, hurla Erwin Helm, avant qu'on n'y voie plus rien ! »

Un flot d'hommes en treillis se déversa sur ce qui aurait dû être un champ de bataille rugissant et tonitruant. Pourtant, aucune détonation, aucune explosion. Pas de sifflement de balles, pas de grondements de moteurs. L'endroit était étrangement calme. Le brouillard diabolique rendait la scène irréaliste. Équipés de lunettes jadis réservées aux troupes d'élite, les fantassins n'étaient toutefois que peu avantagés. Lorsque les cinquante-six passagers de la sphère furent sortis dans la plus grande confusion, Erwin alla inspecter le véhicule de reconnaissance. Les murmures autour de lui exprimaient le malaise et l'incompréhension générale qui régnait désormais au sein de la troupe.

« Ça devrait pas ressembler à ça, fit remarquer un fantassin d'une voix trahissant son indécision et le sentiment de panique qui l'envahissait.

— Où sont ces foutus terroristes ?

— Fermez-la, c'est peut-être un piège ! »

Helm tâtonna le métal froid de l'engin disloqué, une sorte de bulle biplace qui se déplaçait sur tout type de terrain grâce à quatre pattes articulées. Un système de rotule rétractile permettait normalement d'ôter les pattes pour en faire un véhicule flottant, sans forte propulsion, mais résistant et discret. Un canon léger monté sur le toit assurait la défense, mais c'était la batterie de senseurs, de détecteurs et de capteurs montés à l'arrière qui rendait l'appareil très utile – et accessoirement qui intéressait précisément Erwin. Il servait à dénicher les fosses piégées, les tourelles camouflées et son ordinateur de bord dérivé de la Technologie Furie permettait d'utiliser les informations collectées pour comparer les différents assauts possibles et déterminer le meilleur choix, tout en enregistrant en temps réel les observations qu'il envoyait sur Euronet. Le jeune homme avait compris que c'était leur principal atout pour se sortir d'une zone de combat rendue opaque par ces maudits brouillards de guerre.

Cette merveille de technologie gisait pourtant sur le flanc, lamentablement tassée contre la paroi. Erwin l'inspecta tout même, espérant vaguement pouvoir sauver quelque chose. Le corps sans vie du responsable de la soute gisait en sang contre le véhicule, et il était heureux que la brume soit à présent assez dense pour dissimuler l'état de son visage. Cyril et Greg lui tapotèrent l'épaule pour marquer leur présence et Erwin hocha de la tête avant de reporter son attention sur le véhicule de reconnaissance. L'électronique semblait trop endommagée pour être d'une quelconque utilité, mais il aperçut alors quelque chose qui vaudrait sans doute la peine d'être sauvé.

« Quelqu'un sait comme détacher cette mitrailleuse légère ?

— On ne peut pas, déclara quelqu'un dans la brume, anonyme. Merde, pourquoi ils ne tirent pas ? Vous croyez qu'ils nous encerclent ? »

Le groupe commençait sérieusement à s'agiter au milieu de ce silence oppressant, et il était clair que les doigts nerveux caressaient trop fébrilement les gâchettes des Famas. Bien qu'il s'agisse pour tous de leur baptême du feu, ils étaient des Unités d'Assaut, pas l'élite de l'E-CROFT, et leur entraînement les avait préparés à affronter des chars, des obus et des mitrailleuses lourdes. Pas ça. Pas le néant blanc et artificiel, pas un calme surnaturel au beau milieu de ce qui aurait dû être un assaut d'envergure. Quelque chose n'allait pas, quelque chose n'était juste *pas comme il fallait*. Et cette pensée, tout le groupe la partageait avec appréhension.

« Ils savent peut-être pas qu'on est là, émis un autre soldat la voix tremblante. Ou bien ils vont nous bombarder à coup de canons automoteurs et nous mettre en charpie avant que…

— Silence ! aboya Erwin. Restez calme, sinon on n'arrivera à rien !

— Si je puis me permettre, je devrais prendre le commandement, Helm.

La voix était modulée, faussement assurée, avec une pointe de condescendance. Ou bien était-ce l'accent britannique qui lui donnait cette intonation ?

— Vous êtes ?

— C'est moi, Mackenheimer, j'ai participé à un entraînement avec des Furies d'Assaut. Dans le contexte actuel, ça ne fait pas grande différence, j'en conviens, mais ça me donne un avantage que vous n'avez pas. Ce n'est pas pour vous supplanter, c'est dans l'intérêt du groupe. »

Cyril s'approcha soudain, se repérant à la lumière clignotante de la soute qui embrasait le brouillard d'une tache rougeâtre.

« Hé ! Il a quand même la croix de…

— Cyril, tais-toi ! gronda Helm, furieux que Greg n'ait pas tenu sa langue. »

Erwin sentit son tremblement revenir à la charge et son cœur battre la chamade. Une angoisse profonde lui nouait la gorge à la simple idée de prendre la responsabilité du groupe et des vies de chacun d'entre eux. Il ne pouvait pas assumer une telle charge, c'était au-dessus de ses forces. Fût-ce par lâcheté, il dut se résoudre à se décharger sur un autre.

« Il a raison, appuya-t-il en tentant de maîtriser sa voix, il a un avantage que je n'ai pas.

— T'appelles ça un avantage ? On s'en tamponne de son entraînement avec des Furies, la nôtre est morte ! Tu es celui qui devrait être le plus gradé si…

— Qui devrait mais qui ne l'est pas, trancha-t-il sèchement. C'est un choix. Maintenant, tu obéis à Mackenheimer. S'il te dit quelque chose, tu le fais, d'accord. Tu obéis. »

*C'est maintenant qu'il se révolte, quand c'est le plus mauvais moment... À croire qu'il n'a pas compris ce que je leur ai dit.*

« Vous êtes décoré ? s'étonna Mackenheimer.

— Aucune importance », estima Helm.

Les autres hommes gardaient le silence en tentant d'observer les alentours. De peur de s'égarer, personne ne faisait un seul pas. La troupe n'essayait même pas de comprendre ce qui se passait entre l'homme étant apparemment décoré et Mackenheimer. Chacun se préparait à voir surgir une horde de Slavistes dissimulée dans cette mélasse malsaine. Horde qui ne venait pas, et chaque minute qui passait rendait les hommes plus paranoïaques. Helm savait qu'il était urgent qu'un chef soit clairement établi pour que l'unité puisse enfin progresser et sortir de cette torpeur hagarde. Avant que quelqu'un ne panique et ne perde les pédales.

« Ai-je été clair, Cyril ?

— Très clair, Erwin, déclara-t-il avec la voix bouillante de rage. Mais je soutiens que tu devrais prendre le commandement et demander un vote de la part des hommes.

— On est en guerre ! siffla Erwin en se forçant de ne pas frapper son vieil ami. Ce genre de connerie n'a pas cours ici ! Tout le monde se trouve sous les ordres de Mackenheimer. Point, terminé, c'est clair ! »

Cyril pesta en rentrant dans le rang. C'était dur, mais il ne fallait pas qu'il y ait de faction. On ne jouait plus maintenant. La plupart allaient le découvrir à leurs dépens. Helm savait que ses trois amis – Balder en moins – seraient toujours fidèles à leur ancien chef de chambrée, ce qui l'angoissait d'autant plus. Mais cela ne devait pas créer un groupe dans le groupe. Grégory était resté silencieux, acquiesçant du chef aux paroles d'Erwin. Il se montrait plus mature, ou peut-être tentait-il de ne pas attirer l'attention sur lui après avoir été trop bavard.

« Faites-moi 7 groupes de 8 soldats, appela Mackenheimer d'une voix mal assurée. Est-ce que tout le monde est vivant au moins, on est encore 56 ? »

*Il ne sait pas commander*, pensa Cyril rageur. *Ce mec va tous nous faire tuer.*

« Et les survivants de l'autre sphère ? » demanda quelqu'un dans la brume.

Erwin sentit la honte lui monter aux joues, comment avait-il pu les oublier ?

« Venez avec moi, on va les sortir de la carlingue ! »

Un petit groupe avança à tâtons jusqu'aux lueurs des flammes de la sphère disloquées. Un silence de mort y régnait, pas un bruit ni un gémissement. Les corps sanguinolents ou gravement brûlés pendant encore dans leurs harnais, désarticulés. Helm remercia le ciel de ne pas les voir distinctement dans cette mélasse…

« Y a-t-il des survivants ? »

Il y eut alors du mouvement dans un des étages supérieurs, et plusieurs voix se firent entendre. Des bruits de bottes sur des échelons, des formes obscures. Une dizaine d'hommes descendit de l'engin et rejoignit leurs camarades. L'un d'eux s'approcha et montrant un objet qu'Erwin devina être une radio.

« On n'a pas de réception sur nos fréquences, dit une voix grave. On n'a aucun moyen de demander du secours.

— On va se sortir de là nous-mêmes, décida vigoureusement Mackenheimer. Vous formerez un groupe vous aussi… Allez, je veux huit groupes ! »

Dans un brouhaha qui n'aurait pas dû être, les hommes se groupèrent. Il y eut quelques problèmes de groupes mal équilibrés, mais au bout de quelques minutes, ils y parvinrent. Le silence inquiétant dominait la plaine rocheuse. Les véhicules ne s'aventuraient pas dans un brouillard de guerre et les hommes y gardaient le silence afin de repérer le bruit des pas d'un éventuel ennemi. De temps à autre, un transport rompait le silence pesant et passait au-dessus de leur tête, trop haut pour que le bourdonnement intense et assourdissant ne puisse les importuner. Il n'y avait qu'un écho venu du front, en avant, de vagues détonations au lointain. Des explosions distantes semblaient s'éloigner de plus en plus vers les montagnes, comme si l'orage était poussé par le vent.

« Trois groupes vers l'avant, essayez de vérifier si on se trouve devant ou derrière le champ de mines. Deux autres groupes, à gauche, deux autres à droite. Vous, poursuivit-il en se tournant vers les survivants de la seconde sphère, vous nous couvrez par l'arrière, des fois que nos amis slavistes ne nous réservent une surprise à leur façon. On garde le contact radio. Objectif : trouver un point de repère, n'importe quoi. Chaque groupe possède-t-il au moins une carte ? »

Acquiescements marmonnés sans convictions.

« Alors, ces cartes ? »

Cette fois, des « oui » se firent plus distincts.

« Parfait, fit l'autre, visiblement content d'être arrivé à monter ce plan de progression.

— Je préconise une progression en oblique pour les groupes latéraux qui s'éloigneront en diagonale du groupe central, commença Erwin. Vers le côté et vers l'avant, donc. Nous couvrirons plus de terrain, tout en avançant, ce qui demeure notre mission essentielle. Une fois des obstacles ou des repères identifiés, les groupes communiqueront et tenteront de se rejoindre.

— Bonne idée, dit Mackenheimer hésitant, j'allais y venir. »

Les groupes se séparèrent donc. Erwin se trouvait avec Cyril et Grégory qui s'étaient débrouillés pour le rejoindre. La progression commença lentement, seul le bruit des bottes sur la roche troublait un silence véritablement oppressant. Ils marchèrent aux aguets durant dix minutes. Le terrain terreux aux pierres brisées et anguleuses n'était pas difficile à pratiquer, la progression fut rapide. Lorsque le talkie-walkie crachota quelque chose, les huit soldats sursautèrent avec un même hoquet de surprise, comme si leur entraînement était soudain dissout par la crainte de l'inconnu.

« Helm, j'écoute.

— Il y a une ruine de tourelle antiaérienne, nous sommes à 8-8 | 3-5 | 0-0. Vous devriez vous trouver à sa droite. Approchez-vous en douceur, un de nos gars croit qu'il a entraperçu une mine, il va jeter un coup d'œil. »

Des voix crachotèrent sur les canaux de communication. Quelqu'un jurait avoir vu une mine.

« Les gars, arrêtez de marcher, lança frénétiquement une deuxième voix. Arrêt de la progression ordonné !

— On en a trouvé une, répondit une troisième voix dans le talkie.

— On est juste devant le champ de mines, comprit Erwin. Repli en douceur, pas de précipitation. Reculez de façon parallèle. Repère 1-1 | 8-5 | 0-0. Parallèlement et lentement. Regardez où vous mettez les pieds.

— Mais pourquoi ? demanda Mackenheimer sans pouvoir contrôler sa voix qui trahissait la tension. Où est le problème si on est devant le champ de mines ?

— On n'est pas devant ! reprit la voix paniquée de tout à l'heure. On est en plein dedans ! »

Tout le monde se figea. Erwin sentit que certains des soldats tremblaient. Il gardait un air calme pour que ses troupes ne cèdent pas à la panique. Mais lui-même hésitait sur la marche à suivre. Comment réagir…

« Je retire cet ordre ! Immobilisation totale ! Ne bougez plus ! »

Une explosion secoua le sol à une douzaine de mètres de là. Des gémissement et des râles leur parvinrent d'un coup. Deux autres explosions suivirent, et un clapotis répugnant bien assez suggestif. Des cris perçants appelaient de l'aide.

« Organisez des secours ! » hurla Mackenheimer.

Le silence qui engouffrait les cris de blessés était plus menaçant que jamais.

« On va crever comme des rats, murmura Cyril.

— Boucle-la ! gronda Erwin. Pas de panique ! »

*Si on panique, on est mort*, réfléchit Helm. *C'est le moment d'arrêter d'être des machines et de réfléchir par nous-mêmes… Savent-ils encore faire ça ?*

« Mais c'est vrai, on est coincé dans un champ de mines ! Un champ de mine qui doit mesurer au moins un bon kilomètre de large !

— On reste calme et on reparamètre les lunettes de vision améliorée à 80% pour que le spectre ne soit pas trop saturé. »

Le groupe 3 annonça avoir retrouvé les blessés. Des

blessés graves apparemment. La brume était si épaisse qu'Erwin avait l'impression de parler tout seul. Et ce silence, bon Dieu, ce silence. Tout semblait se dérouler au ralenti, comme dans un cauchemar. Alors que le vol avait été frénétique et que tous s'attendaient à débarquer sous les balles, sprintant de tous côtés pour éviter les tirs, voilà qu'ils étaient immobiles au milieu du silence et du néant. Rien n'était comme ils l'avaient imaginé.

« On a réussi à se repérer, lança une voix. On ne se trouve pas dans le champ de mines. D'après la tourelle, nous devrions l'avoir dépassé d'au moins 300 mètres. Patientez un instant, je charge Euronet pour la topographie. »

Une autre explosion fit tressauter tout le monde.

« Merde ! hurla Erwin dans le talkie. J'ai dit immobilisation totale, c'est clair ! »

Ses mains tremblaient à en lâcher l'appareil. Sur sa lunette de vision améliorée, la barre de chargement d'Euronet l'informait avec une lenteur exaspérante que les satellites calculaient leur position et une trajectoire sûre, pourtant l'impression d'être perdu au milieu de nulle part envahissait ses pensées. La sueur qui perlait sous son casque lui piquait les yeux. D'une main, Helm s'essuya le visage pour tenter de reprendre ses esprits.

« Combien, cette fois ? »

Les hommes autour de lui scrutaient les environs sans bouger un seul pied. Les doigts jouaient nerveusement sur les Famas.

« Un seul, répondit une voix qui ne s'était pas encore exprimée. Il est mort. Il avait repéré la première mine et venait nous rejoindre… »

Le jeune homme à la voix paniquée était donc mort. Les soldats baissaient la tête. Le désarroi les gagnait tous. Pour que personne ne craque, il fallait avancer. Erwin se passa la main sur le casque et regarda autour de lui. Il devait prendre une décision.

« Progression. Lente, organisée. Avancez pas à pas, en file indienne. Pas de bousculade, ne sortez pas du chemin. Et l'homme de tête reste concentré sur le sol. Compris ?

— Compris, crachotèrent tous les talkies-walkies.

— J'ai notre position exacte. On se trouve 352 mètres derrière le champ de mines cartographié. Ces connards de Slavistes ont mis une rallonge, les gars. Mais à mon avis, ce n'est pas de l'antipersonnel. Elles affleurent, je crois que ce sont des antivéhicules.

— Nos gars n'auraient pas sauté dessus, objecta Mackenheimer.

— Ils ont du faire un mélange, avertit l'autre dans le talkie. Ça expliquerait qu'elles soient si éloignées les unes des autres, pour que, quand une antivéhicule explose, elle ne déclenche pas les antipersonnel.

— L'idée d'Helm est la meilleure, à mon avis. En file indienne, et lentement. Sinon, on va marcher sur tout ce qui traîne. Je viens d'avoir confirmation, on a une mine antichar.

— Cartographiez-la. Laissez deux gars dans la tourelle. On peut s'en faire une tour de guet ?

— Elle me semble juste assez haute pour émerger du brouillard, monsieur. Je monte voir. »

Il y eut un silence. Les groupes commençaient à avancer très lentement, en sueur. Les bottes écrasaient des débris de plastiques, venant très certainement d'un engin écrasé dans les parages. Erwin attendit que le soldat confirme sa position dans la tourelle pour donner l'ordre de stopper à nouveau.

« Vous voyez quelque chose ?

— Oui, assura le soldat. Il y a un bâtiment en ruine plus au sud, avec une tourelle antipersonnel qui me semble en état de marche. Il y a une batterie antiaérienne, peut-être les missiles Ulysse qui nous ont descendus.

— Erwin, souffla Cyril en penchant la tête vers son ami. J'entends un bruit de pas. »

Effectivement, quelqu'un marchait, pas très loin.

« À tous les groupes, je répète, immobilisation totale !

— On est tous immobiles, lança quelqu'un d'une voix étouffée, sans doute à une douzaine de mètres. Ce n'est pas un des nôtres. »

Tous s'arrêtèrent de respirer un instant, cherchant à déterminer d'où venait le bruit.

« Accroupi ! » lança Mackenheimer.

Tous les soldats obéirent et tendirent l'oreille. Bien sûr, le masque et l'appareil visuel ne rendaient pas la tâche facile. Les pas s'arrêtèrent aussi.

« Qu'est-ce qu'on fait ? murmura quelqu'un derrière Mackenheimer.

— Pas de panique. Tour de guet, vous le voyez ?

— Négatif, monsieur. Je ne vois que ce qui émerge du brouillard.

— Je suis ouvert à toutes les suggestions, dit-il enfin après une hésitation qui intrigua Cyril.

— Ne me dites pas que vous ne savez pas quoi faire ?

— Cyril », avertit Erwin en faisant attention à ne pas hausser le ton.

Les pas reprirent. Ils étaient diffus, mais semblaient se diriger vers la tourelle de guet. À l'intérieur de celle-ci, le garde tenta vainement de régler son appareil oculaire. Un déclic suivi d'un sifflement discret annonça qu'il venait d'enclencher la visée dite « point rouge », aussi efficace qu'un laser, sans néanmoins tracer de trait lumineux en cas de fumée ou de brouillard. Un système vieux de presque 40 ans, mais qui avait fait ses preuves. Discret, efficace. Mortel.

« Ne tirez qu'après mon signal, précisa Mackenheimer. Pas de précipitation. »

Il prit une inspiration et tremblota une fraction de seconde. Enfin, il se lança.

« Homme non identifié ! Parlez-vous l'européos ? Si oui, donnez votre affiliation et votre matricule. »

Les pas s'arrêtèrent. Le silence retomba dans la brume. Erwin tenta de lire son chrono bracelet. Ces appareils étaient plus que de simples montres, ils permettaient une connexion instantanée à Euronet, et donc d'avoir accès à toutes les données satellites. En théorie.

« Je suis Ennio Gayans, pilote de transport de troupes fédéral. Je me suis écrasé. Je cherche du secours.

— C'est notre pilote, confirma Cyril à Erwin. J'ai parlé avec lui à la dernière étape... Gayans, hurla-t-il. Ne bouge plus, c'est un champ de mines ! »

Le pilote s'immobilisa et regarda autour de lui. Le brouillard l'empêchait de voir quoi que ce soit, bien sûr, mais il voulait être sûr de ne pas se trouver juste sur un de ces mécanismes explosifs. Il s'agenouilla et regarda le sol. À deux mètres de lui, il entrevoyait une forme sombre, plate et ronde.

Il retint son souffle. Sans lunettes, il ne verrait les mines qu'au moment de marcher dessus. Le silence l'inquiétait. Des pas semblèrent s'approcher. Il commença à paniquer.

« Hé, il y a quelqu'un près de moi !

— Tout va bien, je fais partie du groupe. »

Un homme émergea du brouillard. Gayans ne voyait qu'une forme obscure et floue, mais il reconnaissait un casque et un fusil de fantassin, un modèle Famas M3. Il agrippa la veste de treillis du militaire et se laissa guider à travers la brume.

« Vous êtes sûr d'y voir quelque chose ?

— J'y vois assez, ne vous en faites pas. Vous qui pilotiez, vous savez où on se trouve ?

— On devrait se trouver près des générateurs de brouillard de guerre. C'est ce qui explique qu'il soit si dense, ici. Le complexe est beaucoup plus loin, mais j'ai perdu tous mes repères dans cette mélasse. On aurait dû atterrir au moins un kilomètre plus loin. »

Dans le calme le plus complet, ils rejoignirent un des

groupes. Le groupe avait commencé à avancer en file indienne, avec une extrême prudence. Gayans tremblait de tous ses membres. Il commençait à avoir froid. Son genou droit lui faisait mal. Et apparemment, il saignait au front. Mais ça allait.

Après une vingtaine de minutes de marche silencieuse, deux groupes se rejoignirent. Ils avancèrent ensemble, à cinq mètres de distance, puis durent contourner une trentaine de mines au total, zigzagant entre les explosifs. Enfin, un homme lança un appel sur le talkie. Il venait vraisemblablement de trouver un générateur de brouillard de guerre. Mackenheimer demanda à tout le monde de s'éloigner. Et envoya l'éclaireur pour le neutraliser.

Un générateur de brouillard de guerre n'était en réalité qu'un gros cube de métal d'environ deux mètres de côté, doté sur ses quatre faces latérales d'un tube d'évacuation du brouillard, et d'une entrée d'air au sommet. Le neutraliser ne posait pas de problème, car en général, le trouver était la difficulté principale, donc une relative défense. Cette fois-ci, ils avaient eu la chance de tomber dessus. Le soldat regarda la machine de plus près, observant la brume blanchâtre s'échappant des tubes latéraux. On eut dit un fantôme se glissant à travers une grille qui ne pouvait le tenir enfermé…

Le fantassin l'escalada avec agilité puis, agenouillé sur la face supérieure du générateur, arma une grenade avec son pouce. Il s'empressa de la projeter dans l'entrée d'air dont la grille avait été préalablement ôtée à coup de crosse de Famas. Le saboteur ne demanda pas son reste et se jeta au pied du cube. Il se mit à distance avant de se projeter sur le sol, ne désirant pas risquer une course effrénée à travers le champ de mines.

Une explosion sourde résonna dans le cube métallique et le générateur explosa comme une boîte aux lettres avec un pétard à la nouvelle année. Il resta entier, mais ses parois étaient toutes bombées vers l'extérieur. Une fumée noire s'échappait des failles, et quelques flammes commençaient à lécher les plaques d'acier.

L'homme resta en position fœtale un instant avant de se relever. Il poussa un soupir de soulagement, retourna précautionneusement vers son groupe, mais ne fit qu'un rapport concis. Les volutes opaques disparaissaient très rapidement si on coupait la production. Le secteur n'allait pas tarder à s'éclaircir.

« La nuit va tomber avant que le brouillard ne se dissipe, annonça Erwin en haussant la voix. Soit on repart dans le brouillard et on se retrouve en plus dans l'obscurité en plein milieu du champ de mines, soit on attend que ça se dissipe et on repart demain matin dès l'aurore, mais on prend du retard sur la mission. »

Des hochements de tête accueillirent la deuxième proposition.

« De plus, l'assaut principal doit être donné demain aux aurores. Nous rejoindrons l'avant-garde débarquée aujourd'hui dès que le soleil se lèvera.

— Bien, déclara Mackenheimer. On monte le camp dans la zone non minée autour du générateur. Ce sera plus sûr de jour et dégagé… »

Deuxième front, à 150 kilomètres de là. Ternopil.

Les Furies d'Assaut volèrent en formation au-dessus d'une plaine herbeuse et saine qui entourait la petite ville de Ternopil. Au loin se profilaient des montagnes déchiquetées qui paraissaient bien sombres en comparaison de cette verdure. Assis dans l'une des soutes, les yeux rougis par la fatigue, Marc Dean écoutait les moteurs de sa Furie vrombir en le propulsant à une vitesse folle. Il avait passé un long moment avec ses nouveaux camarades à l'observer sous toutes les coutures, lors de leur dernière halte. Enfin ils avaient pu approcher les « vraies » Furies, pas ces transports chiants comme la pluie.

La première chose qui les avait tous frappés, surtout après avoir déjà avalé des centaines de kilomètres en un temps record, c'était que leur sphère n'avait plus vraiment besoin d'aérodynamisme grâce aux bobines magnétiques, et que ses ailes plongeantes n'offraient que peu de résistance à l'air. Quant à la bulle du mitrailleur, en plexiglas renforcé, elle se trouvait trop bas à l'arrière pour être dans le sillage du vent. Calés sous les ailes tout contre la sphère, les moteurs rugissaient, consumant avec avidité le carburant des réservoirs dans un vacarme assourdissant. Comment tout ceci pouvait voler – et surtout à une telle vitesse – restait un total mystère qui éveillait en Balder aussi bien respect que suspicion.

L'armement était opérationnel à 100 %, les munitions étaient au maximum de la capacité de l'appareil. De même pour les 19 autres Furies qui volaient autour de celle dans laquelle il voyageait. Voyageant avec quatre autres soldats dans la soute de l'engin, il était prêt à partir à l'assaut au sol lorsque la Furie serait posée. Les hommes avaient déjà baptisé ça « Furiporter ». On pouvait apercevoir par une petite ouverture, au fond de la soute, le siège du tireur. Assis dans sa bulle équipée d'une mitrailleuse lourde, son rôle était d'assurer la protection des arrières de la Furie, et ce serait à lui de les couvrir lorsqu'ils auraient à bondir vers l'inconnu. Et Marc, agité, ne cessait de se demander s'il pouvait lui faire confiance.

Leur travail à tous consistait à servir de renfort à l'infanterie. L'assaut risquait d'être titanesque, si jamais les forces défensives ennemies étaient plus nombreuses que prévu... L'esprit focalisé sur le combat à venir, Balder avait déjà préparé tout son équipement, prêt à bondir. Il retenait de ses mains gantées une mitrailleuse lourde MG50 équipée pour l'occasion d'un trépied type Arachnoïde. Ses compagnons ne possédaient qu'un Famas M3. Étant bon tireur, il avait été désigné comme le « défenseur » du groupe, un poste qui se résumait, comme il se plaisait à le répéter, à mitrailler tout ce qui s'approcherait de leur position. Ce n'était pas du travail de précision, certes, mais il fallait réagir vite, choisir ses cibles, garder l'œil ouvert, et surtout, son sang-froid. Et vu comme ses mâchoires tremblaient déjà légèrement, il n'était pas prêt. Se remémorant un vieux truc d'Erwin, il se mit à faire ses petits calculs, pour occuper son esprit et rationaliser ses pensées. Vingt Furies d'Assaut, cinq hommes par appareil, au total, cette vague lâcherait sur le terrain une centaine de fantassins…

« Arrivée prévue dans deux minutes, grésilla la voix du pilote dans une enceinte coincée entre deux tubes.

— Relevez la sécurité, les gars, grommela Balder pour soutenir ses compagnons. C'est parti. »

L'engin commença à décroître sa vitesse et se rapprocha lentement du sol. Des petits cubes de métal étaient maintenant visibles sur le sol.

« Brouillard de guerre imminent, déclara l'enceinte.

— Super », grogna un homme, que Balder reconnut comme Sylvain. Il ne connaissait que son prénom après avoir discuté avec lui, quelques minutes avant d'embarquer.

Sylvain se prépara à mettre ses lunettes de vision améliorée. Balder lui retint le bras et lui conseilla d'attendre de voir ce que donnerait le terrain. Il prit une unité de communication portable, saisit les unités individuelles et en sortit un micro de poche. Il tendit les autres à ses compagnons.

« Clipsez ça sur les cols de vos treillis. Pilote, pouvez-vous détruire les générateurs de brouillard ?

— On est là pour ça », fanfaronna le pilote.

La Furie reprit de la vitesse tout en perdant d'un coup beaucoup d'altitude. Elle passa en rase-mottes au-dessus des hautes herbes, frôlant les branchages des arbustes, puis s'approcha d'un des cubes qui commençait à peine à rejeter sa brume blanchâtre sur la plaine. Les canons de la Furie entrèrent en action. La terre entra littéralement en éruption devant le générateur et le bloc métallique explosa complètement dans une gerbe d'étincelles et de poussière.

La sphère mortelle passa en trombe au-dessus de l'épave et fonça vers sa prochaine cible tandis que d'autres engins européens commençaient sérieusement à faire le ménage dans le secteur à grand renfort de mitrailles et d'explosions. Un homme se glissa furtivement derrière le cube pour se mettre à couvert et canarda la Furie de sa mitrailleuse, obligeant l'engin fédéral à se lancer dans des manœuvres d'évitement afin d'esquiver toute rafale déplaisante dans un moteur. Par sécurité, il opta pour la solution la plus facile et actionna un des missiles qui équipaient les lanceurs fixés au bout des ailes de la Furie : le missile fila comme une flèche et frappa le générateur qui explosa lui aussi dans une boule de flammes et de fumée âcre, tandis que l'appareil européen s'éloignait par une boucle très serrée pour s'en retourner sur le théâtre d'opérations prévu.

« Vraiment maniable, cet engin, fit remarquer le pilote au tireur. Mais j'ai un doute concernant la résistance du moteur, on va faire plus doucement.

— Merci pour les commentaires en direct, leur lança Balder sur le canal commun. On se croirait sur Eurosport !

— Tu veux nos pronostics ? » rétorqua une voix amusée dans l'oreillette de son casque.

Les autres Furies tiraient sur tout ce qui bougeait. Cachés dans les hautes herbes, des Slavistes tentaient d'atteindre les appareils bien trop véloces et blindés. Quand finalement ils concentrèrent leurs tirs sur le même engin, une balle finit par causer des dommages irrémédiables sur le réacteur droit.

« Largage du moteur ! »

D'un bouton, le pilote décrocha le moteur atteint qui alla s'écraser dans l'herbe dans une formidable boule de feu. La durite d'alimentation en carburant s'était colmatée comme prévu, mais l'appareil ne pouvait plus voler longtemps avec un seul moteur. La Furie traça un sillon dans les herbes folles avant que sa coque ne rebondisse sèchement sur le sol. Dans un raclement de terre et de métal, la sphère commença à atterrir. N'ayant pu rétracter les ailes en position « Sol », le pilote ne put éviter que les missiles fixés au bout des ailes ne percutent le sol et n'explosent.

Les deux déflagrations simultanées déchiquetèrent les ailes, et le moteur gauche explosa à son tour. La sphère fut éventrée, le réservoir s'enflamma. La boule de métal commença à rouler sur elle-même, mais elle ne tarda pas à exploser complètement, envoyant des débris enflammés aux quatre vents. Des 8 personnes à bord de l'engin, il n'y avait aucun survivant.

« Bordel ! jura le pilote de Balder d'une voix soudain beaucoup plus anxieuse. Je croyais qu'on pouvait pas nous... »

Le copilote dut certainement couper le canal commun pour basculer en mode cockpit, car les fantassins n'entendirent pas la suite de la conversation. Leurs regards se croisèrent avec appréhension et certains vérifièrent plus consciencieusement la boucle de leur harnais. Ce réflexe rappela immédiatement Cyril à Balder dont les sourcils se froncèrent alors qu'il ravalait une bouffée étrange d'adrénaline mêlée de regrets et de rancœur. Devant son assurance apparente, ses nouveaux camarades, brusquement rendus très nerveux par cet incident, lui jetaient des regards admiratifs qu'il ne remarqua même pas, perdu qu'il était dans ses pensées.

Dehors, les autres Furies ne perdaient pas de temps. Plusieurs missiles suffirent à dégager la zone. Des coups retentissaient du fond de la plaine. Le pilote de la Furie d'Assaut de Balder jeta un coup d'œil au bosquet d'arbres qui barrait la plaine d'herbe et annonça à son tireur :

« Ils ont un mortier lourd. Pas bon pour l'infanterie. Juste devant le bosquet, à la limite des premières branches.

— Compris. »

L'engin fonça à très basse altitude en direction de la

pièce de mortier repérée par le scanner. Le pilote s'assura d'être assez bas pour ne pas être touché par un coup direct des défenses antiaériennes. Le tireur arma un nouveau missile et se préparait à actionner le réticule automatique lorsque quelque chose attira son attention. Le détecteur d'acquisition était dans l'orange.

« Quelqu'un essaye de nous chopper avec un réticule, annonça-t-il d'une voix tendue.

— Vérifie que ce n'est pas le pointeur d'un des nôtres.

— Ce n'est pas notre fréquence de recherche d'acquisition. C'est bien un Indépendant. »

L'appareil continuait d'approcher de la cible. Le pilote eut soudain un mauvais pressentiment. Sans que le réticule se soit activé, il actionna le missile lui-même et remonta rapidement avant de décrire un arc de cercle pour revenir vers les générateurs de brouillard de guerre détruits.

Évidemment, le missile rata sa cible et explosa contre un arbre sans que le mortier n'ait souffert. En revanche, un incendie ravageait désormais la lisière de la forêt, ce qui allait compliquer la tâche aux Slavistes. Gagner du temps, c'était déjà mieux que rien.

« Il n'y a pas d'appareil ennemi, pas un seul avion de chasse, critiqua le tireur. On aurait pu toucher le mortier !

— Je le sens mal. »

Comme pour lui donner raison, le détecteur d'acquisition passa au rouge et une alarme retentit.

« Prise en chasse », annonça une voix métallique enregistrée.

Un hélicoptère de combat de type Skot émergea brusquement du bosquet et aussitôt sorti des branchages, largua deux missiles qui filèrent sur la Furie comme des flèches. Les autres Furies commencèrent à mitrailler le mortier tandis que d'autres encore tentaient d'attaquer l'appareil ennemi. Ce dernier volait avec la grâce d'un insecte, sa carlingue noire et effilée constamment en mouvement.

« Alerte collision, continua la voix. Impact imminent.

— Ordinateur, compte à rebours !

— Impact dans dix secondes. »

Le pilote dégoulinait de sueur en tentant de pousser les moteurs à leur maximum. Les missiles les rattrapaient. Et il ne tenait pas à finir comme l'autre Furie. Dans la soute, l'alarme avait concrétisé la pire crainte des fantassins, la panique commençait à en gagner certains. Personne n'avait encore vraiment connu cette situation, et Balder, les dents serrées et le cœur pulsant à cent à l'heure, se prit à vouloir n'avoir jamais demandé à intégrer une Caserne d'Unité d'Assaut. La lumière orange peignait la peur sur leurs visages tandis que le mitrailleur, dans sa bulle, tentait vainement de toucher les missiles pour les faire exploser. Mais il ne pouvait être aussi précis.

Les Furies se regroupèrent alors par quatre pour attaquer l'hélicoptère. Des missiles jaillirent de toute part, fusant en tout sens. Finalement, un missile ennemi traversa la coque d'une Furie qui explosa en plein vol, répandant ses débris sur des centaines de mètres. La pièce de mortier fut anéantie par une rafale de balles explosives qui déchiqueta le matériel lourd. Soudain transpercé par toutes sortes de munitions, l'hélicoptère s'embrasa et tomba à quelques centaines de mètres de la forêt en une masse enflammée. Des morceaux de pales s'envolèrent dans toutes les directions. Balder et ses compagnons d'infortune n'en virent rien.

« Impact dans 3 secondes. »

Le pilote gagna du terrain en une poussée, ramenant le temps à 7 secondes, mais les missiles finissaient par reprendre l'avantage. Soudain, par chance ou par miracle, un des deux missiles explosa, touché par une rafale du mitrailleur qui commençait à voir son stock de munitions baisser très nettement. Les hommes avaient les yeux fermés et grimaçaient de terreur devant leur mort annoncée, presque proclamée par la sirène d'alarme infernale qui ne voulait pas cesser de hurler. Marc Dean inspira profondément, s'attendant lui aussi au pire, quand soudain, comme s'il avait été subitement projeté du chaos d'un cyclone dans son œil au calme olympien, le silence se fit dans son esprit. La sirène n'exista plus. La lumière orange s'évanouit.

« Attendez, dit simplement Balder en décrochant son harnais. Je vais essayer. »

Il se dégagea de son siège et se dirigea promptement vers la bulle du mitrailleur malgré la vitesse perceptible. Il monta la petite marche de métal et se cramponna au siège du tireur.

« Vous êtes bon tireur ? lui demanda l'autre les yeux hagards.

— Assez...

— Essayez, si ça vous chante, on n'a plus d'autre solution. »

Avec autant de gratitude que de découragement, l'artilleur laissa rapidement sa place à Balder qui ne boucla pas les lanières du harnais. Il testa le retour de l'arme et commença à mitrailler le missile. Mais il s'avéra que la tâche était bien plus ardue qu'il ne s'y était attendu. Les mouvements de l'appareil ne l'aidaient en rien.

« Stabilisez votre merdier, pilote ! hurla-t-il en penchant la tête pour que sa voix porte dans le puits d'accès au poste de pilotage, plus bas dans l'appareil.

— Je fais ce que je peux, lança une voix du fond de la sphère. Tu veux prendre ma place ?

— Je suis déjà occupé ! »

Les balles filaient autour du missile qui se rapprochait dangereusement et adoptait une progression en vrille, rendant le tir plus laborieux encore. Mais ce type d'avancée le ralentissait, et le temps avant impact remonta à 5 secondes.

« Vitesse constante, annonça le copilote au visage noyé de sueur. Si la Furie conserve cette vitesse, il ne peut y

151

avoir d'impact.

— Super, bredouilla le pilote. Et nos moteurs sont dans l'orange ! Bientôt, faudra ralentir.

— Pourquoi les autres Furies n'interceptent-elles pas le missile ? demanda anxieusement un des soldats dans la soute.

— Ils ne veulent pas nous toucher, répondit froidement le tireur qui avait pris la place de Balder à leur côté. Ils risqueraient de nous plomber le cul eux-mêmes. »

L'homme hocha de la tête et entonna une prière chrétienne tout bas. Surprenant, songea le tireur. Cela faisait des décades que cette religion était interdite en Europe. Depuis Mouvement Athée et sa révolution mondiale antireligieuse. Mais là, tout de suite, l'heure n'était pas à la délation.

Brusquement une explosion retentit, assez près de la carlingue pour la faire tressauter violemment. Tous crurent sentir l'impact une microseconde avant de mourir carbonisés en plein vol, mais la microseconde s'éternisa, le vacarme des moteurs perdura, et un hurlement extatique déchira le voile de la terreur et du désespoir.

« Je l'ai eu ! »

Un cri de joie général emplit la Furie d'Assaut qui revint vers le lointain bosquet en flammes où les autres appareils continuaient de faire leur macabre office : il fallait libérer cette plaine pour en faire un poste avancé devant la montagne, coûte que coûte. Et comme des tireurs embusqués et des postes semi-enterrés rendaient la zone dangereuse, le coût en vies humaines allait être élevé. Le pilote rétracta les ailes de la Furie, réduisant ainsi de moitié leur envergure. L'extrémité des ailes et le fond de la sphère étant ainsi alignés, l'engin se posa dans un vrombissement entêtant.

Le sas situé à l'arrière frémit et s'ouvrit finalement. Très rapidement, les cinq fantassins embarqués se levèrent de leur siège, descendirent les échelons du puits jusqu'à mi-hauteur, là où la rampe d'accès était déployée. Plus bas dans le puits, à travers l'ouverture du poste de pilotage, l'artilleur passa son poing ganté pouce levé pour les encourager.

Les cinq fantassins se mirent à couvert derrière la rampe, agenouillés dans l'herbe haute. Balder avait récupéré sa mitrailleuse à trépied et enclencha le mécanisme. Trois pattes arachnoïdes se déployèrent, terminées par des griffes qui permettaient une bonne adhérence sur tout type de terrain. À moins de vingt mètres, des têtes se baissèrent sous le couvert végétal. Une rafale creusa des petits cratères dans la rampe. Les balles crépitèrent autour d'eux, criblant la coque d'impacts mineurs. Une petite sirène siffla, avertissant que la rampe allait se relever. La mitrailleuse de la bulle défensive se mit en action au-dessus de leur tête. Le tireur avait récupéré sa place et dégageait le terrain, pour les défendre le temps du décollage.

Les cinq hommes se couchèrent et oublièrent le bourdonnement des moteurs en phase de décollage. Le bruit assourdissant de l'accélération couvrit les cris de douleur des ennemis tombant sous les rafales du tireur à la mitrailleuse. Un des hommes sortit un scanner portable de sa poche et analysa le terrain.

« Trois devant, annonça-t-il en scrutant l'écran avec soin. Une dizaine à gauche. La droite est nettoyée.

— Progression rapide, par bonds de cinq mètres, conseilla Balder. Je vous couvre sur la gauche, partez vers l'avant. »

Les quatre compagnons de Balder se jetèrent en avant pour progresser à quatre pattes un peu plus loin, tandis que lui-même arrosait d'un feu nourri la zone occupée dans un vacarme caquetant et une forte odeur de poudre et de métal brûlant. De temps à autre, un cri ou une giclée de sang lui confirmait ses coups au but.

L'arme chauffait et tremblait en crépitant. Le bruit sourd et profond était répétitif, hypnotique. Rapidement il ne lui semblait plus qu'il tuait des êtres humains. Non. Il exploitait des ressources techniques modernes pour faire régner la paix en Europe. Il ne voyait pas cela sous la forme d'un meurtre. Il libérait le passage. Point final. Ce n'était pas le moment d'avoir des états d'âme. Il se répétait cela tout en vidant ses cassettes à munitions, s'efforçant de ne voir dans ses ennemis de chair et de sang que les silhouettes en carton qu'il avait si souvent déchiquetées à l'exercice. Et plus les étuis brûlants s'envolaient autour de lui, plus sa voix intérieure laissait la place à celle de ses instructeurs. Il pouvait entendre leurs encouragements comme s'ils étaient à nouveau là, près de lui.

Un cri perçant lui parvint de sa gauche. Un de ses compagnons venait d'encaisser une rafale. Il s'écroula, tombant d'abord à genou. Trop content de pouvoir toucher une cible, l'ennemi l'acheva d'un tir précis. D'abord saisi d'effroi, Balder rompit sa concentration, pour se faire aussitôt reprendre par la voix fantomatique et pourtant si réelle de son instructeur : il y aurait d'autres morts, aujourd'hui. Et puis il ne le connaissait pas. Ils étaient des faibles, non ? C'était leur lot. Des cibles en carton, juste des cibles en carton. Feu à volonté, première classe Dean ! On n'est pas là pour le sport !

Une Furie passa en trombe au-dessus de lui. Deux missiles s'écrasèrent une seconde à peine après leur tir dans la zone où se concentrait l'adversaire. Deux magnifiques fleurs de feu déchirèrent la verdure, quelques membres flasques retombèrent aux alentours.

« Zone nettoyée, annonça l'homme au scanner.

— On s'en sort bien », commenta Balder avec une pointe de satisfaction.

Plus loin, une Furie touchée perdait de l'altitude à une vitesse folle. Une fumée noire s'échappait de l'arrière de l'appareil, et juste sous le sas, Balder le savait, il y avait le réservoir. La Furie explosa avant de toucher le sol. Sa carcasse rebondit plusieurs fois en se disloquant dans un hurlement de métal déchiré. Au bout de la plaine, un autre appareil ennemi, un hélicoptère que Balder ne put reconnaître à cette distance, réussit à détruire un engin fédéral de ses missiles. Il passa en trombe au-dessus d'un poste d'infanterie et le détruisit d'une rafale bien ajustée. Mais il explosa soudainement, s'écrasant au sol sans qu'on ait pu savoir qui venait de tirer. Les flèches de fumée laissées par les roquettes striaient le ciel, le grondement perpétuel du combat montait crescendo, et la mitraille semblait ne pas vouloir cesser.

Balder changea de position pour ouvrir une nouvelle cassette et vit que beaucoup de corps ensanglantés jonchaient déjà la plaine qui ne ressemblait plus à rien. Feu et fumée, sang et suie. Derrière les arbres, à plusieurs kilomètres de là brillaient les fenêtres des immeubles de Ternopil d'où s'élevaient déjà des colonnes d'incendies. Cette vision lui permit de se rendre compte à quel point ils avaient progressé et il sentit son cœur se gonfler d'orgueil devant de tels résultats. Pour un démarrage, ça commençait fort. *Pourvu que ça dure*, se murmura-t-il entre ses dents.

« Marc ! T'entends ce bruit, qu'est-ce que c'est ? » hurla Sylvain dans son casque.

Au milieu du tumulte, un son sourd et rauque montait en puissance, semblant venir de partout à la fois. La peur s'insinua sur le champ de bataille alors que soudain des Bombardiers Furies apparaissaient dans le ciel en direction de la cité. L'escorte de Furies d'Assaut rompit les convois d'assistance tandis que des faibles Bombes K réduisaient la ville en poussière dans des boules de lumière incandescente. Les explosions assourdissantes survenaient un léger instant après qu'une lumière aveuglante n'englobe les tours, les bâtiments, les maisons…

« À couvert ! » hurla quelqu'un comme un dément.

Balder était tétanisé, les yeux imprégnés d'une douloureuse persistance rétinienne. Ses muscles ne lui obéissaient plus, il ne pouvait que rester allongé, redressé sur ses coudes, face aux petits champignons kalaniques qui s'élevaient en lieu et place de Ternopil... avant de voir les arbres plier comme du plastique et sentir un souffle brûlant le balayer et l'écraser au sol. La terre trembla sous l'onde de choc et il lui sembla tomber inconscient l'espace d'un instant. Ce fut Sylvain qui l'aida à se ressaisir. Balder prit alors un moment pour voir s'écrouler les immeubles, à quelques kilomètres de là. Les blocs de béton, de verre et d'acier retournaient à la poussière, les débris s'amoncelaient... Pourtant, après la terreur, la surprise et l'incompréhension, un sentiment d'euphorie l'envahissait. Malgré un corps douloureux et un visage crotté de terre et de sang, il se sentait puissant en cet instant. Il avait beau avoir vu la démonstration du Kalanium à la télévision, dans sa chambrée, assister à ce spectacle en réalité était bien plus impressionnant et, d'une certaine façon... plus grisant.

Pourtant cette saveur se mua bien vite en amertume, et ce fut le goût du sang qui le tira hors de sa transe. Une heure de combat avait permis à Balder d'atteindre le bout de la plaine avec ses trois compagnons restants. Partout, cadavres et carcasses d'engins étaient répandus pêle-mêle. Balder engloba la scène du regard et fut soudainement pris de doute. Il commençait à relâcher la pression et ressentit une vague envie de vomir. Les silhouettes en carton reprenaient forme humaine, et à mesure qu'il se rendait compte du carnage, le sentiment de puissance s'évanouissait pour laisser la place à une certaine répugnance. Le passage d'un état à l'autre fut si soudain qu'il suffoqua et dut s'asseoir dans l'herbe souillée. Sa conscience venait-elle de se réveiller ? Jamais encore il n'avait tué quelqu'un, et son baptême du feu l'avait propulsé du rang de faible fantassin à machine de guerre. Une part de lui en était bigrement fière, mais une autre, celle qui avait encore un pied dans la chambrée d'Erwin, essayait de lui rappeler qu'il avait beaucoup de sang sur les mains pour une première journée, et qu'il n'y avait en rien de quoi être fier, là-dedans.

Il restait bien une douzaine de Furies, et il n'y avait eu

que peu de pertes humaines du côté des États-Unis d'Europe. C'était ce que les généraux appelleraient une belle victoire. Les engins étaient posés au sol, les troupes reprenaient des forces ou patrouillaient à la recherche de survivants ou de prisonniers. Des bombardiers Furie venaient d'arriver et se préparaient à atterrir au milieu de la plaine chaotique, déchiquetée par les traces de brûlures, d'explosions, de sang. Alors que Balder avait été impressionné par les huit mètres des Furies d'Assaut, il l'était encore plus par les 18 mètres de diamètre des bombardiers. Leurs ailes étaient droites, parallèles au sol, contrairement à l'inclinaison des ailes de Furies d'Assaut. Près de onze mètres d'envergure par aile ! Et au bout de chacune, une sphère de métal grise, brillante, mystérieuse.

Évidemment, Balder savait de quoi il s'agissait, mais préférait ne pas y penser. C'était plus facile de jouer l'autruche que de calculer combien de kilotonnes ou mégatonnes ces sphères pouvaient lâcher sur des villes slavistes.

« Apportez le matériel de campagne ! »

Balder eut juste le temps d'apercevoir un petit homme aboyant des ordres à une vingtaine de mètres de là avant qu'un transport de troupes Furie se pose entre lui et l'autre. Les sas d'accès s'ouvrirent pour laisser débouler des troupes fraîches et des équipements. Apparemment, les sièges des transports pouvaient s'ôter pour changer l'engin en cargo. Une unité de reconnaissance Furie opérait déjà, batteries de senseurs déployées.

Le petit homme en uniforme serré portait le béret bleu de l'E-CROFT, la crème de l'Eurocorps. Sur sa poche, le symbole de l'Eurocorps, le drapeau des États-Unis d'Europe croisé d'un glaive. Balder le reconnut en frémissant : il s'agissait du lieutenant Morrison Felt, le formateur de la plus entraînée des troupes d'élite.

Une arme de poing dans la main droite, il désignait à des soldats en tenue légère où déposer les caisses de ravitaillement qu'ils portaient. Déjà, des hommes montaient des piquets en vue de bâtir une tente commune. Un poste de secours en toile kaki marquée d'une croix rouge venait d'être assemblé. Un médecin de campagne et deux brancardiers en jaillirent en quelques secondes pour se ruer vers le champ de bataille d'où s'élevaient encore d'épaisses colonnes de fumée noire.

« On peut dire que ça n'aura pas été une partie de plaisir », commenta Sylvain dans son dos.

Le jeune homme acquiesça en silence en massant sa nuque endolorie.

« Je commence à découvrir les effets secondaires de l'adrénaline, continua l'autre dans sa lancée. Sur le moment j'avais l'impression d'être un Dieu de la Guerre, et maintenant... maintenant je... »

Marc se retourna et lui offrit un pauvre sourire sans joie. C'était toujours réconfortant de se dire qu'on n'était pas seul quand ça n'allait pas.

« Pareil pour moi... On ferait mieux de se remettre au boulot. Faut penser à autre chose.

— Facile à dire, rétorqua Sylvain en secouant sa tête. Facile à dire... »

L'agitation monta d'un cran autour d'eux. Les équipements commençaient à s'entasser, et des tourelles de guet démontables étaient érigées pour former bientôt les débuts d'un camp fortifié. Très vite, des plaques de tôle et des poutrelles furent acheminées dans la plaine, ainsi que de multiples bâtiments préfabriqués. Des dizaines de cargos, qu'ils soient des transports Furie ou bien hélicoptères tanker à double rotor, transportaient en continu des troupes et du matériel. On ordonna d'abord à Balder d'aider à décharger un Transport Furie avant de l'envoyer sur le chantier d'un mirador où il perdit son nouveau camarade de vue. Tout devait être monté au plus vite pour résister à une hypothétique contre-offensive. La ville avait été bombardée par les Furies, il n'en restait que des cendres. Mais on ne savait jamais.

Il se tourna vers une tente commune en plein montage et ôta son casque en traversant le halo des projecteurs, se libérant de cette étuve pour savourer la brise humide et fraîche. La nuit tombait au rythme du bourdonnement des générateurs et des appareils de transport. Elle allait être longue. Et promettait d'être riche en cogitations.

# Chapitre 7

Berlin.

Le bureau au douzième étage du ministère de l'Information était en effervescence. Après une nuit blanche et une matinée entière de communiqués non-stop, Emma était à bout de force. Les rapports envoyés par le ministère de la Défense et de la Guerre arrivaient continuellement, portant pratiquement toujours la mention : non diffusable.

Les informations sur l'attaque européenne à l'Est semblaient pourtant assez favorables, Emma se demandait pourquoi le gouvernement émettait autant de réserve sur leur diffusion. L'information était le but de sa vie : savoir et faire savoir. La vérité à tout prix. Malheureusement son métier lui avait appris que chaque point de vue apportait une autre vérité, et cela l'avait poussée à travailler toujours plus en quête des informations, des faits. Et ce genre de quête prenait tout son temps à quiconque s'y laissait prendre.

« Il y a un site Internet défédératiste qui diffuse des images illégales ! hurla soudain une voix au fond du couloir. Ça traîne sur tous leurs forums !

— Que fout le département multimédia ? pesta Nicolaj assis derrière son bureau, juste en face de celui de la jeune femme. On a assez à faire avec les magazines et les supports papier ! »

Ruminant sa colère, monsieur Farech, le chef du département, débla dans l'encadrement de leur porte. La moustache poivre et sel qui le rendait habituellement sympathique semblait aujourd'hui frisée par son énervement.

« Ils ne savent plus faire leur boulot correctement, les jeunes. Je dis pas ça pour vous, c'est l'étage en dessous qui flemmarde, comme d'habitude ! »

Emma et Nicolaj échangèrent discrètement un regard amusé. Gonzalez Farech avait un sérieux différend avec le chef du département multimédia, un jeunot arrogant fraîchement débarqué de Région Norvégienne. Emma ne savait pas pourquoi, mais la chose la faisait toujours sourire.

« Emma, j'ai besoin d'un service ! »

Cardin se contrôla pour ne pas soupirer. Les cernes sous ses yeux parlaient sans doute pour elle. Sa soif de travail s'était émoussée pour aujourd'hui, mais le mot « service », elle ne le refusait presque jamais. Nicolaj devait d'ailleurs être le seul du département à ne pas en abuser allègrement.

« Qu'est-ce que je peux faire monsieur ? »

L'homme déplissa vaguement sa chemise bleutée et se passa une main sur sa joue rasée de près.

« Michael Kith veut interviewer le ministre de la Défense et de la Guerre à propos de l'attaque d'aujourd'hui, expliqua-t-il d'une voix lasse.

— Les nouvelles vont vite…

— Très. Mais il en a fait l'annonce, et j'ai besoin de quelqu'un pour encadrer les questions qu'il espère poser. Je compte sur ta diplomatie pour accorder son venin avec notre *ligne éditoriale.*

— Mais j'ai appliqué la procédure habituelle concernant les défédératistes, récita la jeune femme sans dissimuler sa lassitude. Techniquement on doit pouvoir l'interdire de publication sur le sujet en attendant les premières déclarations officielles, non ?

— Super, grommela Nicolaj. On va quand même pas utiliser *ça* ! »

Depuis que certains scandales avaient été révélés – à tord ou à raison – par des journalistes à tendance défédératistes, une loi avait été promulguée pour autoriser des interdictions temporaires délimitées par la toute première déclaration officielle, de sorte que les débats de société dussent commencer par des annonces du gouvernement et non des rumeurs sorties de nulle part. Le cadre de cette loi était extrêmement strict, naturellement, et devait concerner la sécurité fédérale et des secrets d'État dans des cas très précis. Le Parlement avait refusé la proposition de loi trois fois jusqu'à ce que les limites juridiques soient parfaitement fixées, et le Conseil Constitutionnel Fédéral avait dû leur soumettre son approbation avant que le vote puisse même avoir lieu. Emma avait du mal à comprendre comment, dans ce contexte, certains citoyens avaient bien pu se sentir outrés et crier à l'autoritarisme. Le contrôle de la presse dans les sociétés démocratiques ne datait pas d'hier, et cette réglementation était aussi stricte dans son application que son contrôle. Le Parlement veillait au grain, et de très près. Nicolaj, bien que foncièrement fédéraliste, était loin d'être enchanté.

« C'est juste le temps que le président fasse l'annonce, insista-t-elle en sentant remonter l'agacement de leurs prises de bec passées à ce sujet. Et puis merde, on parle de Michael Kith ! Un opportuniste sans éthique professionnelle prêt à vendre sa mère pour un bon papier ! »

Nicolaj, loin d'être convaincu, se redressa et la foudroya d'un regard sombre rempli de souvenirs pénibles.

« Ce n'est pas pour ça que ma famille a voté le rattachement de la République de Carélie aux États-Unis d'Europe. »

La sentence s'abattit sur Emma avec la force d'un marteau de guerre et lui coupa toute réplique. Elle détestait blesser Nicolaj, peut-être car elle détestait de voir son seul véritable ami s'opposer à elle d'une quelconque façon. Elle savait que les idéaux du jeune homme étaient forts, transmis par ses parents pour qui le rêve européen était devenu une réalité, et son propre pragmatisme avait parfois tendance à entrer en collision avec cette vision idyllique et fantasmée des E.U.E.. Pourtant, elle ne pouvait lui en vouloir et, au

162

contraire, admirait d'une certaine façon cet idéalisme originel. Elle se sentait toujours idiote lorsqu'il semblait lui reprocher de fouler cela aux pieds. Oui, en fait c'était ça qu'elle détestait.

« Le président parlera avant tout le monde, intervint rapidement Farech pour lui sauver la mise. Je pense qu'en le rencontrant et en définissant de nouveaux termes avec lui, on devrait pouvoir négocier sans avoir à utiliser la Loi d'Interdiction temporaire. *Mais* je veux contrôler cette fouine, on ne sait jamais ce qu'il a derrière la tête. Tu es son chaperon, tu connais le dossier, c'est toi qu'il me faut. Bon, j'ai une tête à claques à houspiller, continuez comme ça vous deux ! »

Lorsqu'il fut parti, Nicolaj regardait obstinément le sol blanc sans mot dire, jusqu'à ce qu'Emma ne se décide à rompre ce silence embarrassé.

« Tu sais que c'est pas ce que je veux.

— Je sais… »

Il était visiblement incapable de lui en vouloir. Sa colère était vraisemblablement plus tournée vers ceux qui avaient écrit, proposé puis voté cette loi plutôt que ceux qui allaient se retrouver obligé de l'appliquer. Ou se retrouveraient tentés de le faire, parce qu'ils en auraient le *droit*.

« C'est juste que… Kith, j'en peux plus ! Ce mec est un raté, un parasite de la presse ! Si encore il faisait son boulot comme un vrai journaliste… J'espérais seulement ne pas avoir à me le farcir une fois de plus, c'est tout. Je me sens pas d'humeur à utiliser ma célèbre, qu'est-ce qu'il a dit, déjà ? Diplomatie ? »

Nicolaj sourit devant l'hypocrisie mal maquillée de son patron et glissa à sa collègue :

« Ta *diplomatie* ? Il veut faire appel à ton charme, oui !

— Qu'est-ce que tu racontes ! répliqua-t-elle gênée en se refaisant son chignon avec un crayon. Il sait que je suis sérieuse. »

Il l'observa avec son regard à la fois amusé et attentionné. Non, il ne lui en voulait pas vraiment.

« Tu es claquée, tu as passé toute la nuit à bosser, tu as plus de caféine dans le sang que le filtre de la cafetière, tu te mets à proposer des idioties et tu ne lui proposes même pas d'attendre demain... Tu es trop bonne.

— J'en ai dans le ventre, et je compte bien lui montrer ! »

Toujours prouver sa valeur, un art de vivre pour la jeune femme. Nicolaj ne le savait que trop bien. Mais si c'était pour finir avec une dépression nerveuse et un ulcère... Il fallait qu'elle se ménage – ou plutôt qu'elle *apprenne* à se ménager. Qu'elle digère sa disgrâce passée et reconnaisse qu'elle avait déjà rebondi. Inutile d'en faire trop.

« Je doute que ça soit nécessaire, Emma... Ta prestation ministérielle a fini par briser ta malédiction. Te revoilà sur le devant de la scène ! »

Alors qu'elle se levait et saisissait son agenda, Emma soupira avec satisfaction. Elle se passa une main dans ses cheveux d'or pour ajuster encore une fois le crayon et le regarda les yeux pétillants.

« J'espère que tu as raison. En attendant, je dois me farcir le défédératiste de service... Et je n'ai pas envie de me coucher ce soir en me disant que j'ai un rencard le lendemain avec ce... avec lui.

— Je vois, ricana-t-il. File alors, sinon tu vas te le coltiner pour dîner.

— Plutôt crever. »


Gonzalez Farech se dirigeait vers l'ascenseur pour aller sonner les cloches du service d'en dessous quand son téléphone sonna. Décrochant promptement, il se sentit mal à l'aise en voyant le numéro qui s'était affiché.

« Oui monsieur ?

— J'ai appris pour Kith... Ses murmures deviennent des rumeurs. C'est très fâcheux, j'espère pour vous que votre

164

travail de censure sera aussi efficace que subtil. Je sais qu'il commence à s'intéresser au passé de certains membres du gouvernement. Moi, notamment.

— Je... hésita le bureaucrate. Je comprends monsieur. J'ai déjà prévu un entretien préliminaire.

— Parfait. Essayez de découvrir ce qu'il sait exactement, j'aviserai.

— Bien sûr monsieur ! »

Quand l'homme eut raccroché, Gonzalez appela aussitôt sur le portable de Cardin.

« Emma, j'ai quelques consignes pour toi. »

Le café était situé dans le Kreuzberg, quartier populaire et bien plus tranquille qu'autrefois. Kith l'avait choisi car il n'était pas réputé pour être particulièrement défé ou fédé, c'était juste un bon vieux café berlinois, avec sa musique à la mode, sa déco année 20 post-Crash, ses serveuses bien jolies et ses cafés abordables. Il aimait bien passer du temps ici et rédiger ses articles à la table située dans le renfoncement, sous la lampe en laiton. C'était le « coin rétro », ça lui convenait bien. La gérante lui réservait même la place quand elle le pouvait. Pourtant, aujourd'hui, il attendait quelqu'un, et ce n'était pas un rendez-vous de courtoisie. La jeune femme du ministère pénétra dans l'établissement avec une légère avance et le repéra tout de suite, comme si elle savait déjà où chercher. Michael soupira en rassemblant ses notes et les fourra dans sa sacoche à bandoulière pour l'inviter à prendre place face à lui.

« Vous êtes ponctuelle, grogna-t-il, peu enclin à feindre la politesse.

— Je sais. Alors vous voulez interroger le Ministre de la Défense et de la Guerre ? demanda-t-elle d'un ton froid et professionnel qui traduisait l'inimitié réciproque. Pourquoi faire l'annonce de votre interview avant d'en faire la demande officielle ? »

Elle n'avait pas retiré son manteau de pluie, ses cheveux attachés en chignon lui donnaient l'air encore plus coincé et pète-sec. Kith ne pouvait qu'éprouver un vague mépris pour ce pur produit embrigadé de l'administration européenne. Prompte à censurer, mais lui arrivait-il encore de penser, à cette nana ?

« Après la démonstration de la nouvelle technologie, j'ai fait cinq demandes régulières pour interviewer monsieur Garibaldi. Je n'ai eu que des réponses négatives. Et encore, si ce n'était que ça... Mais vous le savez très bien, c'est *vous* qui me censurez personnellement depuis près de trois mois.

— Arrêtez votre numéro de victime, riposta-t-elle d'une voix cinglante. Vous avez violé suffisamment de lois sur la vie privée et le respect des institutions que vous devriez déjà avoir perdu votre droit d'exercer. Si vous êtes toujours journaliste aujourd'hui, c'est justement grâce à la protection de la liberté d'expression dont s'assure le Ministère de l'Information. »

Kith la balaya de la main avec un rire mauvais.

« Mais vous croyez vraiment ce que vous dites ? C'est à peine si j'ai le droit de publier !

— Écrivez moins d'articles à sensation sur des sujets douteux aux sous-entendus nauséabonds, basés sur des sources obscures et invérifiables, concentrez-vous sur le vrai travail d'un journaliste : les faits. Et vous verrez que vous êtes loin d'être limité et opprimé.

— C'est au Ministère de la Censure de me dire sur quoi je dois écrire ? ricana Michael sans se départir de son rictus de mépris.

— On n'en serait pas là si vous utilisiez votre bon sens, répliqua Emma sur le même ton. La polémique et le débat sont une chose, la provocation gratuite en est une autre.

— Ce sont justement des débats que je provoque, mademoiselle Cardin. Il faut bien que quelqu'un se décide à mettre sur la nappe les sujets que tout le monde voudrait cacher sous la table !

— Très bien ! l'encouragea-t-elle, cette fois sans ironie. Mais mettez-y les formes, bon sang, c'est pourtant pas compliqué ! On ne vous demande pas de faire la rubrique des chiens écrasés mais d'être plus constructif. Dans le climat actuel, mettre de l'huile sur le feu ne provoquera plus de débat mais des émeutes. Si c'est à ça que vous aspirez, écrivez un torchon dans une revue défédératiste et abandonnez le journalisme professionnel. Je suis sûr que vous auriez du succès, critiquer et tout descendre en flamme sans défendre la moindre opinion, vous êtes doué pour ça. Mais c'est du travail d'agitateur, pas de journaliste. »

Emma avait déclamé grosso modo ce qu'elle avait préparé sur le chemin, sachant pertinemment que n'ayant pas d'ego, l'homme au visage de rapace serait probablement insensible à ce genre de tactique. Quelle ne fut donc pas sa surprise de voir son adversaire se figer et la regarder avec des yeux ronds, brillant d'une lueur de... doute ?

*T'es bon pour critiquer et descendre en flamme, mais t'as aucune opinion sur rien, tu crois en rien, tu ne penses rien.*

« Que... qu'est-ce que vous venez de dire ?

— Ce n'est pas du boulot de journaliste, c'est tout. J'ai fait une école aussi, j'ai travaillé au *Tribune* et au *Post*, et... »

Michael baissa la tête et la secoua nerveusement.

« Pas ça, avant... »

Cardin ne comprenait pas pourquoi le grand cynique de service, blasé de tout, semblait perturbé par un reproche qu'on avait déjà dû lui faire cent fois au long de sa carrière. C'était très perturbant, et totalement incompréhensible, au point que les barrières mentales de la jeune femme s'abaissèrent, juste assez pour abandonner un instant son ton condescendant et pédant au profit d'une voix plus humaine.

« Ne le prenez pas mal mais... Jusqu'ici vous avez

toujours été antitout. Je suggère simplement que, si vous souhaitez absolument être engagé, pour une fois vous fassiez preuve de constructivisme. Défendez quelque chose proprement, dans les formes, sans fanfaronner, sans salir, sans cracher votre venin. Le Ministère réviserait peut-être son jugement. Ce qui nous gêne chez vous, ce n'est pas forcément le fond, mais la forme. »

Elle ne disait pas tout à fait la vérité en ce qui la concernait, mais elle n'était pas là pour donner son opinion. Étrangement, le journaliste paraissait profondément pensif, tout sourire de malice avait disparu de ses lèvres. Il était réellement troublé. Jamais au cours de leurs rencontres précédentes, Emma n'avait ressenti ce genre d'émotion chez son interlocuteur.

« Nous préférerions ne pas avoir à utiliser la Loi d'Interdiction temporaire, car nous pensons qu'elle est inutile dans le cas présent… Si vous nous promettez un article dans les règles de l'art, je vous signe une autorisation et demain – ou après ce week-end au plus tard – je vous envoie une date et une heure par Euronet. Vous accepteriez ?

— Les règles de l'art ? Qui en jugerait ?

— Vraisemblablement moi. »

Il la regarda étrangement. Elle ne pouvait pas savoir que ce qui le chamboulait à ce point était d'avoir entendu les mots de Nadja dans sa bouche. Des mots qui, après sa rencontre avec le Père Manfred, avaient pris de plus en plus de sens. Il avait noyé les souvenirs de cet entretien dans le whisky-coca, avec un certain succès jusqu'ici, mais réentendre Nadja lui cracher la vérité à la figure – et à travers cette fouine du Ministère de la Censure, qui plus est ! – était comme un coup de couteau. Ou plutôt un coup de clairon.

« Si vous la jouez réglo, je la jouerai réglo. »

Avait-elle bien entendu ? Emma n'en croyait pas ses oreilles : Michael Kith acceptait de négocier ! Et plus facilement qu'elle ne s'y était attendue. Sa situation devait vraiment être catastrophique, peut-être ses journaux habituels lui avaient-ils mis la pression ? Quoi qu'il en soit, cela allait lui faciliter la tâche. Soulagée, elle dut mobiliser toute sa concentration pour ne pas jeter un coup d'œil triomphal à sa montre au moment où elle sortait de son sac un contrat d'engagement professionnel pour l'interview du ministre de la Défense et de la Guerre. Michael semblait complètement abattu, mais bien conscient de ce qu'il s'apprêtait à faire.

« Vous signez peut-être la fin de votre disgrâce, monsieur Kith, lui dit-elle en lui tendant son stylo à bille. Ne gâchez pas cette chance. »

Hambourg, caserne fédérale.

Eggton était assis à la table de briefing plongée dans l'obscurité. Il lisait les plus récentes statistiques et rapports du front disponibles sur Euronet. Penché en avant sur les feuilles, les deux mains soutenant sa tête lourde de remords, il fronça les sourcils de rage.

« Vous avez rasé Ternopil sans laisser *tous* les civils s'enfuir », murmura-t-il.

Peterson resté dans l'ombre attendit un instant avant de répondre.

« Il fallait agir vite, et puis il n'y a qu'une cinquantaine de victimes et…

— Ne me prenez pas pour un demeuré, nos propres statistiques évoquent plusieurs centaines de victimes directes et indirectes.

— Ce n'est rien, lui asséna Peterson, comparé au carton que nous aurions pu faire si nous n'avions pas prévenu Zwiel. Les nouvelles sont bonnes. Des porte-Furies sont placés près de la frontière pour permettre aux troupes de bénéficier d'éventuels renforts. La diversion a rameuté les défenses d'un côté de la ville et demain, le gros des forces d'assaut frappera à l'opposé de la cité. Pas de pertes européennes trop lourdes, prise rapide, conclut le général.

— Nous devons prendre la Slavie rapidement, maintenant que notre plan est révélé au grand jour. Les Russes vont venir aider les Slavistes, cela me parait évident.

— Non, rétorqua Peterson en se dirigeant vers le minibar. Ils seront trop occupés à défendre leur minable ville de Pskov. Les troupes envoyées là-bas leur causeront assez de soucis.

— Mais ces troupes ne possèdent pas la Technologie Furie…

— Inutile, puisque notre cible est la Principauté de Slavie, ricana le général. La Russie c'est du pipeau ! »

George Peterson saisit un verre large et le remplit de whisky. Il ouvrit le bac à glaçons et se servit allègrement. Puis il jeta un bref regard vers Eggton et sourit.

« Un verre ? »

Refus poli de la tête.

« Mon cher Eggton, soupira Peterson. Vous avez bien trop de scrupules. Tout ceci est et sera toujours pour la tranquillité des citoyens européens innocents ! Rien ne doit nous barrer le passage vers ce but, et surtout pas des états d'âme ! Une poignée de cadavres pour toute une ville, ce n'est pas la mort ! Rendez-vous compte de la page d'Histoire que nous écrivons, nous faisons quelque chose de grandiose !

— Je ne veux pas d'une page d'Histoire écrite avec le sang de civils innocents ! »

Les yeux de Peterson s'étrécirent en une mimique outrée.

« Innocents ? cracha-t-il avec force. Des poseurs de bombes, oui, des terroristes ! Ils devraient déjà s'estimer heureux que nous prenions quelque précaution que ce soit !

— Vous n'avez pas l'air de saisir, grommela Eggton en se redressant sur son siège. Je sais pourquoi nous frappons la Slavie. »

Après un silence, Peterson sourit à nouveau. Il fit

quelques pas dans la grande salle décorée avec modernisme et élégance et jeta un regard vers les images des grands hommes qui avaient permis la naissance des États-Unis d'Europe, Wilem, Eriksen, Hartmann, Galligart… Puis, comme si ces photos l'avaient soudainement inspiré, il se retourna vers son homologue.

« Ah oui ? Vraiment… Faites-moi part de vos lumières.

— 19,6 % des ressources des états indépendants occidentaux, déclara Eggton. C'est une mentalité de colons : nous ne faisons pas ça pour notre bien-être ou pour notre sécurité ! Nous faisons ça uniquement pour compenser l'appauvrissement des ressources naturelles dans les E.U.E.. Et ce face-à-face constant avec la Russie Indépendante alors que nous cherchons à renégocier les traités sur les gisements et les routes maritimes arctiques… Mais après, quand nous manquerons à nouveau de quoi faire tourner nos usines, vers qui vous tournerez-vous ? Les États Arabes Unis ? La Coalition Saharienne ? La terre entière ? »

Eggton avait posé ses deux mains à plat sur la table dans une position agressive.

« Brillante théorie, général, admit Peterson après une gorgée d'alcool. Très dramatique, vous devriez écrire des scénarios de thriller, vous avez du talent ! Vraiment ! On dirait le pitch d'un bon film antiaméricain des années 2000, même si votre blabla commence à dater. Néanmoins, pour peu que votre argumentation enfantine soit un tant soit peu pertinente, je vous répondrai que nous avons déjà une solution à nos problèmes de ressource énergétique : le Kalanium.

— Ce qui explique l'attaque de la Slavie, leurs sources d'énergie principales sont leurs complexes nucléaires EPR troisième génération, et nous allons les convertir en centrales kalaniques. Toujours moins cher que d'en construire une nouvelle.

— Vous extrapolez. »

Eggton crut sentir une pointe de doute dans le ton de son interlocuteur. Ce dernier décida d'enchaîner en remontant le fil de leur conversation. Tactique de fuite classique. William venait de marquer un point.

« Quant à nos… rapports… avec les Indépendants, dit Peterson, je dirai que toutes les unions et tous les blocs rampent déjà devant nous et lèchent nos bottes avec avidité. Récupérer le marché du pétrole et du gaz, des énergies fossiles, donc précaires, ne ferait que renforcer à peine notre emprise, pas de quoi casser trois pattes à un canard. Ce n'est pas notre objectif. Vous savez que ce n'est pas ça, la vraie raison de notre entrée en Slavie. Vous savez pourquoi nous nous y précipitons.

— Laissez-moi vous rappeler, enchaîna Eggton dans sa lancée, que les États-Unis d'Amérique sont tombés en quelques mois après une simple crise économique qui les a menés à la guerre civile ethnique. Cela pourrait nous arriver aussi. Et pas uniquement à cause des Indépendants. De même qu'en resserrant notre étau économique sur le monde, nous nous créons plus d'ennemis que d'alliés. Tout cela pourrait brusquement se retourner contre nous. »

Le général sembla s'amuser de ces menaces. Son sourire s'élargit encore.

« Non, finalement vous ignorez encore pourquoi nous faisons cela...

— Il y a un siècle, exactement, commença Eggton sans montrer que la réplique de Peterson l'avait troublé, Hitler a pris le pouvoir, tenté de créer un empire européen et plongé le monde dans une guerre, une guerre sans commune mesure avec toutes celles qui avaient déjà fait rage. C'est vraiment ça que vous cherchez ?

— Merci pour ce cours d'Histoire passionnant, général, mais où voulez-vous en venir ? Insinuez-vous avec votre emphase ridicule que le président Markus Tramper est un dictateur ? Vous suggérez que nous avons un nouvel Adolf à Berlin ? Par pitié, épargnez-nous vos points Godwin.

— Non, répondit calmement Eggton pour renforcer son aplomb. Je voulais en venir à cela : Hitler avait tenté de gagner du temps en signant un pacte de non-agression avec Staline, n'est-ce pas ? Et pourquoi ? Parce que l'URSS devait finir par plomber l'Allemagne en ouvrant un second front, et ça l'Allemagne le savait depuis le début. C'était déjà son problème en 14 ! Et gagner du temps avec une alliance fantoche n'y a strictement rien changé. »

Eggton se sentait plus nerveux qu'au début de leur conversation. L'attitude nonchalante et provocante, à la limite de l'insulte, l'insupportait à tel point qu'il commençait à envisager sérieusement d'arracher son Whisky à son homologue pour lui fracasser le verre sur le crâne. Ses poings étaient déjà crispés.

« Vous pensez que nos alliés vont retourner leurs vestes ? Alors que la Slavie n'a aucune chance ? Eggton, la situation n'est pas comparable…

— Mon exemple ne vous plaît pas ? l'invectiva Eggton en écartant légèrement les bras. D'accord ! Avant lui, Napoléon ? Certes il nous a légué beaucoup de choses, comme le Code civil, bravo, très bien, mais son emprise sur l'Europe lui a attiré bien trop d'ennemis, sans compter sa désastreuse campagne en Russie – suivez mon regard –, et tout ça pour mourir empoisonné, exilé sur un rocher en pleine mer. Brillant. Et Charlemagne, dont l'Empire explosa à cause des querelles familiales ? Trois frères, un empire, un désastre. Tout comme celui d'Alexandre qui fut disloqué par la convoitise de ses seconds… Ils ont tous tenté leur chance, ils ont tous perdu.

— Remonterez-vous jusqu'à la préhistoire ? éclata Peterson d'un rire cassant, visiblement très amusé par la grandiloquence involontaire de son interlocuteur. Rassurez-moi, vous n'avez aucune anecdote inédite sur Ötzi ?

— Vous savez ce que je veux dire, rétorqua le haut général avec acidité. Sans même juger de l'aspect moral qui me répugne ici : l'Europe ne peut pas être ce que nous sommes en train d'en faire. Tous ceux qui ont essayé ont échoué.

— Tout comme nous échouerons, donc ? Je vous trouve bien trop pompeux, soupira Peterson. Le passé est le passé, les temps changent, quoi que vous en disiez avec vos sentences moralistes et grotesques. »

Fatigué de se voir infantiliser par ces plaisanteries douteuses, Eggton s'avança d'un pas ferme et se planta devant son homologue et, les yeux dans les yeux et la voix menaçante, il rétorqua simplement :

« L'Histoire est un cycle perpétuel. Elle se répète encore, encore, et encore. »

Son adversaire perdit son sourire méprisant au profit d'un regard noir et d'un ton sans appel.

« Seulement si on le veut, *général*. Ou si on la laisse faire. »

8 septembre 2033 : Ternopil rasée, Lviv assiégée, Pskov assiégée.

« Citoyens des États-Unis d'Europe. Aujourd'hui est un jour historique. Il ne s'agit pas d'un jour de gloire et de réjouissance, car c'est le cœur serré que j'annonce officiellement le mouvement de nos troupes contre la Principauté de Slavie et son alliée, la Russie Indépendante. Sous la pression constante de leurs actions terroristes barbares, l'Europe a décidé d'agir. Nous prenons les armes, pas seulement pour nous-mêmes, mais pour le continent européen tout entier. Edmund Trovich a été assassiné par ces terroristes parce qu'il défendait l'idée d'une paix durable, stable et juste : la Pax Europæ. Et cette Paix européenne qui offre au monde l'espoir de voir enfin les remous du Millenium Crash prendre fin à jamais, je suis prêt à tout pour la défendre. Suite à ce meurtre ignoble d'un homme qui fut à la fois un ministre, un ami, mais surtout un grand homme de paix et de raison, les États-Unis d'Europe ont déclaré la guerre à ces deux nations, et à l'heure où je vous parle, la ville de Ternopil est rasée, et Lviv est sur le point de tomber. Le front russe s'est ouvert ce matin avec la bataille de Pskov, près de la mer Baltique. La victoire ne peut nous échapper. Nous ramènerons la paix et bientôt, le calme régnera sur notre continent, et je vous le jure : ces jours heureux ne tarderont pas ! En ce jour de 8 septembre 2033, pour les États-Unis d'Europe, c'est la guerre. »

Markus Tramper, président des E.U.E.

# Chapitre 8

Lviv. 9 septembre 2033.

Le brouillard s'était dissipé sur une large zone, dévoilant un second, puis un troisième générateur qui furent détruits eux aussi. Les mines étaient désormais repérables sans difficulté. Mais il fallait maintenir la vigilance au plus haut niveau, car la fatigue avait gagné certains hommes et leur concentration s'émoussait sensiblement. Ils étaient donc restés là toute la nuit, ayant la possibilité de se reposer en un lieu sûr : la zone dégagée de mines du générateur explosé. La troupe ne pouvait de toute façon pas partir à travers la brume artificielle. Maintenant, un couloir était dégagé. Le terrain apparaissait parfaitement clair. De même que la ville de Lviv.

Avançant enfin à meilleure allure avec le champ de vision dégagé, le groupe de survivants du transport put progresser jusqu'à une batterie antiaérienne automatique. Un groupe plastiqua le pied de la tourelle qui ne mesurait pas plus d'une dizaine de mètres de haut. Après tout, c'était leur mission : avancer en détruisant les postes antiaériens, pour laisser le champ libre aux Furies. Mais selon le programme de l'opération, un appui technique de Furies d'Assaut aurait dû leur parvenir pendant la nuit. Rien n'était arrivé, et les tentatives de liaisons avec le PC essuyaient échec sur échec. Aucune transmission radio non plus. Seuls quelques rapports via Euronet sous-entendaient un retard causé par des raids slavistes sur le trajet. Il fallait continuer à suivre l'ordre de mission sans savoir si la donne du jeu avait changé.

Le groupe marcha un kilomètre en silence, remarquant avec satisfaction la diminution du nombre de mines autour d'eux. Ils durent sectionner des réseaux de barbelés leur arrivant au torse pour accéder jusqu'à la tourelle suivante. Mais bien que la mission se passât au mieux, tous se demandaient pourquoi aucun ennemi n'avait surgi pour les arrêter. Cette absence d'hostilité les inquiétait presque autant que les mines qu'ils avaient laissées derrière eux. Le silence était toujours aussi pesant et seuls les bruits de batailles provenant de la ville de Lviv, à deux kilomètres, perturbaient les soldats dans leur attente anxieuse de l'arrivée d'un ennemi.

La rafale qui faucha deux soldats crépita longuement, même après que tous se soient couchés dans la poussière. Un râle monta du corps sanguinolent d'un blessé. L'autre type, affalé sur un rocher, était mort. Un soldat abrité derrière le roc récupéra le Famas M3 du cadavre.

« Quelqu'un a vu d'où venait le tir ? »

Erwin sentit ses mains commencer à desserrer la pression sur son arme. Ses jambes refusaient d'obéir à ses ordres. Il était paralysé sur le sol. Il tenta de s'abriter derrière une souche d'arbre carbonisée. Mais aucun de ses membres ne réagit. Une crainte viscérale monta au fond de lui. Sa respiration devint plus rapide. Il suait abondamment. La peur, l'angoisse. Il n'avait jamais vécu une situation de combat réel, comme tout le monde, il s'agissait pour lui du baptême du feu. Et il était terrorisé. Jetant un regard vers Cyril qui vérifiait son arme, il s'obligea à reprendre ce masque d'impassibilité. Il devait conserver son image pour ne pas le décevoir.

« Il y a un abri semi-enterré, annonça un soldat. Mais le terrain est dégagé, y a pas moyen de l'éviter. Il a attendu qu'on ne puisse plus reculer pour tirer. On est coincé, à moins de lancer un… »

La voix résonna étrangement. La tête d'Erwin lui tournait et ses yeux percevaient un kaléidoscope de couleurs. Son cœur battait si fort qu'il pouvait sentir les pulsations au fond de son crâne.

« Assaut ! »

Le cri de Mackenheimer trancha net la terreur d'Erwin. Une puissante montée d'adrénaline lui transperça le cerveau et le propulsa en avant. Autour de lui, des dizaines de soldats portant le même uniforme bleu sombre se jetaient vers une plaque de métal à ras du sol. Une ouverture révélait la bouche béante d'une mitrailleuse lourde. Un crépitement sourd retentit autour d'Erwin. Quelques hommes tombèrent à la renverse ou face contre terre dans des éclaboussures de sang. Le rouge commença à devenir dominant dans le champ de vision d'Erwin. Un soldat touché au ventre pivota sur lui-même pour s'écrouler, et Helm dut sauter par-dessus pour ne pas trébucher. Il avait tout de même eu le temps de voir son visage d'adolescent se tordre de douleur et de désespoir.

Une explosion secoua la mitrailleuse. Une deuxième grenade vola vers la plaque de métal et la pulvérisa. La mitrailleuse était morte. Deux mains commencèrent à s'élever du trou creusé dans le sol, mais aucune pitié ne naquit dans l'esprit des soldats de l'Eurocorps. Une rafale, puis une autre, et encore une autre. Le tireur n'avait plus visage humain lorsqu'il s'écroula au fond de son fossé. Les soldats virent un deuxième Slaviste se glisser dans un boyau de terre qui rejoignait une tranchée. Il commença à crier quelque chose en slaviste.

« Il appelle du renfort ! »

Une grenade au Kalanium dernier modèle chamboula le boyau qui s'effondra complètement. Les soldats de l'Eurocorps coururent aussitôt vers la tranchée, prêts à accueillir de nouveaux ennemis. Une tête casquée passa au-dessus de la ligne de sacs de sable, mais une balle bien placée élimina le soldat d'un coup. Des rafales claquèrent de tous les côtés, des fusils mitrailleurs apparurent soudain entre les interstices des sacs. Autour d'Erwin, des hommes tombaient. D'autres tiraient des goupilles. Et des explosions secouèrent la tranchée adverse.

Greg s'y rua en déchargeant son arme. Les Slavistes

tombaient par grappes. De plus en plus de soldats européens investirent la tranchée jusqu'à ce que les Slavistes soient tous éliminés. Des corps traînaient contre les pans du fossé tandis qu'un ru de sang se frayait un chemin le long de la paroi de terre. Des casques et des cartouches traînaient au milieu des cadavres.

« Nous sommes 44, Mackenheimer, annonça un soldat après un rapide décompte. Et la tranchée est à nous. C'est une victoire. »

Mackenheimer souffla en s'adossant à la paroi de terre.

« Préparez-vous ! Nous devons avancer pour profiter de la surprise.

— La surprise ?

— Nous avons pris la tranchée facilement, expliqua-t-il. Ils ne s'attendaient plus à ce qu'on vienne par ce côté. D'ailleurs, si nous ne nous étions pas écrasés, nous serions arrivés directement au complexe. Et les autres atterrissages ont dû réussir. Donc, ils pensaient que le risque ne viendrait pas d'ici. Et si nous continuons ainsi, nous pourrons libérer plusieurs poches de résistance sans perdre trop d'hommes.

— Je reste ici avec deux gars, annonça un soldat portant la croix rouge peinte sur son casque. Je dois m'occuper des blessés.

— Bien sûr, fit Mackenheimer avec une certaine moue. C'est ton job. Les autres en avant. On suit cette tranchée jusqu'à ce qu'on arrive à Lviv ! »

Mais brusquement une terrifiante explosion projeta des gravats dans toutes les directions. L'obus était tombé à quelques dizaines de mètres de là. Un autre s'écrasa un peu plus loin. Puis un autre. Le vacarme était assourdissant ! La terre semblait trembler comme si elle souhaitait se débarrasser de tout ce qui tenait encore debout. Les déflagrations projetèrent des débris jusque dans la tranchée où tous se terraient en position fœtale alors que la terreur gagnait le groupe. Un des soldats tomba sur le sol et resta inerte, étendu face contre terre. Erwin fit mine de se pencher pour l'aider à se redresser, mais une main ferme le retint. Greg lui désigna un éclat de métal fiché dans le dos du malheureux.

« Il est mort ! Reste à couvert ! hurla Greg en retenant Erwin par le bras. Ils veulent nous faire sortir de la tranchée ! »

Erwin n'avait pas tout compris à ce que lui disait Greg, mais hocha tout de même la tête. Il voyait des soldats paniqués se jeter hors du trou avec des visages terrorisés. Complètement hystériques, ils disparaissaient dans la plaine en hurlant, tentant de se protéger les oreilles du vacarme. Erwin ne les reverrait sans doute jamais vivants. Les détonations semblaient se rapprocher. Le sol vibrait au rythme des explosions. Une déflagration fit s'écrouler un pan de la tranchée, avalant deux soldats qui s'y étaient adossés. Erwin leva péniblement les yeux au ciel. Il eut le temps d'apercevoir une forme ronde et sombre passer à toute allure au-dessus d'eux. Une Furie d'Assaut en renfort. Et en quelques secondes, le ciel s'emplit de sphères prêtes à cracher la mort.

Les Furies mitraillèrent les pièces d'artillerie lourde. Des missiles filèrent vers les places renforcées. La ligne défensive s'embrasa tandis que le groupe de Furies se séparait pour former deux arcs de cercle vers l'arrière. Elles se regroupèrent pour faire un second passage. Les pilotes virent des formes humaines dans la tranchée slaviste. Par précaution, ils décidèrent d'éliminer tout risque de résistance.

Les combattants de l'Eurocorps s'étaient relevés. Le pilonnage massif de la plaine avait cessé brusquement et les Furies semblaient avoir maîtrisé l'artillerie. Le piège tendu par les Slavistes à l'arrière-garde européenne était anéanti. Envahis par la joie, les soldats jaillirent par groupes hors de la tranchée. Erwin, encore accroupi, s'autorisa un sourire nerveux. Il avait eu de la chance. Greg commença à se relever et lui tendit une main amicale.

180

Le sifflement d'une rafale le plaqua au sol. Étourdi par la chute, il tenta de se relever. Ses oreilles bourdonnaient. Du sang lui éclaboussa le visage et il s'affala dans la terre, sous le choc. Erwin le tira vers lui dans la plus grande panique. Les hommes sortis de la tranchée faisaient des moulinets désespérés des bras pour signaler qu'ils étaient alliés, mais les Furies fonçaient vers eux, implacables, mitraillant la troupe éparpillée et hagarde. Greg poussa un cri de rage. Les sphères dépassèrent la tranchée en larguant encore quelques missiles qui achevèrent tous ceux qui avaient eu l'imprudence de sortir du fossé.

Des corps jonchaient désormais les alentours de la tranchée, elle-même encombrée de cadavres. Presque toute la troupe était morte. Il y avait du sang partout. Le vacarme des réacteurs était assourdissant. Il s'éloignait vers les lambeaux de la dernière ligne de défense avant la ville de Lviv.

Un homme rampa vers Greg et Erwin, abasourdis. Les deux compères, blottis l'un contre l'autre sous une pellicule de terre et de gravats observèrent le soldat sans vraiment le voir. L'homme portait à la ceinture un holster d'officier. Greg le reconnut : cheveux brun sombre, yeux foncés et un air vaguement méditerranéen, c'était Ennio Gayans, le pilote de leur transport. Il semblait aussi stupéfait qu'eux, même plus encore.

« Pourquoi ? » gémit-il.

Erwin n'avait pas la réponse. Grégory non plus.

« Pourquoi nous tirent-ils dessus ? »

Il était hébété. Tentant de se redresser, il chancela et s'écroula contre un pan de terre. Sa tenue de pilote était sale, déchirée, couverte de sang… Son visage griffé et contusionné était ruisselant de sueur et de boue. Et de sang, bien entendu. Il s'essuya la face avec sa manche et se mit à sangloter. Erwin se demanda son âge. Il était pilote, il devait avoir au moins 18 ans. 19, peut-être.

Une explosion monumentale leur parvint de la ligne de

défense ennemie. Greg, tremblant de rage ou de peur – après tout, en cet instant, peu importait – passa la tête par-dessus le monticule de terre et se coucha de suite comme pour éviter une rafale.

« Une Furie s'est écrasée à cinquante mètres. Il ne reste pas grand-chose. La zone semble résister mieux que prévu. Ils doivent avoir des pièces antiaériennes. J'ai vu au moins cinq épaves de Furies en train de se consumer. On a du mal à passer.

— Le complexe nucléaire… (Erwin avait du mal à reprendre son impassibilité) est presque vital pour leur industrie d'armement. Ils vont le défendre bec et ongles, dit-il dans un souffle. Il faut… il faut retrouver Cyril…

— Je l'ai cherché du regard, murmura Mertti la voix chevrotante. Je ne le vois pas. »

Une pluie de balles sifflait aux abords de la ville. Un ronronnement commençait à prendre de l'ampleur. Jetant un œil par-dessus le monticule de terre, Greg eut le temps d'apercevoir les hélicoptères de combat qui se glissaient derrière des tours de béton. Des traînées de fumée indiquaient que des missiles venaient d'être tirés. À un kilomètre au nord-est, un barrage de feu se dessina sur le sol. Il n'y avait plus d'arbres à une dizaine de kilomètres aux alentours de Lviv. Le brouillard de guerre s'étendait au loin, derrière eux. Greg, Erwin et le pilote se frayèrent un passage au travers des gravats et cadavres dans la tranchée en prenant bien garde de ne pas se dévoiler. Ils rencontrèrent d'autres survivants qui se joignirent à la marche. Dès qu'un cadavre ressemblait à Cyril, le cœur d'Erwin battait la chamade. Mais il ne le trouvait pas.

Des hélicoptères européens jaillirent de l'horizon, effrayants de par leurs courbes effilées dissimulant une colossale puissance de feu pour des appareils de cette classe. Leurs canons crachèrent la mort sur la banlieue de la ville. Les maisons et immeubles bas explosèrent comme des boîtes d'allumettes, projetant des poutres et des planches enflammées dans toutes les directions.

« Ils ont des problèmes avec les Furies, on dirait…

— Ils doivent les garder de côté, avança Gayans. Ce sont des engins magnifiques… mais pas des bonnes à tout faire.

— Ouais ! cracha Greg. Dommage que leurs pilotes n'aient pas les yeux en face des trous ! »

Le pilote accepta le reproche sans broncher, la tête basse.

Un hélicoptère européen explosa et s'écrasa très rapidement au sol dans une gerbe de flammes. Des centaines d'hommes jaillirent du sol pour se jeter vers la ville. Un cri de rage parvint à la tranchée. Ils devaient être 200, peut-être plus. Une bande de moins d'un kilomètre les séparait de Lviv. Les hélicoptères ennemis tentèrent de les intercepter avec des rafales de mitrailleuses. Les appareils européens chargèrent avec vigueur. Des Furies d'Assaut fondirent sur les hélicoptères en surgissant du brouillard de guerre. Un grondement s'amplifia dans les ruines de la banlieue de Lviv. Quelque chose approchait.

« Chars ! »

Le cri se répercuta à travers la masse de fantassins comme une vague d'effroi. Aussitôt, ils cessèrent de courir et se mirent à couvert. Déjà, un obus de char transformait un nid de mitrailleuses en cratère fumant. Des blindés légers antichars commençaient à se mettre en place. Le vacarme montait crescendo. Un instant, depuis sa position lointaine, Erwin crut entendre l'Hymne à la Joie résonner. Mais ce devait être son imagination.

Les Furies plongèrent vers les rangées de véhicules et actionnèrent leurs missiles. Les hélicoptères de soutien achevèrent les appareils ennemis dans un furieux mélange de balles, d'engins, de débris et d'explosions. Des appareils de camps opposés se croisèrent, leurs pales se frôlant de quelques centimètres. Parfois, les engins se percutaient. Dans un cri d'épouvante, les soldats quittaient leur abri en sprintant pour éviter d'être écrasés par les masses enflammées qui tombaient du ciel. C'était proprement le chaos.

De l'autre côté de la cité, une bataille de chars semblait faire rage. Les détonations résonnaient jusque dans le centre-ville. Des missiles sol-sol vrillaient le ciel pour retomber derrière la ligne d'horizon que formaient les tours brillantes de Lviv. Et entre les deux champs de bataille, les trois soldats avaient réussi à rallier des camarades égarés pour former une unité de combat.

« Où est le complexe ? »

Helm se tourna vers le pilote et se pencha sur le sac d'un cadavre pour s'économiser de déballer son propre paquetage. Il en sortit une carte et désigna un point, dans la vieille ville.

« Ça, c'est le complexe. On doit passer par là où les troupes essayent de franchir la ligne de chars embusqués, devant nous.

— On peut passer par les ruelles, avança Greg. Ils semblent avoir verrouillé les autres entrées.

— On peut toujours essayer. Ce sera déjà mieux que d'attendre de se faire tirer comme des lapins dans une tranchée ennemie par nos propres appareils.

— Et qu'est-ce qu'on fait pour Cyril ? »

Erwin sentit son cœur s'alourdir. Il ne pouvait pas abandonner son ami ici tout comme il ne pouvait pas rester dans cette tranchée alors que les autres menaient l'assaut. Où était la priorité ? Que pouvait-il décider sans être rattrapé plus tard par le doute ou le remords ? Plusieurs paires d'yeux le fixaient intensément, remplies de doute et d'épuisements, attendant de lui qu'il prenne les choses en mains, qu'il mène la barque. S'il ne le faisait pas, qui le ferait ?

« Des gars sont restés en arrière, ils le trouveront et le soigneront si besoin est. »

*En espérant qu'il soit encore vivant...*

De son côté, Mertti n'avait pas l'air d'apprécier outre

mesure, mais semblait ne pas avoir mieux à proposer, et ce fut plus par manque d'alternative qu'ils décidèrent silencieusement de poursuivre leur route, scellant d'un regard un pacte : celui de tout faire pour le retrouver quand l'objectif serait rempli. La mine sombre, ce fut à contrecœur qu'ils se glissèrent donc hors de la tranchée, scrutant le ciel pour guetter l'arrivée d'éventuelles Furies. Mais elles avaient déjà largement de quoi faire. La troupe était constituée de dix hommes qu'avait réussi à rameuter Erwin. Ils se faufilèrent dans les gravats, se mettant à l'abri d'une épave à l'autre. Leur groupe ne fut pas retenu jusqu'à ce qu'il atteigne les premières maisons où une route défoncée partait vers les deux champs de bataille opposés. Une carcasse de char brûlait encore, une autre avait littéralement fondu et il n'en subsistait qu'un tas de métal informe.

« On se trouve pile entre les deux assauts, remarqua un soldat avec ironie.

— Au moins on n'est pas dans l'un des deux, ajouta Grégory sombrement.

— Réjouissons-nous d'avoir l'embarras du choix ! répondit Helm à son ami pour essayer de lui arracher un sourire. »

Mertti se tourna et vit avec amertume que Cyril n'était pas derrière eux pour les rattraper. Il avait espéré que les hommes le trouveraient et lui indiqueraient la direction. Mais personne n'était sorti de la tranchée à leur suite. Erwin secoua la tête, tandis que Greg, plus fataliste, se contenta de détourner le regard de cette plaine ravagée.

« On longe cette rue jusqu'au carrefour ? demanda Gayans en indiquant un point sur la carte tout en dégainant l'arme récupérée sur le commandant décédé.

— On passe derrière les maisons. »

Le groupe se glissa discrètement derrière une habitation et remonta parallèlement à la route, chacun restant aux aguets. La bataille faisait rage autour de la cité, mais ici, le vacarme semblait irréel. L'endroit paraissait calme. Les rues, bien entendu, étaient désertes. Les civils devaient se terrer dans un abri souterrain, voire dans leurs caves. Une voiture familiale entravait la route, la portière grande ouverte. Le moteur tournait, mais il n'y avait personne.

« Panique, quand tu nous tiens », fit le pilote à voix basse.

Une balle ricocha sur une gouttière, juste à côté d'eux. Un militaire réagit prestement et abattit d'une rafale de trois coups un civil tenant une carabine. L'homme embusqué derrière une barrière s'écroula avec un râle, ses bras pendants par-dessus la clôture de bois. Son sang s'écoula lentement sur la palissade.

« J'aimerais éviter ça ! gronda Erwin sans pouvoir maîtriser sa voix nasillarde.

— Il nous tirait dessus !

— C'était un civil !

— Mais il nous tirait dessus, répéta le soldat. C'était lui ou moi, je suis content que ce soit plutôt lui ! »

Retenant tant bien que mal son afflux d'adrénaline, Erwin exhala bruyamment et se força méthodiquement à respirer plus lentement. Il devait se calmer, sinon, ils finiraient tous par craquer. En plus, son camarade n'avait pas tort : si les civils choisissaient de prendre les armes, il serait difficile d'éviter ce genre d'incidents. Quant à savoir si l'arrivée brutale de l'Eurocorps dans leur ville leur laissait réellement le choix, ce n'était ni le moment ni le lieu d'en débattre.

« Oui, tu as raison, répondit Erwin. Mais doucement avec les civils. Le moins possible ! Contentez-vous de les maîtriser.

— Oui, bien sûr. Mon boulot, c'est pas de martyriser le peuple slaviste ! Mais si j'ai pas le choix, je shoote. »

Une fois l'affaire entendue, ils se mirent en marche jusqu'au carrefour et virent le char au bout de la rue. Un autre attendait, dissimulé dans une ouverture pratiquée dans un bâtiment. Un troisième était à l'arrêt, au coin d'une intersection. Mais il y avait de l'appui. Les Slavistes se terraient derrière une barricade et tenaient les troupes européennes en respect. Toutefois, la zone n'était pas la plus chaude de la ville. Un assaut beaucoup plus important était lancé à l'autre bout de la cité. Ici, il ne devait s'agir que d'une diversion pour déstabiliser la défense. Les combats duraient depuis la veille. Des traces de sang attestaient de la mort de Slavistes, mais les corps avaient disparu.

« Trois chars, annonça Greg en passant la tête brièvement au coin du mur de la tour. Un groupe d'appui de, disons… »

Il repassa la tête précipitamment.

« Une quinzaine de lascars. Trois pièces de mortier aussi. Une mitrailleuse lourde. Ils l'ont mise sur tourelle mobile. »

De vrais petits bricoleurs… Ça se présentait mal.

« On sort tous en même temps en les canardant pour les prendre à revers, déclara un soldat. On aura buté les quinze gars avant qu'ils ne puissent réagir et les chars ne seront pas assez rapides pour nous tirer dessus.

— Bien joué, ricana aigrement Gayans. Et t'as du matos antichar pour la suite des opérations ? Les éviter, ce sera bien, mais les détruire serait mieux. Parce qu'il y a aussi des mitrailleuses sur un char...

— Ça aurait l'avantage d'en distraire un, remarqua Mertti en faisant la moue. Et puis, deux ou trois grenades K bien placées peuvent faire des dégâts…

— De toute façon on n'a pas mieux, déclara Erwin en changeant le chargeur de son arme pour en avoir un plein. À mon ordre, on saute hors de notre trou, on les canarde, chacun prend son périmètre pour être efficace. Ensuite, on se jette en zigzag vers les chars. Lorsqu'on sera près d'eux, y aura beaucoup moins de risques. »

Chacun reçut d'Erwin sa zone à « nettoyer » puis Helm prit une inspiration.

« Si Dieu existe, c'est le moment pour lui d'être avec

nous…

— Et si mouvement Athée avait raison, j'accepte n'importe quel substitut », ricana Gayans en vérifiant son pistolet une énième fois.

Erwin acquiesça d'un sourire tendu et, après une longue inspiration, donna son ordre d'un seul cri. Comme un escadron de démons, la dizaine de fantassins de l'Eurocorps jaillit en mitraillant de dos les troupes ennemies. Peu d'honneur, mais de l'efficacité. Dans l'instant présent, c'était l'essentiel. Les Slavistes eurent à peine le temps de se retourner pour se défendre que déjà ils furent fauchés par la Mort. Tout en tirant, les Européens couraient vers les chars, dont un commençait déjà à pivoter vers eux dans un grincement mécanique de mauvais augure. L'appui fut anéanti en quelques secondes, ne laissant que les trois blindés.

La mitrailleuse du char était peu mobile. Le groupe d'Erwin put aisément l'éviter. Mais l'obus emporta tout de même un homme, arrachant un monstrueux bloc d'asphalte à la route dans une détonation assourdissante. Celle-ci se réverbéra dans tout le quartier en écho sinistre. Déjà, des Européens récupéraient un lance-roquettes antichar slaviste au milieu du tumulte et pointaient l'arme vers l'engin qui représentait la menace. Ils tirèrent le plus rapidement qu'ils purent…

… et naturellement le tir échoua. Le blindé fut fortement secoué par une grenade, la mitrailleuse n'était plus qu'un amas de métal tordu. Le tireur devait être mort. Quant au blindage noirci du véhicule, il semblait sur le point de s'effondrer. Dans le tumulte, un soldat escalada alors le blindé par l'arrière entre les deux imposants pots d'échappement surchauffés pour frapper les gaines de ventilations. Mais une fois sur le toit, il constata que bien que la trappe d'accès de la tourelle soit verrouillée, la brèche laissée par la mitrailleuse en bouillie lui permettait un coup d'éclat. Deux grenades volèrent vers la fente de la tourelle et explosèrent les entrailles de l'engin. Dans le même élan, le soldat sauta du char qui poursuivit sa course jusqu'à un mur qu'il éventra. Après un gémissement de pierre, le bâtiment tressaillit et finit par s'écrouler dans sa quasi-totalité sur le blindé endommagé, provoquant un nuage de poussière dense qui sembla jaillir en rouleau des ruines et aspira hommes et véhicules. Sans tarder, les hommes au lance-roquettes cherchèrent une nouvelle cible.

Erwin enclencha aussitôt ses lunettes de vision améliorée. En une seconde la micro I.A. analysa les données et nettoya l'image pour lui offrir une vue nette et des informations transmises par Euronet. Cette fois, il n'était pas aveugle comme dans ce maudit brouillard et voyait parfaitement le terrain et les deux blindés qui tentaient de se remettre en position. Saisissant une de ses grenades, il s'approcha d'un char qui tirait dans la rue au hasard. Une explosion retentit près d'Erwin, projetant des éclats et des débris de macadam autour du jeune homme. Il vit un de ses hommes s'écrouler dans une vision d'horreur sanglante. Trois soldats venaient de se laisser piéger par le rebours de la grenade. Un cri monta dans le gémissement des chenilles. Les autres soldats, de l'autre côté de la barricade, lançaient eux aussi leur assaut. Ils avaient dû voir l'écroulement du bâtiment.

Soudain, une deuxième construction s'effondra, touchée par l'obus d'un blindé. Cette fois, elle ne s'écroula pas sur elle-même, mais tomba littéralement sur la route et sur le groupe d'Erwin, comme un monstrueux domino poussé par un géant. Chacun tenta de se mettre à l'abri et le hasard leur fut favorable : la plupart s'en sortirent bien ! Helm réalisa alors qu'il était allongé sur le béton au milieu des gravats, en proie à un violent acouphène. Émergeant de la poussière, Grégory lui tendit une main sanglante pour le relever et il analysa succinctement la situation, les morts et surtout les blessés graves. Il leur faudrait un médic, et vite.

« Reste pas statique, lui beugla Mertti en le tirant par le

189

bras. C'est loin d'être fini ! »

Les Furies d'Assaut venaient de liquider les derniers hélicoptères slavistes. Mais les chars allaient être plus difficiles à déloger. Le pilote jeta un regard vers son tireur. Et ce qu'il redoutait se confirma. Ils n'avaient plus de missiles. Il se concentra sur les commandes et vit un bâtiment trembler, s'affaisser légèrement puis s'écrouler sur lui-même.

« Je crois que la fête a déjà commencé sans nous. »

Prenant de la vitesse, la Furie traversa le champ de bataille et arriva à portée d'éventuelles tourelles antiaériennes. Le pilote serra donc les dents en scrutant son scanner. Mais il semblait bien que la menace d'une tourelle était inexistante. Le tireur se concentra sur les commandes des deux canons mitrailleurs de la Furie.

« Au pire, commença le pilote, on largue d'abord les fantassins ! »

Un deuxième bâtiment s'écroula dans une nuée de débris. La Furie rasa le sol et fit feu de ses deux canons. La barricade résista aux rafales et l'engin dut prestement faire demi-tour pour éviter de voler en pleine ville. D'autres Furies tirèrent sur la barricade sans la rompre. Au sol, les troupes fonçaient déjà dans un ultime assaut. La Furie se présenta pour un second passage. Avant qu'elle puisse arriver à portée de l'obstacle à détruire, ce dernier explosa dans une magnifique gerbe de flammes.

Greg sortit de son couvert improvisé. Les munitions de mortier avaient explosé comme il l'avait prévu, dans une gerbe de débris magnifique, digne d'un film. Il se prépara à monter à l'assaut d'un des deux chars. L'un fendit le rideau de fumée, bloquant soudain le passage aux troupes qui ne tarderaient pas à atteindre la barricade éventrée. Une Furie survola la position sans tirer, sans doute à court de munitions. Une seconde, plus fournie, lâcha son ultime missile sur le char qui fut à peine endommagé. Il tira d'ailleurs une seconde après sur la masse de soldats qui s'apprêtait à fondre sur lui. De toute façon, il était dépassé.

Le char explosa lors du passage de deux Furies qui filèrent en tandem pour effectuer un demi-tour et éliminer le dernier blindé, envoyant des plaques de céramique du blindage s'envoler aux alentours. Les premiers hommes venant de la plaine atteignirent la barricade, les lunettes de vision améliorée devant les yeux. Ils comprirent rapidement que les soldats qu'ils voyaient étaient des leurs. Alors qu'avec une tenue de camouflage les taches apparaissaient clairement avec des lunettes de vision améliorée, l'uniforme bleu sombre aux étoiles et à la rose des vents était conçu pour ne pas être en surbrillance dans un combat urbain, évitant toute confusion.

Un des soldats avait même le symbole de la Technologie Furie brodé sur son uniforme, et le blason de l'Euro Air Force s'affichait sur ses épaules. C'était un pilote.

Le dernier char pivota dans une série de grincements pour se présenter face à la masse déferlante. Un tireur d'élite prit position et arma sa mitrailleuse à cartouches de Kalanium. La longue rafale endommagea suffisamment les chenilles pour créer une rupture. Le blindé stoppa immédiatement. Un homme ouvrit la trappe. Une rafale le cueillit avant qu'il puisse se rendre. Un Européen monta sur le char en prenant appui sur la chenille brisée et jeta une grenade dans la trappe grande ouverte. Un jet de flamme jaillit de l'ouverture. Le char restait immobile : la barricade était prise. Il ne fallut pas longtemps pour que le quartier ne grouille de troupes de l'Eurocorps.

« Félicitations, fit un homme, gradé, en s'approchant de Grégory. Vous avez mené cette offensive ? »

Mertti, en sueur, désigna Erwin dans le tumulte des troupes envahissant les rues.

« Il a tout mené depuis le début.

— Est-il gradé ? Quel est son nom ? »

Greg hésita.

« Il est simple fantassin, comme nous. Il s'appelle Erwin Helm. Je suis Grégory Mertti, je le connais bien. Je vous amène à lui. »

Ils slalomèrent dans le flot de fantassins et atteignirent Erwin qui préparait la suite de l'avancée en compagnie d'un major. Sa connaissance de l'arrière terrain devait être utile au supérieur. Il désignait des points sur la carte et relevait les yeux de temps à autre pour montrer le lointain de sa main.

« Erwin, ce gradé veut te parler.

— Mes respects, commença Erwin en saluant. Que puis-je pour vous ?

— Je suis le colonel Daniel Andersen. Je mène cet assaut. Comment êtes-vous parvenu à passer derrière la barricade ? Vous n'êtes pas de mon unité ?

— J'aurais peut-être dû, expliqua Erwin. Notre transport s'est écrasé dans le champ de mines, et nous avons dû franchir une ligne défensive pour atteindre ce point. Nous aurions pu être une quarantaine, au moins...

— Mais ? »

Il y eut un silence glacial durant lequel Erwin plongea son regard d'acier dans celui du colonel. L'homme fronça les sourcils, intrigué. La rage montait en Greg qui se demanda comment Erwin pouvait rester calme.

« Des Furies d'Assaut nous ont confondus avec des Slavistes. Et ont fait leur boulot. Nous avons été mitraillés. Au courant de notre position, les Slavistes nous ont laminés par un bombardement. Je pense que les chars présents ici y ont été pour quelque chose…

— Navré, fit le colonel. Nous tenterons d'éviter ce genre d'erreur les prochaines fois.

— Ce serait plaisant, grommela Greg en serrant les poings. Il devrait rester un toubib et une escorte, avec des blessés, près de la tranchée.

— Compris, répondit un homme derrière lui en

s'enfonçant dans le tumulte. Je les cherche !

— Il faut prendre le contrôle du complexe, mon colonel, interrompit le major. Avec l'aide du soldat Helm, qui a vu la zone arrière, je compte organiser une prise rapide, mais discrète, comme leur approche derrière les chars.

— Vous savez, commença Erwin en tendant les mains, je n'ai pas vu plus que vous actuellement, et…

— Vous avez été efficace, soldat Helm, répondit prestement le colonel. Vous mènerez cet assaut en assistant le major Tacher. Prenez des hommes qui vous connaissent, il faut un bel exploit, pour cette prise. Un commando soudé fera très bonne figure. »

Au sourire entendu du colonel, Erwin répondit d'un hoquet de stupeur. Comment est-ce que tout ceci avait pu se produire en quelques instants ?

« Vous me demandez de faire de la propagande ?

— Cela vous pose un problème ? Faites votre boulot, l'État-major fera le sien. Et s'il convient de décorer et de féliciter un soldat efficace comme vous, nous le ferons.

— Publiquement.

— Le peuple doit avoir confiance, clama le colonel. Il *faut* lui donner *confiance*. Un héros respire la *confiance*. Il nous faut des héros, et vous semblez en avoir l'étoffe.

— Je ne suis pas un logo publicitaire ! »

La rage soudaine n'irrita pas plus que cela le colonel qui devait en avoir vu bien d'autres.

« On peut également glorifier un martyr. »

Helm se tut. Il secoua la tête et demanda :

« À quand la prise du complexe ?

— À vous de décider. Mais je préférerais agir au plus vite, histoire de bénéficier de l'effet de surprise occasionné par la prise de cette barricade. Je dois m'occuper du matériel lourd, conclut-il. Au plaisir de vous revoir en vie, lieutenant Helm.

— Lieutenant ? Mais je ne suis pas…

— Maintenant vous l'êtes. Ça sonne mieux, vous ne

trouvez pas ? »

Il s'éloigna, laissant Erwin dans la stupeur. Cette avalanche de nouvelles inattendues était trop lourde d'implications pour une seule conversation. Venait-il réellement d'être promu lieutenant en dépit du règlement et du bon sens, au milieu des ruines d'une barricade, sans dossier, sur le simple coup de tête d'un colonel capricieux ? Sa bouche était entrouverte d'ébahissement, ses yeux ronds exprimaient son incrédulité totale. Ce fut son meilleur ami qui le tira de sa transe.

« Tu la mérites cette promotion », souffla Greg en regardant l'important militaire s'éloigner.

De retour dans le monde réel et sordide de la bataille de Lviv, Helm foudroya Grégory du regard et lui admonesta le fond de sa pensée.

« Pas plus que tu ne la mérites toi-même. Ça n'a aucun sens ! Lieutenant ? Pourquoi pas amiral ?

— Et la médaille ?

— Je ne méritais pas la croix de guerre. Ils me l'ont donnée parce qu'ils ne savaient pas quoi me donner d'autre pour que je ferme ma gueule et que j'arrête mes recherches. Je n'ai pas mérité une croix de guerre ! Pourquoi tu as dit que j'avais mené l'assaut ?

— Parce que c'était le cas, tu nous as dirigés comme un chef et...

— J'étais terrifié ! Exulta Erwin, agacé. Tu l'as vu, vous l'avez tous vu, j'étais *terrifié* ! Je ne suis pas un héros, Greg, mettez-vous ça dans la tête, je ne suis pas un modèle ! »

Mertti le regarda d'un air étrange.

« On a tous eu peur Erwin, c'est pas un problème, puisque tu as réussi à prendre la barricade !

— C'était de la chance, la prochaine fois ne sera peut-être pas aussi heureuse. Et si j'avais été un héros, Cyril serait avec nous, maintenant !

— Ce n'est pas ta faute s'il...

— Si, c'est moi qui ai laissé Mackenheimer mener le groupe, c'est moi qui suis responsable ! *J'étais* responsable de lui ! »

Ils se regardèrent, partageant la douleur de la disparition de Cyril.

« Allons former un groupe, finit Erwin en prenant Greg à l'épaule. Finissons-en aussi vite que possible. »

Les VAB défilaient derrière les gravats du bâtiment effondré. Trapus mais très bien protégés, les Véhicules de l'Avant Blindés étaient idéaux pour amener des troupes dans le feu de l'action. Le modèle de base datait des années 1980, mais l'Eurocorps avait pris soin d'en créer une version plus résistante et plus fiable, dont seul le design évoquait encore vaguement le modèle originel. Des colonnes entières de véhicules passaient pendant le briefing improvisé d'Erwin. Debout, il observait les gaillards qu'il avait recrutés. La plupart avaient mené l'assaut contre les chars avec lui. Il y avait Grégory, bien sûr, le pilote Ennio Gayans, un certain Petros Malovich, le tireur avec sa mitrailleuse au Kalanium, il y avait également deux frères jumeaux, Ludovic et Simon Tardel, l'homme à la grenade qui avait pris d'assaut le char à lui tout seul, Klaus Bernhardt, réfugié politique aux États-Unis d'Europe et utilisant un faux nom d'intégration, un pseudonyme européen officiel accordé uniquement aux réfugiés politiques et religieux pour les aider à couper les ponts. Les autres, Erwin ne connaissait pas leur nom, mais leurs visages étaient familiers. Ils apprendraient à se connaître après le briefing. Erwin relut rapidement les feuilles que lui avait données le major Tacher avant de se lancer.

« Notre position est avantageuse par rapport au complexe, commença le lieutenant Helm. Ils ne s'attendent pas à nous voir débarquer de ce côté, et la nouvelle de la chute de la barricade n'a pas encore dû arriver à leurs oreilles. On peut espérer passer par-derrière sans trop de casse. Cependant, la vigilance doit commander nos actions. Pas d'héroïsme idiot, pas de baroude tête baissée, d'accord ! Il nous faut entrer par l'entrée de service, dégommer la résistance sur place et prendre possession de la salle de contrôle. Ensuite tout baigne.

— Quel type de complexe ?

— Une centrale nucléaire EPR troisième génération. Cette centrale est l'une des plus importantes sources d'énergie de la Slavie de ce côté de la Montagne, donc très importante, car elle facilitera notre invasion une fois la centrale coupée ou l'énergie redistribuée aux E.U.E. Les Slavistes l'utilisent officieusement pour stocker des armes, d'après ce que l'on sait. Elle est partiellement souterraine, les bains refroidissants font plusieurs kilomètres carrés de surface, on pourrait mettre les tribunes d'un stade, là-dedans. Mais la salle de contrôle est en surface, c'est elle qui nous intéresse. Inutile de préciser que l'uranium enrichi ici ne sert pas seulement à allumer la lumière et chauffer la salle de bain.

— A-t-on des nouvelles du reste du front ?

— Il s'enlise, fit Erwin dépité. C'est pourquoi il nous faut prendre le complexe au plus vite. La ville résiste mieux que prévu. Ils ont peut-être des hangars souterrains pour parquer des troupes supplémentaires, je ne sais pas. Mais en tout cas, ils résistent.

— On part tout de suite, n'est-ce pas ?

— Pour profiter de l'avantage de la prise de la barricade, acquiesça Erwin. Prenez votre paquetage, rechargez vos armes, prenez des munitions supplémentaires, embarquez un maximum de grenades. Nous devrons être des fantômes durant le trajet. Discrétion totale. Les autres unités de combat nous contacteront par Euronet. Notre nom de code dans la prise du complexe sera Commando Furie. »

Il se tourna vers un des soldats qui lui renvoya un regard assuré.

« Voici Gayans, notre pilote. Il sait piloter des Furies, et sauvera peut-être notre peau quand il faudra évacuer. S'il faut évacuer. Dans tous les cas de figure, il nous est précieux. On le protège tant que c'est possible. »

Erwin jeta un œil à son chrono-bracelet.

« Dans cinq minutes, on se retrouve tous près du VAB peint en noir. À tout de suite. »

Mais presque aussitôt une explosion secoua les décombres à une centaine de mètres de là. Deux chars rejoignaient l'artère principale en surgissant de petites ruelles. Un flot de soldats en uniforme bariolé jaillit des immeubles, visiblement après une longue course. Mais cette fois, les Européens étaient en nombre derrière la barricade. Des rafales cisaillèrent les rues dans les deux sens. Des cris de souffrance ou de colère tentèrent de couvrir le vacarme des armes à feu. Les chars crachèrent la mort sur un VAB qui fut instantanément détruit. D'autres troupes rejoignaient les hommes déjà présents et se jetaient dans la mêlée. Les Slavistes avaient compté sur l'effet de surprise, mais cet effet était raté.

Avec l'agilité d'un félin, Petros Malovich se rua sur la caisse à munitions tout juste déposée avant l'assaut ennemi. Il l'ouvrit à coups de crosse alors que le chaos semblait flotter autour de lui pour l'engouffrer. La sueur perlant sur son front, le casque échauffant sa tête comme une étuve, il fouilla frénétiquement dans les cassettes de munitions et en tira une bande de cartouches au Kalanium. Le vacarme alentour ne l'atteignait pas vraiment, non… Ce qu'il entendait était des échos bien plus anciens, enfantins. Il revit durant une fraction de seconde la silhouette assurée d'une patrouille slaviste dans les phares d'une voiture. Et des échos de rafales…

« Toujours au fond de la boîte, se dit-il pour se forcer à revenir à l'instant présent. Si je tenais l'abruti qui nous a pondu cette règle ! »

Chassant les fantômes du passé, il chargea la bande dans son fusil mitrailleur et replia le trépied arachnoïde par simple pression d'une touche. Petros avança rapidement pour se mettre à couvert derrière le pan de mur d'un des immeubles écroulés. Il épaula et visa soigneusement la tourelle du mitrailleur du premier char, auréolé de ses propres gaz d'échappement. Soudain, une volée de balles ennemies cribla le mur d'impacts, à quelques mètres de lui, lui projetant des échardes de granit au visage. Mais il en fallait plus pour le déconcentrer, désormais. Malovich n'avait pas oublié pourquoi il se battait aujourd'hui…

Son doigt libéra une très brève rafale dans la tourelle. La puissance dévastatrice du Kalanium réduisit la défense du char en un pathétique amas de métal. Le blindé sembla vibrer et le pilote perdit un instant le contrôle de son engin. Malovich dévoila ses crocs, imaginant les yeux écarquillés du pauvre homme en découvrant la terrible fureur du Kalanium. Il le voyait s'arquer sur ses commandes, tenter de reprendre le contrôle de son engin en jurant.

*Oui, l'ami, je sais même quelle insulte tu es probablement en train de vociférer pour exulter ta terreur…*

Le deuxième char passa en trombe à ses côtés dans le grincement aigu des chenilles en action. Les moteurs rugissaient désormais plus fort que les balles.

Du côté des hommes, les Européens prenaient aisément l'avantage. Leurs ennemis n'étaient pas assez entraînés. Ou pas assez bien. Les Slavistes se replièrent rapidement derrière les deux chars en constatant que leurs forces étaient en très nette infériorité. Une infériorité qui se creusait de seconde en seconde. Déterminé à achever sa proie, Petros visa les chenilles du char endommagé et lâcha une nouvelle rafale, plus longue et plus féroce. En difficulté, le blindé poursuivait pourtant sa progression. Il faisait même feu dans la masse de soldats européens qui s'éparpillait en beuglant, laissant derrière elle une marre de sang abominable. Déjà des médics accourraient vers le cratère. Le deuxième char tira lui aussi, mais la fuite des soldats l'empêcha de faire trop de dégâts. Il était temps de mettre fin à ce carnage !

« Malovich ! »

Sa tête se redressa à peine. À cinq mètres en retrait de sa position, un des soldats choisis par Erwin lui faisait signe à cinq mètres en retrait. Un jeune type au teint hâlé, bardé de grenades. Et qui avait l'air sûr de son fait, bardé de grenades K comme il l'était.

« Malovich ! Au même endroit, au niveau du barbotin ! »

Petros colla son œil au viseur et traça dans son esprit une ligne entre la gueule de son arme et le point précis qu'il cherchait à toucher. Lorsqu'il fut persuadé de tenir le bon angle, il vida sa réserve de munitions au Kalanium dans le système d'entraînement de la chenille. Celle-ci se fracassa aussitôt, envoyant des éclats de métal dans toutes les directions. Des Slavistes touchés s'écroulèrent dans un cri de douleur, des membres emportés vinrent rebondir mollement contre les ruines. Le char s'affaissa bruyamment sur sa droite et commença une rotation sur lui-même. Puis il s'immobilisa enfin, le canon fumant pointé vers le macadam. Il ne fallut guère de temps pour voir le pilote tenter de s'extraire de la carcasse, mais il fut littéralement projeté en arrière dans une impressionnante giclée de sang. Les balles s'incrustèrent dans le blindage du char, désormais réduit à un simple amas d'acier.

Ludovic Tardel était au milieu de la mêlée avec des bandes de premiers secours. Voyant le corps déchiqueté d'un médic, son instinct lui avait soufflé de se saisir de sa sacoche et de faire ce qu'il pouvait. Comme dans les films. Malheureusement, s'improviser médic n'était pas aussi facile que ça en avait l'air lorsqu'on voyait faire les autres, assis confortablement dans un cinéma avec un gobelet d'Euro-Cola dans les mains. Des mains qui devaient désormais plonger dans le sang et les organes alors qu'il tentait de sauver un homme blessé par un éclat de métal. Le fragment brillait au centre de l'abdomen tandis qu'un flot pourpre et poisseux ruisselait sur l'asphalte. Ludovic saisit une dose d'analgésique et l'injecta en tremblant. Les balles sifflaient autour de lui, mais il semblait ne pas les entendre. Il se concentrait sur la blessure. Le jeune homme avait bien eu son diplôme de premiers secours, quelques années auparavant, mais cela suffirait-il ? Passant à un autre corps ensanglanté, il ne put s'empêcher de vomir, tant par dégoût que par stress. Ludovic se pencha vers le corps dès que la nausée fut passée, ignorant la brûlure dans sa gorge et l'amertume dans sa bouche.

— Une petite Dormeuse, dit-il en sortant une nouvelle dose d'antidouleur.

Il jeta un regard vers le visage du malheureux et constata qu'il tentait de soigner un cadavre. Très vite, Tardel se replia vers un abri fait de plaques de béton écroulées. Il s'y recroquevilla le plus possible en cherchant une grenade du regard. Klaus Bernhardt se ruait déjà en avant, bardé d'explosifs. De son fusil mitrailleur Famas M3, il se dégageait un passage vers le char, affichant un masque de détermination à terrifier une armée. La retraite slaviste était tellement mal organisée qu'il parvint très rapidement à destination.

Côté ennemi, c'était la Berezina.

Un mortier européen creusa un large trou dans la masse slaviste qui fuyait à toutes jambes. Mackenheimer venait d'arriver avec les médecins qui étaient restés dans la tranchée. L'escorte était là aussi. Les nouveaux venus prirent les Slavistes par le flanc droit. Telle une tenaille, l'Eurocorps enserrait le bataillon slaviste en pleine déroute.

« Mackenheimer ! »

Dans l'action, Greg vit celui qui avait pris le contrôle du groupe de survivants lors du crash de la Furie. En une fraction de seconde, le combat ne fut plus une priorité. Bien assez de gens pouvaient casser du slaviste en attendant. Se jetant sur lui, il le saisit frénétiquement aux épaules et planta ses yeux dans les siens.

« Cyril Engström est avec vous ? »

Une rafale les interrompit.

« Non, il est resté avec les toubibs avant de détaler en vous voyant partir vers la ville ! Il ne vous a pas rejoint ? »

Quoi ? Cyril les aurait suivis ? La bonne nouvelle était qu'il était non seulement vivant, mais en état de galoper. Typique… La mauvaise nouvelle…

« Il n'y avait personne derrière nous ! répondit vivement Greg en sentant son cœur s'emballer.

— Je vous jure que si ! (Les yeux de Mackenheimer s'agrandir soudain de terreur) Vite, à couvert ! »

Le char slaviste explosa tandis que Klaus roule-boulait sur le béton. Il se redressa, enveloppé des fumerolles qui montaient de son uniforme roussi. Une fois de plus, il avait été efficace. Suivant.

Des pièces d'artillerie se mirent en action pour ravager la rue. Les façades des bâtiments étaient toutes carbonisées. Les troupes européennes avançaient dans l'avenue sans vraiment s'en rendre compte. Une Furie solitaire passa dans le ciel et fit quelques dégâts avant d'exploser mystérieusement en plein vol.

Erwin décida d'avancer coûte que coûte vers le complexe. Cette bataille colossale qui se déclenchait dans les rues ferait une très bonne diversion. Il remua chacun, les délogeant de leurs positions par petites tapes à l'épaule et les incita à recharger toutes leurs armes. Ils se regroupèrent au bord du nouveau champ de bataille qui s'étendait maintenant à plusieurs ruelles, rues et boulevards. Les avenues étaient devenues des champs labourés de trous d'obus et de grenades. Les arbres étaient tous broyés ou calcinés. Seuls quelques-uns restaient stoïquement debout, comme un défi à la bataille et à la Mort.

« Char ! »

La voix se répercuta comme précédemment.

À l'autre bout de la grande avenue saccagée, une colonne de blindés commençait à faire barrage à l'infiltration européenne : les Slavistes comprenaient enfin ce qui se passait ici. La rue qu'ils avaient empruntée était celle qui conduisait au quartier industriel de la ville. Erwin se prit même à espérer qu'il s'agissait des défenses du complexe. Mais à l'évidence, c'était toute la ville que les Slavistes défendaient comme des démons. Au total, Erwin dénombra six chars, légèrement meilleurs que les précédents pour le blindage et l'armement, mais beaucoup moins manœuvrables dans des rues étroites.

« Il faut les emmener dans des petites rues, lança le major Tacher en plaçant ses mains en porte-voix. »

L'opérateur radio retransmit son message par son émetteur portatif et les troupes commencèrent à converger vers les intersections de l'avenue. Les chars avançaient en formant un cercle qui s'élargissait au fur et à mesure. Sous le feu nourri des blindés, un vieux bâtiment de briques rouges s'effondra dans un nuage de poussière pourpre qui engloutit les fantassins des deux camps. Les cris de blessés montèrent comme une sirène.

« Où sont nos chars ? Et nos Furies de Reconnaissance ?

— Tout notre matériel lourd a claqué devant la cité. Et le peu qui n'a pas été détruit se trouvait à l'arrière pour éviter l'artillerie ennemie et n'a pas eu le temps de remonter le front ! »

Tacher passa une main tremblante sur son visage émacié. Pourquoi n'était-il pas surpris ? Ses petits yeux noirs fouillaient les alentours à la recherche d'une solution. Il n'était pas homme à paniquer facilement, mais leur situation était très mauvaise. Même en engageant un combat de rue, les pertes seraient lourdes face aux blindés de Zwiel. Il tenta de joindre le colonel Andersen, mais la seule réponse qu'il obtint fut une volée de parasites entrecoupés d'une voix qui, semblait-il, donnait des ordres avec détermination. Apparemment, le colonel commençait déjà à mettre un plan en place.

Partiellement rassuré à ce sujet, Tacher se glissa dans un trou d'obus pour consulter la carte à couvert. Si le colonel prenait les choses en main, le major retrouvait une certaine confiance. Il croyait en ses supérieurs, plus par principe qu'autre chose, mais au moins sa fidélité lui avait-elle permis de monter en grade... Quand ses « collègues » de promotion ne pensaient qu'à bien se faire voir pour grimper au plus vite – négligeant qu'une escalade hâtive signifiait souvent un décrochage malheureux et une chute humiliante – lui avait compris que rien ne servait de courir, il fallait obéir.

Il ne reconnaissait pas l'avenue, mais estima sa position de façon approximative pour chercher à tromper les chars qui progressaient rapidement. Les bâtiments alentour s'écroulaient les uns après les autres. Le fracas continuel des explosions et des chutes de gravats devenait insoutenable.

« Bordel ! rugit-il en saisissant par le col de la veste son compagnon, un jeune soldat fraîchement enrôlé. On doit bien avoir un char ou deux en réserve ! Et qu'est-ce qu'elles foutent, les Furies ?

— Major, il me semble qu'elles sont sur le second front de l'assaut, pour soutenir l'infanterie qui est beaucoup plus nombreuse, là-bas. Nous sommes censés êtres une diversion pour obliger les Slavistes à morceler leur défense, nous ne sommes donc pas une priorité !

— Je connais la stratégie par cœur ! Mais nous sommes rentrés, merde ! Ils pourraient nous filer un coup de pouce ! »

Le poste crachota quelque chose et le soldat s'enquit auprès de l'opérateur.

« Erwin Helm part à l'assaut du complexe, dit-il de sa voix neutre. Il profite de la diversion du combat avec les chars et nous demande de tenir le plus longtemps possible pour qu'il ait une certaine avance. Il dit que c'est capital pour la prise du complexe. »

Tacher baissa la tête, las. Tout le monde prétendait toujours que leur petite prérogative était capitale, il fallait peut-être qu'il songe un jour à faire de même.

« Soit, répondit-il sans conviction. On fait ce que j'ai dit : on se disperse dans les ruelles et on tente de prendre les chars soit à revers, soit en tenaille !

— Oui, major ! »

L'ordre fut à nouveau transmis sur Euronet par l'émetteur et il ne resta bientôt, dans l'avenue même, que quelques soldats embusqués derrière des souches d'arbres carbonisées. Des tirs de char continuaient de réduire le quartier en ruine. Les cibles semblaient de plus en plus n'être que les bâtiments avoisinants. Ils rasaient le quartier pour éviter des embuscades.

« Ils défendent cette ville ou bien ils la rasent jusqu'à la dernière brique ?

— Aucune idée, major. »

*Et ces jeunes mous du bulbe qui ne savent pas reconnaître une question rhétorique...*

« Major Tacher, on est coupé du groupe Alpha et Bravo par l'effondrement d'un immeuble. Oscar est le plus sévèrement touché : le groupe est presque décimé.

— Voilà ce qu'ils font, marmonna le major en saisissant un talkie-walkie. Sortez des ruelles ! J'annule la tactique ! Sortez des ruelles !

— Ils nous enterrent vivants ! Mais le groupe de Helm a sûrement dépassé les chars, à présent.

— Si je comprends bien, annonça le radio, ou bien on attaque les chars de front, et on subit des lourdes pertes, ou on reste embusqué et ils nous font tomber tout ça sur la tronche.

Ce disant, il désignait les bâtiments de la main.

— La plus sage décision serait le repli, major.

— Attendez, ils tirent sur les immeubles, mais où est la population... A-t-on un ordre du colonel Andersen ?

— Leur émetteur doit être mort, major.

— C'est une dure décision à ce stade de l'invasion de la ville, mais il faut la prendre maintenant, major. »

Nerveux, les muscles tendus à craquer, le major

contempla le dur spectacle du combat. Un fantassin s'évertuait à visser son lance-grenades sur son Famas, à quelques mètres de là, et sa fébrilité était terriblement communicative. Que pouvaient-ils espérer accomplir face à toute une division blindée qui se moquait allègrement des dommages collatéraux ?

« On se replie.

— Et Helm ?

— Comme l'a dit mon second, il a sûrement franchi le passage des chars.

— Ça me parait un peu court, marmonna l'opérateur radio en se préparant à lancer l'ordre de repli. Vous vous rendez bien compte que vous risquez de compromettre la prise du complexe ? »

Cette fois c'en était trop. Il n'en croyait plus ses oreilles ! Ce petit branleur lui donnait des leçons, maintenant ! Son visage se décomposa en un rictus sauvage et ses yeux le foudroyèrent comme une colère divine :

« Tu vas m'apprendre à donner un ordre ? Mon pied dans ton cul pour te rappeler à qui tu parles ! »

L'autre se ratatina littéralement tandis que la rage du major explosait et qu'il se saisissait violemment de l'émetteur en actionnant la transmission.

« Ici le Major Tacher, j'ordonne le repli jusqu'à la barricade. Des blindés nous y rejoindront en renfort ! »

Il coupa la transmission et jeta l'émetteur au visage de la petite fouine qui lui servait de radio. Son second réprima une œillade réprobatrice et se contenta de ramener son supérieur à des considérations plus… urgentes.

« Ce n'est pas assuré major. Vous ne pouvez pas leur promettre ça !

— La ville tombera de toute façon, expliqua Tacher en jetant un regard noir au radio. J'évite la casse inutile ! Alors on ne discute pas, c'est clair ? Passez-moi une équipe de blindés par Euronet. Nous aurons des renforts, je vous le garantis. »

# Chapitre 9

Hambourg.

William Eggton était debout dans son bureau en compagnie de l'amiral Swan, de passage en Région Allemande et qui venait lui donner ses instructions en personne. Chacun buvait son scotch, l'amiral ayant l'agaçante manie de faire rouler les glaçons dans son verre.

« Vous partez, déclara Swan.

— Vous plaisantez, s'étouffa Eggton en lissant son uniforme bleu sombre. Je suis le nouveau superviseur de la caserne de Hambourg ! »

Swan le jaugea du regard et plissa les paupières.

« Qu'est-ce qui vous arrive, William, le terrain ne vous a jamais effrayé auparavant.

— J'ai passé l'âge de jouer aux commandos, répliqua pensivement Eggton. Vous ne pouvez pas envoyer Peterson ?

— Il est déjà parti. Ce matin même. La situation est pour le moins… *étonnante*, là-bas, nous avons eu recours à la mobilisation des casernes d'unités d'assaut. Et Hambourg en est une, elle peut donc être *intégralement* envoyée au front. Donc vous partez, que ça vous plaise ou non. Vous allez devoir vous occuper de la chute de Lviv. »

Alors que le ton moralisateur de Swan l'avait prodigieusement agacé, Eggton retint difficilement le sourire qui bourgeonnait sur ses lèvres à l'écoute de ses dernières paroles. La brillante tactique européenne avait donc échoué ? Oh, quelle surprise *étonnante*, en effet. Il fit quelques pas en direction de la fenêtre pour dissimuler l'expression de son visage.

« Comment cela, la chute de Lviv ? demanda-t-il d'une voix faussement outrée. La ville n'est pas encore tombée ?

— Vous jubilez, n'est-ce pas ? ricana l'amiral dont les lèvres crispées faisaient ressortir le menton fuyant.

— Des Européens meurent en ce moment, rétorqua William Eggton d'un coup plus sec. Il n'y a pas de quoi jubiler. Alors que s'est-il passé, des soucis ?

— Nous avons effectivement des *soucis*, comme vous dites, murmura l'amiral. Il semblerait que les défenses de Lviv soient… supérieures à ce qui était prévu. Pskov est en passe de tomber. Mais Lviv… La préfecture est mieux protégée que le bunker du Kremlin, ironisa le haut gradé. Alors le complexe d'énergie nucléaire, vous pensez !

— Les relevés satellites étaient faux ? »

L'Amiral eut un soupir mêlé d'amusement. Il s'attendait à la question.

« Leurs immenses filets de camouflage se sont perfectionnés, certains rapports confirment qu'on ne peut voir la différence qu'une fois le pied dessus – *littéralement*. Ils travaillent littéralement en sous-main, qui sait ce qu'ils nous réservent comme surprises.

— Ce complexe que nous voulons prendre a été construit Post-Millenium Crash, non ?

— Oui, il alimente en énergie la ville tout entière et redistribue le surplus dans toute la zone de la Slavie située à l'ouest de la Montagne, acquiesça l'amiral. Il y a dans le coin un regroupement de divisions blindées et d'hélicoptères de combat. Mais il y a une nouvelle un peu plus troublante, qui ne doit pas sortir du cercle des hauts généraux et amiraux. »

Eggton fronça les sourcils et ôta sa casquette d'officier supérieur. Ce genre de mise en garde n'était que rarement porteur de bonne nouvelle.

« Je vous écoute. Ça concerne les défenses ?

— Oui. Il semblerait que le gros des défenses de Lviv provient des unités de protection qui auraient dû se trouver à Ternopil lors du bombardement.

— Conclusion, ils savaient pour Lviv.

— Et pour Ternopil, bien avant notre avertissement et l'ultimatum... Pas assez pour démobiliser toutes les défenses et les déporter sur Lviv. Les civils ont été évacués, des photos satellites montrent des camps de réfugiés. »

Eggton souffla discrètement. Les dommages collatéraux de Ternopil ne seraient peut-être pas aussi durs que prévu. Mais si les Slavistes avaient su pour Ternopil, comment avaient-ils compris que l'autre cible serait Lviv ? Il y avait bien d'autres points clefs et plus proches de la frontière...

« Pourquoi nous laisser entrer si profondément dans leur territoire s'ils savent ce que nous préparons et comment nous le préparons ? C'est illogique, ils auraient pu facilement verrouiller la zone et faire un coup d'éclat en faisant capoter notre stratégie...

— Les renforts stationnés en porte-Furies ont été anéantis, informa l'amiral en plantant son regard dur dans celui d'Eggton. Des mouvements de troupes suspects près de la frontière laissent penser qu'ils veulent nous encercler autour de Lviv. C'est pourquoi il faut que nous tenions Lviv avant la contre-offensive, où nos troupes se feront écraser entre le marteau des troupes Slavistes et l'enclume de Lviv. »

Alors c'était ça, un vulgaire encerclement ? Eggton était déçu. À la place de Zwiel il aurait marqué le coup de façon plus spectaculaire, puisqu'il en avait les moyens, alors qu'à présent tout le monde s'attendrait à un deuxième Mogadishu – et c'était probablement ce qui allait arriver.

« Et avec des renforts pour empêcher l'encerclement ?

— Nous ne sommes pas assez nombreux, encore, grogna l'amiral. Le tiers des recrues du Service Obligatoire que nous avons mobilisé est parti se battre à Pskov, Lviv et Ternopil ! Nous comptions sur la Technologie Furie. 150 000 hommes, fantassins, pilotes, mécaniciens, secrétaires et tout ce qui s'en suit, sont partis sur le front. Trois villes, 150 000 personnes, vous vous rendez compte ? Il doit y avoir 8 000 fantassins autour de Lviv, et dans la ville, au moins une dizaine de divisions blindées, des mortiers, des hélicoptères de combat.

— Mais la mobilisation des troupes dormantes ?

— La paperasse est lourde pour ce genre d'appel, surtout si l'on part du principe que toute cette opération n'est pas une véritable guerre. Dans un mois, deux au plus, nous pourrons renforcer le front et anéantir toute possibilité de riposte ennemie. D'ici là, nous aurons le char Furie et nous saurons peut-être comment les Slavistes ont su quand, comment, et où nous attaquerions.

— Nous envoyons donc le gros de nos forces à Lviv, conclut Eggton.

— De nos forces *d'assaut*, oui. Et des renforts pour Pskov. Vous avez donc pour mission de partir avec nous à bord des Furies et de prendre Lviv avant que les Slavistes n'opèrent leur encerclement. »

Les dents serrées, Eggton leva les yeux par-delà la fenêtre au ciel gris délavé annonciateur de pluie. Comme le lui avait si poliment rappelé Swan, il n'avait pas le choix de toute façon. Il lui incombait désormais d'assumer ses responsabilités tout en ne perdant pas de vue ses convictions. L'Europe n'avait rien à faire en Slavie. C'est pourquoi sa voix était amère lorsqu'il croisa le regard de l'amiral :

« En route pour Lviv. »

Ternopil et sa banlieue étaient secouées du vacarme des explosions. Le camp européen monté en toute hâte subissait une déplaisante contre-offensive slaviste. Balder agrippa plus fort encore sa mitrailleuse montée sur palier rotatif. Le bruit de métal lorsqu'il se tourna vers une vague de fantassins fut couvert par une explosion de grenade, de l'autre côté de la barricade. Son palier rotatif dominait un mirador de tôle, à une demi-douzaine de mètres du sol. Sans aucun remord, Balder cracha la mort sur l'assaut ennemi. Les douilles brûlantes retombaient au sol dans un crépitement affolé.

« Char ! »

La tourelle pivota en direction des ruines encore chaudes de Ternopil. Un blindé en piteux état jaillissait des décombres. Autour de lui, de petits véhicules à chenilles évoquant des half-tracks miniatures escortaient une seconde vague de fantassins.

« D'où ils sortent, ces gars ?

— D'après ce que je sais, ils étaient dans des bunkers antiatomiques ! Ils avaient prévu le coup après le raid de représailles ! »

. L'homme mûr qui lui avait répondu était son pourvoyeur de munitions qui se démenait derrière le siège du tireur avec des bandes de cartouches étonnamment longues. Les cartouchières en désordre jonchaient la plate-forme de la mitrailleuse.

« On va avoir de la compagnie ! »

Des hélicoptères de combat de classe Apache II surgirent des décombres de Ternopil et lâchèrent une bordée de missiles. Les remparts de fortune du camp cédèrent comme des brindilles. La radio crachota soudain et Balder hurla comme un fou.

« Qu'est-ce qu'ils nous veulent maintenant ?

— Repli ! »

La voix dure et sans équivoque fit réagir le pourvoyeur telle une décharge électrique. Il se rua sur les échelons et se laissa glisser jusqu'au sol. Balder le suivit après avoir détaché son harnais. Une tourelle voisine explosa dans une gerbe de flammes. Puis la leur. Les hélicoptères Slavistes étaient d'une redoutable efficacité. Mais déjà, les Furies décollaient dans le vrombissement si caractéristique de leurs moteurs.

« Canardez-moi ces connards », grommela le pilote à ses deux artilleurs.

La Furie slaloma entre les tours de guet et les miradors jusqu'à arriver à portée des hélicoptères de combat. Au sol, des canons antichars étaient placés à intervalles irréguliers pour enrayer la contre-offensive blindée.

« Contactez le Quartier Général du secteur, qu'on nous attribue une escouade d'élite contre ces blindés ! »

Les hélicoptères de combat slavistes tournoyaient comme des insectes nocturnes autour d'une lampe à pétrole. Leurs missiles traçaient des traînées de feu dans le ciel avant de s'écraser au sol dans d'effrayantes détonations.

« À couvert ! »

Les soldats se ruaient d'un amas de tôle à un autre, tentant vainement d'abattre les appareils ennemis avec des rafales au Kalanium. Mais les pilotes slavistes étaient très habiles. Beaucoup plus que ceux combattus dans l'après-midi. Ce qui ne laissait pas de doute concernant leur stratégie. Ils avaient laissé les Européens s'installer facilement pour les abattre lorsqu'ils seraient à découvert et présenteraient leur ventre mou.

Un brigadier de communication se jeta sur le lieutenant de faction, Morrison Felt. Son visage affolé était souillé de sang et son regard trahissait une terreur brute, en parfaite opposition avec le calme glacial du lieutenant qui se contenta de lever un sourcil.

« Les convois de renforts sont tombés dans une embuscade ! Les Slavistes avaient des troupes de réserve en positionnement le long de la frontière pour se refermer sur notre vague d'assaut comme un casse-noix !

— Du calme. »

Il le regarda avec mépris. Ces jeunes ne savaient plus ce qu'était le combat. L'armée de son temps était bien autre chose… Ah ! Il la regrettait la belle époque, où la rigueur et l'efficacité étaient encore les maîtres mots du code d'honneur de l'Eurocorps ! Bien avant ces stupides réformes visant à enrôler les plus jeunes et exclure les femmes… Oh ! Bien sûr on pouvait formater la jeunesse à la naissance, lui-même avait été formé dans à l'École des

Jeunes Militaires dès l'âge de 12 ans pour la plus grande fierté de son colonel de père, mais ça n'en faisait pas de vrais soldats. Le terrain, c'était ça qui comptait, et rien d'autre.

Regardant autour de lui, il analysa la situation avec sang-froid. Il lui donna ensuite l'ordre de repli vers la ville de Lviv, certainement déjà prise. Sauf si les Slavistes étaient plus nombreux que prévu, comme cela semblait être le cas et qu'il l'avait envisagé... Il jeta un regard de prédateur vers les hélicoptères et soupira intérieurement. Pourquoi ne l'écoutait-on jamais ?

Lviv. 10 septembre 2033.

La nuit avait été difficile pour le groupe d'Erwin. Tandis que les Européens résistaient à la pression slaviste visant à les rejeter de la banlieue, le commando avait dû s'infiltrer par des chemins tortueux, des escaliers de secours rouillés et des ruelles glauques jusqu'aux limites de la zone industrielle. Puis ils avaient fait une pause pour dormir quelques heures.

Le groupe d'une dizaine de soldats en armes marchait maintenant en silence au milieu des gravats. La ruelle était sombre et l'atmosphère rendue oppressante par les bruits de bataille qui résonnaient beaucoup plus loin. Erwin jeta un coup d'œil à son groupe. La plupart de ceux qu'il avait choisis étaient présents. Quelques-uns n'étaient pas des leurs. Un était mort, Helm le savait. Mais les autres ?

« J'espère qu'ils ont retenu les troupes slavistes, rumina Gayans en se retournant vers les ombres de la ruelle. Je nous vois mal nous sortir d'une embuscade dans ce passage.

— Klaus détruirait la moitié de la ville à la grenade pour nous pratiquer une ouverture et fuir, plaisanta un jeune homme du nom de Wallace.

— Silence », intima Erwin qui enjambait une poutre de bois carbonisée.

Ils longèrent les petites rues pour traverser un quartier visiblement très pauvre. La puanteur de la mort leur agressait les narines et des flaques d'eau croupie ajoutaient à l'ambiance nauséabonde de l'endroit.

« Ils ont remué un cimetière ou quoi ?

— On se dispense de tes commentaires, Simon. »

Le relent devenait insoutenable à mesure qu'ils s'approchaient d'un bâtiment administratif encore intact, leur indiquant qu'ils avaient effectivement quitté la zone des combats. Soudain, un soldat appela le groupe qui se rapprocha d'un hangar à la porte entrouverte. L'odeur semblait venir de l'endroit. L'intérieur était plongé dans l'obscurité.

« Je n'ai pas trop envie de voir ce qu'il y a là-dedans, grimaça Grégory en se voilant le nez de la main.

— Il faut s'assurer de ce qui s'y trouve, affirma Petros en saisissant la poignée de la porte métallique. Faut savoir à quoi s'attendre.

— Ouais, fit Greg caustique, et bien là, je m'attends bien à ce qu'on va trouver dans ce hangar. »

Le petit groupe recula et seul Malovich se décida à ouvrir le portail dans un grincement métallique effroyable. L'odeur devint si répugnante que certains en eurent des nausées. Petros chancela un instant et osa à peine jeter un coup d'œil dans le hangar avant de revenir.

« Ils ont buté du bétail. Je ne sais pas combien il y a de têtes, là-dedans, mais un cheptel entier de vaches a dû y passer. Y a du mouton, des chèvres, de tout.

— Ils veulent nous priver de viande fraîche… Tout est pourri !

— Ce qui signifie qu'ils savaient qu'on arrivait, pesta Erwin. Notre attaque n'est pas une surprise, ce qui explique que les défenses de la ville soient plus importantes que prévu.

— Mais nous avons notre rationnement régulier, commença Wallace. Ça ne sert à rien de tuer le bétail…

— Sauf si les Slavistes veulent couper notre approvisionnement et nous encercler, expliqua Greg calmement. S'ils nous défont dès le premier assaut, nous perdrons tout notre soutien de la part des autres Unions d'États… Ils nous ont laissés attaquer, ces fumiers…

— Rien n'est moins sûr, répondit Erwin. Ils ont peut-être paniqué. Rien ne prouve qu'ils puissent nous encercler, nous les prenons en tenaille et sommes infiltrés dans la ville. Nos troupes présentes ne sont rien à côté de ce que nous pourrions déployer comme force. C'est les maladies que je crains avec ce bétail mort. Le risque est sanitaire : on risque une épidémie...

— Techniquement c'est considéré comme une utilisation d'arme biologique ?

— J'en doute… »

Ils se remirent en marche et atteignirent sans encombre le bâtiment administratif, puis se glissèrent subrepticement vers la porte vitrée intacte. Ils se consultèrent du regard pour adopter la meilleure façon d'entrer. À l'intérieur, le groupe trouverait peut-être des plans de la ville avec ses défenses, renseignements que ne contenaient pas les cartes européennes, et pourrait choisir un bon itinéraire. Ce fut finalement un coup de crosse qui leur ouvrit l'accès. Mais c'était trop tard. Les locaux étaient complètement vides, même les radiateurs avaient été retirés, ne laissant que leurs marques sur les murs. Les ampoules étaient brisées, le compteur électrique détruit.

« Il y a accueil plus chaleureux, marmonna Wallace. On dirait un squat défédératiste !

— De toute façon, lança Petros, il n'y a plus rien. Pas une carte, pas une barquette de bouffe ! Rien ! Quelle bande de rats…

— C'est vrai, tant qu'à faire, ils auraient pu nous préparer un banquet… »

Il y eut des sourires furtifs.

« Il y a d'autres hangars, dit Greg, planté devant la porte

vitrée détruite. Derrière celui qu'on a ouvert. Une dizaine…

— Quelqu'un sait lire le slaviste ?

— Le Slaviste, ça n'existe pas, répondit Petros d'un ton professoral et lugubre. C'est une langue orale, un dialecte. Un gros paquet de merde. À l'écrit il y a deux langues officielles : l'ukrainien et le bulgare. Inutile d'être grand clerc pour savoir laquelle des deux langues ils utilisent ici.

— Comment tu sais ça ? demanda Simon Tardel en reniflant.

— Je suis Slaviste d'origine. »

Un silence glacial tomba soudain sur le groupe. Après avoir vomi sur les slavistes depuis… pratiquement sa première minute au sein du groupe… voilà que le pot aux roses était dévoilé. Il était Slaviste ? Qu'est-ce qui pouvait pousser Petros à détester à ce point sa patrie d'origine ? Que faisait-il dans l'Eurocorps ? Sous les regards insistants et embarrassés de ses camarades, Malovich rejoignit Simon, qui avait posé la question, sur les marches de l'escalier, à l'extérieur.

« Ça veut dire quoi ça ? »

Il désigna l'enseigne du bâtiment, rédigé en cyrillique.

« C'est le centre de gestion agricole de Lviv.

— Wow. C'est moche comme langue. Pourquoi ils ont choisis seulement ces deux langues-là ?

— Parce qu'elles sont slaves, rétorqua Malovich d'une voix soudain remplie d'une haine ancienne. Les autres langues de Slavie, le roumain, le… le hongrois… Ils les ont interdites, supprimées. *Exterminées…* »

Les membres du commando s'étaient figés en comprenant que les paroles sourdes et douloureuses de Petros provenaient d'une partie de son histoire qu'il n'avait jamais effleurée dans aucune conversation. Et à voir ses yeux brûlant de rage et de tristesse, ils réalisèrent que mieux valait ne pas poser de question sur le sujet à l'avenir. Simon déglutit péniblement, descendit quelques marches et saisit son scanner portable. Avec toutes les masses métalliques se trouvant dans une ville, il serait difficile de l'employer, mais ce serait mieux que rien.

« Il y a plein d'usines de je ne sais quoi dans le secteur, commença Wallace. Pour trouver le complexe, ça va être balèze !

— Il faut prévenir nos troupes pour le bétail crevé, interrompit Erwin en connectant son talkie-walkie. Si on laisse traîner ça, on risque des maladies, surtout dans des coins aussi peu sûrs pour ce qui est de l'hygiène que la Slavie. »

Le membre le plus âgé de leur équipée hocha du chef et répondit prestement :

« Je lance un appel médical codé. »

Comme un coup de clairon dans un pique-nique de retraités, la voix grave de ce Grec au visage marqué par les années et au menton couvert d'une barbe blanche à peine réglementaire sembla réveiller ses camarades qui l'avaient jusqu'ici à peine regardé. Une attitude typique des blancs-becs de l'Eurocorps qui se croyaient des machines de guerre et ricanaient des vieux Soldats Dormants, de leur arthrite et de leur incontinence. Il n'avait jusque là rien dit, après tout, ceux-là lui avaient épargné les quolibets de son centre de réinsertion en Région Grecque. Il avait même espéré un moment particulièrement propice pour faire son entrée et leur en mettre plein la vue une bonne fois, histoire de bien leur faire comprendre que des « vieux » pouvaient encore faire aussi bien que les petits jeunots. Mais soit, la situation était plus urgente que l'impression qu'il leur ferait. Il se contenta de savourer la surprise sur leurs visages lorsqu'ils réalisèrent que non seulement il était là, mais qu'il avait un poste.

« Non, trancha Erwin, je préfère que tout le monde soit tout de suite au courant. Je ne veux pas d'épidémie en plein siège de cette ville pourrie !

— Mais ça révèle aussi notre position à l'ennemi », rétorqua le Grec sans détourner son regard bleu azur de celui de son cadet.

Piqué au vif par un ton qui se voulait presque un rappel à l'ordre, Erwin sourit et jeta un discret coup d'œil à l'uniforme de son camarade pour se remémorer son nom sans erreur.

« Peut-être… Efthimios… mais ça représente toujours un risque sanitaire majeur, alors mieux vaut prendre les devants. Tu veux gagner cette bataille et mourir d'une turista ? »

Cette réflexion faite, tout le monde s'observa sourcils levés avant de lui accorder son point.

« Si on communique, ils sauront qu'on est aux entrepôts, insista l'autre. Il faut attendre d'avoir pris le complexe. »

Le ton péremptoire et l'assurance tout à coup débordante mêlée au sentiment embarrassant d'avoir complètement négligé un membre de l'équipe jusqu'ici se transformèrent chez Grégory en un accès de mauvaise humeur. Qu'est-ce qui l'autorisait à les prendre de haut comme ça ? Son âge ? Sa soi-disant expérience ?

« Bravo… tu sais que ça prendra des jours, Alexandre le Grand ?

— Alexandre était Macédonien, je suis de la Région Grecque, le moucha-t-il avec un sourire. Tu peux m'appeler Efthimios. Zaratis.

— Ah oui, la Région Grecque, la Tiers-Europe…

— Assez ! aboya Erwin en s'interposant fermement. Qu'est-ce que ça veut dire ce combat de coqs, tout d'un coup ? On est tous fatigué, mais on n'est pas des bleus, alors un peu de *discipline…* »

L'insistance particulière sur le mot discipline n'échappa à personne, mais Greg eut droit à un regard appuyé qui lui était tout spécialement destiné. Ce qui ne lui plut guère. Néanmoins il ravala les bravades qui lui venaient à l'esprit et se força à revenir vers ce comportement exemplaire qu'il prétendait vouloir imiter chez Erwin.

« Je sais que c'est pas le pied, mais on n'a pas le choix !

Le risque sanitaire est trop important. Alors Efthimios, tu appelles le groupement médical en clair, et tu vois s'ils ne peuvent pas venir en Furie, ce serait *chaudement apprécié*. Et tu peux citer l'expression. »

Efthimios le gratifia d'un large sourire. Non pas parce qu'on avait ignoré son opinion, bien sûr, mais parce que son entrée en scène n'avait pas été si mauvaise, finalement.

« Ça roule ! »

Il ne fallut guère longtemps pour que les prédictions du Grec ne se vérifient. S'approchant inexorablement de leur position, des chenilles broyaient les gravats des environs dans un grincement de métal qui résonnait en échos tout autour d'eux. Le moteur du véhicule de tête grondait dans la petite rue à peine assez large pour laisser la place à la colonne d'engins qui se dirigeaient vers la source d'une émission com ennemie. Des tiges de fer saillant des blocs de béton se tordaient inexorablement au passage de ce monstre mécanique sans que celui-ci ne ralentisse d'un iota.

« Char ! »

Ludovic Tardel se jeta à couvert. Il se cala derrière une marche de béton et appela le reste du groupe. Des rafales claquèrent dans la rue. Des ordres en slaviste étaient criés à la volée. Les chenilles grondaient plus fort encore.

« Mauvaise idée, la transmission !

— Qui est-ce qui vous l'avait bien dit ? tonitrua une voix grave à l'accent du Sud.

— On n'avait pas le choix ! »

Le chaos s'installait progressivement dans le secteur, comme s'il venait de remarquer qu'il avait omis de saccager cette partie de la ville. Erwin embrassa la scène d'un regard ample : le char était assez près pour être grenadé, et Klaus Bernhardt rampait déjà vers sa cible.

« Couvrez-le lorsqu'il reviendra ! ordonna-t-il en remontant son casque qui lui glissait devant les yeux.

— Petros s'est placé sur le toit », l'informa Greg en

passant brièvement derrière lui.

En effet, la silhouette du sniper pouvait être fugacement aperçue derrière le parapet alors qu'il réglait son Famas G2 à lunette. Greg rejoignait en fait les frères Tardel qui ravitaillaient en munitions toutes les armes emmenées par le groupe. Tandis que les rafales crépitaient au-dessus de leur tête, chacun maniait les cartouches et les grenades avec efficacité. Ce fut lorsqu'une grenade ennemie explosa près du talus de gravats derrière lequel ils se réfugiaient que le mouvement s'accéléra sensiblement. L'anxiété grandissait à chaque instant.

« Au sol ! »

Le cri de Klaus fut presque couvert par l'explosion de ses grenades. Les chenilles du char adverse grincèrent puis craquèrent comme de vulgaires plaquettes de bois. Le blindé s'immobilisa bruyamment… mais tira un obus sur le centre administratif.

« Petros ! »

L'homme venait de se jeter dans le vide en voyant le canon se braquer sur lui. En pleine chute, il vit les décombres filer en dessous de lui. Puis il disparut dans un nuage de poussière plus dense qu'un brouillard de guerre qui l'avala en grondant.

Une violente détonation réduisit brusquement le canon du char en un simple bouquet de fleurs métallique fondu et fumant. L'uniforme baigné de fumerolles, Klaus titubait en rejoignant un abri tandis que des crépitements rageurs annonçaient l'arrivée des tirailleurs slavistes. Des ordres bourdonnaient dans les oreilles de Bernhardt qui ne savait plus vraiment qui les donnaient, à qui ils s'adressaient. Puis quelque chose le secoua violemment et il s'écroula. Une balle ?

« Klaus a été touché ! »

Le jeune homme qui faisait office de médecin dans le groupe se précipita dans les décombres pour le secourir tandis que le reste du groupe le couvrait par de longues rafales continues. En dépit du maelström qui l'engloutissait en cet instant, il l'entendit se ruer au sol lorsqu'il fut à sa hauteur et chercha une plaie par balle. Il disait s'appeler Joffrey et être là pour l'aider, pourtant Klaus se mit soudain à rire lorsqu'il aperçut lui-même l'impact.

« Où est-ce qu'ils t'ont touché ? » s'enquit le médic. Où es-tu blessé ? »

D'une main, Bernhardt l'incita à reprendre son calme.

« À la gourde, ricana-t-il en désignant un impact dans sa flasque couverte de tissu identique à celui des uniformes.

— C'n'est pas le moment de faire de l'humour ! Y a des tirailleurs slavistes ! »

Mais tandis que les rafales de couverture se taisaient, le silence revenait dans la rue désormais remplie de décombres et de cadavres. Klaus se redressa sur les coudes et rit de plus belle, plus par nervosité qu'autre chose. La zone était nettoyée. Il ne restait que des chars qui quittaient la rue en direction de la percée européenne comme si le groupe d'Erwin n'était plus leur priorité. Et les tirailleurs n'étaient plus là pour appeler à l'aide.

« Ils se cassent ?

— Ils se cassent », confirma un Ludovic Tardel au visage crasseux en refermant une boîte de munitions à peine entamée.

La radio de Greg crachota quelque chose. Le groupe se rassembla. Chacun était sale, poussiéreux, taché de sang et de graisse. Les visages tendus exprimaient toute l'intensité du combat de la journée. Ils ne s'étaient battus que deux jours, un seul pour certains, mais ils semblaient avoir traversé une guerre entière. Sans dormir.

« Repli, grésilla une voix brouillée de parasites. Repli. »

Le silence qui tomba brusquement ne fut troublé que par le lointain vacarme des armes et les flammes crépitant des débris alentour.

« Je ne veux pas prendre le risque de m'enfoncer trop loin si nous n'avons pas de renforts derrière nous », décida

Erwin, le visage en sueur.

La terre lui collait à la peau, son uniforme était déchiré au niveau des manches, son pantalon de treillis était imbibé de l'eau croupie dans laquelle il avait dû plonger pour se mettre à couvert. Le poids des responsabilités qu'il avait un temps réussi à ignorer retomba sur ses épaules comme une chape de plomb. Le ventre serré il les regarda tous comme autant de vies entre ses mains. Retenant le chevrotement de sa voix il s'obligea à poursuivre pour masquer sa peur.

« On va monter un poste avancé camouflé dans le bâtiment administratif.

— Et pour l'équipe sanitaire, demanda Zaratis en désignant du casque les hangars remplis de cadavres d'animaux pourrissants. Ce n'est pas pour ça qu'on a pris ce risque insensé ?

— On ne peut plus… » Regretta Helm la tête basse.

Pendant ce temps, les balles sifflaient toujours dans d'autres quartiers de Lviv. Les Slavistes avaient contourné la place par les petites rues et bloquaient la voie par laquelle les Européens avaient percé la ville. Maintenant, Tacher et ses 2500 soldats se trouvaient encerclés dans les quartiers périphériques où les chars rechignaient à faire feu. Les combats tournaient au corps à corps. On tuait des ennemis à bout portant. On hurlait, éclaboussé par le sang d'un camarade.

« Nous n'aurions pas dû nous replier ! Nous ne pouvons même pas retourner vers la place !

— Ils nous ont tendu un piège ! »

Les hélicoptères de combat passaient en trombe dans le ciel qui commençait déjà à prendre des teintes orangées et pourpres. Combattre de nuit allait être un calvaire ! Des roquettes striaient le ciel sans qu'on puisse deviner qui tirait. Un hélicoptère s'embrasa et plongea dans une tour d'habitation. L'édifice ne s'écroula pas, mais un trou fumant le balafrait en plein milieu des étages. Les fantassins slavistes et européens couraient dans les rues d'un bout à l'autre, se mettant à couvert de bâtiment en bâtiment.

« Pourquoi ne pas raser cette ville au Kalanium, soupira Tacher en se recroquevillant dans un trou d'obus de char.

— Le complexe nucléaire, major, répondit un lieutenant-chef qui mitraillait le terrain à tout-va. Personne ne veut d'un nouveau Tchernobyl !

— Et moi je ne veux pas d'un nouvel El Alamein, alors ils ont intérêt à nous sortir de cette merde ! »

Camp de Kovel. 11 septembre 2033. Fin d'après-midi.

Eggton éteignit la télévision. Le documentaire sur l'attentat du 11 septembre, 32 ans auparavant, venait de se terminer. La première attaque sur le sol américain. Il y en avait eu d'autres, par la suite, mais ce jour restait une date historique. Certains avaient affirmé que cette date et l'ère qu'elle augurait, à savoir la guerre contre le terrorisme, marquait réellement l'entrée dans le XXI$^{ème}$ siècle. Puis il y avait eu le Millenium Crash en 2006, son prolongement logique, la multi polarisation du monde, les Grands Blocs. Le vrai XXI$^{ème}$. Mais aujourd'hui aussi serait une date historique. Le gouvernement slaviste allait s'exprimer officiellement sur les chaînes de télévision du monde entier. Et sans doute l'encerclement allait-il se resserrer dans quelques heures.

Les dommages étaient colossaux. Les Furies avaient été détruites en nombre important, à Lviv, et celles de Ternopil n'avaient réussi qu'à rejoindre Lviv dans une tentative de soutien de l'assaut principal. Celui-ci qui, deux jours après le lancement des opérations, avait fini par percer la ville et révéler que l'assaut secondaire avait été pris en tenaille dans certains quartiers. Embourbé d'un côté dans des quartiers résidentiels et des cités HLM, le second corps d'armée de l'Eurocorps piétinait loin des centres de commandement. De la tentative de sauvetage par le premier corps d'armée avait résulté un combat de rue qui s'était propagé à toute la ville. La lutte tournait légèrement à l'avantage des Européens dans un maelström qui réduisait la cité en décor apocalyptique, mais les pertes étaient effrayantes. Certains avançaient le chiffre catastrophique de 800 soldats morts ou disparus en trois jours, si l'on comptait les pertes de l'assaut de Pskov, désormais conquise. Mais dans la cacophonie des rapports préliminaires, partiels et contradictoires, difficile de savoir exactement où en étaient les pertes et les progrès sur le terrain. William Eggton se massa les yeux clos en soupirant. En réalité, il n'était pas certain de savoir à quoi s'en tenir lorsqu'il aurait à prendre sa prochaine décision.

Les nouvelles avaient été transmises à l'État-major au moment même où Eggton rejoignait le camp de Kovel. Il avait dû faire une boucle par Berlin pour rencontrer un autre officier important, l'Amiral Joël Cjesz qui, lui, devait se rendre à Pskov dans les journées à venir. Les hauts gradés se rendaient tous près de la frontière. Débarqué à Kovel la veille, Eggton avait les yeux soulignés de cernes profonds dus en partie à la fatigue – il n'avait pas dormi depuis son départ de Hambourg – mais surtout à cause de l'anxiété.

« Les troupes de Pskov ont eu pour ordre de renforcer les défenses et de ne plus bouger, dit un messager derrière Eggton. Nos lourdes pertes nous empêchent toute progression. La frontière russo-européenne a donc légèrement avancé, mais demeure stable maintenant.

— Ternopil ?

— Les troupes sont venues renforcer l'assaut de Lviv, et ont dû abandonner la position.

— Nous ne tenons donc que Pskov », fit Eggton sombrement.

L'amertume le gagnait rapidement. Il n'avait pas demandé cette foutue guerre, et voilà qu'il lui incombait de ramasser la merde des autres.

« Et nous avons perdu des gars à Ternopil pour rien, murmura-t-il plus pour lui-même que pour le messager.

— Le dépôt de ravitaillement a été détruit », avança ce dernier.

William soupira. L'homme ne devait pas savoir que les Slavistes avaient préparé Ternopil et Lviv en fonction de l'attaque européenne prévue. Que quelqu'un avait planifié la défense avant l'attaque. Que les dépôts avaient sans nul doute été transférés ailleurs. Il fallait maintenant découvrir où.

« Vous avez raison, acquiesça Eggton en se détournant du messager. Informez l'amiral Swan que nous sommes prêts à rejoindre Lviv.

— Bien, général. Au fait, il faudrait que vous me signiez cet avis de demande de porte-Furies. C'est l'amiral qui a suggéré de se doter d'un de ces engins. Afin de consolider Lviv dès qu'elle tombera. »

Eggton saisit la feuille officielle et sortit son stylo. Il s'assit à la table de campagne en métal, très peu confortable, et signa le document tandis qu'une bourrasque, au-dehors, secouait la toile de tente. Au vu des pertes en Porte-Furies, il doutait de l'utilité de cette réquisition, mais tout appareil était bon à prendre, dans leur situation.

« Parfait. Je vous souhaite une bonne soirée, général. »

Le messager sortit par l'embrasure et ne laissa derrière lui que le malaise qui étreignait Eggton depuis son départ. La tente en toile militaire était assez vaste pour accueillir un lit de camp, une batterie d'ordinateurs, quelques caisses de ravitaillement, une cuisinière portative et une table de combat. Mais pour accueillir le général, il n'y avait que la table, le lit et une petite télévision. Ce ne devait être que pour l'abriter du vent fort de la Région, tout en étant provisoire. Il devait partir dans une dizaine d'heures, et ne jugeait pas nécessaire de posséder une tente de luxe.

Le hurlement du vent redoubla d'intensité. Un coup de tonnerre gronda dans le lointain. Sortant de sa tente, Eggton lança son regard vers le ciel criblé de nuages qui s'obscurcissaient de plus en plus. Une goutte de pluie vint

225

s'écraser sur sa casquette. Une autre. Il rentra sous sa tente et s'assit sur le lit de camp, fatigué. Il écouta le bruit de la pluie sur la toile et les cris des soldats qui préparaient leur départ.

« Helm, si seulement vous aviez pu réussir… »

Un soldat se précipita sous la toile au bout d'une petite heure. Eggton leva vers lui des yeux résignés.

« Un souci ?

— Non, général, bredouilla le soldat en saluant. C'est juste que… Ça va commencer.

— Bien. »

Il se leva péniblement et alla allumer le téléviseur. Il fit signe au soldat qu'il pouvait rester pour regarder dans la tente, et le soldat sembla soudain mal à l'aise. Il bredouilla un remerciement et prit une chaise de métal à l'invitation du général. Eggton régla le bon canal et s'allongea négligemment sur le lit de camp, adossé à son coussin. Ainsi, il donnait une image moins formelle de général endurci, image qui lui serait bien utile sur le front.

« Vous êtes confiant ? »

Le soldat sembla surpris, mais tenta de dissimuler son trouble.

« Oui, général, répondit-il. Même si ça risque de prendre plus de temps que prévu, nous gagnerons la guerre.

— Et maintenant que vous m'avez sorti le baratin classique, que pensez-vous vraiment. Soyez franc, il n'y aura pas de réprimandes. »

L'homme hésita puis, après une longue inspiration, se détendit un peu.

« Nous n'aurions pas dû attaquer la Slavie, je pense. »

Soudain, son visage devint livide. Il donnait l'impression de regretter son aveu.

« Ne vous inquiétez pas, je ne le répéterais pas. Moi-même, je suis de votre avis. »

À l'écran, un homme aux traits durs et au teint crayeux

prit place sur une estrade avant de défroisser son costume pourtant impeccable. Ses cheveux sombres étaient coupés court, sa veste gris-sombre assortie au drap qui recouvrait le petit podium en signe de deuil. Sa moustache courte et bien taillée tressaillit légèrement avant qu'il ne plante ses yeux de braise dans l'objectif de la caméra. Il se racla dignement la gorge, comme s'il était monarque. Sa voix aigre et caquetante emplit les haut-parleurs du monde entier.

« Moi, Prince Ergovich Zwiel de Slavie, vais répondre à l'acte de guerre fourbe et barbare auquel se livrent actuellement les États-Unis d'Europe.

Il y a un peu moins d'un siècle, Berlin lançait ses troupes vers la Pologne, un pays slave, déclenchant un conflit mondial. Berlin a perdu cette guerre.

Aujourd'hui, Berlin lance à nouveau ses troupes vers des pays slaves : celui que je dirige, ainsi que ma voisine et alliée, la Russie Indépendante. Si l'Europe poursuit son invasion, elle perdra à nouveau la guerre.

La Slavie ne courbera pas l'échine devant des soldats imbus de leur puissance technologique. Ni devant leur gouvernement de lâches qui ont osé s'attaquer à un pays neutre et indépendant sans aucun motif valable. Non, la Slavie va dresser la tête fièrement et repousser les assauts.

J'annonce aux États-Unis d'Europe que je connais leur stratégie, que j'ai modifié la disposition de mes troupes en conséquence et que les Européens en sol slaviste sont d'ores et déjà encerclés. Les ravitaillements et renforts sont coupés des forces d'assaut. Je suis plus que jamais le maître en Slavie.

Je me permets donc de lancer un ultimatum aux forces unies d'Europe. Que l'Eurocorps retire ses troupes du sol slaviste ! Que les territoires annexés jusqu'à Kovel me soient restitués en intégralité ! Que les États-Unis d'Europe lèvent leurs embargos et suspendent leurs sanctions économiques qui sont les vrais actes terroristes que le monde ne devrait pas tolérer. Qu'ils acceptent d'intégrer le marché boursier slaviste dans l'Euro-Sphère comme l'a toujours demandé ma Principauté de façon pacifique. Et enfin, que la Slavie soit considérée comme un partenaire économique à long terme par l'Europe, pour que cesse la discrimination sur les marchés boursiers des cotations slavistes.

Si les États-Unis d'Europe refusent de céder à ces conditions, les troupes encerclées seront anéanties dans les prochaines 24 heures. Si une opération militaire de libération ou de soutien est lancée, les troupes encerclées seront anéanties. Si la progression des troupes actuellement stationnées à Kovel, comme nous avons réussi à l'apprendre, ne s'arrête pas et si ces troupes ne repartent pas dans leurs casernes d'ici 24 heures, les troupes encerclées seront anéanties.

La Slavie ne plaisante pas. Nous possédons une force de frappe et une technologie que vous n'attendiez pas. Nous sommes plus forts que jamais. Et nous avons des alliés.

Si l'ultimatum n'est pas respecté, l'Histoire pourrait bien se répéter, et Berlin tombera à nouveau aux mains du peuple slave.

J'attends la réponse du gouvernement en lui rappelant que nous tenons encerclée une armée constituée au minimum, en calculant ses pertes, de 10 000 hommes.

Ne pensez pas les sauver autrement qu'en acceptant. »

*10 000 hommes, rien que ça*, ricana intérieurement Eggton. *Tu m'en diras tant...*

Le soldat était sorti précipitamment de la tente, laissant William seul sur son lit de camp. Alors qu'il se saisissait d'une bouteille d'eau gazeuse pour fêter ce discours triomphant, le général soupira en soupesant les possibles conséquences de cette déclaration dans un avenir plus ou moins proche. Le monde entier découvrait la position de faiblesse des États-Unis d'Europe, et les rivalités latentes n'allaient pas tarder à éclater au grand jour. L'Europe découvrirait enfin qui la soutenait et qui l'abandonnerait. Sans compter sur l'opinion publique européenne que la gangrène défédératiste ne tarderait pas à pourrir. Eggton savait qu'il pouvait être très inquiet. Mais pour l'heure, il ne devait penser qu'à Lviv, aussi but-il plusieurs gorgées et leva sa bouteille vers la télévision.

« À ta santé, Ergovich ! »

Lviv.

Erwin éteignit le poste radio. Le groupe, abasourdi, n'osait plus se regarder dans les yeux. Ludovic Tardel fut le premier à briser le silence en demandant d'une voix serrée :

« Il est sérieux ou il bluffe ?

— Je pense qu'il est sérieux, répondit son frère Simon d'un ton grave malgré son fort accent français.

— Demain est un autre jour, lança Efthimios pour se rassurer. Attendons de voir comment ça va se passer. Jusqu'ici, rien ne laisse supposer qu'il sera *capable* de nous « anéantir », comme il dit. Merde, on est les États-Unis d'Europe, non ? »

Helm aurait eu beaucoup de choses à redire concernant ce commentaire, mais ce n'était pas de ça dont le groupe avait besoin. Efthimios ne croyait peut-être même pas lui-même à ce qu'il disait, mais il semblait avoir compris que, quel que soit le degré de véracité des menaces de Zwiel, l'Eurocorps était mal engagé et leur petite expédition en particulier n'était pas destinée à être une promenade de santé. Pour le bien de tous, mieux valait se ragaillardir par de beaux discours pour éviter le désespoir. Pas de leçon de morale, juste de quoi se donner du courage.

# MOUVEMENT 1

## Chapitre 10

Lviv, Slavie. 12 septembre 2033 au matin.

Le silence régnait depuis une heure sur les décombres du parc Nikolaï Danilevski de Lviv. Réaménagé à maintes reprises, le petit hameau de verdure garni d'un bocage avait été radicalement transformé après le Krach pour devenir un véritable parc au sens noble du terme : le nouveau poumon vert de la ville, concurrençant même l'immense parc Vyzoky Zamok dans le cœur des habitants. Des arbres furent transplantés en masse, la pelouse gagna l'avantage sur le gravier fin et les petites fontaines remplacèrent les vieilles sculptures recouvertes de graffitis. Des centaines de riverains passaient par ce lieu le matin pour aller travailler, flânant au milieu des bosquets artificiels dans la fraîcheur matinale. Les touristes appréciaient de se promener le long des sentiers à l'ombre d'énormes platanes. Tout, ici, avait des teintes vert et bleu ciel. Les enfants s'amusaient sur un petit terrain de jeux entouré de pelouse, près d'un petit bac à sable et de jets d'eau. Évidemment les combats ravageurs des derniers jours avaient volé ce paysage idyllique pour le remplacer par un champ de ruines sinistre.

Le major Tacher rampait derrière un débris de marbre qui devait certainement provenir d'une des fontaines. La poussière lui collait au visage, le casque lui glissait sans arrêt devant les yeux et ses bottes lui torturaient affreusement les pieds. Cela faisait bien longtemps qu'il n'avait plus crapahuté ainsi comme un bleu, et il réalisait à quel point cette longue période de paix européenne l'avait empâté… Mais la guerre c'est comme le vélo, se disait-il, ça ne s'oublie pas. Il stoppa son avancée et jeta un coup d'œil derrière lui. Le lieutenant-chef qui ne l'avait jamais quitté d'un pas longeait un tronc d'arbre couché et carbonisé avec l'allure svelte d'un spectre. Il ne relâchait pas son attention et ne cessait de jeter des regards aiguisés par-dessus son épaule.

Les Slavistes n'avaient pas tiré un seul coup de feu depuis 50 minutes, avait calculé Tacher. Soit 5 minutes après que le discours du Prince Zwiel de Slavie n'ait été diffusé et traduit en différé dans des haut-parleurs sur le champ de bataille. Depuis, les Européens se rongeaient les ongles en se demandant comment allaient réagir l'État-major et le Haut-Commandement Suprême. Puis le colonel Andersen avait déclaré qu'il serait possible de renverser la tendance, histoire d'entretenir l'espoir des troupes que la nuit avait épuisé. Pour cela, il fallait s'infiltrer à travers les lignes ennemies, malheureusement très mal définies. Le major avait été désigné volontaire, rejoint par le lieutenant-chef Monti.

Tacher saisit ses jumelles déjà cabossées et observa les bâtiments où se terraient les tireurs slavistes. Un bloc d'habitations en briques rouges, éventré par un tir de blindé, semblait abriter un tireur d'élite. Il fallait donc se montrer prudent et rester à couvert. Les uniformes bleu sombre seraient leurs alliés… jusqu'au lever de soleil.

Une balle siffla derrière lui. Il se retourna et vit un des autres soldats européens qui devaient les suivre s'écrouler dans une gerbe de sang jaillissant de sa gorge au rythme des derniers battements de son cœur. Il tomba en arrière et saisit son cou à deux mains en émettant une sorte de gargouillis étranglé. Une seconde balle perfora son crâne et il le borborygme s'arrêta. Le silence plana à nouveau dans le parc alors que Tacher serrait les dents. Le sang était partout, souillant les débris de bois, de métal, les éclats de pierre, les branches brûlées… Depuis leur position actuelle, les deux hommes pouvaient distinguer un grand nombre de cadavres slavistes, mais des traces prouvaient que l'ennemi avait réussi à ramener ses blessés et quelques corps avant de reculer.

Ce fut le moment que choisit le soleil pour darder son premier rayon à travers les bâtiments qui encerclaient la place. Le filin lumineux se planta au fond du champ de ruines et fut rejoint par un deuxième. Une multitude de rais de lumière traversa le parc, créant sous l'effet de la légère brume et de la poussière des lances dorées qui déchiraient l'obscurité figée du champ de bataille.

Le major passa une main sur ses joues creusées : l'infiltration serait plus dure que prévu. Le tireur d'élite veillait attentivement à ce qui se déroulait dans les retranchements européens. Monti s'était arrêté pour se mettre mieux à couvert, recroquevillé derrière le tronc, le Famas M3 collé à la poitrine. Il se fondait parfaitement dans l'ombre de l'épave d'un char slaviste qui continuait de se consumer.

« Monti, chuchota Tacher dans le micro de son casque, tu m'entends ?

— Cinq sur cinq, murmura-t-il en se dissimulant encore plus derrière le char. Je vois le tireur. »

Le soldat avait sa lunette de vision améliorée fixé devant l'œil droit et se préparait à aligner sa cible. Il enclencha la visée point rouge et ajusta sa mire méticuleusement, appuyé contre le tronc d'arbre déchiqueté. Calé entre deux branchages fumants, il était invisible.

Le sniper ennemi tira soudain sur la position de Tacher. Le major se roula en boule et se projeta en avant vers l'épave encore chaude d'un véhicule d'entretien du parc. Il se colla à la carrosserie tandis que les tirs déchaînés ravageaient la carcasse de métal tordu. Monti cracha la mort à son tour alors même que le Slaviste poursuivait son mitraillage. Les balles du lieutenant-chef creusèrent de profonds impacts dans les briques rouges avant de toucher le tireur. Ce dernier bascula en avant et resta là, avachi sur le mur démoli. Personne n'allait prendre le risque de le rentrer. La peur commençait peut-être enfin à changer de camp.

Tacher s'était déjà lancé hors de sa cachette pour sprinter en direction d'une statue écroulée du Prince Zwiel. Monti courrait en direction d'une fontaine en ruine tandis que les positions slavistes étaient canardées par les tirs de couverture. D'autres soldats européens s'étaient dispersés le long des chemins du parc, progressant tronc par tronc, et se rapprochaient à chaque fois des bâtiments occupés par leurs ennemis. Le soleil avait maintenant envahi d'une douceur dorée les moindres recoins du parc ravagé.

Tacher pensait à cet homme qui refroidissait au milieu de la poussière, la gorge transpercée d'une balle. Il n'avait sans doute pas plus d'une vingtaine d'années, et avait laissé derrière lui des parents, des frères et sœurs, en leur promettant qu'il reviendrait bientôt et qu'il ne fallait pas s'inquiéter. Il avait sans doute dit à sa petite amie qu'il lui rapporterait un petit cadeau. La vie quotidienne d'un soldat, fauché en pleine fleur de l'âge lors d'un assaut désespéré, dans une guerre qui promettait d'être plus sale et désolante que prévu.

Il pensa aussi à tous ceux qui étaient morts dans les explosions d'obus de chars et de missiles d'hélicoptères dans les positions avancées avant la percée de Lviv. Ces gens-là étaient morts pour permettre à d'autres d'entrer dans la ville, et il se trouvait que ceux qui étaient entrés n'avaient presque aucune chance d'en sortir. Ces gens-là étaient morts pour rien. Eux non plus n'avaient peut-être pas plus de vingt-cinq ans.

Il pensa finalement aux généraux et officiels qui allaient décider du sort de milliers de soldats. Tranquilles, dans leurs bureaux, derrière une brûlante tasse de café, une pile de dossiers posée sur leur table de bois précieux. Markus Tramper et sa politique de pousser sur le terrain les jeunes soldats pour les former, il pouvait aller au diable. Pour peu qu'on admette que le diable existe, et c'était interdit en

Europe…

Quoi qu'il en soit, Tacher avait besoin de soldats expérimentés, pas d'étudiants ! Les E.U.E. avaient des millions de soldats, mais non, Tramper souhaitait voir les jeunes pousses européennes défendre leur nation, leur montrer pourquoi il était important de se battre… Et ici, à Lviv, le résultat était probant : les trois quarts de ces jeunes gens se chiaient dessus… Bravo Markus !

Mais il ne pouvait pas se permettre de passer son temps à ruminer tout cela, car il n'avait pas de marge de manœuvre, et les soldats européens encerclés risquaient de passer un très mauvais et dernier moment. Condamnés par la fatalité d'une politique obscure, ils n'avaient pas d'autre choix que de se précipiter dans cet assaut impensable qui les menait tous à la mort. Mais quoi qu'il arrive, ils mourraient tous dans les alentours de Lviv. Tacher leur avait fait comprendre que la seule chose qu'ils pouvaient encore faire, c'était choisir comment ils allaient périr. La tentative de fuite semblait l'idée la plus plausible. Mais ce qu'ils voulaient faire, c'était consumer Lviv de l'intérieur, et mettre la ville à feu et à sang. Ils allaient s'infiltrer, neutraliser les défenses, puis ravager la cité jusqu'au dernier homme. Ainsi, la ville tomberait peut-être. Sinon, ils auraient au moins l'honneur d'en faire baver aux soldats de Zwiel avant de rendre le tout dernier soupir.

Erwin fut tiré de son sommeil par un grincement de métal sur du bois. Ouvrant péniblement les yeux, il se redressa sur les coudes et l'endroit où il se trouvait lui revint douloureusement à l'esprit. Couché au fond du bâtiment administratif abandonné, au toit effondré en grande partie, au milieu de la poussière, des gravats et des tiges de métal tordues, il se réveillait après un sommeil pénible.

Ludovic et Simon Tardel tiraient une caisse de munitions mal en point au milieu des débris pour la protéger sous un pan de béton détaché du toit qui, planté en biais dans le sol et reposant contre le mur, leur servait d'abri. Petros Malovich, soigné par Joffrey après sa chute lors de l'effondrement du bâtiment, astiquait une mitrailleuse récupérée au milieu des corps des tirailleurs slavistes éliminés la veille. Son visage dur au nez cassé au moins deux fois était tiré par la concentration qu'il mettait à l'ouvrage. Une chose était évidente : il aimait son arme, et elle le lui rendait bien.

Klaus Bernhardt, le spécialiste incontesté de l'explosif au sein du groupe, s'acharnait à accrocher un maximum de grenades à son harnais. Il avait désormais pour habitude de raconter les aventures rocambolesques de sa famille exilée d'Iran lors de la contre-révolution et les années d'Expansion, les voyages d'un pays à l'autre, les galères aux frontières, les faux papiers, le changement de nom, la régularisation... Mais aussi les bons souvenirs avec la communauté iranienne en Région Grecque, l'accueil, la nouvelle vie. Alors qu'il décrivait son premier jour sur le sol des États-Unis d'Europe sur une plage du Péloponnèse, Efthimios, lui, dormait encore, affalé contre un pan de mur criblé d'impacts de balles. Greg et Gayans observaient une carte sur les restes de l'escalier extérieur du bâtiment.

« Quelle heure est-il ?

— Bonjour, sourit Klaus en délaissant ses grenades.

— Quelle heure est-il ? répéta Erwin en se forçant à garder les yeux ouverts.

— L'heure de se réveiller. Dure, *l'after-party*, hein ?

— Merci Klaus... » Grommela Erwin en se frottant le visage histoire de se décrasser.

Bernhardt semblait plus serein que la veille, son débit de paroles semblait atteindre son paroxysme ce matin. Il avait l'air de s'être fait à la situation. Erwin se félicita mentalement de l'avoir choisi : c'était un élément stable au sein du groupe, même si son attitude tranquille risquait de le rendre moins vigilant. Plongé dans ses pensées, Erwin jeta un regard vers Greg et Gayans. Le pilote au corps élancé et au visage tiré semblait quant à lui assez tendu. Greg mâchonnait paisiblement son chewing-gum, contrastant avec Gayans dont les doigts courraient nerveusement sur la carte.

« Des mouvements ennemis ? Des nouvelles intéressantes ?

— Oui, confirma gravement Klaus en jetant un coup d'œil à Greg qui tentait toujours de déchiffrer la carte. Nous allons pouvoir ou plutôt *devoir* agir dans l'heure qui suit.

— Pourquoi, ils sont nombreux, ils viennent vers nous ? »

Klaus ricana. Il avait réellement l'air de trouver la situation… *amusante*.

« Nous sommes le seul groupe à ne pas être encerclés.

— Je vois... et où avez-vous récupéré cette caisse vous deux ? »

Simon et Ludovic se regardèrent quelques secondes, et Erwin put lire sur leurs visages identiques le profond lien qui unissait les deux frères. Ils se souriaient avec malice, comme deux gamins contents d'une bonne farce.

« Nos amis slavistes qui portaient ceci n'en ont plus besoin dans leur état, expliqua l'un des frères Tardel de son accent prononcé. Et on a trouvé encore pleins de trucs intéressants... »

Eggton observait l'écran d'ordinateur de l'amiral Swan, connecté à Euronet. Il regarda l'image du colonel Andersen d'un air songeur. Daniel Andersen était un homme robuste, aux larges épaules. Ses cheveux en brosse et son nez droit faisaient de son visage l'archétype du militaire européen. Il était étonnant qu'Andersen n'ait pas encore joué dans un spot de propagande pour l'Eurocorps… Swan, lui, était plutôt petit, tassé et son visage exprimait une perpétuelle perplexité. Totalement à l'opposé du colonel. Mais Eggton avait plus important à penser qu'à la carrière publicitaire d'Andersen.

« Général, je veux un rapport immédiat sur l'attaque de nos trois portes-Furies dans le secteur frontalier !

— Oui amiral Swan », répondit Eggton en saisissant un bloc de pages manuscrites.

Ils sortirent de la grande tente pour suivre la colonne de véhicule qui longeait le campement. Le sol n'était qu'une bouillie terreuse et gluante, l'herbe tendre et fraîche avait désormais laissé la place à la boue. Les arbres étaient dans un état pitoyable et des barils de carburant à Furie gisaient en un tas totalement chaotique. Mais en période critique, les généraux se fichent pas mal du décorum.

« Je veux tout savoir : d'où viennent les hélicoptères, où stationnent les troupes d'assistance, qui dirige leurs opérations ! Les Furies rescapées doivent nous rejoindre discrètement, en passant par le sud. Une entrée en fanfare dans trois heures dans la banlieue sud de Lviv va les déstabiliser. »

Ils accélérèrent le pas, mais durent s'arrêter un peu plus loin pour laisser passer une petite troupe portant assistance à un camion embourbé. Une jeep de dépannage déploya ses lourdes chaînes et ses câbles dans un grincement à réveiller les morts. Un Hagglund arrivait en renfort avec l'équipement nécessaire, tandis que des jeunes sous-officiers déchargeaient le véhicule en difficulté en beuglant des consignes et des insultes à la volée.

« Si je puis me permettre, amiral… »

Le moteur de la jeep choisit ce moment pour rugir de toute sa puissance.

« Si je puis me permettre, poursuivit Eggton lorsqu'ils se furent éloignés, la banlieue sud abrite le quartier industriel…

— Et alors ?

— Nous risquons de toucher les installations énergétiques et la centrale nucléaire…

— Le risque est calculé, et nous avons toujours en tête de récupérer la centrale… Lviv sera un relais énergétique pour notre pacification.

— Nous continuons ? »

Eggton eut l'impression d'avoir avalé quelque chose de travers et regarda attentivement son supérieur avec de grands yeux ronds. Après les lourdes pertes, l'infiltration dans l'État-major et les fuites de tous genres, le Haut Commandement Suprême des États-Unis d'Europe décidait de poursuivre son invasion ? Impensable ! Eggton se mit à espérer que les stratèges suprêmes des E.U.E. ne viennent pas mettre leur grain de sel et ne demandent pas de référendum pour l'adoption de la contre-offensive... Cette attaque pour récupérer Lviv une bonne fois pour toutes devait rester secrète, jusqu'à la tombée de la nuit, si possible...

« Naturellement ! Dans moins d'un mois, nous aurons multiplié les unités d'assaut par 50, expliqua l'amiral en observant curieusement Eggton. Nous écraserons la Slavie comme une merde sur un trottoir. Le char Furie est déjà dans les usines, et les techniciens Furie travaillent sur une Furie d'Assaut Lourde et une Furie Rapide, entre autres. Évidemment nous continuons ! Vous préférez peut-être que nos pertes et nos efforts soient vains ? »

Eggton soupira, le quelque chose s'était mué en une boule douloureuse au fond de sa gorge. Il supportait de moins en moins cette impression de fuite en avant et d'aveuglement du HCS. C'était comme si les désastres qui s'enchaînaient comme des perles sur un collier n'éveillaient pas le moindre doute, la moindre hésitation chez les pontes d'Oslo. Avaient-ils seulement conscience que le Plan Furie était, jusqu'à présent, un total fiasco ? Fallait-il attendre l'annihilation des deux corps d'armée envoyés à Lviv pour aiguiser leur intérêt concernant un plan alternatif ? Mais en posant la question fatidique, l'amiral avait su taper où faire mal. Après tout, les affiches de propagandes allemandes de 1933 ne clamaient-elles pas « Votez national-socialiste, ou les sacrifices auront été vains ? » Une recette vieille comme le monde, mais ô combien efficace. William se sentit presque sale et faible de voir ses convictions vaciller devant ce seul argument. Ils restèrent quelques secondes à se jauger du regard, attendant la réponse inéluctable.

« Non, croassa-t-il. Bien sûr que non. »

Ils dépassèrent les tentes du personnel aéronaval et Eggton découvrit une sphère de métal gigantesque en bordure du camp. Sa forme lisse et sombre émergeait de la cime des arbres ployés par la forte brise. Bouche bée, Williams se prit à se demander à quel moment le porte-Furie avait bien pu être déposé. Sans doute lors de son léger assoupissement... Il n'avait pas dormi depuis des jours, sentant l'angoisse l'envahir lentement mais sûrement. Un flot de sentiments parasites l'empêchait de se concentrer sur la mission à venir et il avait la nausée rien qu'à penser à ceux qui croupissaient dans leurs ruines, encerclés par un ennemi au moral infaillible et à la puissance encore supérieure. Pour l'instant du moins.

« Le porte-Furie n° 3, déclara l'amiral Swan en désignant d'un large geste du bras l'immense globe de métal peint d'un bleu très sombre. Il vient tout juste d'être récupéré en pleine mer du Nord pour épauler notre contre-offensive. »

Eggton s'autorisa quelques secondes pour observer plus attentivement l'énorme Porte-Furies, posé sur des sortes d'ailerons. La première image qui lui vint à l'esprit devant cet ouvrage était *Little Boy* sur son hélice. Le long des sphères d'immenses portes s'ouvraient verticalement et révélaient des Furies d'Assaut dans des docks grouillants de techniciens. Le général fronça les narines. L'air ambiant empestait la gazoline et le carburant écologique végétal, mêlé d'une fragrance de graisse de moteur et d'urine.

« Mais nous n'avons aucun ordre mis à part le mien, poursuivit Swan. Cette opération s'est faite dans une parfaite illégalité, comme tout ce qui sera entrepris jusqu'à ce que l'on découvre qui est la taupe. »

*La taupe.* Le mot était lâché, il était temps. L'inquiétude qui rongeait les gradés était de savoir à quel degré l'ennemi pouvait être renseigné par cette hypothétique taupe. Hypothétique, mais bien présente. La confiance s'effilochait, la méfiance s'installait. En cela, le plan de Zwiel était extrêmement efficace. Eggton commençait à revoir son jugement sur leur adversaire au fur et à mesure qu'Ergovich révélait ses pions dans cette partie. « Hypothétique » n'était définitivement plus le mot pour évoquer cette taupe. Elle avait fait ses preuves en informant le Prince Zwiel de la tactique adoptée par les États-Unis d'Europe. Il existait bel et bien un informateur, il s'agissait maintenant pour le contre-espionnage de le trouver. Les coulisses de l'administration militaire européenne allaient faire le ménage, et William savait par expérience que, à tort ou à raison, des têtes allaient rouler. Littéralement.

« Vous pensez que ça va prendre du temps ? »

Pour la première fois, Swan sembla pris de court et hésita. Ses yeux trahissaient sa confusion. Visiblement, le maître mot du Haut Commandement était désormais : improvisation. Il se racla la gorge et répondit d'une voix distante :

« J'espère que non. »

Berlin.

Le ciel était gris et lourd, comme d'habitude, mais il ne pleuvait pas. On pouvait sentir dans le pas des Berlinois une certaine satisfaction, un rythme plus lent et décontracté. Il faisait même bon, et Michael Kith avait presque trop chaud dans sa veste en cuir béante. Ses pensées étaient confuses, troublées. Depuis son rendez-vous avec Emma Cardin, jeudi après-midi, il avait eu le temps de cogiter. Tout le week-end, il avait retourné les dernières semaines dans sa tête, les discussions avec Nadja – Carolis... – le Père Manfred et même Cardin. Il avait réfléchi à sa vie, sa carrière, ou ce qu'il en restait, à la situation présente, et à ses ambitions, son futur. Jamais, jusqu'ici, une telle remise en question ne l'avait frappé de plein fouet. Quand Nadja l'avait abandonné, ça ne s'était pas fait sans reproches ni sans vérités acerbes lancées au visage. Pourtant, il n'avait pas réagi de la même façon à l'époque. Il s'était contenté de tout envoyer au diable et de s'enfermer dans sa petite vie médiocre en exploitant son cynisme comme gagne-pain. Les choses étaient différentes aujourd'hui.

L'Europe avait changé. Ces derniers jours il s'était rendu compte avec amertume à quel point il avait mésestimé la situation militaire et les risques encourus, obnubilé qu'il était par ses histoires d'assassinat de ministres, de défédératistes, et de ses problèmes personnels. Après sa discussion dans l'appartement du prêcheur, il avait noyé ses états d'âme dans sa mixture favorite un long mois, refusant de voir que les choses empiraient autour de lui. Il n'avait pas écrit grand-chose, n'avait pas pensé grand-chose. Et aujourd'hui l'Eurocorps s'engageait dans un combat bien plus rude que prévu. Dire qu'il n'avait pas rédigé le moindre papier sur le militarisme européen, jamais ! La répression contre les défédératistes, oui, mais ça… Et il était trop tard, maintenant. Du moins, l'avait-il pensé.

La veille, un dimanche après-midi pluvieux, il avait repensé à sa rencontre avec Père Manfred, et aux mots de Cardin concernant ses ambitions et le rôle qu'il comptait jouer à l'avenir. L'idée que l'interview du ministre et l'article qui en découlerait pourraient apporter une vraie pierre aux débats que l'invasion de la Slavie venait de lancer ne lui paraissait plus prétentieuse comme autrefois. Il avait réalisé que son lectorat existait, et qu'il transcendait les clivages politiques européens. Peut-être était-il donc temps de mettre cet atout à profit et de faire quelque chose de sérieux. Oui, c'était le terme. Il était temps, comme le souhaitait Nadja, qu'il prenne ses lecteurs au sérieux.

À huit heures dix du matin tapantes, Cardin lui avait envoyé par Euronet la confirmation de son rendez-vous avec le ministre Garibaldi, sans animosité ni condescendance. Tout portait à croire qu'il avait une chance, cette fois, que même le ministère allait faire son travail, pour une fois. Tous ces éléments, ces dernières semaines étaient comme... des signes. Pas forcément religieux, peut-être était-ce juste le hasard ? Le destin ? Mais quelque chose était différent, cette fois, il le sentait ! Finalement, l'image qui cristallisait ses pensées, il la trouva dans sa discussion dans le quartier du Charlottenburg. Il avait trouvé une foi. Non pas en Dieu, mais en lui-même. Il croyait de nouveau en quelque chose, et ce quelque chose, c'était qu'avec ses mots, il pouvait faire une différence. Infime, peut-être, mais une différence quand même.

Réalisant à quel point cette rencontre avec Père Manfred l'avait fait progresser, l'idée lui vint d'aller lui rendre une nouvelle visite, dès qu'il eut imprimé le mail de Cardin. L'euphorie de cette petite victoire sur le Ministère de l'Information et de son Grand Projet lui avait donné des ailes et un cœur palpitant. Le voilà donc remontant la Bismarckstrasse en direction de la Sophie Charlotte Platz, perdu dans ses pensées rendues confuses par l'excitation. Ça lui rappelait l'école de journalisme, l'idéalisme des débuts, lorsque tous ses petits camarades croyaient qu'ils allaient révolutionner leur métier. Certains finissaient comme lui, d'autres comme Cardin. Il était temps de remédier à ce triste aveu d'échec !

Un grondement puissant l'arracha à ses rêveries et son sourire satisfait se dissipa lorsqu'il remarqua qu'un VAB bleu venait de le dépasser sur sa droite, suivi de plusieurs camionnettes de Commandos du Maintien de l'Ordre. Sans sirènes. Le malaise habituel que provoquaient les CMO s'insinua en lui comme du venin et le stress remplaça l'euphorie. Michael réalisa d'un coup d'œil qu'à deux cents mètres de là, une patrouille de la FedPol équipée antiémeute et quelques CMO contrôlaient les identités sur la place. Derrière eux, plusieurs véhicules de la police étaient garés, dont un camion PC des unités d'intervention otage des CMO. Une situation très, très inusuelle dans ce quartier. Et donc très mauvaise.

Son sang se glaça alors dans ses veines. L'un des CMO venait de tourner son visage vers lui. Kith aurait pu jurer qu'il le regardait dans les yeux. Inutile de chercher à tourner les talons, ce serait la pire des choses à faire... Le cœur au bord des lèvres, le journaliste poursuivit son chemin dans leur direction, sans ralentir pour rester naturel. Plus il avançait, plus il remarquait que la présence policière était massive. L'espoir de bifurquer à gauche dans la Friedrichstrasse qui croisait sa rue dans quelques pas, s'évanouit lorsqu'il repéra du coin de l'œil des voitures de la FedPol garées en bas des immeubles, de chaque côté de la rue perpendiculaire à la Bismarckstrasse qu'il empruntait. Il continua donc droit devant, vers la place, la sueur au front, jusqu'à ce que naturellement le CMO qui l'avait repéré ne se détache de son groupe pour l'intercepter d'une main impérieuse.

« Police fédérale, dit-il sans intonation particulière. Je peux voir vos papiers ?

— Absolument », répondit docilement le journaliste en sortant sa carte d'identité européenne à puce.

L'agent sortit son petit boîtier lecteur de carte et feuilleta les informations numériques sur le petit écran tactile de son appareil. La carte possédait puce, code-barre, bande magnétique et même un système de traçage Euronet, que les services antiterroristes pouvaient activer individuellement dans le cas du Plan *Anti-Strike,* sur décision du Ministre de l'Intérieur uniquement. Toutes les données du citoyen européen lambda, dans un fichier. Son état civil, ses impôts, ses permis de travail, de conduire, ses données résidentielles, ses abonnements de restaurants d'entreprise, de train, bus, piscine, salle de fitness, club d'échec... mais aussi ses choix en matière de don d'organes, son groupe sanguin et ses allergies, ses besoins particuliers, ses données de sécurité sociale et d'assurance, les personnes à prévenir, les citoyens responsables. Cette carte était à la fois Docteur Jekyll et Mister Hyde. Kith savait que c'était l'outil de flicage parfait pour un gouvernement moderne, mais il l'avait également vue sauver des vies. Deux revers d'une même médaille. Le CMO la lut naturellement en diagonale, attendant seulement que son appareil, connecté à Euronet, ne vérifie que ce citoyen n'apparaissait pas dans les fichiers recherchés, et surtout que le programme de sécurité s'assure que la carte était bel et bien authentique. La traque aux faux papiers était également une priorité du Plan *Anti-Strike*.

« Que venez-vous faire là, journaliste ?

— J'ai pris la mauvaise rame de métro, débita-t-il d'un air faussement penaud, j'allais redescendre à la station Sophie Charlotte Platz.

— Un journaliste qui se plante de station, ricana le commando en uniforme noir. Bravo. »

Kith n'aimait pas se tenir trop près de ces hommes en plastron, ils ressemblaient beaucoup aux soldats des Casernes d'Unités d'Assaut de l'Eurocorps, en armure de kevlar, grosses épaulettes et protections diverses, et le pistolet d'un côté de la ceinture, le bâton électrifié de l'autre. Il avait l'impression de parler à un Cyborg, mi-homme, mi-machine. Robocop, en fait. Celui-ci avait la visière relevée, et son visage carré était parfaitement visible. Pas de cagoule aujourd'hui, ça le rendait un peu plus humain…

« Pas mon secteur habituel, plaisanta-t-il en désignant d'un menton méprisant les immeubles chics et luxueux qui les entouraient. Je suis plutôt Kreuzberg, en général…

— Ouais, ricana le policier, nous aussi. »

Kith hocha poliment de la tête avant de se rendre compte… que le CMO venait de faire de l'humour ! Oui, ça pour sûr que les Commandos de Tramper n'avaient pas l'habitude de contrôler la bourgeoisie européenne ! Michael, tendu à craquer, ne put s'empêcher de ricaner à son tour avec son sourire de prédateur si coutumier.

« Je me doute, alors qu'est-ce que vous faites là ? On m'a pas prévenu de ce genre de... euh...

— Pas de commentaire, répondit l'autre comme on le lui avait ordonné.

— Allez, un petit scoop, c'est mon boulot ! Pas de noms, juste une info mineure... »

L'agent secoua la tête négativement avec un petit sourire de malice qui voulait dire aussi bien « n'insistez pas » que « bien essayé ». Quant à Kith, il savait que s'il n'avait pas tenté sa chance, il n'aurait pas eu l'air crédible, et que s'il insistait, il s'attirerait l'inimitié du policier jusqu'ici plutôt ouvert. Cas typique du CMO tiré de sa caserne à huit heures du matin pour faire – grosso modo – la circulation. Il n'avait aucune raison d'être teigneux, autant en profiter.

« Du coup, je suppose que je peux pas prendre le métro à cette station ?

— Bien sûr que si, pourquoi vous ne pourriez pas ? s'étonna le policier. Vos papiers sont en règles, vous pouvez circuler. Bonne journée, monsieur. »

Kith le remercia poliment et reprit sa marche aussi détendu que possible, la poitrine battant la chamade. Il avait l'impression terrible que tous les représentants de la FedPol le fixaient tout particulièrement alors qu'il traversait la place en direction des escaliers du métro. Mais les policiers fumaient leurs cigarettes, buvaient leurs cafés, contrôlaient les passants, sans se soucier de lui. Il avait montré patte blanche. Sa respiration s'allégea et il se sentit moins oppressé à mesure qu'il approchait de la bouche de métro, quand soudain, passant à côté d'une camionnette des forces de l'ordre, son oreille de journaliste attrapa une conversation à la volée, depuis une portière entrouverte.

« T'aurais cru qu'il y aurait encore des religieux à arrêter dans ce genre de quartier, toi ?

— Ces maniaques sont partout. On a bien fait de mettre le paquet, ça leur apprendra à se foutre de nous en organisant leurs trucs sous notre nez. »

Kith n'entendit pas la suite, il ne pouvait pas se payer le luxe de stopper, ou même de ralentir. Il poursuivit son chemin sur quelques mètres et, au petit trot, dévala les marches de l'entrée du métro en direction des quais. Mais il n'y parvint pas. Au milieu de la galerie, il se sentit pris à la gorge et dut enfin s'arrêter, la tête tournante, pour s'appuyer péniblement contre le mur carrelé entre deux affiches publicitaires stupides. Le monde semblait s'écrouler sous ses pieds, ses espoirs naissants de faire quelque chose de constructif venaient de rencontrer la dure et cruelle réalité. Voilà ce qui attendait les gens constructifs. Et au bord de l'effondrement, il ne rencontra pour seul soutien que deux affiches grotesques. Il était seul, complètement, et désespérément seul.

# Chapitre 11

Neuf heures du matin. Camp de Kovel. Début de la contre-offensive européenne.

Yoann Kreel était revenu du front russe pour soutenir officieusement la contre-offensive improvisée de l'armée européenne qui agissait, une fois n'étant pas coutume, sans l'avis préalable des politiques. Ce serait un véritable combat militaire, sans ces traditionnels et répugnants faux-semblants ni ces immanquables enjeux économiques. Il s'agirait de la vie de prisonniers. Yoann savait que son travail à lui consistait à sauver des vies. Brancardier à 16 ans, il souhaitait plus que tout se retrouver dans la mêlée pour en finir avec les forces slavistes comme on abat un chien enragé. Les véhicules de la colonne dans laquelle progressait son camion médical rugissaient à plein moteur. Les ordres étaient clairs : foncer le plus vite possible et broyer l'armée slaviste autour de Kiev. La pluie tombait drue et les roues projetaient des gerbes de boue poisseuses à leur passage. Yoann ne cachait pas sa nervosité. Les États-Unis d'Europe lançaient leur contre-offensive, et il en était. Cette attaque improvisée avait déjà un nom parmi les troupes : opération Cendres Chaudes. C'était tellement bon de se dire qu'il allait vraiment aider ses camarades, sur le vrai front. Non pas qu'il cherchât de l'action, mais à Pskov il avait constamment eu l'impression de se rouler les pouces. Ici, il était utile. Ici il avait de la motivation. Mais c'était son vrai baptême du feu, pas comme en Russie où son ordre de mission était de tenir le pied de grue. *Très héroïque*, soupira-t-il tandis que le camion cahotait dans les nids de poule.

La frontière venait d'être défoncée, les gardes slavistes trop confiants avaient été balayés. Depuis l'arrière de son véhicule il pouvait voir les maisons en flammes. Bien fait pour eux, se murmura-t-il en tentant de maîtriser ses mains tremblantes.

Les camions pleins de troupes et de ravitaillement roulaient sur un chemin de traverse, un risque à prendre pour éviter les barricades solidement bâties par les Slavistes. Ils étaient couverts par deux VAB à chaque extrémité du convoi. Yoann pouvait percevoir l'un d'eux à travers le déluge tandis que la colonne s'engageait dans un défilé entre deux hautes collines herbeuses. Les VAB, des blindés transports de troupes trapus et solides, étaient équipés de canons légers antipersonnel pour cette mission, et le jeune brancardier était certain d'avoir vu les tireurs jeter des regards suspicieux vers les flancs.

Prostrés dans des camions à la bâche frappée par la pluie battante, les soldats serraient leurs fusils Famas M3 avec assurance. Ils avaient enfin l'impression de se battre pour quelque chose de valable, à savoir sauver leurs camarades encerclés. Des bombardiers strièrent le ciel un bref instant, rompant la monotonie des hélicoptères bourdonnants. Les collines s'élevaient peu à peu autour d'eux, semblant se refermer sur les engins de l'Eurocorps. Yoann n'aimait pas du tout cela. Pourtant lors du briefing des images satellites récentes indiquaient que les Slavistes avaient oublié de fermer la porte de derrière. Cela l'avait rassuré sur le moment, mais maintenant qu'il se trouvait coincé ici, dans un long couloir étriqué, il sentait ses craintes lui renouer l'estomac.

Au milieu du froid et de la pluie, son uniforme dégoulinant des trombes d'eau que la bâche ne retenait plus, il ne pensait qu'à ce front slaviste. Les rumeurs couraient que l'on retournait presque à la Grande Guerre, au corps à corps, à coups de pelle, disait-on. Étant donné l'effet qu'avaient eu les Furies sur son esprit fougueux, Yoann devait le voir pour le croire.

Il était étonnant qu'après plus d'un siècle, alors que les

technologies permettaient de tuer un pays entier ou un seul homme avec une précision phénoménale à des kilomètres de distance, les deux camps violemment dans cette guerre aient opté pour l'infanterie. Depuis la guerre froide, les armées modernes s'étaient orientées vers les drones et les équipements limitant le risque de pertes humaines et de dégâts collatéraux. Puis les mini-missiles anti drones avaient obligé les ingénieurs à trouver de nouvelles parades. En Europe, cette recherche effrénée avait apporté le Kalanium... et en Slavie ? Yoann se posa la question pour la première fois.

Néanmoins, peu importait, visiblement. Aujourd'hui, la troupe faisant son grand retour. Officiellement pour sa polyvalence, mais Kreel se doutait fort bien qu'après le gouffre abyssal que la Technologie Furie représentait dans le budget Européen, ce choix était principalement une question de gros sous. Et le plus drôle, dans tout ça, c'était que l'atout que l'Europe croyait imparable, cette fameuse technologie invincible, répondait trop faiblement aux attentes et n'avait pas été en nombre suffisant pour assurer une victoire rapide. Après des années d'investissement, on en revenait aux bons vieux bidasses ! Mais Yoann ne désespérait pas. C'était le début, se disait-il avec une philosophie teintée de résignation. Les Furies devaient être rôdées avant de démontrer leur plein potentiel de mort.

*Tout va s'arranger bientôt...*

Yoann Kreel avait suivi un mois de formation et huit semaines de mise à l'épreuve pour devenir brancardier. Ce n'était pas forcément le travail qu'il avait souhaité en tant que soldat de l'Eurocorps, mais ce qu'il désirait avant tout, c'était entrer volontairement dans l'armée, ne pas être catalogué comme « appelé » dans son dossier national. Maintenant qu'il s'apprêtait à se rendre sur le front slaviste, l'angoisse le tiraillait. L'appréhension du combat lui était totalement étrangère à Pskov, alors qu'aujourd'hui... Seule la sensation grisante de participer à quelque chose de grandiose compensait cette peur insidieuse.

Pendant qu'il ruminait ses pensées, le camion duquel il était passager sortit de la colonne qui remontait le long du vallon, la croix rouge sur sa cabine le rendant prioritaire. Yoann entendait le conducteur jurer sur le mauvais temps malgré le vacarme.

« Tout ce qu'il va gagner c'est nous embourber », fit remarquer l'un des soldats qui l'accompagnaient.

À quelques centaines de mètres plus loin, un Slaviste en uniforme camouflé rampait rapidement, entraîné à la perfection par un régime dirigé par et pour l'armée. La Slavie ne jurait que par son irréprochable système défensif. Et la récente déconfiture de l'Eurocorps le prouvait bien, les Slavistes savaient se battre et n'appréhendaient pas d'utiliser tout avantage à portée de main. L'information est une arme comme les autres, peut-être même plus importante encore. D'elle seule dépend l'issue du combat.

Le soldat vérifia son fusil mitrailleur et se glissa dans une alcôve dissimulée derrière un talus herbeux. Sous le tissu de camouflage trempé, un courant d'air laissait osciller les hautes touffes de végétation dans un murmure frais, à peine rompu par le lointain grondement annonçant l'arrivée de blindés. Un autre Slaviste attendait déjà à couvert, astiquant sa mitrailleuse lourde HK-667. Un lance-roquettes antichar gisait contre la paroi de terre humide. Le talkie-walkie crachota quelque chose.

« Ils arrivent, dit le premier homme. Les unités blindées encadrent les troupes et le soutien.

— Ont-ils passé les barrages ?

— Oui, jubila le soldat, ils se sont jetés dedans comme prévu.

— Ces hommes sont des idiots. Ils se fient à leurs yeux et pas à leur cerveau. »

Les deux soldats ricanèrent et se remirent à la tâche.

« Prépare l'antichar. »

Le long des crêtes basses, des fantassins camouflés se pressaient d'assurer les attaches des filets de camouflage au-dessus de leurs tranchées, quasiment invisibles. Dans les rares bosquets qui restaient sur les pans des collines, les mitrailleuses lourdes cliquetaient tandis que les bois résonnaient des claquements de métal annonçant l'ouverture des caisses à munitions. Les grenades étaient vérifiées une dernière fois, les cartouches supplémentaires glissées dans les poches des treillis.

« Youri ! »

Un jeune homme au visage barbouillé de cirage vert et brun leva la tête de son carnet. Il fronça les sourcils et jeta quelques regards étonnés autour de lui. Au milieu des bâches repliées pêle-mêle, des caisses de bois vides ou renversées, dans la crasse huileuse et grasse des liquides d'entretien des armes et des véhicules, il se demandait bien qui avait pu le reconnaître, lui dont la ville natale se trouvait à l'autre bout de la Slavie.

« Youri ! »

*Il doit bien y avoir cinquante Youri à trois cents mètres à la ronde...*

Chez lui, près de Rostov, Youri était désormais un prénom démodé. Mais sa mère trouvait ce nom particulièrement plaisant, pour des raisons familiales, quelque chose de ce genre-là.

*Probablement un arrière-grand-père héros de la dernière guerre...*

Il savait que Barotov n'était peut-être pas son véritable nom, certainement changé depuis le Millenium Crash et la crise russe. Des familles avaient disparu par changements de nom, dus à des emprunts terribles qui ne pouvaient plus être honorés. Son oncle, un ancien industriel, s'était suicidé, lui avait-on raconté, à la suite d'un endettement colossal. Pour éviter une spoliation familiale en vue du remboursement, la famille s'était exilée un temps en Russie profonde, avant de revenir avec ce nom, Barotov, sans doute faux.

« Youri, bon sang, tu m'entends ? Barotov ! »

Cette fois, impossible de faire erreur, c'était bien lui qu'on appelait. Il fit quelques pas hors de sa cache semi-enterrée et leva les yeux vers un homme en uniforme de combat portant l'insigne de lieutenant-chef. L'homme s'arrêta en croisant le regard de Youri et le temps se figea un instant. Barotov, immobile, sentit poindre une piquante émotion et se jeta brusquement en avant pour serrer dans ses bras son vieil ami d'enfance Gary Targatov. Des souvenirs d'herbe fraîchement coupés, de prairies ondulantes, de courses effrénées à scooter et de labeurs subis en commun, assaillirent Youri comme une lame glacée. Cela faisait si longtemps. La chaleur de son ami retrouvé dissipa cette froide sensation de bonheur perdu pour le replonger dans l'instant présent.

« C'est bon de te revoir, camarade, fit Youri en lui tapotant l'épaule. D'où viens-tu ? Du pays ?

— Non, fit l'autre avec amertume, je me suis engagé volontairement, j'ai été envoyé en formation durant deux ans… en Sibérie. »

Son regard se voila au souvenir de cette période.

« Mais parle-moi de toi, gamin ! »

Youri s'empourpra légèrement. Ses vingt ans à peine révolus ne laissaient encore aucune trace sur son visage rude, mais pas taillé à la serpe comme tant d'autres. Encore très jeune de corps, Youri se trouvait effectivement gamin face à son camarade qui, désormais, devait avoir vingt-trois ans. Cette différence d'âge n'était peut-être pas énorme, mais le visage de Gary portait les stigmates de longs et rudes exercices dans le gel sibérien, dans des positions étriquées, mordu par la glace et le vent, affamé volontairement pour renforcer sa volonté. Il était un homme, maintenant, fort et tenace.

« Pas grand-chose à dire, répondit-il après une hésitation à peine marquée. La famille va bien, on se remet de la crue de l'an dernier… »

Rostov était une ville de plus d'un million et demi d'habitants. Située sur le fleuve Don, son activité fluviale la rendait assez importante pour la placer en centre économique, culturel et industriel de la région. Le problème pour Zwiel était que Rostov avait fondé une république indépendante alors qu'il bâtissait la Principauté de Slavie. Ce fut donc par la force qu'il avait annexé la ville et une partie de la République de Rostov. Cette république existait toujours… sans Rostov.

Cependant, avec le climat de plus en plus capricieux, le Don avait tendance à déborder en hiver, passé les derniers ports fluviaux, et inondait la campagne avoisinante. Précisément l'endroit d'où venait Youri.

« C'est de pire en pire, ces crues, hein ? Le climat se réchauffe plus vite que prévu…

— Les côtes d'Europe de l'Ouest ne cessent de régresser, renchérit Youri avec un sourire. Bientôt ils feront visiter les plages du Débarquement en sous-marin ! Ce sera ça de moins à mater pour nous ! »

Son ami sourit et jeta un œil sur les caisses de munitions et le fusil mitrailleur. Son assurance était étonnamment communicative.

« Tu sais t'en servir ?

— Bof… J'ai appris à tirer, pas à viser. L'état de défense nationale impérative m'a obligé à venir, sinon, je serais en train de pelleter de la merde sur les rives du Don…

— Tu ne préfères tout de même pas être ici ? » demanda soudain d'un air sérieux et préoccupé le plus âgé des deux.

Le silence devint gênant et Gary se sentit obligé de tapoter à nouveau Youri à l'épaule. Ils firent quelques pas et Gary rectifia le placement du fusil-mitrailleur. Ils s'assirent en position de combat et ôtèrent leurs casques pour se rafraîchir. Gary avait le crâne rasé à blanc. Obligation pour les troupes d'élite. Youri avait eu droit au demi-centimètre réglementaire. Gary, pourtant lieutenant-chef, se permit d'ouvrir le veston kaki de son treillis.

« Je ne ressens pas ce fameux stress d'avant les combats, lâcha Youri, presque déçu. Je n'ai pas l'impression qu'il va se passer quelque chose.

— Évite les combats quand tu le peux, c'est tout sauf un passe-temps. En Sibérie on t'oblige à ramper dans la boue presque gelée en tenue légère ou en uniforme complet avec paquetage, sous des quadrillages de barbelés qui t'empêchent de sortir le nez de cette merde. Crois-moi, les crues du Don ce n'est rien à côté de notre entraînement. »

Youri se retint de lâcher un sourire en croyant déceler une note de fierté dans le ton de Gary. Ils s'observèrent un moment, puis reparlèrent du pays, des jolies filles du coin, et Gary lui fit part de ses conquêtes glanées sur le trajet vers les camps d'entraînement. Youri était tellement fasciné par le récit de son camarade qu'il sursauta lors de la première rafale.

Le camion fut accueilli par une joyeuse rafale de mitrailleuse lourde. Les pneus éclatèrent, les capotes en lambeaux traînaient comme un voile de mariée tandis que le conducteur, sans doute mort, envoyait son véhicule dans un arbre.

Le convoi était mitraillé des deux côtés des collines qui se faisaient face, essentiellement par des nids de mitrailleuses lourdes trop bien camouflés pour être repérables et quelques canons antivéhicules. Les tireurs aux mortiers ne savaient pas où donner de la tête, jusqu'à ce que celle-ci soit happée par une balle. Abrités derrière les camions qui tentaient de former une boucle, les soldats européens montaient en hâte les abris de métal repliables qui avaient fait leurs preuves durant la crise civile des États-Unis d'Amérique. La riposte ne se fit pas attendre, les mitrailleuses faisaient pleuvoir un déluge de munitions sur tous les monticules suspects. Autant viser une aiguille dans une botte de foin. Rapidement, des filets de camouflages se déchirèrent sur les collines, révélant les tranchées profondes qu'avait dissimulées l'extrême qualité du graphisme herbeux.

Yoann avait sauté du camion, poussé par les fantassins, et se précipitait à présent sur un blessé recouvert de suie et de sang. Mécanicien, il avait reçu une balle, peut-être plus, dans la jambe droite. Le pantalon était déchiré et le tissu imbibé de sang poisseux. Sur le coup, croisant le regard hébété du souffrant, Yoann sentit une sorte de révulsion. Prenant son courage à deux mains pour ne pas paniquer, il sortit une bande de gaze et une compresse de chirurgie. Ses mains furent rapidement empourprées et le blessé ne réussissait pas à tenir en place. Un conducteur visiblement blessé ouvrit la portière de son camion et s'écroula dans l'herbe, ratant le marchepied et s'étalant dans la verdure souillée de sang.

« Un médecin ! » hurla le brancardier dans la plus grande panique.

Le fracas perpétuel des tirs et des impacts inondait littéralement le cerveau du jeune Yoann. Complètement dépassé, il ne contenait plus ses tremblements de terreur et sa voix se brisa dans son cri désespéré. Son blessé agrippa alors sa manche pour se redresser et lui jeta un regard étrange. Ses yeux de cinquantenaire cernés de rides attestant d'une vie bien remplie le jaugèrent avec détachement.

« Le toubib c'est toi, gamin. »

Un obus antiblindage rata sa cible et explosa juste devant la boucle formée par les camions derrière lesquels s'abritaient les soldats, pris au piège. Cependant, les canons et les mortiers européens ne chômaient pas, et les collines basses alentour semblaient s'enfoncer lentement dans le sol. À cinquante mètres des camions, l'herbe avait totalement disparu et laissé place à une surface ravagée, mélange terreux de gravats, de corps et de boue.

Au milieu de ce terrain perpétuellement remué par les

mortiers au Kalanium, un nid de mitrailleuses se déchaînait. Toujours dissimulé par le filet de camouflage, Youri tentait vainement d'atteindre le réservoir de l'un des camions. Derrière lui, la veste toujours béante, Gary avait saisi le lance-roquettes antichar et recherchait la cible qui dégagerait un maximum le champ de tir. Les deux soldats que Youri avait rejoints sautèrent dans un autre nid pour remplacer un tireur blessé par un éclat. Heureusement pour le jeune slaviste, le vacarme ambiant couvrait les borborygmes hideux que produisait la plaie, tandis que le sang bouillonnait autour du morceau de métal fiché dans le cou du malheureux.

Gary fit passer l'extrémité du lance-roquettes à travers le filet et choisit sa cible soigneusement. Le projectile fusa brusquement dans une flamme ardente en direction d'un VAB placé dans la pointe de la boucle, ouvrant le champ aux deux flancs de colline qui retenaient cet arc de véhicules.

Le blindé encaissa la roquette dans une détonation assourdissante. Yoann se plaqua dans l'herbe broyée par les courses effrénées des fantassins. Il tira avec ses dents sur la bandelette déjà imbibée de sang et finit par réussir le garrot. Au loin, les fantassins européens commençaient à passer les collines aux lance-flammes. De longues langues de feu venaient caresser les toiles de camouflage qui s'embrasaient comme de la paille.

Un soldat courait vers Yoann, un papier imprimé à la main. Le jeune brancardier eut à peine le temps de voir son visage que l'homme arrivait déjà à sa hauteur et lui fourrait le papier dans la main. Immédiatement il repartit, Famas M3 prêt à décharger. Yoann se propulsa maladroitement derrière un camion à l'arrêt pour lire le message, délaissant dans sa précipitation le blessé qui rampait déjà vers une jeep embrasée.

Soudain, le messager fut brusquement fauché par une

rafale. Dans d'éclatantes fleurs de sang, son genou puis son torse et son buste furent traversés par le traître ajustement d'un sniper. Son râle d'agonie se conclut par le contact de son visage dans l'herbe retournée. Son casque roula dans la verdure souillée de pourpre. Il était mort sous les yeux d'un Yoann plaqué contre un pneu de camion. Ses mains tremblaient, son visage juvénile possédait désormais les traits crispés de la peur et reflétait son incrédulité face à la fragilité du lien qui unissait l'homme à la vie. Il se rendit compte que les battements d'un cœur pouvaient s'arrêter d'un claquement sec, comme une corde de violon lâchant en plein concert. Et tout brancardier qu'il était, il ne sauverait pas tout le monde.

Yoann se força à lire le message et son cœur battit la chamade : les renforts et l'aide médicale d'urgence ne seraient pas là avant vingt minutes. Il jeta son regard sur le massacre pour trouver un gradé à qui transmettre la nouvelle. Ses yeux s'arrêtèrent en remarquant un fusilier, à couvert derrière le capot d'une jeep, le visage arborant cette hideuse expression de haine inhumaine. Implacable jusque dans la mort de son ennemi, la sueur au front, les dents serrées et dévoilées par des lèvres retroussées dans un atroce rictus de rage destructrice. Les douilles tressautant autour de son visage dans le crépitement du départ des balles, toutes élancées dans une ultime fuite vers un cœur, ou un crâne…

Dégoûté par ce tableau morbide, Yoann baissa les yeux pour relire le message tendu par un homme maintenant mort. Cet homme que Yoann n'avait pas pris la peine de regarder. S'il avait su, aurait-il levé les yeux vers lui ? Probablement pas. Pas pour revoir son visage dès que se refermeraient ses paupières. Il devait sauver les blessés et ignorer les morts, voilà son travail. Il se martela cette phrase dans le crâne et prit une longue inspiration. Son regard se porta sur un fantassin appelant à l'aide. Dopé à l'adrénaline, Yoann Kreel, 16 ans, se jeta dans le maelström avec une seule idée en tête : sauver les blessés, ignorer les morts.

Zone industrielle de Lviv.

Le stylo semblait à peine effleurer les pages encore blanches du carnet écorné. Le visage concentré pour n'oublier aucun détail, Erwin, engoncé dans sa tenue de combat froissée et imbibée de sueur, poursuivait son récit sous l'œil curieux de Greg qui serrait son talkie-walkie dans sa main comme une relique.

« Ils sont partis il y a à peine cinq minutes, précisa Erwin pour rompre le silence gêné.

— Oui, mais ils peuvent appeler n'importe quand. Je préfère être prêt.

— Bonne initiative », admit Helm en tournant une page du carnet.

Grégory se leva de sa caisse en bois vide et traversa la salle en décombres tout en faisant craquer ses doigts. La seule pièce encore capable d'abriter un groupe de soldats était percée de part en part et effondrée partiellement, l'étage était complètement ravagé. Le sol poussiéreux et craquelé sentait la moisissure et les murs en béton sinistres semblaient suinter sans discontinuer.

Depuis la disparition de Cyril, Greg avait semblé perdre ce calme, cette détermination qui le caractérisait jadis. Aujourd'hui, seul son fatalisme montrait une trace du Grégory d'avant la guerre. Pour lui, Cyril était mort, point. Il ne pouvait en être autrement. Et comment continuer si le sort lui-même en voulait à leur groupe ? D'abord Balder exclu, puis Cyril mort...

« C'est ce que tu écrivais déjà avant le départ ? »

Sa voix hésitante ne manqua pas d'intriguer Erwin qui ne leva cependant pas les yeux de son texte.

« Oui, lâcha-t-il après quelques longues secondes.

— Et je peux savoir de quoi il s'agit ?

— Pourquoi pas ? »

Le silence retomba. Greg soupira exagérément et poursuivit :

« Ça va, j'ai compris ! Encore un mystère comme l'étui ?

— Non. C'est devenu mon journal.

— Ah, fit Greg en dissimulant son étonnement. On pensait que tu écrivais un bouquin... Et c'était quoi avant ?

— En fait, répondit-il en ignorant la question, je veux envoyer cela à ma mère, plus tard, pour qu'elle comprenne que mon choix n'était pas le mauvais. Je l'ai pratiquement abandonnée pour mes études quand je suis parti en Région Italienne, puis pour l'armée, à Hambourg. »

Il inspira profondément. Ses yeux brillaient étrangement.

« Je ne me suis jamais remis de la disparition de mon père. Alors j'ai fui son souvenir en quittant la maison, et paradoxalement je n'ai en tête que de découvrir ce qui s'est vraiment passé. Ce carnet c'est plus qu'un journal de bord, c'est... »

Cette fois il le regarda dans les yeux avec un pauvre sourire.

« Enfin, c'était ce que je voulais faire au départ... Je sais que mon père a un rapport avec quelque chose de sombre, j'espère découvrir quoi... j'ai des indices, des preuves de son innocence... sauf qu'avec ce qui se passe, je crois que ça n'a plus grande importance. Mais je continue à écrire, pour garder une trace de ce que j'ai vécu, et pour que ma mère puisse lire ça un jour.

— Tu veux dire, si tu... »

Il n'osa formuler sa pensée. Tous voyaient en Erwin un jeune homme mystérieux. On ne savait rien de lui, pas de détails en tous les cas. Il n'aimait pas parler de lui, et ses pensées restaient bien souvent aussi muettes que des pierres tombales. Pourtant, il avait ce trait d'esprit, cette façon de motiver, de rassurer, de mener ! Il respirait la confiance en soi, bien que Greg se doutât qu'il devait bien y avoir derrière cette façade un homme qui avait vécu quelque chose de dur, pour devenir si fort mentalement. Quant à savoir quoi… Ces quelques phrases lui en avaient appris bien plus que des mois de vie commune. Et puis tout homme a ses limites. Greg l'avait constaté ; Erwin n'était pas différent des autres : au combat il pouvait perdre ses moyens. Mais cela n'occultait en rien la fascination qu'il suscitait chez lui.

« Oh ! Non, fit Erwin avec un sourire entendu, pas forcément. En tout cas je ne le souhaite pas.

— Nous non plus… Tu écris ça au jour le jour ?

— Pas évident, je fais ça quand j'ai le temps. Et là, pendant la reconnaissance d'Efthimios et Petros, j'ai le temps…

— Tu en es où ?

— Je décris notre altercation avec les tirailleurs slavistes, ricana Erwin en s'étirant dos et bras.

— Je vois, sourit Greg à son tour. Tu as parlé du discours ? Celui de Zwiel ?

— Je l'ai recopié entièrement, enfin, comme je m'en souvenais. »

Le talkie crachota.

« Greg, interrompit-il en allumant son appareil.

— Il y a des mouvements ennemis en direction des troupes stationnées devant la ville, celles qui n'étaient pas passées, répondit une voix grave et rugueuse avec un accent méditerranéen – Zaratis sans l'ombre d'un doute. Apparemment, elles ont décidé de passer quand même, et reprennent le combat comme des démons. Les troupes encerclées ont elles aussi repris les armes et défoncent les postes d'encerclement. Si ça continue, les deux groupes vont se rejoindre !

— Quelles positions ?

— Le groupe extérieur à 4-4 | 6-5 | 0-0, le second à 1-1 | 8-3 | 0-0, par rapport à la carte de Lviv, bien sûr.

— Les Slavistes en sont où ? demanda Erwin à Greg qui reposa la question dans le talkie.

— Ils galèrent, répondit Efthimios en riant, ils ne

devaient pas s'attendre à ce que nous allions plus loin au lieu de nous refermer sur nous-mêmes ! »

Derrière sa fanfaronnade européiste habituelle, leur aîné semblait réellement apprécier l'apparente surprise des slavistes. Avaient-ils réellement cru qu'il suffit de lancer une missive pompeuse à la télé pour les tétaniser de frayeur ? Un peu à l'écart, Grégory lui jetait des regards furtifs, de moins en moins sûr quant à ce qu'il devait penser de ce vieux barbu... Erwin lui avait toujours semblé aimer l'Europe à sa façon, très complexée, critique et négative. Efthi' était lui tellement enthousiaste lorsqu'on abordait le sujet des E.U.E. que son arrogance leur arrachait souvent des soupirs entendus. Depuis le temps, Mertti avait réfréné ses ardeurs patriotes sous la tutelle de son chef de chambrée, mais force était de constater que l'assurance indéfectible de Zaratis lui donnait autrement plus de courage et d'énergie que les œillades réprobatrices de Helm...

« Quelle est la distance entre nous et le groupe européen le plus proche ?

— Distance, c'est pas très parlant, grommela le plus âgé du groupe, à cause des échelles et des escaliers, mais une quinzaine de minutes. Il faut passer par le centre sidérurgique. En plein dans l'ancienne zone industrielle.

— Soit à deux kilomètres à vol d'oiseau de la centrale nucléaire, dans la nouvelle zone industrielle, conclut évasivement Erwin l'air songeur.

— Il y a aussi quelque chose à la périphérie de la ville, dans les petites collines qui se trouvent devant la plaine où tu t'es crashé, Erwin. Apparemment, c'est pas un truc banal. Ça cartonne bien.

— Des renforts, s'enquit Greg paré d'un visage incrédule.

— Peut-être, peut-être pas.

— Merci, marmonna Greg en roulant les yeux au ciel. Très utile ce renseignement.

— Attendez, je crois qu'on peut disloquer la tactique slaviste, s'exclama soudain Zaratis dans le talkie avec une étincelle de joie malsaine. Si on réussit, on réussira à faire vaciller les défenses de Lviv, et ça ralentira leurs réactions !

— Qu'est-ce que c'est ?

— Je vois un haut général slaviste de service. Et j'ai comme l'impression que Petros a emmené son fusil à lunette. »

Des soldats européens se ruaient dans les tranchées maintenant à découvert. Complètement rembourrés par leur combinaison en Kevlar allégé, les hommes pointaient sur les Slavistes des Famas menaçants. Aucun des camps ne comprenait un seul mot du langage de l'autre, mais ce qui était clair, c'était que le piège des collines avait échoué. Les Européens avaient réussi à prendre les positions et commençaient déjà à poursuivre leur route vers Lviv tandis que plusieurs bataillons de garde s'occupaient de faire des prisonniers, imparable monnaie d'échange avec le Prince Zwiel qui détenait des soldats européens.

Youri était prostré dans son nid de mitrailleuses, à court de munitions. Son ami, à couvert derrière une épave de chenillette, tentait de ralentir l'arrivée ennemie. Mais il n'avait aucune chance.

« Laisse tomber, lâcha Youri en tendant vaguement son bras, la crasse sur le visage. Ils ont gagné ! »

Pour toute réponse, Gary vida son chargeur sur un groupe, au loin, puis jeta son arme. Des soldats ennemis affolés et haineux accouraient vers eux en hurlant. Les deux hommes furent rapidement dominés par le nombre. D'un coup de crosse, un Européen coucha Youri dans la boue. Le goût du sang se mêla à celui de la fange dans la bouche du jeune Slaviste. Un sentiment de rage l'envahit, vite réfréné par le canon brûlant d'un Famas pointé contre sa tempe.

« Y a-t-il d'autres soldats embusqués ?

— Qu'est-ce qu'il raconte ? bredouilla Youri en slaviste,

le visage appuyé contre un sac de sable crasseux.

— Répondez en européos !

— Je ne parle pas l'européos non plus, répondit Gary en se faisant fouiller et délester de ses bandoulières.

— Arrêtez de parler entre vous ! rugit l'Européen en plantant son canon entre les omoplates de Gary, les mains tremblantes de fureur. Josepe ! Amène-moi un pistolet ! Je vais te le faire parler ce connard !

— Connard est une insulte, en tout cas, lâcha l'aîné entre ses dents serrées.

— Ça ne m'étonne pas. »

Un coup de crosse dans le dos mit Gary à genoux.

« J'ai dit de la fermer, OK ? Toi, continua-t-il en relevant Youri par le col de sa veste kaki, tu te colles contre les caisses ! »

Il propulsa le jeune homme contre l'empilage de bois moisi et braqua sur lui l'arme de poing que lui apportait un autre Européen, le visage rubicond.

« Hé ! Du calme, ils te comprennent pas, intervint l'autre. Reste zen, on les embarque avec les autres ! »

L'Européen nerveux baissa son arme et approcha son visage déformé par une haine sans borne. Ses yeux se plantèrent dans ceux brouillés de sang de Youri qui soutint tout de même ce regard de braise.

« On va tous vous buter, grommela le soldat. Toi et tes connards de compatriotes terroristes !

— Votre arrogance vous fera perdre la guerre, salauds d'Européens, fit Youri d'un air dangereux. Nous irons jusqu'à Berlin. À nouveau. »

Mais aucun des deux ne comprit ce que l'autre lui avait craché au visage et l'indéfinissable colère qui les déchirait n'en fut que plus profonde. L'Européen détourna le regard et aboya un ordre au second avant de disparaître dans les méandres des tranchées slavistes nettoyées.

« Prisonniers de guerre, rumina Gary en toisant le deuxième soldat qui les tenait toujours en joue. Nous nous vengerons pour ça.

— Pour sûr », murmura le jeune Youri la gorge nouée, les yeux plantés sur la lame argentée qui brillait au ceinturon de leur geôlier.

Ils furent sortis de leurs défenses et amenés sans ménagement avec d'autres prisonniers. Youri était consterné. Toute sa vie il avait vécu dans une famille moraliste, stricte, dirigée par un père aux idées bien tranchées. L'une d'elles était le barbarisme européen, cette volonté de dominer qui, à travers les siècles, n'avait eu de cesse de se confirmer dans l'horreur. Les Aztèques, les aborigènes, les Slaves... Combien de fois Youri avait-il entendu son père lui rappeler ces peuples opprimés par les Espagnols, les Anglais, les Français, les Hollandais, les Allemands, les Italiens... Depuis, ce conglomérat de tyrans dominateurs et assoiffés de puissance s'était uni en un gigantesque état centralisé, tentaculaire, et d'autant plus monstrueux. Ce géant pompait les ressources naturelles de ses voisins comme une sangsue, grignotant année après année de nouveaux terrains sur des états trop faibles ou désunis pour oser s'opposer.

Ce tableau noir des États-Unis d'Europe, certes convaincant pour un jeune garçon de ferme comme Youri, avait fini par éveiller des doutes lorsque que l'enfant était devenu adolescent. Ce pouvait-il qu'un pays soit aussi sombre ? Aussi despotique que cela ? Mais aujourd'hui, le canon d'un Famas le poussant dans le dos, les ordres beuglés en européos et la forte odeur de plastique brûlé portaient aux yeux du jeune Slaviste une certaine réalité : son père avait vu juste. Il avait raison. Ils avaient à leur frontière un ennemi impitoyable. Et la rage bouillonnait en Youri comme du magma prêt à jaillir du cratère d'un volcan. Il sentait le souffle brûlant de la révolte, dévoré par les flammes de la haine. Oui, il haïssait les Européens, et ferait tout pour les combattre, et les repousser, et les massacrer...

Ola… Était-ce vraiment lui ? Une année auparavant si on lui avait demandé qui il était, le Slaviste aurait répondu qu'il aimait se promener pour ramasser des noix, qu'il passait son temps libre à pêcher dans sa petite barque antédiluvienne, et qu'il détestait l'atmosphère de banlieue provinciale de sa Rostov natale. Était-ce lui qui désirait maintenant tant se battre ? Lui qui était horrifié au retour de son père lorsque celui-ci avait chassé avec ses amis et ramenait à la maison un animal sanguinolent pour le dépecer. Lui qui avait pleuré ce coup de fusil maladroit qui lui enleva l'affection de cet homme, de ce maître à penser… Comme il avait maudit les armes, pleurant sur cette tombe froide. Et aujourd'hui, il n'attendait que le moment d'en posséder une lui même pour tuer, tuer, tuer !

Mais une chose le troubla étrangement. Alors qu'il serrait les dents, impatient de rendre à ces barbares la monnaie de leur pièce, il songea à ceci. Peut-être que l'homme qu'il tuerait de son arme laisserait derrière lui un autre jeune garçon, qui maudirait les armes sur une stèle perdue au milieu de tant d'autres… Au fond, tous étaient semblables, même si la rage masquait à tous ce point commun fondamental : cette humanité commune.

Un coup de crosse l'obligea à avancer. La compassion s'évanouit une fois de plus, et l'envie de les massacrer un par un devint plus forte. Il y aurait des orphelins, certes. Mais après tout, ils ne seraient qu'européens…

Greg tenta une nouvelle fois de bricoler son GPS pour le synchroniser sur Euronet. Il en vint presque à frapper l'appareil sur le coin de la caisse à munition ramenée par les frères Tardel. Il passait nerveusement une main sur son visage basané.

« J'en ai marre, Erwin, dit-il seulement.

— Moi aussi... Mais dis-toi que tout cela finira bientôt. Le brillant stratagème européen qui se met en branle va nous sauver et les E.U.E. sortiront encore victorieux du combat...

— Je sens une pointe d'ironie... »

Helm leva vers lui des yeux rougis par le stress et la fatigue. Ses doigts tapotaient fébrilement son carnet.

« Penses-tu, lui répondit-il d'une voix distante.

— Mais tu veux dire quoi, que tu préférerais que nous perdions ? »

Erwin se tourna vers lui, le regard dur.

« Non, je préfèrerais que nous n'ayons pas à sortir d'un piège à rat. »

# Chapitre 12

Efthimios jeta un rapide coup d'œil par-delà le coin du vieux mur effrité. La brique rouge crasseuse ruisselait d'eau sale dégoulinant des conduits rouillés. Depuis cette usine de textile en piteux état, et cependant vidée depuis très peu de temps à ce qu'il semblait, la zone industrielle de Lviv faisait peine à voir. Une plaine de toits de tôle recouverts de mousse. Des murs non crépis et uniformes. Une route de macadam chaotique, criblée de nids-de-poule. Et quelques patrouilles slavistes.

Le soldat barbu redressa son casque. Son Famas pressé contre la poitrine, la sangle resserrée contre son épaule, il écouta les pas des trois Slavistes s'éloigner de l'endroit où il se terrait. Une envie bestiale de les mitrailler comme les chiens qu'ils étaient lui traversa l'esprit. Mais sa concentration devait rester fixée sur la discrétion.

Sur le toit de l'usine aux cheminées encrassées, Petros Malovich, le meilleur tireur du « Bataillon Furie », devait être en train d'ajuster sa lunette sur le crâne de l'officier slaviste qui dirigeait les opérations de défense depuis un hangar désaffecté et discret. Non sans un certain plaisir d'ailleurs. Dommage pour ce pauvre bougre, Zaratis et Petros l'avaient repéré, et Malovich allait une fois de plus démontrer son talent sans faille. La chose serait vite pliée. Le Grec vérifia une énième fois que son talkie-walkie était bien éteint pour ne pas les faire repérer.

Rien.

L'homme était ce que l'infanterie appelait poliment « très mûr » pour un soldat d'assaut. À son âge la plupart des combattants étaient recyclés dans les unités de défenses, à entraîner les jeunes du Service Obligatoire. Ses yeux clairs se fondaient dans son visage bourru et tanné par le soleil de sa Région Grecque natale. Sa carrure forte mais régulière lui donnait des allures d'ours dans son uniforme bleu sombre, le tout accompagné d'un accent à couper au couteau et une fâcheuse tendance à utiliser constamment le mot « Malaka ». Il attendait le claquement de la détonation, les cris de panique, il attendait de voir Petros descendre pour qu'ils puissent s'échapper discrètement au milieu du tumulte et ne pas se faire repérer.

Mais il n'y avait que le silence. Il savait que lorsque Malovich serait redescendu, ils devraient se faufiler entre les hangars et les usines pour retourner au bâtiment administratif, en empruntant toutes ces échelles de secours en métal branlant et ces volées de marches raides dans les méandres des temples de l'industrie slaviste qui tentait de pénétrer le marché européen par la force.

La force. Zaratis avait appris au prix fort que les bonnes intentions n'étaient pas toujours suffisantes. Il avait connu le Crash, la Grèce endettée et ruinée, les émeutes, le chaos, l'extrême droite et l'extrême gauche mettant les rues à feu et à sang… On essayait d'obtenir de l'air, à l'époque, en criant à la solidarité, aux bons sentiments… En un mot, à la charité. Et pour autant qu'il puisse s'en souvenir, ses parents comme lui-même n'en retiraient qu'un sentiment de honte et d'humiliation. Merde, ils étaient Grecs ! Ils avaient dominé la Méditerranée, offert au monde la philosophie occidentale et même la sacro-sainte démocratie, alors pourquoi devaient-ils ramper et quémander des miettes ? Il avait eu la rage au ventre, et rien n'était venu… Mais quand les Turcs avaient voulu leur voler Chypre et que l'Europe avait montré les gros bras, tout d'un coup, tout avait changé. Ce fut à ce moment-là qu'il comprit.

Dominer un adversaire lui procurait depuis une certaine satisfaction, celle d'être sous contrôle, de tenir les rênes des évènements. C'est lui qui décidait où il allait, et pourquoi, et comment. En ce moment même, il songeait à voir la Slavie courber l'échine devant la puissance européenne. Pas seulement par principe, mais bien parce qu'il connaissait l'odieuse alternative. Son cœur s'accélérait rien qu'à songer au prestige et l'incommensurable puissance que dégageaient les États-Unis d'Europe : les Européens enfin en charge de leur destin, fiers de leur héritage. À l'époque, les Grecs n'avaient plus rien pour être fiers. Toutes les nations européennes, en fait, se faisaient honteusement piétiner, marchander, négocier, manipuler... Lui qui avait encore connu l'Europe inféodée aux Américains, à l'OTAN, engluée dans ses propres mesquineries... Le voilà citoyen d'une Fédération libre et souveraine. Et d'être le témoin vivant de cette épiphanie, cela dépassait l'entendement. C'était euphorisant comme une drogue. L'Europe avait dans ses mains le pouvoir de diriger le monde, et il en était amplement satisfait. D'une part parce qu'avoir ce pouvoir ne l'avait jamais poussée à en abuser, d'autre part parce qu'au fond, le pouvoir ne venait pas tout seul par hasard ou par chance, et les Européens s'étaient battus pour en arriver là. C'était la dure loi de l'évolution. La sélection naturelle voulait que le peuple européen s'élève dans ce siècle plus haut que n'importe quel peuple auparavant. C'était aussi simple que cela.

Il avait dû rappeler cela maintes fois au professeur d'Histoire de sa première fille, un défédératiste en devenir, un ingrat de la première heure : les Romains avaient fondé un Empire, un des plus grands qu'il n'y ait jamais eu. Les Anglais, les Allemands, les Arabes, les Perses, eurent des Empires. Mais aucun n'atteignit en domination sur le monde l'état actuel des États-Unis d'Europe. L'influence de ce regroupement des États les plus riches du continent européen allait bien au-delà de ce qu'avait été le Royaume-Uni. C'était le pays qui pouvait diriger la planète entière, mais n'en faisait rien. Ou pas trop, du moins. Dans les journaux de l'époque, il avait lu l'expression « domination par la paix », et Efthimios ressentait une fierté sans borne en songeant qu'il faisait partie des peuples qui avaient eu le courage, l'audace et la sagesse de fonder cette alliance sur les cendres d'une guerre mondiale. La Seconde et dernière. Ils avaient montré la voie... Le professeur s'était toujours contenté de rouler les yeux au ciel comme la petite fouine défédératiste qu'il était, et avait continué à tout apprendre de travers à ses gamines...

Son estomac gargouilla une longue plainte. L'adrénaline des trois derniers jours lui avait fait oublier la faim, mais cette attente dans l'humidité et ce désagréable courant d'air frais lui rappelaient douloureusement qu'il n'avait mangé que quelques barres énergétiques. Les yeux rougis par la fatigue, il scruta les environs du regard et s'autorisa à fouiller dans sa besace de tissu hautement résistant pour en sortir un biscuit sec. Il l'engloutit avidement et jeta un nouveau coup d'œil dans la rue. Le temps commençait à devenir long. Il suffisait pourtant de tirer...

La détonation raisonna brusquement contre les murs des usines désaffectées. Aussitôt, des cris et des ordres jaillirent des entrailles de la zone industrielle, surgissant de zones d'ombre inaccessibles. Immédiatement aux aguets, Zaratis arma son Famas M3 et écouta attentivement le bruit de marches dévalées précipitamment. Petros, le fusil fumant à la main, passa en trombe devant lui pour sprinter dans un bâtiment de briques rouge sale, de l'autre côté de la rue.

Ni une ni deux, Efthimios était sur ses talons, tournant sa tête de tous côtés pour voir arriver d'éventuels poursuivants. Petros avait déjà agrippé les échelons d'une échelle de sécurité et grimpait nerveusement sur la structure. Le cliquetis de son arme contre le métal raisonnait dans la salle vidée de toute machine. Immense et silencieux, ce hall devenait impressionnant de néant.

Il entendit des bruits de course en dehors du bâtiment et son cœur s'emballa. Il se propulsa vers le haut et prit à peine le temps d'observer Petros se jeter sur une passerelle branlante qui conduisait à une fenêtre d'entretien du toit. La salle gigantesque s'emplit de cris résonnant affreusement, semblables aux délires d'un cauchemar. Des rafales crépitèrent contre la pierre suintante et recouverte de mousse.

Dans un mouvement fluide et contrôlé, Malovich roule boula en haut de l'échelle et profita de l'impulsion pour se réfugier dans une cache à extincteur. Silencieusement, le prédateur en uniforme se colla à un conteneur suspendu contre la passerelle et, à couvert, mitrailla les Slavistes six mètres en contrebas. Quelques-uns s'écroulèrent dans de vives giclées de sang, les autres bondirent vers l'extérieur, réalisant que ce grand vide qui les encerclait en faisait des proies faciles.

Petros fit un signe à son compagnon qui s'engagea au pas de course sur les grinçantes plaques de métal rouillé. Des balles sifflèrent à sa suite et vinrent cribler d'impacts le mur du fond. Des fenêtres crasseuses volèrent en éclats et les morceaux tranchants s'écrasèrent en contrebas avec fracas. Une grenade fumigène roula sur le sol poussiéreux et s'arrêta contre un cadavre slaviste. L'explosion déchira les tympans des deux Européens qui furent vite submergés par les fumerolles âcres. Ce fut donc dans un concert de quintes de toux que les deux camarades brisèrent la vitre du toit à coups de crosse et se précipitèrent dans l'ouverture.

Efthimios avala une grande goulée d'air salvatrice mais ne put s'attarder, Petros jaillissant à ses côtés. Courant à s'en arracher les poumons encore consumés par la fumée, les deux hommes se ruèrent jusqu'au toit suivant, contournant les accès d'entretien et les cheminées d'aération, enjambant les boyaux mous et grotesques du système de ventilation. Des tubes de métal ou de PVC entravaient leur course effrénée tandis que des vapeurs nauséabondes leur donnaient la nausée.

Tout à coup, une nouvelle rafale claqua derrière eux. Surgissant par un autre toit, de l'autre côté de la rue, des Slavistes tentaient de faire un carton. Mais ce qui ralentissait la course des Européens troublait le champ de vision des tireurs slavistes. Les tirs étaient néanmoins de mieux en mieux ajustés, et les deux fuyards n'eurent d'autre choix que de s'arrêter derrière une imposante cheminée en briques. Époumonés, les yeux irrités, ils grimaçaient autant de fatigue et de douleur.

Au loin, les buildings du centre-ville et du quartier commerçant de Lviv s'élevaient avec une majesté troublante, embrumés par la fumée des incendies qui ravageaient la périphérie de la cité. Vue des toits, la ville semblait encore paisible, si l'on exceptait ces quelques foyers d'incendie silencieux. La fabuleuse église de la Dormition, avec son clocher de style renaissance à quatre étages, traversait le paysage de blocs d'habitations de béton et de métal comme un symbole de la foi profonde des Slavistes. D'ailleurs, la plupart des monuments historiques de la ville étaient religieux. Des églises, des cathédrales… Le briefing à Hambourg leur avait donné quelques informations sur Lviv, l'une des plus anciennes villes d'ex-Ukraine, bâtie en 1250, et surtout sur les « vieilles pierres qu'il serait bon de ne pas esquinter ». Mais il s'agissait surtout d'un centre industriel, désormais.

Un centre vidé de toute activité avant l'arrivée des Européens, comme pour empêcher tout butin ou prise de guerre. Pour laisser l'occupant totalement démuni. Une population de plus d'un million d'habitants qui semblait s'être évanouie en fumée. Certes les Slavistes au courant de l'attaque étaient probablement parvenus à évacuer beaucoup de monde, mais toute une ville ?

« Attention ! » toussa plus que ne cria Malovich.

Petros plongea sur son camarade et le plaqua sur la tôle glacée. Les balles ne les effleurèrent même pas. Couchés sur le métal, les deux hommes reprirent leur souffle et rampèrent derrière des gaines d'aération. Il mitrailla un bâtiment voisin en direction des fenêtres et des rares lucarnes. Le silence retomba lourdement. Le vent glacial les pénétrait de part en part. Réprimant un frisson, le jeune homme atteignit une trappe d'entretien rouillée et l'ouvrit dans un grincement sec. Il y plongea tête la première, saisissant les barreaux pour effectuer une pirouette et retomber sur ses pieds dans la pièce obscure, à peine assez grande pour y laisser la place à deux personnes. Son camarade le rejoignit plus conventionnellement en murmurant quelque chose à propos de « ninjas » et de « trop vieux ».

« On fait quoi maintenant ? »

Ils se sondèrent d'un regard sombre.

« On se casse », grogna Petros Malovich en rechargeant son arme, les mains graisseuses.

Ils ouvrirent la porte de bois et jaillirent précipitamment de la minuscule pièce vide mais sale. Ils débouchèrent dans un local débordant de balais, d'aspirateurs, de serpillières, de vieux chiffons et de produits chimiques d'entretien. La porte étant fermée à clef, Efthimios dut tirer de son arme de poing sur l'énorme verrou, ridicule pour un simple local à balais.

« C'est un bunker, ici, remarqua-t-il sur le ton de la plaisanterie tandis que le bruit de la détonation ricochait dans un vacarme assourdissant. Si j'avais su qu'ils étaient si pauvres, j'aurais envoyé des aspirateurs par charité !

— Ouais, répondit évasivement son camarade sans vraiment l'écouter. Dépêchons-nous de sortir de cet endroit ! »

Ils filèrent dans un couloir étroit parsemé de portes identiques et neutres. Bifurquant sur la droite, ils atteignirent une fenêtre crasseuse derrière laquelle descendaient les méandres d'un escalier de secours. D'un coup de botte, la fenêtre s'ouvrit et les deux soldats entreprirent de descendre quatre à quatre les marches rouillées.

« C'est le Moyen Âge ! »

Une rafale fit taire la remarque. Venant du haut, elle avait traversé les plaques de métal évidées. Une rafale plus longue entreprit de transpercer le moindre centimètre de

273

métal de l'escalier grinçant.

Efthimios, à bout de souffle, se pencha vers le sol et recula, pris de vertige. Petros, lui, sans même un regard vers le bitume, se lança par-dessus le garde-fou et se laissa glisser le long des échafaudages maintenant l'escalier contre le mur décrépi. Le Grec fut pris de panique et hésita une seconde. Il regarda le garde-fou, puis les marches au-dessus de sa tête et poursuivit brusquement la descente. Bondissant de palier en palier, il entendait les balles ricocher et les Slavistes crapahuter le long de la structure métallique pour rattraper Petros. Ce dernier canardait les positions hautes des Slavistes, mêlant détonations et cris de douleur.

Un homme bascula dans le vide et passa en trombe dans le champ de vision d'Efthimios qui, sous le coup de la surprise, tira par réflexe en direction du mouvement. Le soldat s'écrasa sur le macadam avec un bruit mat. Zaratis, dégoulinant de sueur et les muscles tendus à craquer, accéléra encore sa fuite.

Malovich évita un tir de pistolet assez bien ajusté et riposta au Famas, abandonnant son fusil à lunette inutile. Il était presque arrivé en bas et pouvait se permettre des offensives audacieuses. Mais le vieux n'arrivait pas. Les Slavistes prenaient de l'avance… Qu'il se dépêche, bon sang !

Une balle traversa sa besace et le plaqua contre le mur. Il s'affaissa sur la marche de métal, le souffle court, et s'inspecta rapidement le dos de sa main à la recherche de sang. Mais il n'était pas touché, il avait de la chance. Il mitrailla sans pitié les marches au-dessus de lui, ignorant son équipier, et se mit à insulter rageusement ces soldats, ses soi-disant frères. Il s'arrêta seulement lorsque son chargeur fut vide. À ce moment-là, une goutte de sang vint éclater sur son casque, le liquide pourpre dégoulinait d'un corps déchiqueté par ses balles, à un palier seulement du sien…

Efthimios était sous le choc. Un Slaviste s'était brusquement précipité sur lui et avait commencé un corps à corps féroce. Une balle de Zaratis était partie vers les paliers inférieurs, et une rafale lui avait répondu, déchiquetant le slaviste et le blessant à la main. Par chance, il avait eu le réflexe de se rejeter vers le fond du palier, collé au garde-fou. Il appela son ami et lui indiqua qu'il n'était que légèrement blessé.

Un Slaviste arrivait à grands pas, dévalant les marches deux à deux tout en rechargeant son fusil mitrailleur. Le Grec l'intercepta d'une balle de son pistolet dans la poitrine et se plaqua contre le mur pour éviter le cadavre plongeant lourdement, face contre le métal. L'Européen descendit les marches avec un souffle éreinté. Il atteignit son ami qui semblait observer tel un rapace un autre ennemi en pleine descente. Mais ils n'avaient pas de munitions à revendre, et la priorité était la fuite. Ils se mirent donc à l'abri au pas de course derrière de vieux conteneurs rouillés et reprirent leurs esprits par de longues inspirations, le cœur battant la chamade. Dans son élan, Zaratis, le visage éclaboussé de sang, les yeux rougis par la fatigue et la tension, se pencha vers Petros et lui saisit l'épaule de sa main ensanglantée.

« Ça va ? »

L'autre inspira profondément et plongea son regard froid comme une lame de couteau dans celui du Grec. Sa tension restait contenue par l'urgence, il hocha juste la tête et répondit avec un sourire forcé.

« Il y a week-end plus reposant. »

Erwin écouta le rapport chaotique dans le talkie. Des troupes européennes avançaient à six kilomètres de là, les armées encerclées se rejoignaient de plus en plus vite malgré la tentative slaviste de juguler cette action. Mais ce qui le faisait marcher de long en large, c'était ce que tentaient Petros et Efthimios, dans la zone industrielle vidée d'ouvriers. Cela risquait de mal tourner, et il n'en voulait pas la responsabilité. La mission qui lui incombait était de prendre le poste de contrôle de la centrale nucléaire. Cette centrale était le point névralgique de Lviv. Sa prise représentait la chute de la ville, et approvisionnerait en énergie nucléaire l'armée européenne pour la suite des « festivités ». La déchéance de la Slavie.

Les dents serrées, Simon Tardel pestait contre le peuple de Slavie et crachait sur le sol poussiéreux. Gayans revenait d'une inspection au nord du bâtiment en ruine et s'accroupit devant un sac de toile béant. Il en tira une barre vitaminée et l'avala goulûment, laissant le papier traîner au milieu des autres détritus. Des cannettes d'eau potable vides, des emballages, des papiers d'aluminium... Il se redressa et renifla une manche de son uniforme avec dégoût.

« Je pue », remarqua-t-il de son accent français à couper au couteau tout en fronçant les sourcils.

Greg revint du coin charmant dédié aux défections que les frères Tardel avaient improvisé, et se pencha exagérément sur le dos de l'uniforme bleu sombre de son ami. Reniflant bruyamment, il répondit avec un clin d'œil :

« Oui, un subtil mélange de carburant à Furie et d'eau croupie !

— Ajoutes-y la puanteur de phoque, marmonna l'autre frère Tardel d'un coin d'ombre.

— Un bain », gémit Wallace les mains tendues en une parodie de supplication vers le ciel.

Sous des airs humoristiques, chacun regrettait ce manque d'hygiène dû au manque d'eau claire. Et dans le froid slaviste, se laver à sec n'enchantait personne. Mais le temps allait bientôt virer à la pluie, et les orages d'automne ne tarderaient pas à balayer ce pays fait de plaines profondes, de collines forestières et de ruines inquiétantes. Mis à part certains habitants, songea Erwin, la Slavie n'était pas un mauvais pays. Même assez joli, fallait-il avouer. La plupart des styles étaient représentés dans ses villes de par une longue histoire culturelle. En fait, ce qui était vraiment marquant, c'était à quel point tout semblait Européen.

Mais non, les Slavistes avaient toujours été, de tout temps, des barbares cruels, leur répétait Efthimios à l'envi. N'était-ce pas un Serbe qui avait, par un assassinat, déclenché la Première Guerre mondiale ? Aimait-il à déblatérer sans qu'Erwin n'ait la force de lui rappeler qu'une partie de la Serbie faisait aujourd'hui partie intégrante des E.U.E., tandis que l'autre était indépendante. Et Vlad Teppes Dracula, clamait également le Grec, guerrier sanguinaire et impitoyable ayant inspiré la légende du célèbre vampire, n'était-il pas originaire des Carpates ? Certains levaient les yeux au ciel, d'autres l'ignoraient. Petros, qui aurait pourtant dû se sentir insulté par cette logorrhée, semblait être le seul à la supporter sans grincer des dents. Cette rhétorique leur avait été assénée à tous, en cours et dans les médias, il n'y avait de cela pas si longtemps. Et pourtant… rien n'était si différent ici.

Le talkie crachota et tout le monde se tut.

« Ici Zaratis. On a un problème.

— Il l'a eu ? s'agita Greg derrière Erwin.

— Petros l'a descendu ?

— Ouais, ouais, sans souci... Seulement on s'est fait repérer et on a filé. Mais ça a été chaud. On est complètement paumé. Redonnez-nous la position de la centrale nucléaire !

— 4-8 | 6-3 | 0-0. Pourquoi tu ne vérifies pas sur Euronet comme un grand ? Où vous êtes, là ?

— Ben, *mon grand*, grommela Efthimios piqué au vif, parce que si les Slavistes ne sont pas cons, ils peuvent tracer notre connexion ! Vous êtes jeunes et fringants, mais vous n'y connaissez rien à Euronet, hein ?

— 4-8 | 7-9 | 0-0, l'interrompit la voix plus modulée de Malovich. Il suffirait de descendre vers le sud.

— Merde, mais on devrait la voir d'ici, lança Petros, au bruit à une dizaine de mètres de là.

— C'est marrant, on ne voit pas de cheminée, remarqua Wallace en balayant une mèche devant ses yeux. Pourtant… Des cheminées comme ça, ça se voit de loin, normalement. En tout cas, à un kilomètre, on devrait les voir. Ils ont peut-être enterré complètement la centrale ? Après tout, nous n'avons que des images satellites de cet endroit. Vu du ciel…

— Le rapport indiquait qu'elle était semi-enterrée, ajouta Erwin. C'est une centrale nouvelle génération, gardez ça à l'esprit. Rendez-vous à la centrale et balancez-nous un rapport sur la sécurité. »

Eggton traversa les décombres fumants dans son uniforme immaculé. La casquette plantée sévèrement sur la tête, il jetait quelques regards durs vers les corps vautrés dans la terre. Il gravit les marches de bois et de métal qui conduisaient vers le sommet de la butte. Il y parvint au milieu des dernières volutes au parfum âcre du plastique fondu, du bois brûlé et de la poudre. Peterson marchait à ses côtés, moins solennel.

Le vent léger, mais frais poussait les fumerolles vers la tache sombre qui s'étendait comme une tumeur sur le paysage vert des alentours de la cité. La ville se dressait au loin, ses immeubles brillants sous les rayons solaires de plus en plus rares. Les clochers des cathédrales magnifiques se perdaient dans la fumée noire qui montait des ruines de la banlieue. Anéantie, cette zone normalement densément peuplée s'était révélée vidée de tous civils. Mais il était avéré par des images satellites que le centre recueillait des camps de réfugiés et que des évacuations avaient été mises en place. À l'heure qu'il était, il était même probable que plus de deux tiers des civils habitant dans les zones touchées par le conflit avaient été mis en sûreté. Il faudrait être prudent.

Eggton tendit sa main gantée vers l'officier qui fixait Lviv de ses jumelles. Dans les binoculaires, on distinguait sans problème les forces européennes en train de se rejoindre dans des combats qui tentaient d'éviter la destruction des bâtiments. La ville ne semblait pas en proie à la guerre, mais donnait l'impression d'être un simple terrain d'entraînement. Elle semblait intacte. Les renforts européens ne tarderaient pas à rendre cette image moins paisible.

« Les Furies arriveront d'ici une heure, deux au plus, annonça-t-il, les mains croisées dans le dos.

— Parfait, répondit Peterson sans lâcher la ville des yeux. Nous écraserons Lviv sans trop de problèmes.

— Cela mobilise tout de même beaucoup de nos troupes au même endroit, glissa Eggton d'une voix inquisitrice. C'est une partie risquée que joue le Haut Commandement.

— Il semble que le front russe soit stabilisé, annonça l'autre. Nous ne risquons pas grand-chose.

— Cette offensive russe était inutile, cracha le général en s'avançant vers l'officier. Elle ne sert strictement à rien ! Au contraire, nous nous créons deux ennemis au lieu d'un seul, ce qui divise nos forces offensives !

— Vous êtes dans l'erreur.

— Cet acte va pousser la Slavie et la Russie Indépendante à pactiser.

— C'est le but souhaité, général. »

Eggton resta coi une seconde, le temps de réfléchir à toutes les implications de cette réponse. Et il fut une nouvelle fois surpris que Peterson soit dans le secret des dieux et joue au postier avec lui. William s'avança plus lentement et articula :

« Vous voulez notre ruine ?

— Non », s'indigna l'autre en tournant enfin ses yeux vers Eggton.

Le regard de Peterson était devenu assez étrange, partagé entre la surprise et l'amusement. Pourtant son visage exprimait une sorte de rigidité et de froideur, du genre qui laissait entendre que le mot confiance ne devait faire partie de son vocabulaire que lorsqu'il l'employait pour parler d'une arme à feu. Sûr de lui et arrogant, il avait cependant un indéniable talent stratégique qui l'avait amené à occuper son poste actuel. Étant passé par la petite porte – engagé à seize ans – il n'avait pas pu devenir Amiral. Mais il espérait tout même atteindre le grade honorifique d'Eggton : haut général, la seule manière pour lui de faire quelque chose de grandiose de sa vie, et en partant de rien. Il avait dû faire ses preuves année après année, et il était grand temps qu'il récoltât le fruit de son labeur.

« Nous souhaitons que la Slavie fasse appel à la Russie, afin qu'elle déplace ses troupes sur deux fronts. Ainsi nous fragiliserons leur ventre et entrerons dans Moscou en Mercedes. Vous suivez le raisonnement ?

— Un peu léger comme tactique, asséna Eggton avec acidité.

— Les subterfuges les plus simples ont fait leurs preuves au cours des siècles, je ne vois pas de raison de ne pas leur faire confiance. Comme vous me l'avez rappelé vous-même, c'est en combattant sur trop de fronts que l'Allemagne a perdu la Seconde Guerre mondiale.

— Je vous fais remarquer que nous combattons également sur plusieurs fronts. Nous pourrions subir de sérieux revers. »

Une fois de plus Peterson refoula son agacement et préféra ignorer les réflexions moralistes de son homologue.

« Quoi qu'il en soit, nous prendrons la Slavie. Nous nous sommes déjà presque appropriés Lviv, et leur fameux plan organisé à partir de notre tactique est d'ores et déjà inefficace. Il faut profiter de notre propre chaos et de l'improvisation pour la tourner à notre avantage. Je préconise une percée directement dans la zone industrielle. Nous prendrons cet endroit comme un poulailler et pourrons ainsi rejoindre la centrale nucléaire et l'occuper sans l'esquinter.

— Et comment pénétrons-nous la ville ?

— Parachutistes ou autre, nous trouverons bien ! Les Furies seront là pour nous faciliter la tâche.

— Sauf votre respect, je n'ai pas confiance dans les Furies. Elles ne nous ont pas accordé cette victoire facile à laquelle nous nous attendions, et je doute que leur efficacité soit si probante. »

*Touché*, songea alors Peterson, pour la première fois d'accord avec Eggton.

« Elles devront faire l'affaire. »

Dans la zone industrielle, un déluge de métal déferlait sur la ville. Les Furies venaient de passer à l'action, et Erwin profita de cette diversion pour rejoindre discrètement la centrale. Soudain il entendit le bruit des moteurs s'amplifier et se jeta à couvert. Le ciel rugissait à ses oreilles, déchiré par les réacteurs de Furies qui taillaient en pièces les structures de métal d'une usine textile que Wallace avait marquée au laser en y découvrant un centre de commandement. Helm était satisfait de constater que les pilotes maîtrisaient mieux la situation. Des troupes d'élite européennes et une unité de fusiliers se glissaient dans l'enfer du combat. Les balles et les flammes tourbillonnaient devant les yeux du jeune soldat.

Avec le reste de son groupe, il avait fait route vers l'installation nucléaire qu'il pensait alors devoir trouver dans une zone infestée d'ennemis. Puis les renforts étaient tombés du ciel, fondant sur Lviv comme un oiseau de proie. Les rues étaient à feu et à sang, le Kalanium répondait au titane, et Le Groupe Furie était tranquille ; ou presque.

Le sifflement d'une roquette, une explosion... et une Furie qui s'écrasait à moins de 200 mètres de là. Un assourdissant vacarme et une puissante onde de choc le plaquèrent au sol. Le souffle balaya un petit atelier, vite avalé par la tornade de débris vomie par l'explosion. Les flammes montèrent à l'assaut du ciel avec ce crépitement joyeux qui fait le bonheur des feux de camp entre amis.

Mais ici, il ne s'agissait pas d'une célébration. C'était juste la mort.

Erwin ouvrit le feu sur une forme étrangement vêtue, sans doute un mercenaire slaviste. Touché, le personnage s'écroula face la première. Il demeura immobile jusqu'à ce qu'une explosion toute proche ne le retourne. Déjà, un soldat de l'Eurocorps l'enjambait pour se mettre à l'abri derrière le coin d'un bâtiment. Les renforts n'étaient visiblement pas au courant que la zone industrielle grouillait de Slavistes, comme Petros et Efthimios en avaient fait les frais.

« Erwin ! »

Sans grande élégance, Klaus Bernhardt s'était étalé derrière lui, le casque défoncé par un éclat de métal, mais la tête indemne, fort heureusement. Il lui envoya un regard hébété et noyé d'horreur. Ils se faisaient littéralement piétiner par les renforts sans pouvoir réagir. Il lança une grenade qui explosa en plein vol au-dessus d'un abri de fortune slaviste : une vieille Volvo retournée en travers de la route. Blessés, trois hommes jaillirent de l'ombre de la carcasse, en sang, titubant les mains en avant, aveugles.

Le lieutenant, avachi dans la poussière et les minuscules débris qui tombaient des murs croulants, reprit courage en un battement de cœur indécis. Il se remit péniblement debout au moment où un contingent de soldats de l'Eurocorps le dépassait en trombe, hurlant des cris à l'adresse des blessés ennemis. Un homme jeta un genou à terre et épaula son fusil-mitrailleur, un modèle allemand à courte rafale que les militaires avaient coutume de surnommer le pétaradant. Visant soigneusement, il appela le reste du groupe qui encercla les Slavistes. Hébétés, ils levèrent les mains presque par réflexe. Une Furie passait au-dessus d'eux dans un souffle brûlant qui fit virevolter les uniformes.

Helm rejoignit maladroitement le groupe et tenta d'obtenir des informations sur la progression. Pris dans le tumulte, il ne parvint qu'à comprendre quelques bribes annonçant le regroupement des deux parties des troupes européennes. Désormais réuni en un bloc, l'Eurocorps lançait ses troupes vers la centrale nucléaire. Dans la panique, les troupes de défense slavistes s'étaient laissé déborder par les renforts européens. Le magnifique encerclement tournait au vinaigre pour les Slavistes qui tentaient visiblement un repli vers la plus proche petite ville de Borislav, au sud de Lviv et Ternopil, très près de la frontière européo-slaviste.

Mais une nouvelle pire encore venait de tomber. Après avoir repoussé les troupes d'encerclement, l'Eurocorps avait atteint la ville de Lutsk, au nord de Lviv, mais à quelques kilomètres du camp de Kovel. Apparemment, les hélicoptères de la base militaire de Lutsk avaient tenté la veille de couper tout apport de troupe supplémentaire à l'Europe en frappant les porte-furies de renforts, allant même jusqu'à Tarnow pour détruire minutieusement leurs cibles. Pour toute la campagne, des chiffres affolants couraient à propos des pertes européennes. Mais rien n'était encore officiel.

Les trois Slavistes gémissaient pour avoir la vie sauve. Leurs visages tirés, aux traits durs, exprimaient une sorte d'arrogance, malgré l'air désespéré qu'ils tentaient d'arborer. L'un d'eux s'approcha d'un soldat européen qui le repoussa violemment. L'autre réagit en se ruant sur un soldat tout en révélant une lame de poignard. Dans le tumulte affolé, un corps à corps s'engagea tandis que les deux autres Slavistes, tentant de fuir, furent abattus par le soldat à genou. Dans un râle abominable, le dernier Slaviste lâcha prise, tiré en arrière par deux Européens qui lui saisirent la tête. D'un coup sec, la nuque fut brisée.

Essoufflés, tous se regardaient avec des yeux lourds, sans prononcer un seul mot. Erwin était trop fatigué ou trop choqué pour dire quoi que ce soit sur ce qu'il venait de voir. Une rafale claqua plus loin, ramenant tout un chacun au combat. Au petit trot, le groupement s'échappa dans une ruelle. Erwin resta au milieu de la rue et rassembla les hommes de son groupe. Ils étaient seuls à nouveau, les renforts disparaissaient déjà au coin d'une rue, laissant derrière eux les trois cadavres. Erwin eut un haut-le-cœur. Quel gâchis... Secouant la tête pour la vider de ces pensées parasites, il vérifia ses effectifs. Tous étaient là, mis à part Zaratis et Malovich qui étaient déjà dans les environs de la centrale.

« Bon, lança Erwin en haussant la voix. Il faut avancer vers la centrale en évitant les poches de résistance !

— On coupe par le quartier des officiels et on contourne l'ambassade asiatique ? »

Greg s'était avancé et Erwin remarqua que son front était marbré d'un léger filet de sang. L'idée de l'ambassade n'était pas mauvaise. Il serait d'ailleurs bon de savoir ce qu'il était advenu des ambassadeurs asiatiques. Les États-Unis d'Asie étaient l'un des rares pays à posséder des ambassades en Slavie, trois au total. Les États-Unis d'Amérique avaient laissé un ambassadeur à Kiev, mais il ne disposait même pas de locaux propres à son pays, partageant le bâtiment des États-Unis d'Asie. Cette situation était le résultat d'une non-reconnaissance de la Principauté qu'appliquaient la plupart des grands blocs pour ne pas avoir à se justifier devant les E.U.E..

« On fait comme ça », accepta Erwin en tournant son visage en direction de la ruelle prise par le groupe précédent.

Ils se mirent en marche et disparurent dans une allée encombrée de gravats. Seul Wallace s'interrompit un instant et s'approcha des trois corps gisants près de la Volvo renversée. Il se pencha lentement sur l'un d'eux, le fixa avec toute la haine qu'il pouvait mettre dans son regard et cracha sur le cadavre. Puis il repartit au pas de course et rejoignit son groupe.

À travers des rideaux aux motifs colorés qu'une brise légère faisait voleter dans la pièce, la lumière du ciel gris plomb prenait des allures de rayon d'été. Le major Tacher soufflait enfin. Agenouillé dans un salon intact, il reprenait ses esprits après la fusillade qui avait coûté la vie à trois de ses hommes. Mais Monti faisait fort heureusement partie des survivants. Ce dernier était d'ailleurs en train de recharger son Famas avec ses dernières munitions. Son visage crasseux barré d'une coupure profonde dégoulinait de sueur, et exprimait une certaine tension, même si la voix du jeune homme restait toujours neutre. Les mains écorchées maniaient l'arme avec une rapidité croissante, sa respiration demeurait haletante.

« Les autres sont dans l'immeuble en face ? »

Surpris, Monti sursauta sur sa chaise d'osier.

« Oui, oui. Le capitaine Nelson les a pris en charge. Ils ont un bon stock de munitions et des fusils semi-automatiques, des Granger-Furie, vous savez les lance-roquettes au Kalanium, des Famas M2 et M3 en quantité, des sacs de grenades, et même du plastique. »

Tacher sourit faiblement. Il avait récupéré ce groupe dont le chef était en train de refroidir sur le trottoir alors que son unité contournait sans lui un nid de résistance. Seul Tacher avait réussi à le suivre à travers la mêlée furieuse qui s'était terminée à coups de crosses dans le visage. Mais cette unité-là ne semblait pas si mal non plus.

« C'est une unité d'artillerie ou quoi ?

— Non, ricana Monti en refermant le magasin de l'arme à feu. Section Ravitaillement Carburant et Munitions.

— Il nous faut un moyen de se barrer des zones d'habitation pour rejoindre la partie industrielle...

— La centrale, acquiesça le lieutenant-chef, le regard dans le vague. Une seule erreur et ça nous pète à la gueule. Tchernobyl le retour. »

Tacher sourit à la plaisanterie, tentant d'évacuer autant que faire se peut la fatigue et le stress. Sa nuque était raide et ses mains écorchées. Il embrassa les lieux de ses yeux clairs et imita une moue blasée pour rétorquer :

« C'est pour cela que nous serons prudents. »

Le général Eggton triomphait derrière la lucarne du transport de troupes blindé qui franchissait la zone investie par l'Eurocorps. Il n'était pas satisfait de la politique mise en œuvre par les États-Unis d'Europe, mais la tournure de la bataille de Lviv, très rapidement retournée en leur faveur, lui donnait un petit frisson de soulagement. Finalement tout n'allait pas si mal, pourtant ce n'était guère le moment de jubiler, car William Eggton n'était du genre à vendre la peau de l'ours avant de l'avoir tué. Le brusque changement d'avantage avait réussi à surprendre les Slavistes, mais aussi Eggton lui-même, et il espérait que ce ne serait qu'un début à une fin rapide.

*Qu'on en finisse.*

« Général. »

Une voix venant du fond du véhicule le sortit de sa transe. Il retira son casque et se retourna vers l'homme qui l'avait interpellé. Le jeune garçon lui tendit de sa main gantée une feuille de papier au format des télex de véhicule. La saisissant promptement, Eggton lut le message imprimé à l'encre baveuse qui laissait de nombreuses traces de doigts sur le texte.

« Merde », grinça-t-il entre ses dents.

Il ferma les yeux et ne put empêcher son visage se crisper d'inquiétude. Sa tête lui tomba sur le torse et sa respiration s'accéléra. Il saisit le microphone de son poste de communication et enfonça résolument un poussoir qui vira au violet.

« Ici le général Eggton, commença-t-il, la voix tendue. Passez-moi le général Peterson. Oui, évidemment que j'attends. »

Il se tourna vers le jeune homme du fond et lui fit signe d'engager une procédure d'envoi à large bande d'un télex via Euronet. L'autre hocha la tête et enclencha une série d'interrupteurs. Un bip annonça que le message pouvait être rédigé, un autre que la liaison avec Euronet était effectuée.

« Qu'est-ce que j'écris, général ?

— Allô ? Oui, bien sûr que c'est important, oui, je patiente ! »

Puis le gradé se tourna vers l'autre.

« Procédure d'urgence, stop. Cessez offensive Lutsk, stop. Renforcez… Ah ! Quand même ! Donnez-le-moi sur sa ligne privée si Euronet ne le trouve pas ! Eu-ro-net, ça vous dit quelque chose ? Passez-le-moi où je m'arrange pour vous envoyer en Europex dans le trou du cul de l'Union Africaine !

— Renforcez où ? lui demanda le radio.

— Peterson ? Ici Eggton, je viens de recevoir un télex de l'amiral Swan. Oui, je suis entré dans Lviv, je vais arriver au poste de secours. »

En effet, le véhicule blindé venait de franchir une première ligne de décombres et traversait les quartiers en ruines qu'avaient empruntés les troupes encerclées. Une tente brunâtre traversait la poussière derrière les ruines d'une tour écroulée. Une agitation fébrile montait autour du seul lieu encore habité dans le secteur.

« Général, insista à nouveau le télégraphiste.

— Rien à battre, Peterson ! Si on ne renforce pas la ligne, nous serons pris en tenaille ! »

Le jeune homme fronça les sourcils. Alors que toutes les troupes européennes avançaient lentement mais sûrement en Slavie, elles devraient être prises en tenaille ? Quelle armée pouvait encore stopper la marche en avant des États-Unis d'Europe ?

« Oui, je comprends bien, mais… Quoi ? Je n'ai pas votre aval ? Allez donc demander au colonel Andersen si… Très bien. Mais si la crise se transforme en échec, j'espère que vous en assumerez toute la responsabilité ! »

Eggton enfonça le bouton d'arrêt de la communication

avec tant de rage que le matériel électronique bipa son mécontentement. À cause d'un seul général, une bataille allait peut-être être perdue et un front rouvert. Le dédain évident de Peterson ne facilitait pas les choses... Il y tenait à sa grande victoire personnelle !

« Général, fit le télégraphiste pour la énième fois. Renforcez où ?

— Renforcez front russe, stop. Contre-offensive massive soupçonnée, stop.

— Merde, murmura le jeune homme, le regard trouble. C'est un code rouge ?

— M'est avis que ce serait même un code noir. »

Six heures plus tard.

La nuit commençait à tomber, le froid s'était à nouveau répandu dans les ruines de Lviv. Pourtant l'obscurité n'avait pas envahi la cité. Le feu des décombres, les éclairs des décharges, les lampes des tentes, les phares des engins, les jets surchauffés des lance-flammes, tout ce panel de lumières animait la plaine au milieu de la brume naissante. L'Eurocorps tenait la cité dans sa poigne de fer. Les prisonniers slavistes, presque trois mille, étaient parqués dans les hangars qui avaient contenu, avant incinération au lance-flammes, les cadavres d'animaux. Mais le mal était fait, des maladies se déclaraient dans les secteurs infectés. Les premiers camions de la Croix-Rouge internationale venaient juste d'arriver.

Un seul îlot de résistance demeurait, au sud-est de la ville. Le quartier de haute technologie. Les troupes européennes formaient un croissant qui se resserrait lentement sur cette zone qui comprenait, outre une usine de diodes à laser massivement utilisées dans les nouveaux systèmes de missiles intercontinentaux, la centrale nucléaire de Lviv, spécialisée dans la production d'uranium enrichi à des fins militaires, tout en produisant l'énergie nécessaire à plusieurs villes et villages alentour. C'était à cet endroit précisément que le Quartier Général de fortune du général Peterson s'était monté avec l'assistance technique fournie par plusieurs bataillons de classe C.

« Vous avez un certain Cyril Engström ? »

Erwin circulait entre les brancards à la suite d'une infirmière aux rondeurs certaines. Au milieu du brouhaha, les gémissements des blessés mourraient comme un murmure au centre d'un ouragan. Les moteurs rugissants s'associaient aux klaxons et aux ordres hurlés à la cantonade pour recouvrir tout cri de peur ou de douleur. On aurait pu se croire en zone passive, mais l'endroit était encore sous les tirs croisés. La libération du quartier n'était cependant plus qu'une question de temps.

« Je vous ai déjà répondu que nous n'avions pas encore de registre ! »

Erwin pesta en silence lorsqu'il trébucha sur un bidon renversé dont le liquide sombre se répandait sur le bitume. Dans le ciel clair-obscur, la lune blanchâtre disparaissait derrière un nuage sombre annonciateur de pluie. Helm se retourna pour foudroyer le bidon du regard et percuta un blessé aux yeux bandés qui titubait au hasard des brancards.

« Erwin ! »

Le cri le fit se retourner avant qu'il put s'excuser auprès du blessé. Il chercha dans toutes les directions celui qui l'avait interpellé et se mit à errer d'un pas rapide au milieu de ces pauvres hères et des cadavres. Son cœur battait la chamade rien qu'à songer à revoir son ami Cyril. Quelqu'un l'agrippa aux épaules et le força à se retourner.

« C'est moi, Yoann Kreel ! »

Malgré l'apparente surprise du jeune homme, le visage d'Erwin dut exprimer clairement sa déception puisque l'autre engagea :

« Tu cherchais quelqu'un ?

— À vrai dire oui, répondit-il en jetant des regards aux lits alentours. Cyril. Il est resté avec des gars touchés devant la ville, et on a dû partir en avant sans prendre le temps de le retrouver…

— Oui, pour profiter de la surprise slaviste, acquiesça Yoann, le visage compréhensif. Tout le monde parle de votre exploit, vous allez devenir des légendes... Il est resté avec des gars devant la ville, tu dis ? Ces gens-là, on les parque à la lisière des quartiers rasés, à huit cents mètres d'ici. Je t'y conduis ?

— Je dois d'abord retrouver mon groupe, s'enquit Erwin en enjambant un pot empestant l'urine et les défections.

— Ton groupe ? Tu diriges une unité maintenant ?

— J'ai pris des gars avec moi à la va-vite pour m'approcher le plus possible de la centrale. La plupart ne sont pas mauvais, mais d'autres n'ont eu que de la chance. Et je ne compte pas sur la chance… Et pour avoir un groupe fiable, il faut que je choisisse avec soin mes gars.

— C'est pour ça que tu cherches Cyril ?

— Entre autres choses… »

Inutile de se voiler la face. En fait, Cyril était un ami, et Erwin avait le cœur serré à la pensée qu'il ait pu y rester. Toute considération stratégique n'était que poudre aux yeux, tout ce qu'il voulait, c'était s'assurer que le facétieux Danois s'en soit bel et bien tiré. De mémorables batailles de gel douche lui revinrent en mémoire. Des cuites monumentales au café-bar de la caserne hambourgeoise, au White Fire... Et les remontrances qui s'en suivaient… Étant le chef de chambrée, Erwin avait le rôle d'assumer les débordements et d'en subir les blâmes. Après quelques remarques dans le dossier de groupe au bureau de Vie sociale, la chambrée s'était rapidement assagie. Et Cyril avait su deviner lorsque venait le moment de s'arrêter – du moins la plupart du temps. Il savait rire et être efficace. Rester sérieux même en état d'ébriété ne lui était pas impossible. C'était un gars bien. C'était son ami.

« Bon, poursuivit Erwin, ce n'est pas tout ça, mais Greg m'attend au rationnement. »

Yoann lui emboîta le pas et osa finalement poser la question qui lui brûlait les lèvres.

« Des nouvelles de Balder ? »

Le silence s'installa entre les deux hommes, soudain parfaitement immobiles.

« Il était à Ternopil lorsque les Slavistes ont contre-attaqué. Je n'en sais pas plus… »

Yoann hésita sans pouvoir affronter le regard d'Erwin. Finalement, il releva la tête.

« Je suis au service de la Croix-Rouge militaire, tu sais, je peux me renseigner.

— Ce serait sympa. Je repasse plus tard. »

Ses pensées voguaient déjà vers ses anciens camarades de chambrée, mais avant de s'en aller il se sentit obligé de ne plus prendre pour acquis que tous savaient qu'il leur était reconnaissant d'être là, avec lui. Que parfois, les choses devaient être dites. Il aurait tellement aimé dire quelque chose à Cyril avant qu'ils ne soient séparés par le sort… Mais que pouvait-il dire à Yoann qu'il connaissait à peine ? Finalement, les mots furent simples.

« Et fais aussi gaffe à toi ! »

# Chapitre 13

Lviv, Slavie. 13 septembre 2033. 8h20, heure slaviste.

La fumée glissait sur le sol et se fondait dans la brume opaque qui ceinturait la banlieue de Lviv en cendres. L'odeur putride de la mort rôdait à tous les coins de rue, la senteur âcre du vomi se mêlait à celle du sang et de l'urine. Pourtant la victoire n'était pas encore acquise.

« Par la droite ! »

La colonne de 4X4 s'allongeait dans la nappe fantomatique, donnant à la scène l'ambiance irréelle des brouillards de guerre. Mais il ne flottait pas dans l'air cet arôme métallique glacé qui caractérisait la brume artificielle. Seuls les gaz d'échappement prédominaient dans l'air matinal. Les P4 étaient des voitures presque tout terrain, non-NBC[2] pour la plupart des modèles, mais leur résistance n'avait pas réussi à être démodée par les modèles récents de Wrangler. Malheureusement, l'écologie et la préservation de la planète n'étaient pas leur point fort.

Le militaire bardé d'une veste orange réfléchissante donnait des directives, les lèvres collées à son talkie-walkie, le regard aux aguets. Avec un gilet comme le sien, il était sûr d'être la première cible d'échauffement d'un éventuel sniper.

---

[2]NBC : « Nucléaire – Biologique – Chimique ». Ce sigle qualifie un véhicule (ou un équipement) capable d'opérer sur des champs de batailles où ce type d'armement aurait été utilisé. Tant qu'il reste scellé, un véhicule NBC protège ses occupants – dans une certaine mesure – des radiations et des agents chimiques ou biologiques. Note : Ils ne sont pas conçus pour résister à des explosions nucléaires, par exemple, mais pour se déployer sur les lieux des retombées d'une bombe NBC.

« Les blessés qui viennent de l'extérieur, demanda un médecin, ils vont bien dans ce camp de dommages collatéraux ?

— Parfaitement, répondit-il avant de saisir son talkie-walkie. La colonne de VAB part à la centrale ! »

Puis il se tourna vers l'homme en blouse blanche encore immaculée et le toisa d'un regard froid.

« Écoutez, vous voyez bien que je n'ai pas le temps là, il y a des centaines de recrues qui vont arriver pour faire tomber Lviv, alors je n'ai strictement rien à battre de ceux qui ne sont plus capables de nous suivre !

— Je cherche un homme nommé Cyril Engström, cela vous dit quelque chose ?

— Rien du tout. »

Il s'approcha d'une voiture et tapota le pare-brise. La portière s'ouvrit de suite. Après un rapide entretien avec le passager, le soldat reprit sa position et harangua les autres véhicules pour les ramener vers une piste dégagée sur la gauche.

— Bon, circulez, laissez-passer les sapeurs, voulez-vous !

Repoussé par le militaire, Yoann Kreel fut forcé de reculer. Il repartit dépité, les oreilles bourdonnantes. Il ôta sa blouse avec rage, la roula en boule et la jeta quelque part dans la brume avec un juron bien senti. Ses pieds faisaient de drôles de bruits en s'enfonçant dans la pellicule de boue qui avait recouvert le sol après la pluie nocturne. Nocturne…

Ce nom n'avait plus beaucoup de sens pour Yoann. Après une nuit entière sans dormir à cause des rafales, des réacteurs d'avion et de Furie, le bourdonnement interminable et angoissant des hélicoptères, le mot nocturne était devenu synonyme de tension. Et Cyril Engström n'était nulle part.

Le jeune brancardier fendit la toile d'une tente pour pénétrer dans l'hôpital de campagne improvisé. Bien que haut de gamme, l'équipement donnait la désagréable sensation d'être fait de bric et de broc. Le matériel était récent et fonctionnait sans accrocs, l'alimentation se faisant avec une pile longue durée au Kalanium appauvri, pourtant le malaise de Kreel ne se dissipait pas. Une partie de lui-même était contrariée par le fait que cette situation était bien trop différente des cas de figure qu'on lui avait enseignés en caserne. Au moins ses collègues étaient-ils plus amicaux que ses camarades de formation… Il embrassa les lieux d'un regard implorant à la recherche d'un élément familier ou réconfortant et, dans son mouvement, saisit un journal daté de la veille. La couverture était mouchetée de sang.

« Quelles sont les nouvelles, lança-t-il à la cantonade.

— Lis un peu ce qu'ils disent sur nous, grommela un infirmier en tirant un fil pourpre du ventre d'un blessé. Tu vas aimer, je crois. »

Yoann s'accroupit dans le coin de la tente et déplia le papier humide avec précaution. Dès les gros titres, il eut la nausée. Il lut les chapeaux et vacilla sur ses jambes fléchies. Finalement, il leva les yeux vers l'autre.

« Quoi ? »

Interloqué, il relut quelques passages et bégaya quelque chose.

« L'infamie fédérale ? La trahison de l'armée ? C'est pas vrai, dites-moi que je rêve !

— Ils disent que l'attaque de la Slavie n'aurait pas dû être planifiée, que des solutions pacifiques existaient, et j'en passe, et des meilleures ! Comme s'ils n'avaient pas compris à quoi serviraient les Furies !

— Il est écrit que l'échec militaire de l'Eurocorps en Slavie dénote une… lamentable distribution des postes ministériels du gouvernement ! Bordel, ils savent combien de gars sont morts ici, où bien ils n'en ont rien à battre ? On s'en fout du ministre de la Défense, merde !

— Nous n'avons même pas l'opinion publique de notre

côté…

— Ouais ! Ben je commence à comprendre pourquoi ils ont préparé tout ça en catimini. Maintenant, il n'y a plus qu'à payer les pots cassés… Alors, tiens, ça c'est pas mal… Je cite : « Le gouvernement a-t-il donc envoyé ses troupes en Slavie pour impressionner un autre pays qui serait sa cible réelle ? Après ce premier mensonge, rien n'est moins sûr que les promesses tenues par l'Eurocorps, qu'un récent sondage tend à placer parmi les « accessoires » du pouvoir les moins efficaces, avant même les groupes d'Intervention *Anti-Strike* », fin de citation. C'est quoi ce torchon ? Notre nouveau papier chiotte ? Attends que les troupes voient ça !

— Je plains le facteur. »

Erwin et son groupe avaient fini par tomber sur une compagnie européenne qui les avait dirigés sur le campement. D'abord surpris de devoir s'éloigner de leur objectif, ils avaient appris que la situation avait changé, que les troupes fraîches étaient là, et que le Groupe Furie pouvait enfin se reposer un peu. Helm recevait de nouvelles instructions contradictoires toutes les deux heures, Greg se démenait pour lui trouver de l'aspirine, les autres en profitaient pour se relaxer.

Le camp qu'ils avaient rejoint était vaste, une vraie fourmilière. Le petit commando improvisé mangea enfin quelque chose de consistant, et cela avait soulagé la fatigue et la tension. Les conversations se faisaient plus enjouées, plus intimes aussi. Soudain, Erwin entendit un étrange klaxon, à quelques mètres seulement de leur tente. Intrigué, il jeta un œil et vit une camionnette de la Poste Fédérale.

« Cool, lança Simon Tardel dans son dos, on va enfin avoir des nouvelles du pays ! »

Des sifflets et des huées accueillirent les cartons de presse que le postier sortait de son véhicule. On s'arracha les journaux pour lire les nouvelles élucubrations de la presse que les soldats appelaient déjà la Presse du Fond.

Celle qui ne venait pas se documenter sur le terrain, celle qui ne savait pas de quoi il en retournait en réalité. Celle qui se permettait d'écrire que les sacrifices humains des trois batailles n'étaient qu'une leçon au gouvernement.

Helm tenait justement dans ses mains une édition de l'*Europæn Tribune*. Il fut, comme la nuit même où il avait pu lire les premiers journaux arrivés, profondément choqué. Non pas par un gros titre scandaleux. Mais par le fait que la guerre en Slavie n'occupait plus la première page. À la place, on ne parlait que du Big One, le tremblement de terre qui séparerait Amérique du Nord et Amérique du Sud qui, vraisemblablement, s'accélérait d'année en année.

« Ils se font tellement chier que ça ? »

Greg, lisant par-dessus l'épaule d'Erwin, n'en croyait pas ses yeux. Il fallait chercher dans les pages régionales pour trouver un article sur l'échec slaviste. Pas une photo, juste une carte pour aider les gens à mettre le nom de Lviv et de Ternopil sur quelque point sur une quelconque carte.

« Tu ne vas pas me dire qu'une secousse sous-marine un peu forte supplante les centaines de morts européens ?

— L'article dit que les chiffres sont à la baisse. Il n'y aurait *que* 100 à 150. Les autres ne seraient que blessés, répondit Erwin, la tête basse, le nez agressé par l'odeur rance de son uniforme sale.

— Un chiffre de, allez, 150 ou 200 décès en trois jours circule, ajouta Ludovic Tardel. Ça semble plus plausible. Mais bon si l'article dit...

— L'article dit, l'article dit... s'emporta Greg en s'éloignant de l'épaule de Helm. L'article dit des conneries, oui ! Si les connards du fond ne sont pas contents, je leur donne mon uniforme quand ils veulent ! »

Ce disant, il s'enfonça dans la foule. Erwin replia son journal et retourna vers leur tente, Ludovic sur ses talons. Ils pénétrèrent la hutte en toile pour y retrouver Simon, Efthimios et Petros. Klaus avait dit qu'il s'absenterait pour tenter de retrouver un ami à lui, disparu dans les combats de l'avenue du parc.

« Il est parti il y a longtemps ?

— Une bonne demi-heure, l'informa le Grec en réparant une radio de combat. Tiens Simon passe-moi un tournevis.

— Il faut se tenir prêt, on m'a fait savoir qu'on comptait toujours sur nous pour prendre la centrale.

— Je croyais qu'il y avait assez de renforts ?

— Certes, lui répondit Erwin avec une moue répugnée, mais ce qu'ils veulent, eux, ce ne sont pas des renforts... Ce sont des héros. »


« Brillante idée que les journaux, Peterson. »

Eggton planta ses poings serrés sur le bureau du général. La pièce était un préfabriqué de campagne tout équipé. Peterson n'y était que depuis quelques heures et le bureau empestait déjà le tabac froid. De temps à autre le vent plaquait la pluie contre la vitre embuée.

« Vous m'aidez à plomber leur moral, bien joué !

— Un peu de nouvelles de l'arrière, comme on disait dans le temps, ça ne fait pas de mal…

— Pas de mal ? »

Exultant, le général fit les cent pas sous la tente montée à la va-vite.

« Vous avez lu les immondices qui sont là-dedans ? Et bien vous devriez ! On nous traite de porcs, de militaires sanguinaires et égoïstes ne pensant qu'à la gloire de l'uniforme ! Vous comprenez ce que ressentent les gars dans la merde en lisant ça ?

— Si vous voulez museler la presse en interdisant leur liberté d'expression, envoyez donc une carte postale au Ministère de l'Information. Je suis sûr que ça leur fera plaisir. Surtout de la part d'un preux libéral tel que vous, ajouta-t-il avec un profond amusement.

— Parfois il faut faire des concessions.

— Ah ! lança Peterson avec satisfaction. Enfin nous nous comprenons !

— J'en doute, rétorqua sèchement le général. En revanche, je voudrais qu'on m'explique pourquoi tout un peloton de nos soldats s'est fait massacrer par nos propres Furies.

— Vous avez lu le rapport des survivants du groupe de ce... Mackenheimer, je crois, susurra Peterson. Vous vous tenez au courant. L'incident des Furies est un accident mineur de cette opération. »

Eggton se planta devant la fenêtre du bureau de campagne. Derrière le rideau de gouttes, il pouvait observer l'activité de l'immense camp européen. Il n'avait plus vu ça depuis la fin du Millenium Crash. Une lampe orange éclairait la pièce et lui donnait mal au crâne. Son homologue, tranquillement assis dans son fauteuil, sortit nonchalamment son étui à cigarettes et l'alluma de son Zippo sans lui en proposer, évidemment.

« Ces erreurs ne doivent pas se répéter, poursuivit Eggton l'air de rien. Et que ça ne sorte pas du cercle des généraux !

— Vous me prenez pour un idiot ? Ces erreurs *logistiques* seront rectifiées pour la suite des évènements. Quant aux journaux le ministre de l'information est déjà en train de mettre les points sur les i pour que le message soit plus... en accord, voilà le mot juste, avec la politique du gouvernement. C'est ce que vous vouliez il y a dix secondes de cela.

— Ne me faites pas dire ce que je n'ai pas dit. Je parlais de censure, pas de propagande, s'étrangla Eggton. Ou de la désinformation ! »

Peterson souriait de toutes ses dents. Visiblement il s'amusait beaucoup.

« Quelle différence ?

— Nous devons éviter de publier ce genre de textes, mais cela n'implique pas qu'on écrive des mensonges à la place.

— Faux, coupa sèchement Peterson en se levant de sa

chaise. Vous mentiriez par omission quoi que vous fassiez. Mais comprenez-moi bien : tout sera vrai. Les verbes et les qualificatifs seront juste un peu plus *adéquats*. De toute façon, ces journaux-là pratiquent aussi la désinformation. Combien de fois une pauvre victime d'un scandale le lundi a fini comme lie de l'humanité le vendredi ? Et inversement ? Il faut un moyen d'attirer l'attention des Européens pour les guider petit à petit vers notre logique

— Cette publication est donc calculée selon vous.

— Bien sûr, approuva-t-il avant de tirer une bouffée de cigarettes. Je ne suis pas le spécialiste des magouilles du Ministère de l'Information, mais croyez bien qu'ils savent ce qu'ils font. Ce n'est pas notre problème. On se fout pas mal des moyens, seul compte le but que nous poursuivons ! Et ce but, quel est-il ? »

Le regard dur de Peterson croisa celui plus calme d'Eggton. Mais Peterson se détourna.

« Piller les pays indépendants et asseoir notre domination économique. »

Peterson se retourna violemment vers lui et le foudroya d'un regard accusateur. Il se leva promptement de son siège et se planta avec raideur devant le visage tendu d'Eggton, la bouche crispée. Ses yeux ne lançaient plus des éclairs, mais crachaient littéralement du venin.

« Vous parlez comme un défédératiste... Je me demande si le HCS ne devrait pas s'intéresser davantage à votre dossier personnel.

— C'est faux peut-être ? »

Le calme apparent du général était trompeur. En réalité, il savait que Peterson ne plaisantait pas et qu'il connaissait certaines personnes assez haut placées pour enclencher le mécanisme d'une enquête approfondie. En fait, le général Peterson était très influent. Il côtoyait même l'ancien président des États-Unis d'Europe. Son bras était étonnamment long pour un homme de son rang, ce qui était certainement dû à ses études supérieures stratégiques à Oslo dans une des écoles militaires les plus prestigieuses. Elles lui avaient permis de passer le concours des officiers. Et il avait réussi ! C'était une chose qu'Eggton respectait chez son homologue, son parcours de simple recrue à général. Et Peterson semblait connaître beaucoup de secrets militaires qu'Eggton ne pouvait que supposer.

« Ai-je été assez clair, *haut général* Eggton ? » répondit seulement le gradé.

Sa mâchoire grinça derrière ses joues exsangues.

« Il serait fâcheux qu'une telle fumisterie circule dans les rangs même de notre armée, n'est-ce pas ? Évitez de propager votre idéologie proslaviste au sein de l'Eurocorps.

— Je ne suis pas proslaviste, je ne fais que tirer des conclusions de ce que je vois, fit Eggton, la gorge sèche. Une attaque préparée à la va-vite, contre un pays déterminé en fonction de ses richesses…

— Les Slavistes sont des barbares et des terroristes ! explosa Peterson, postillonnant au visage de son interlocuteur à grand renfort de moulinets du bras. À peine créée, leur union s'est attaquée à la République de Rostov, un pays sans défense, avec leur lâcheté bien à eux ! Des gens qui ne peuvent même pas être catalogués dans le genre humain ! Des bêtes, vous comprenez ! Nous ne faisons qu'apporter la modernité et la civilisation dans un pays en plein obscurantisme !

— Ce que vous dites est ignoble ! Ces populations ont longtemps souffert...

— ... Dans des guerres fratricides, exact, et ce despote de Zwiel n'a fait qu'empirer les choses ! Regardez la vérité en face : le monde régresse de plus en plus sous couvert de civilisation… Mais il n'y a que les États-Unis d'Europe qui brillent dans cette masse abrutie par son propre orgueil ! Nous avons soigné bien des maladies, arrêté bien des guerres, et maintenant le monde est surpeuplé, les gens étouffent dans leur propre misère ! Le Millenium Crash n'était qu'une pichenette et aujourd'hui presque tous les dominos se sont déjà écroulés. Vous croyez que le monde va mieux depuis 2006 parce qu'ici les gens vivent bien, mais c'est faux ! C'est une illusion, un mirage pour lequel les Européens sont en partie responsables... Nous avons persuadé tout le monde, y compris nous-mêmes, que le Crash était révolu, que l'Humanité s'en était remise. Mais nous nous sommes fourvoyés. Et ça n'a que trop duré, il est temps de faire de ce rêve une réalité ! »

Il cessa de crier et recula d'un pas. Une autre longue bouffée de cigarette sembla le calmer un peu. Ses épaules solides lui conféraient une stature plus altière que jamais, mais son regard profond sondait celui de son interlocuteur.

« Vous vous rappelez ce que disait Edmund Trovich dans son grand discours, quelques jours avant son assassinat ? reprit-il plus posément. Il défendait cette vision, il défendait ce que certains appellent la *Pax Europæ*. Et bien je vais être franc, c'est bien l'une des rares fois où je partageais son opinion. *Nous nous défendons* contre la régression, général Eggton. À titre préventif cependant. Et je préfère attaquer le premier que de sombrer dans un slavisme européen, une Europe dominée par un prince Zwiel que je balancerais bien au bout d'une corde !

— La peine de mort, marmonna Eggton pour contrer son adversaire, est abolie chez nous. Et cela fait partie de cette culture européenne que vous défendez si ardemment. Expliquez-moi cette contradiction...

— Quelle contradiction ? La peine de mort existe déjà au sein de l'Eurocorps, vous le savez sans doute mieux que moi, je me trompe ? »

*Ce sale connard a lu mon dossier*, ragea Eggton en encaissant la remarque. Oui, il ne le savait que trop bien.

« De plus, enchaîna Peterson en s'engouffrant dans la brèche, le président s'apprête à lancer un vote sur cette peine capitale. Selon un sondage, 56 % des Européens sont pour une peine de mort par référendum. Le peuple déciderait qui pourrait y passer ou pas, en rappelant les chefs d'accusation et en diffusant l'intégralité du procès en direct sur Euronet. Regardez les infos sur Euromédia, vous y apprendrez des choses...

— Euromédia, ricana William. Je n'ai guère l'habitude de perdre mon temps sur mon sofa.

— Je n'en doute pas. Vous êtes contre ? C'est pourtant le peuple qui décidera de qui doit vivre et qui doit mourir... C'est ça, la démocratie ! Les violeurs d'enfants, les meurtriers en série...

— Le peuple peut être capricieux, se contenta de dire Eggton, décontenancé. Et je me demande bien qui pourrait bien savoir s'il est digne de désigner un homme comme condamnable à la peine de mort. Personne ne peut affirmer qui mérite de mourir.

— C'est vraiment votre conviction ? s'étonna étrangement Peterson. Je ne vous pensais pas aussi naïf. Idéaliste, certainement, mais pas *si* candide.

— Je ne pense pas l'être.

— Mais vous ne voyez pas le danger slaviste... Ils auraient fini par nous attaquer, c'était une question de temps. Regardez leur matériel, tout est neuf, ils étaient préparés à la guerre...

— Il me semble me rappeler que le prince Zwiel préparait une proposition pacifique d'échange commercial...

— Afin d'infiltrer notre marché et faire s'effondrer notre bourse pour mieux nous envahir ! Cela crève les yeux, il s'apprêtait à faire le sale boulot pour Tukerov ! Ces deux lascars, bras dessus bras dessous, n'attendent que ça depuis des lustres.

*Paranoïa chronique ?* Se demanda le haut-général. *Ça se soigne de nos jours, tu sais ?*

— D'ailleurs, pourquoi avoir infiltré notre État-major s'ils pensaient résoudre ça pacifiquement ? poursuivit-il. Ces gens puent la fausseté et la trahison.

— Preuve est faite qu'ils ont eu raison de se méfier,

riposta Eggton, cassant.

— Et c'est censé les pardonner ? Vous pensez que cela leur donne raison ?

— Je pense que ce qui nous arrive est dû au fait que cette invasion s'est faite sur un coup de tête, en quelques jours, à cause d'un assassinat perpétré par un Russe, qui plus est ! L'opinion publique a tout de suite réalisé que nous nous trompions d'adversaire. »

Peterson se détourna de lui, recrachant la fumée par les narines.

« Vous savez ce qu'a dit l'assassin avant d'agir, d'après les Bureaux de Renseignement Européens ? »

Eggton fronça les sourcils, se demandant vaguement comment son adversaire avait bien pu l'apprendre.

« Allez-y.

— Il a sous-entendu que Trovich était d'origine russe. Et non polonaise, comme le disent les dossiers.

— Et alors, un fanatique peut raconter n'importe quoi. »

En réalité, Eggton savait que pour être ministre aux États-Unis d'Europe, il fallait être clairement d'origine européenne. Cette condition *sine qua non* était scrupuleusement vérifiée pour chaque ministre. Et si un Russe avait pu devenir ministre de l'Intérieur…

« Une infiltration pareille est impossible !

— En fait, rétorqua Peterson, il semblerait que ce soit tout de même du domaine du réel. Car Trovich n'était pas le vrai nom de notre ministre… C'est ce que le Haut-Commandement va révéler à ses hauts généraux et que je vous demande de ne pas répéter – je ne suis pas censé le savoir non plus. »

Eggton hocha de la tête pour accepter ces conditions. S'il y avait quelque chose à savoir, il tenait à l'entendre. Son interlocuteur avait décidément des oreilles très bien placées, en plus d'avoir une langue trop bien pendue dans ses accès de colère.

« Edmund Trovich vient du Caucase, apparemment,

poursuivit Peterson, mais il n'a pas toujours habité là-bas. Il fait partie des familles qui ont subi les migrations russes, lors des crises multiples qui ont ruiné la Russie, après la chute des États-Unis d'Amérique.

— C'est officiel ?

— Pas encore, mais ce ne sera qu'une question de semaines, le temps de trouver une parade médiatique. Et cette parade, c'est un évènement important ou quelque chose de sensationnel. C'est pourquoi je vous parle de ça.

— De nouveaux ordres ? s'enquit Eggton, suspectant une entourloupe.

— Il nous faut des héros, quelque chose pour combler les papiers gras de la presse, détourner l'attention. Et le Colonel Andersen a déjà repéré quelqu'un qui fera l'affaire. Les consignes sont de le retrouver et l'amener à Berlin pour une rencontre avec le président, photos et interview, ça fera bon effet.

— Je suis présentement en charge de trois bataillons d'infanterie, riposta sèchement Eggton non sans un certain mépris. Je n'ai pas le temps de jouer les taxis.

— Oh ! Ce n'est pas de notre humble ressort, *général*. Ils ont déjà envoyé l'Amiral Benz pour le réceptionner.

— On n'envoie pas un amiral pour chaperonner le premier bleu venu, fit alors remarquer William le regard inquisiteur, comprenant que l'identité du soldat était la raison qui poussait Peterson à afficher son satané sourire en coin. Qui est-ce ?

— Il se nomme Erwin Helm, il est fraîchement lieutenant et se trouve en chemin pour prendre la centrale nucléaire – héroïquement, cela va de soi. Benz le récupérera quand il aura réussi.

— *Helm* ? C'est bien ce que je crois ?

— Oui, c'est lui. Curieux comme le hasard peut conduire les gens à s'entrecroiser... C'est fou ça, Erwin Helm faisant la guerre en Slavie, là où son père tentait de... mais peu importe. »

Eggton n'aimant guère évoquer cette affaire, et savait pertinemment que son homologue n'en ignorait rien. Son adversaire lui avait glissé l'information dans la conversation dans le seul but de le mettre mal à l'aise de le déstabiliser. Encore une de ses méthodes mesquines pour prendre l'avantage psychologique, suivant les manuels à la lettre sans surprise ni créativité. Il préféra donc changer de sujet.

« Et s'il ne revient pas vivant de la centrale ? »

George réfléchit un instant, les yeux plissés de malice, et dans un français parfait qui trahissait ses origines belges, se mit à fredonner un vieil air que William, féru d'Histoire, reconnut sans peine.

« Ami, si tu tombes, un ami sort de l'ombre à ta place. »

Le tableau d'affichage était tout en longueur, sale et humide. Les listes sans cesse remises à jour indiquaient qui avait disparu, qui était mort, qui était blessé. La foule compacte et hétéroclite s'agglutinait devant les feuilles imprimées par colonnes et agrafées dans le bois. Mais la taille des caractères rendait le tout illisible. Typique.

Erwin tenta de se dégager. Il dut jouer des coudes pour se frayer un chemin à travers blessés et curieux, tous en uniforme crasseux, le teint pâle, les cheveux suintants et les yeux gonflés de fatigue.

« Alors ? »

Erwin put regarder Ludovic Tardel une fraction de seconde, puis ils furent séparés par un groupe d'invalides poussés en fauteuils roulants par des infirmiers. Rejoignant Tardel, Erwin lâcha un juron bien senti et se retourna sur les blessés.

« C'est la misère !

— Il est dessus ? demanda à nouveau Ludovic dont l'accent presque comique contrastait avec son air grave.

— Non. Ton frangin est parti ?

— Simon est à l'infirmerie des pilotes. Si ton pote est resté avec des blessés près d'un endroit où des Furies se sont crashées, il s'est dit qu'il serait avec, peut-être…

— C'est sympa de sa part. Des nouvelles d'Efthi' et Petros ?

— Ils sont dans le campement qui jouxte la zone de combat, informa le jeune Tardel. Ils vont bien, sauf la main de notre barbu national, mais ça va.

— Merde, grommela le lieutenant. Il ne pourra pas venir avec nous, alors…

— Il a dit que si.

— Je dis que non. »

Ils se dégagèrent de la foule compacte et s'approchèrent des tentes de logement montées à la hâte. Ils durent chercher longtemps la tente numérotée où ils devaient se rendre pour trouver des affaires propres. Ce fut fait au bout de quelques laborieuses minutes d'errance au milieu des bouteilles de camping-gaz, des kits de survie, des cartons et autres emballages, des paquets de vivres et des câbles qui sillonnaient le sol comme des serpents. Remarquant la silhouette familière de Grégory, ils trouvèrent enfin leur tente attitrée.

Épuisé, Ludovic accéléra le pas et s'engouffra dans la toile. Malgré le petit attroupement qui l'occupait, l'espace était encore rangé : cinq sacs de couchage froissés s'étalaient sur une bâche étanche jetée à même la terre et les gravats. Mais pas de vêtements propres et repassés.

« On ne va pas réussir à dormir, dans ce truc !

— On n'est pas là pour dormir, rétorqua ironiquement Helm en se penchant vers la lampe de lecture en piteux état. Ils pensent décidément à tout, sauf au pot de chambre !

— Il y a une batterie de secours pour les GPS, les informa Wallace. Cool, non ?

— Un peu inutile, *non* ? Il nous faudrait des uniformes propres, c'était prévu, il me semble...

— Demain, rectifia Ludovic en s'asseyant sur un sac de couchage. Ou après-demain, je ne sais plus !

— On n'est pas des porcs ! se plaignit Mertti en feignant

d'essuyer son maillot de corps. On va rester avec ces uniformes crades, collants et puants pendant encore deux jours ?

— Oui, sourit Ludovic tout en ôtant sa veste de treillis. Mais je pense qu'on aura tout de même le droit de se doucher ! À l'eau froide certes, mais se doucher.

— Et remettre des vêtements sales ? grogna Wallace en triturant son bouc sans s'en rendre compte. Merci pour la logistique, moi qui voulais laver tout ça...

— Dans ton paquetage tu as une savonnette, répondit Erwin d'un ton exagérément enjoué. Amuse-toi bien. »

Et Greg d'ajouter :

« La laisse pas tomber, surtout. »


« Les troupes sont placées, annonça un homme à l'uniforme serré.

— Parfait, acquiesça Swan en se tournant vers l'immense carte qui s'étendait sur la table pliable. L'assaut sera livré à l'aube, demain. Dès que la centrale sera tombée, et que nous ne courrons plus le risque de saboteurs, nous pourrons progresser vers Kiev. Vous avez reçu le télex ?

— Affirmatif. Ils ont intensifié les entraînements et 3 000 000 d'hommes seront prêts début octobre. Nos pertes rendent difficiles les estimations sur nos forces. Environ 200 000 unités d'assaut se trouveraient à proximité. Selon vos ordres, ils sont placés en ligne de front et seront prêts à avancer dès le signal. Nos pertes sont officieusement estimées à environ 300 soldats, dont une très large majorité à Lviv. La presse annonce des chiffres contradictoires pour embrouiller l'opinion publique. »

Les chiffres avancés semblaient énormes, mais le front s'était considérablement ouvert, obligeant l'Eurocorps à étaler ses forces plus que de raison, tandis que les unités d'assaut mobilisées à travers la fédération arrivaient au compte-goutte. Heureusement que les Furies compenseraient largement tout sous-effectif. Swan avait suivi le développement de ces petits bijoux de près et maintenant que l'heure d'y avoir recours sonnait, il se félicitait que cette technologie n'ait pas fini en vol spatial vers Mars, tel qu'initialement prévu. Le Kalanium était bien plus utile ici, et maintenant.

« Je vois… 200 000 unités devraient largement suffire, avec plusieurs escadres de Furies. Markus Tramper ne tient donc pas à mobiliser nos unités de défense…

— Si je puis me permettre cette crise sera bientôt résolue, les casernes d'Unités d'Assaut frontalières seraient largement suffisantes pour… finir le travail…

— Certes, mais il faut enraciner nos troupes en sol slaviste, bâtir des forteresses à chaque point clef, laisser des bataillons en retrait pour occuper fermement le territoire. Mais avant tout, il faut être sûr de posséder la centrale avant d'avancer. Si nous laissons une poche de résistance, elle deviendra une épine dans notre flanc. Réglons ça vite.

— Oui, amiral.

— Quels sont les commandos qui vont pénétrer la centrale ?

— Trois sections de l'E-CROFT, à savoir les commandos d'élite d'Andersen, ceux du colonel Baltimore, un certain Kossevitz dont je n'ai jamais entendu parler jusqu'ici, mais qu'on nous a chaudement recommandé… et ce fameux Groupe Furie. »

Cette fois, le visage rond de l'amiral se rembrunit. Swan baissa un instant le regard et se tourna vers son aide.

« C'est ce Erwin Helm ?

— Exact, affirma-t-il. Amiral, je ne suis pas sûr que le placer là soit une bonne idée.

— Pourquoi ? À cause de l'affaire Josch Helm ? »

L'aide prit une mine déconfite et hésitante.

« Je ne vois pas de quoi vous parlez, s'excusa-t-il d'un air gêné, en fait, je pensais surtout au fait que son groupe s'est formé dans la précipitation. Ils ne sont qu'une dizaine, et viennent d'un peu partout, sans aucune spécialisation.

— Ne vous méprenez pas, ceux-là ne sont pas vraiment là pour « prendre la centrale ». Ils ne feront qu'accompagner l'E-CROFT. En réalité nous avons besoin d'un symbole. Nos troupes d'élite feront leur boulot, mais les militaires pimpants d'Oslo ne sont pas les plus appréciés du public, les gens les associent tout de suite aux Commandos du Maintien de l'Ordre et au système répressif. Il nous faut des troufions de base. Des gars comme n'importe qui, mais qui font du travail d'élite. En clair, résuma-t-il en secouant la tête avec cynisme, des modèles à suivre pour les jeunes.

— C'est le cas ? Avec tout mon respect, ils risquent surtout de tout faire foirer. »

Bien qu'il ne puisse pas l'admettre publiquement, Swan y avait également vu un danger potentiel, mais les consignes étaient les consignes. Tant que Helm et ses branques ne restaient pas dans les pattes des véritables commandos, tout devrait bien se passer…

« On s'en moque, grinça l'amiral en se forçant à paraître désinvolte. Ce n'est pas marqué sur son front. Et c'est bien son visage qui sera sur la photo, pas son pédigrée.

— Pour la mission de progression, avons-nous l'aval du Haut-Commandement ? »

La question soudaine trahissait un doute de la part du jeune homme.

« Comme vous le savez, expliqua Swan en soupirant, les Slavistes ont appris notre tactique. Notre riposte a été efficace car organisée dans le chaos le plus total, sans aucun ordre de qui que ce soit, avec simplement une entente avec les autres généraux et amiraux. Si nous attendons de recevoir un ordre de la part des hautes sphères, nous sommes perdus, car l'ennemi saura ce que nous préparons et en avisera sa défense en conséquence. Nous devons destituer Ergovich Zwiel pour reprendre contact avec notre État-major sans risque. Avant cela, tout message nous trahirait. Une fois Kiev prise, l'ennemi n'aura plus utilité de son agent infiltré, non ?

— Certes. Mais si la paix était signée entre-temps ?

— Zwiel signant un Armistice ? gloussa Swan d'un air moqueur.

— Il est risqué de foncer tête baissée vers le fond d'un pays sans savoir ce qu'il recèle ni ce qu'il sait sur nous, avisa l'aide. Nous risquons de tomber dans un nouveau piège.

— Non, contra sèchement l'amiral en redressant la tête. N'essayez pas de m'apprendre mon métier.

— Excusez-moi, amiral, je n'étais pas à ma place. »

Ces aides de camp... Formés à l'Académie d'Oslo parmi les fils à papa de l'élite européenne, officiellement pétés de grades et de titres qui ne valaient pas tripette, mais qui avaient tendance à leur retirer toute mesure de leur véritable place dans la hiérarchie. Quand on choisissait la voie royale des planqués, on était rarement respecté. Swan attendit un peu pour laisser le jeune homme mariner dans sa honte, puis reprit :

« Nous changerons plusieurs fois de tactique, de manière aléatoire. De ce fait, les Slavistes ne sauront jamais ce que nous préparons !

— Notre gouvernement non plus. »

Un regard noir cloua l'aide de camp sur place. L'amiral en avait formé, des branleurs grandes-gueules, mais des lents à l'apprentissage comme celui-ci, rarement. Si on ne lui avait pas demandé de « faire un effort » dû à ses relations familiales influentes, Swan l'aurait déjà renvoyé avec une note assassine dans son dossier, histoire de s'assurer que jamais ce petit con ne trouve un poste dans le HCS.

« Notre gouvernement attend une prise de la Slavie. Nous nous apprêtons à la lui offrir, mais pour cela, il faut couper les ponts un petit mois.

— Vous pensez que la guerre durera aussi longtemps ? demanda le jeune aide sur un ton d'étudiant qui laissait entendre qu'enfin il avait saisi la menace silencieuse.

— Il faut toujours se préparer au pire, comme ça il n'y a que de bonnes surprises. À ce propos, j'ai été avisé que les troupes dormantes vont bientôt finir leur stage de réintroduction militaire. Elles nous rejoindront dans une dizaine de jours. Notez-le dans le carnet de mission, je veux une trace écrite.

— À vos ordres. »

L'Amiral avait difficilement retenu un cri de joie à l'annonce de ces troupes fraîches. Chaque citoyen européen mâle devait effectuer son service militaire au moins un an pour être tamponné officiellement sur sa carte d'identité fédérale en tant que soldat dormant. Après cette formation militaire où l'apprentissage de l'utilisation d'une arme et des techniques de combat à mains nues leur était inculqué, les hommes pouvaient être appelés sous les drapeaux n'importe quand, avec cependant un stage de réintroduction dans l'armée, avec un rappel du règlement et des actions classiques, ainsi que des gestes de survie. Ce stage durait de deux à trois semaines, selon l'importance de leur envoi sur le terrain. Jusque là, ces troupes n'avaient jamais été requises de toute l'histoire des États-Unis d'Europe. C'était un signe que la situation était plus grave qu'il n'y paraissait.

« À combien se monte leur effectif ? »

L'Amiral se tourna vers son aide de camp et lui adressa un sourire encourageant. Il devait éviter de montrer son inquiétude devant ses hommes.

« À peu près deux millions d'hommes. »

Berlin.

La bouteille était vide, couchée sur la table, décapuchonnée. Michael Kith gisait dans son sofa, abattu, dessoûlant. Il ne se rappelait pas avoir regagné son appartement, la veille, ni même avoir bu toute la journée et toute la nuit. Mais maintenant qu'il émergeait des limbes alcoolisés, son cerveau se remettait en marche, il cogitait. Alors que les choses commençaient à peine à s'améliorer, c'était pour mieux le faire tomber de Charybde en Sylla. Ça n'en finirait jamais... Le mail d'Emma Cardin était étalé sur la table, lui aussi, taché d'une auréole brunâtre laissée par un verre étrangement absent. Il allait faire cette interview du ministre, il s'y était engagé. Mais ses rêves de gloire et de polémique s'étaient évanouis avec un déploiement de CMO en plein Charlottenburg, une chose tellement incongrue – impensable, en fait ! – qu'elle remettait en question ce que Michael croyait savoir des mœurs européennes en matière de surveillance. Et de répression. Prendre des risques, aujourd'hui, était furieusement plus dangereux que quelques mois plus tôt, à peine. Était-il prêt pour cela ? Ne valait-il pas mieux rester dans sa routine, écrire des articles minables criblés de fautes et de néologismes, être honni par le Ministère de l'Information sans pour autant être interdit ou arrêté ? Pas de grosses vagues, quelques coups foireux de temps en temps pour gagner sa croûte... comme avant. C'était tentant. Mais...

Mais quelque chose avait cassé en lui. Il ne se sentait pas fédéraliste, ce qui ne faisait pas de lui un défé non plus. Alors en quoi croyait-il ? Il avait besoin de croire en quelque chose, Père Manfred avait vu juste. Mais quoi ? Étrangement, la réponse ne vint pas de ses propres réflexions, mais de celles d'Emma Cardin. Une conviction naquit en lui, alors qu'il se réveillait enfin. Il n'allait pas jouer les agitateurs, ni même les moralistes à deux euros comme l'*Europæn Tribune* en souffrait déjà bien assez, non... Il allait faire un travail de journaliste. Il allait donner la parole à quelqu'un d'autre que lui-même, quelqu'un qui n'avait jamais eu droit au chapitre, et qui n'en aurait sans doute jamais plus l'occasion. Il allait donner sa chance à Père Manfred. Peu importait les risques, les dangers, et les funestes conséquences de cet acte. Mais il allait le faire. C'était décidé. D'un bond maladroit, il se précipita sur son ordinateur et se mit aussitôt à laisser courir fiévreusement ses doigts sur le clavier.

# Chapitre 14

11h20.

Erwin sentait ses jambes flageoler. La peur refaisait surface. Il avait beau avoir traversé des moments durs depuis cinq jours, subi des combats intenses, vu beaucoup plus de sang qu'il n'aurait cru pouvoir en supporter, et rencontré la mort à chaque carrefour, chaque coin de rue... il avait toujours peur de s'y remettre. C'était normal. Personne n'aime aller au feu, voir des gens mourir, risquer de tomber soi-même sous les balles. *Personne sain d'esprit, en tout cas.* Car tout comme les accidents automobiles, se faire tuer au combat, même quand on avait vu des choses terribles et qu'on avait survécu, ça n'arrivait pas qu'aux autres. Et Erwin le savait.

Le camion bâché l'avait conduit, avec les hommes de son groupe, aux abords de la centrale, à l'abri d'un bloc de béton immense détaché d'une tour d'habitation. Durant le trajet, le lieutenant leur avait rappelé pourquoi ils étaient là, pourquoi ils étaient *réellement* là. Pas d'héroïsme inutile, l'E-CROFT se chargerait du boulot. Eux devaient essentiellement survivre, point barre. Une fois débarqué, Helm avait finalement retrouvé Petros et son partenaire attitré Efthimios Zaratis, tous deux en discussion avec le chef d'un autre commando venue de Région Irlandaise, un dénommé Julian Baltimore.

Grand, effilé, le regard sombre et profond, les lèvres tranchées dans les joues, l'homme donnait le frisson. Sur son uniforme noir brillait une décoration des soldats d'élite, les étoiles du drapeau européen encerclant non pas un glaive, comme pour l'Eurocorps, mais une dague. Son béret bleu jurait avec sa tenue, mais il imposait sur les autres de son visage buriné par l'expérience un sentiment de crainte mêlé de respect. L'homme leur donna quelques conseils et leur annonça leur rôle dans la prise de la centrale.

Sans surprise, le groupe de Helm devait rester à distance par rapport aux autres. Hormis Grégory qui avait assisté à l'incroyable promotion de son ami, tous mettaient cela sur le compte de leur faible expérience, sans prendre l'explication de leur lieutenant pour argent comptant. Ils ne croyaient pas réellement que leur petite équipée ait pu attirer l'attention des hautes sphères à des fins de propagande. En fait, tous les membres du nouvellement nommé Bataillon Furie étaient encore à la fois flattés et atterrés de participer à cette infiltration. Leur succès lors de la prise – et la défense – de la barricade, quatre jours plus tôt, ne devait pas y être étranger. Mais si cela n'avait été que de la chance ?

Quoi qu'il en soit, les différentes unités s'étaient souhaité bonne chance avant de se glisser derrière les carcasses de voitures, seules traces encore visibles des combats dans cette zone. Le petit bombardement effectué la veille n'avait pas atteint son objectif : la clôture double tenait encore debout, plus ou moins. Derrière des arbres plantés de façon à épargner aux civils la vue de l'énorme installation, des kilomètres de grillage électrifié défendaient l'accès à la zone à infiltrer.

Et c'était au milieu de ces arbres, près d'une caméra de surveillance déconnectée soigneusement et discrètement qu'Erwin et la dizaine d'hommes du Bataillon Furie attendaient. Efthimios, à 800 mètres de là, restait connecté sur le GPS pour connaître leurs positions. Sa blessure à la main, plus handicapante qu'estimée au départ, l'avait empêché de se joindre au commando. Néanmoins il avait insisté pour être leur soutien à distance. Ses yeux en avaient dit long lorsqu'il avait fait comprendre à son lieutenant qu'il ne se laisserait pas abandonner sur le bord du chemin comme un chien sur une autoroute.

« Vous allez atteindre la clôture, crachota sa voix dans le

315

microphone d'Erwin. Pas de système de détection thermique infrarouge. C'est net de ce côté.

— Y a-t-il d'autres caméras dans le secteur ? Kossevitz a déjà coupé les 3, 5 et 7.

— Négatif, rassura le Grec. Tout est parfait. »

Comme prévu, lorsque le Bataillon Furie atteignit la clôture, elle était désactivée. Le groupe se lança quelques regards entendus : Baltimore faisait tout de même un sacré bon travail. À la pince coupante, les frères Tardel découpèrent une ouverture étroite dans l'entrelacs des fils métalliques et s'infiltrèrent dans le passage. Ils demeurèrent près du grillage et ne s'aventurèrent pas plus avant dans l'allée formée par les deux rangées de grilles et barbelés. Wallace et son ami Roberto passèrent à la suite. Puis Petros et Gayans, le pilote de Furie, quand soudain, Joffrey se pressa contre les mailles de métal.

« Roberto ne... »

Une déflagration envoya tout le monde à terre, certains s'écroulèrent contre les grilles, d'autres se retrouvèrent plaqués dans la boue. Erwin, les oreilles encore bourdonnantes, se précipita sur l'herbe mouillée pour fendre le nuage de fumée. Au premier regard, il vit Ludovic Tardel se tordre de douleur, les mains pressées contre ses yeux. Wallace gisait, inconscient, peut-être mort. Quant à Roberto, la mine à impulsion avait fait son travail. Il ne restait de lui qu'une masse informe et sanglante, réduite en bouillie dans l'uniforme imbibé. Ces mines ne produisaient peut-être pas d'explosion spectaculaire, mais celui qui y posait le pied mourait sur-le-champ, disloqué par les pulsations magnétiques de la mine. Mortel à tous les coups. Le Conseil International de Sécurité les avait fait interdire depuis longtemps et s'était officiellement chargé de démanteler les stocks existants. Mais les Slavistes s'en moquaient pas mal, visiblement.

« Putain de merde ! s'énerva le lieutenant. Ils utilisent

ces saloperies de mines à impulsion !

— Erwin, moins fort, fit Petros en accompagnant ses mots d'un geste impérieux. Il est mort, tu n'y peux rien. »

L'excellent tireur se redressa et s'approcha d'Erwin, courbé, prenant garde à ne pas poser le pied sur une mine. Mais c'était inutile. Elles étaient parfaitement invisibles. Chacun ressortit du passage pour se retrouver à nouveau devant la clôture, sous le choc. Efthimios hurlait dans son micro.

« C'est qui le Malaka qui fait tout ce barouf !

— Roberto, répondit enfin Erwin dans un souffle. Une mine à impulsion.

— Aïe, bredouilla Zaratis, mal à l'aise. Je croyais que le CIS les avait interdites ? »

*Mais bon, qui respecte les arrêtés du CIS ?*

« Les Slavistes ont préparé une réception de luxe, ironisa sombrement Malovich.

— Ici Kossevitz ! Arrêtez votre bordel !

— Il y a des mines à impulsion dans le passage, grinça Erwin entre ses dents.

— Vous êtes sûr ? »

Peu importait l'entraînement, à cet instant précis, Helm eut pu tuer ce Kossevitz à mains nues.

« Vous pensez peut-être que l'explosion de mon gars est une plaisanterie ?

— Il n'est pas censé…

— Il y en a, connard ! rugit Grégory en saisissant son micro à deux mains. Des mines à impulsion !

— Monsieur, fit une voix lointaine dans les écouteurs. Je crois… »

Un bruit étouffé, sans doute une déflagration lointaine.

« Confirmé, exprima froidement Baltimore. Des mines à impulsion. Balancez une grenade au Kalanium dans le passage. D'une ça fera tomber les clôtures, de deux ça déclenchera les mines avoisinantes. Tant pis pour la discrétion, nous sommes déjà compromis. Alors nouveau plan de bataille. On rentre, on tire, on tue, on prend. Plus de détours, plus de cache-cache.

— À vos ordres. »

Autant pour la subtilité des commandos d'élite… Erwin se sentit mal à l'aise, mais ne dit rien. Bourriner, ça ils savaient faire. Et visiblement mieux que s'infiltrer. Il contempla les restes difformes de Roberto, surpris de ne pas avoir le cœur au bord des lèvres. Peut-être que cette masse de chair était devenue trop abstraite maintenant que rien ne laissait deviner son origine humaine. À part l'uniforme imbibé de sang poisseux, peut-être.

« Erwin, entendit-il alors que Joffrey lui tapotait l'épaule. On se remet en mouvement. »

Ils s'exécutèrent en parfaite coordination en déclenchant les trois explosions simultanément, afin de tromper les Slavistes pour qu'ils n'en comptent qu'une. On pouvait toujours espérer. L'explosion d'une grenade K avait fait son petit effet sur les membres du Bataillon Furie. Tous n'en avaient pas utilisé auparavant, et la puissance du Kalanium leur redonna l'espoir d'atteindre leur but.

La fumée toujours pas dissipée, les hommes se ruèrent dans l'impact qui avait couché les clôtures. Enjambant les mailles, ils se précipitèrent vers les hangars de stockage, pour finalement atteindre l'entrée de l'immense bâtiment principal. Des rafales claquèrent, au loin. Face à l'écrasante masse de béton à peine esthétisée, Erwin resta sur ses gardes, malgré l'opposition inexistante face à son groupe. Deux corps gisaient à quelques dizaines de mètres de là, têtes explosées par un sniper. Baltimore et Kossevitz leur ouvraient véritablement une voie royale…

Puis il y eut un garde.

Surgissant de derrière un conteneur au moment où la troupe s'y mettait à couvert, il dégaina de sa ceinture une sorte de tube en métal large comme un manche de pelle, mais d'à peine 21 centimètres de long. La poignée se terminait par un embout arrondit de sept centimètres qui lui-même était complété par une diode. Le pommeau était une sorte de patte métallique repliée contre le manche, avec un jack de rechargement.

Un bâton électrique haut de gamme.

D'un geste sec, il déplia son arme en se jetant sur Wallace. S'ouvrant comme un piston, la gaine révéla une vingtaine de centimètres en plus. Un arc électrique minuscule crépita sèchement au niveau de la diode lorsque le garde déplia la patte métallique. Il fit tournoyer l'arme avec un sourire mauvais, malgré la situation passablement négative dans laquelle il se trouvait. Il s'accrocha au militaire et tendit le bâton vers le visage de l'Européen.

Un corps à corps s'engagea sans qu'aucun autre soldat de l'Eurocorps n'osât s'interposer de peur de blesser Wallace. Tout le monde restait éberlué devant cette situation grotesque. L'un s'approcha tout de même pour saisir le Slaviste aux épaules, mais le bâton électrique tournoya et le frappa derrière le genou. Hurlant de douleur, ses jambes refusant de le porter, il tomba au sol dans un râle atroce. D'un geste sec, le Slaviste lui asséna brutalement un coup en plein visage. Le nez en sang, l'Européen reçut une décharge si forte qu'il perdit connaissance. La situation n'avait plus rien de curieux. Elle était dangereuse.

Par une habile prise de judo, Wallace réussit à faire basculer le Slaviste par-dessus son épaule et s'apprêta à l'achever d'une rafale de Famas, quand soudain, la diode électrique vint frapper son entrejambe. Il fut propulsé deux mètres en arrière et se tordit de douleur, roulé en boule à même le sol. Sans aucune protection désormais, le Slaviste ne put éviter la rafale de trois que lâcha Greg sans un mot. Mort, le garde relâcha l'étreinte de fer sur son arme qui roula sur l'asphalte.

« Fais attention, fit Erwin tandis que Greg ramassait le bâton.

— Voilà, c'est désactivé. »

Il replia le bâton qui redevenait de la taille d'une lampe

de poche.

« Efficace, cette merde, hein ? Ça va aller, Wallace ?

— Heinemann est mort », dit un gars.

Le corps dudit Heinemann restait affalé dans l'herbe, une brûlure sur la joue et un ru de sang sur le visage. La décharge avait dû foudroyer le cœur. Erwin, en sueur, retourna le corps du garde slaviste du bout de la botte. Il se baissa et fouilla les poches à la recherche d'une quelconque carte magnétique. Mais il n'avait rien sur lui.

« La centrale est enterrée, rappela Erwin, toujours accroupi. Il faut donc trouver où est l'entrée. »

L'oreillette de Simon Tardel crachota quelque chose.

« Baltimore demande ce qui se passe encore.

— Qu'il aille se faire foutre ! On a l'itinéraire le plus dangereux ou quoi ?

— Du calme Greg, eux, ce sont des pros, ils ne voient pas les choses comme nous. Simon, demande-lui où se trouve l'entrée. On se trouve dans une sorte de parking ou de zone de déstockage de plus de cinq cents mètres de large, avec des conteneurs empilés, je dirais une cinquantaine. »

Un moment de silence.

« Nous ne sommes pas dans la bonne direction, il semble… »

Trois hommes furent happés par une rafale qui éclaboussa de sang le jeune soldat. Les balles frappèrent les corps dans de terribles impacts. Les tireurs se dévoilèrent au milieu des conteneurs et se mirent à courir entre les gigantesques caisses de métal.

« À couvert !

— À cou… »

Wallace qui tentait de se redresser se plaqua au sol pour éviter une rafale.

« Relève-toi ! »

Tout le monde s'était plaqué derrière le conteneur d'où avait surgi le garde qui avait tué Heinemann. Wallace, lui, n'avait pas pu faire un geste. Greg lâcha son Famas et redressa son casque. La sueur dans les yeux, il se propulsa ventre à terre sur le pauvre soldat toujours crispé par la douleur.

« Ils viennent d'arriver, ils ont dû être prévenu par le garde qu'on a buté ! »

Greg roula sur le sol et atteignit le corps du Slaviste qu'il releva devant lui pour se protéger. Bien lui en prit, car le cadavre absorba quelques impacts judicieusement cadrés qui parsemèrent le visage rubicond de Mertti de mouchetures sanglantes. Se traînant tout en conservant le cadavre entre lui et les tireurs, il s'approcha de Wallace qui lui envoya un regard apeuré. Le jeune homme tremblait comme une feuille morte. Ses yeux étaient hagards. Il tendit son bras, Greg lui attrapa la main.

Le corps se raidit soudain. Une balle avait traversé la jambe du malheureux. Il cria non de douleur mais de désespoir. D'autres balles le traversèrent tandis que son sang éclaboussait la manche de Greg, qui ne pouvait retenir ses larmes. Le garçon expira douloureusement sans cesser de serrer la main de Grégory Mertti qui, lui non plus, ne lâcha pas la sienne. Sa protection n'avait à présent plus forme humaine.

Greg resta là à tenir la main du corps sans vie, tandis qu'il écoutait distraitement les rafales de ses compagnons qui combattaient presque au corps à corps au milieu des conteneurs. Il ne voyait pas les balles ricochant contre l'acier, transperçant les hommes, souillant de pourpre les peintures vives sur le métal. Il ne voyait que les yeux grands ouverts mais vides de Wallace. Il ne le connaissait peut-être pas plus que ça, mais c'était des yeux implorants fixés sur lui, des yeux *morts*. Les coups de feu enragés se firent moins nombreux, les cris d'agonie aussi. Puis le silence reprit ses droits. Quelques coups claquèrent encore, pour achever les blessés.

Après plusieurs secondes de flottement, les échos du carnage se dissipèrent. Des pas s'approchèrent de lui, il vit une paie de rangers se planter devant son regard, un homme se baisser vers lui, lui tapoter l'épaule.

« Greg ? Greg, tu m'entends ? »

Les autres s'approchèrent. Certains avaient des auréoles sombres sur les manches ou les cuisses. Les casques étaient parfois marqués par des chocs et des éclats. Deux Européens manquaient.

« Greg, il est mort, et il faut se dépêcher d'avancer. »

Erwin se releva et saisit son micro de sa main droite agitée de spasmes. L'adrénaline pulsait dans ses oreilles, ou bien était-ce un acouphène ?

« Mitrailleurs Slavistes embusqués, lança-t-il sur les canaux codés. On a perdu quatre gars, quelques blessés. On progresse, on a pacifié leur zone de stockage des pièces détachées. »

Sa voix tremblait tellement, qu'il dut prendre une longue inspiration avant de reprendre.

« Position 5-7 | 5-3 | 0-0, carte de la centrale. »

Efthimios était atterré. D'une part par le compte-rendu de Helm, mais d'autre part par ce que venait de lui annoncer le gradé en face de lui.

« Dès qu'il reviendra, il devra monter à bord de notre Furie Officielle, répéta l'homme à la visière basse. Il devra emporter toutes ses affaires, alors il nous faut les trouver avant son retour sur le tarmac, est-ce clair ?

— Je dois chercher ses effets personnels ? »

L'autre leva un sourcil.

« Ça vous pose un problème ? Vous préféreriez que ce soit un gars qu'il ne connaisse pas ? On lui fait une fleur, on envoie un ami à lui. Soyez donc coopératif.

— OK, je vais le faire, capitula le Grec avec amertume.

— Bien. Alors, faites ça vite. La Jeep Wrangler garée devant la tente est à votre disposition. Maintenant, laissez-moi votre poste radio. »

Le campement était très agité. Les troupes savaient que dès que la centrale serait dans les mains du général Peterson, les forces européennes se jetteraient dans la Slavie jusqu'à la chaîne de montagnes artificielle qui coupait le pays – ce qui avait servi d'argument à Zwiel pour revendiquer cette chaîne. Et si cela se produisait, ce serait une attaque d'envergure. Chacun tenait à avoir pris ses dispositions. À travers les toiles, on entendait le cliquetis des touches d'ordinateurs portables en train d'apposer à l'écran les pensées des soldats vers leur famille et amis.

Efthimios marchait d'un pas rapide, le col de sa parka relevé autour de son visage. La jeep laissée un peu plus loin, derrière un camion-citerne, il devait franchir à pied les entrelacs de câbles, de filins, de toiles, de caisses, et de tout ce qui pouvait se trouver dans un camp militaire monté à la hâte sur un champ de bataille. Tout sauf des cadavres. Cela avait été nettoyé.

Il finit par atteindre la tente et s'y engouffra sans ménagement. Il jeta des coups d'œil aux étiquettes des sacs et finit par trouver celui d'Erwin, accolé à celui de Grégory Mertti. Le soldat barbu tria soigneusement les affaires avec tout le respect que lui inspirait Erwin. C'était un meneur d'hommes charismatique, même s'il souffrait de moments de panique de temps en temps – à qui cela n'arrivait-il jamais ? Zaratis comptait bien l'aider à surmonter ce qu'il avait lui-même connu aux heures du Krach, car une fois ce souci réglé, il serait un bon chef de groupe. Il en avait l'étoffe.

Au bout d'une dizaine de minutes, l'Européen eut bouclé le sac et jetait un dernier regard pour ne rien oublier. C'est alors que ses yeux furent attirés par un petit carnet écorné, juste à côté de la lampe de lecture commune. Il se pencha en avant et saisit précautionneusement le carnet qui contenait 250 pages prénumérotées ainsi qu'une liasse de pages ajoutées et un certain nombre de disquettes de silicium, tout en prenant soin de ne pas le souiller du sang de son bandage à la main. Il l'ouvrit pour s'assurer de son propriétaire et lut le titre écrit sur la première page :

Carnet d'Erwin Helm.

Dossier Josch Helm.

Intrigué, les yeux plissés pour déchiffrer la fine écriture, il tourna la page et commença à lire ce qu'Erwin avait rédigé sur ce Josch Helm. Sans savoir quel degré de parenté existait entre Erwin et ce personnage, Efthimios découvrit des dates, écrites d'une main pressée, des notes qui, n'ayant aucune signification pour l'humble caporal Zaratis, semblaient aussi obscures que l'ambiance de la tente. Le Grec s'accroupit et alluma la lampe pour continuer de feuilleter le carnet, se sermonnant intérieurement pour cette curiosité, mais sans vraiment pouvoir se retenir de découvrir ce qu'écrivait ce soldat qui lui semblait hors du commun. Il lut alors un mot : Papa.

Josch Helm était donc le père d'Erwin ? Les dates pouvaient le confirmer, mais toutes concernaient 2025 à 2027. Peut-être son père avait-il quelque chose à voir, mais que Josch était le frère d'Erwin ? Pour s'en assurer, Zaratis lut des pages au hasard, de dizaines de pages en dizaines de pages. Progressivement, le texte prenait des allures de journal de bord, avec les dates d'écritures, presque journalières, qui concernaient l'arrivée d'Erwin dans l'armée, et de curieuses recherches, des rencontres.

Puis un mot glaça le sang du barbu.

Exécution.

Motif : haute trahison.

De qui parlaient ces mots si durs ? Ce Josch ? Était-ce l'exécuté ou le responsable ? Le texte était trop obscur pour parler. Mais Erwin, contre toute attente, semblait vouloir découvrir quelque chose sur cette exécution.

Le portable de Zaratis vibra. Fébrilement, il sonda sa veste de treillis à la recherche du téléphone. Il décrocha et reconnut la voix du gradé. Comment avait-il obtenu son numéro privé ? Était-ce même légal ?

« Oui, je viens de finir », mentit-il en jetant un coup d'œil sur son chrono-bracelet.

Il raccrocha et s'obligea à glisser le carnet dans le sac de Helm. Il saisit les paquetages, sac de couchage compris, et sortit récupérer la jeep. Il lança les sacs sur le siège passager et démarra en trombe. Il faudrait qu'il demande à Erwin si cette histoire avait un rapport avec cet étui qu'il avait reçu et qu'il contemplait de temps en temps dans sa solitude. Efthimios l'avait une fois surpris, sans rien dire, et s'était retiré sans qu'Erwin ne s'en rende compte. Greg lui avait parlé d'une Croix de Guerre pour avoir voulu sauver quelqu'un, mais qui ? Un amiral ? En tout cas quelqu'un de haut placé, pour recevoir une médaille sur le seul motif d'avoir sauvé cette personne. Erwin avait même ajouté à Greg qu'il n'avait presque rien fait. Juste ce qu'il avait à faire. Et si un amiral considérait qu'il avait sauvé quelqu'un, c'était que la chose était d'importance.

Mais dans l'instant présent, l'important, c'était de rejoindre ce gradé mystérieux qui arborait lui aussi les galons d'amiral et s'intéressait de près à son ami... et à ses effets personnels. Mais plus important encore, qu'Erwin survive à la prise de la centrale.

La porte métallique s'ouvrit d'un coup de botte. La dizaine de gardes tenta de se mettre à couvert, mais tous moururent sous le feu de la mitrailleuse lourde. Petros replia la crosse et s'introduisit avec les autres dans la salle pleine de fumée de cigarette. Enjambant les corps, Malovich prit le pas de course jusqu'à l'entrée suivante. De même, Erwin défonça la porte et Petros se précipita pour mitrailler.

Prévenus par la fusillade précédente, les militaires slavistes purent cette fois riposter. La puissance et la rage des Européens furent toutefois les plus fortes, et l'antichambre de la salle de contrôle secondaire fut prise en quelques instants.

« Ramassez les badges, gronda Erwin, rendu hargneux

325

par le stress. On y est presque.

— Chut, écoutez », intima Greg.

Des voix semblaient crier inintelligiblement derrière la seule porte qui les séparait du poste de contrôle informatique secondaire. Selon toute vraisemblance, la sécurité était concentrée dans une salle bien plus vaste qu'encerclaient Baltimore et Kossevitz. Ne restait plus qu'à surprendre les Slavistes en passant par les postes secondaires. Le chemin avait été long, tumultueux, et la liste de blessés légers s'allongeait. Mais pas d'autres morts. Il restait à Erwin neuf hommes valides.

« On ne comprend rien, marmonna un jeune, fougueux mais efficace, du nom de Floyd.

— C'est du dialecte slaviste, déclara sombrement Malovich. Ils gémissent qu'ils sont des civils, non armés, et implorent notre pitié, notre clémence, enfin, le mot ne peut pas vraiment être traduit. »

Erwin soupira en réfléchissant.

« Bon, on ouvre la porte, commença-t-il, mais pas de mitraillage. Compris, Petros ? »

L'autre hocha de la tête. Derrière son regard froid en apparence couvait un feu malsain.

« Pas de morts civils, insista Erwin, le front barré d'inquiétude au souvenir de ce pauvre homme avachi sur sa propre clôture. On est tous très clairs là-dessus. »

Hochements de têtes graves. Après une longue inspiration, Erwin fit coulisser le badge dans la rainure, sur le chambranle d'acier. Un bip résonna et la porte coulissa. Deux soldats y pénétrèrent, Famas à l'épaule en position de tir. Les autres se glissèrent dans la vaste pièce informatique. Une quinzaine d'hommes en combinaisons bleu-clair levait les bras, regroupée au fond de la pièce, contre un immense panneau à cristaux liquides qui indiquait une courbe graphique.

« On ne bouge plus, lança froidement Malovich en slaviste. Au moindre faux pas, nous n'hésiterons pas à nous défendre. Mais ne vous méprenez pas, nous ne sommes pas ici pour vous faire du mal.

— Pour quoi d'autre ? s'enquit un des techniciens.

— Qu'est-ce qu'il dit ?

— Vous le savez fort bien, répondit-il en slaviste avant de passer à l'européos. Il dit qu'ils se rendent.

— Demande-leur comment tout ça fonctionne, ordonna Erwin fermement. Il faut simplifier la tâche à Baltimore et l'autre bouffon. »

Le Slaviste s'adressa à nouveau à Petros, plus longuement.

« Erwin, je crois qu'on a une nouvelle priorité, fit Petros. Regarde ça. »

Le Slaviste, suite à une réponse de Petros, s'éloigna de son groupe et s'approcha d'une console, mis en joue par trois soldats européens à la mine mauvaise. Un écran changea de perspective, puis des images défilèrent à toute vitesse. Puis elles s'arrêtèrent sur une immense salle dans laquelle se trouvaient les titanesques bassins de la centrale nucléaire. Mais les bassins étaient vides d'eau. À la place, la salle était pleine à craquer. Remplie d'une foule immense. Incroyable !

« Merde, bredouilla Helm sous le choc. Combien ?

— Je ne sais pas, à vue de nez... je sais… Des milliers, beaucoup de milliers…

— Baltimore, où êtes-vous, on a un problème ! »

Quelques secondes de silence. Soudain, il répondit.

« Si vous voulez parler des dizaines et dizaines de milliers de civils qui s'entassent à s'étouffer dans la centrale, je suis au courant. Ils étaient là, alors, les habitants des banlieues... Vous avez un visuel ?

— Affirmatif. Regardez-moi ces travaux, ils ont tout modifié pour accueillir des réfugiés, ça n'a plus rien d'une centrale !

— Vous nous voyez ? »

En effet, sur l'image, une porte s'était ouverte dans

l'indifférence générale. Sur une passerelle, Baltimore observait la foule, dégoûté. Il se tourna vers ses soldats, en retrait, et ils s'éclipsèrent comme si de rien n'était.

« Ils pensaient peut-être que nous détruirions la centrale sans remarquer les civils pour nous accuser de crime contre l'Humanité, marmonna Kossevitz.

— Ça n'a pas empêché les généraux de raser Ternopil, remarqua Greg, corrosif. Heureusement que cette fois-là, les Slavistes n'avaient pas encore eu cette idée.

— Non, rétorqua Baltimore avec pragmatisme, je crois qu'en fait c'était le seul moyen de protéger les gens : ne pas les laisser sur notre route. Ils n'ont pas fait venir les habitants du centre parce qu'ils croyaient qu'ils nous stopperaient bien avant, je suppose, et la centrale faisait un bunker parfait. Quoi qu'il en soit, il faut contacter la Croix-Rouge de suite, décida-t-il fermement. Repli. »

Les hélicoptères du SAMU Militaire et de la Croix Rouge fondaient vers la centrale. Le ciel était parcouru d'avions, les camions arrivaient par colonnes depuis qu'Erwin et son groupe avaient désactivé tous les portails et systèmes de sécurité dans le poste de contrôle. Véhicules et sauveteurs se précipitaient vers le lieu où se trouvaient parquées dans des conditions à peine vivables plusieurs dizaines, peut-être centaines de milliers de civils Slavistes.

Erwin observait les gens qui s'affolaient devant l'entrée, préparant des brancards, des perfusions, du ravitaillement. Des médecins, chirurgiens, infirmiers, bénévoles, photographes de guerre…

Aucun militaire.

Tous se préparaient à partir dans une bataille colossale, dès que la centrale serait déclarée prise. Mais les travaux effectués à la va-vite pour protéger les civils l'avaient rendue inexploitable.

La centrale nucléaire de Lviv ne valait rien. Et pire encore, ces civils compliquaient sérieusement la situation.

La course effrénée, le mitraillage dans les couloirs nus et sombres de la centrale avaient été inutiles. Wallace et les autres étaient morts pour des queues de prunes, pensa amèrement Erwin qui s'approcha d'un Greg plus sérieux qu'à l'accoutumée.

« Tu penses à quoi ?

— À lui, répondit Grégory Mertti, les yeux braqués sur un corps en train de se faire emballer rapidement dans un sac de plastique blanc, froid, anonyme.

— Il est mort bêtement, avisa Greg. Comme Cyril.

— Cyril n'est pas mort, répondit Erwin en haussant le ton. J'ai croisé Yoann, tu sais, le brancardier, et il fait une recherche pour le retrouver... Il est dans la Croix-Rouge, il peut le retrouver facilement, puisqu'il a accès à toutes les listes...

— Il ne s'est pas montré depuis longtemps, rappela Greg, tête basse. Il ne reviendra pas, je le sais. Je ne l'ai même pas entendu nous appeler quand on a couru vers la banlieue de Lviv... Il était derrière nous sans qu'on s'en rende compte, mais il ne nous a pas rattrapés... Il est mort, il faut s'y faire, termina-t-il les larmes aux yeux.

— Ne désespère pas. Dès qu'on aura le droit d'évacuer le site de l'infiltration, je partirai à sa recherche. »

En effet, il fallait maintenant attendre que les commandos aient le droit de retourner au campement. Et la première chose qu'ils devraient faire, c'était une liste des morts et blessés, ainsi qu'un compte-rendu de l'opération. Erwin avait la nausée, rien qu'à penser au nombre de soldats tués pour ce seul résultat : rien. La centrale ne servirait pas à alimenter l'Europe en énergie ni son armée, sans compter que les États-Unis d'Europe se retrouvaient avec des milliers de réfugiés sur les bras, et surtout, l'Eurocorps avait son signal pour s'en aller combattre plus loin encore, et faire plus de victimes. Ce signal serait la conclusion du rapport d'Erwin, Baltimore et Kossevitz. Ces simples mots.

La centrale nucléaire de Lviv est prise.

D'ailleurs, Baltimore venait vers lui, le visage aussi fermé qu'avant l'opération. Il rejoignit Erwin, Greg, et tout le groupe rassemblé devant les conteneurs où ils avaient combattu avant de pénétrer le bâtiment et où se regroupaient les premiers Slavistes libérés de cet abominable tombeau.

« Signez ça, c'est le rapport officiel. »

Erwin lut attentivement le papier, posé sur une plaquette de bois, rédigé à la main et, une fois la lecture finie, observa Baltimore, croisant son regard.

« Ça a été dur pour nous aussi », dit le professionnel simplement après qu'Erwin ait signé le rapport d'une main tremblante.

Puis il s'éloigna pour faire signer le rapport à Kossevitz, qui avait perdu pas mal d'hommes, lui aussi. Son visage était marqué par le dégoût, et son uniforme imbibé de sang trahissait la férocité des combats qui l'avaient mené dans la salle de contrôle principale. Erwin réalisa que finalement, il n'avait pas été le seul à souffrir. Et Wallace pas le seul à mourir. Les autres aussi avaient de la peine, de la révulsion. Même côté slaviste.

« On peut rentrer, maintenant ? »

Greg s'impatientait à ses côtés.

« Oui, on peut y aller. Demande aux autres s'ils veulent rester dans le Bataillon Furie.

— Tu n'es même pas sûr que l'Eurocorps nous garde en tant que Bataillon Furie, Erwin… »

Helm baissa la tête. Oh si, qu'ils allaient les garder. Et probablement allaient-ils les exhiber comme des singes savants dans le *Federal Post* quand l'Eurocorps aurait besoin d'un coup de polish. Ses yeux embués de larmes, sa voix enrouée par la haine, il ajouta :

« C'est vrai, nous ne sommes rien. C'était juste pour la propagande.

— Regarde, y a Efthimios… »

Erwin leva ses yeux enflammés de rage et reconnut le

soldat barbu, blessé à la main. Il venait juste d'arriver, mais se tenait déjà adossé à la jeep Wrangler, le regard triste, sans doute à cause des nouvelles et du résultat de l'opération. Le moteur tournait encore.

« Efthi' !

— Il faut vraiment que tu me trouves un autre surnom », lui répondit-il faussement sardonique.

Le fougueux lieutenant était trop harassé par les combats récents qu'il ne perçut pas la fausseté de cette tentative d'humour. Pourtant le visage barbu de son camarade exprimait un embarras évident.

« Tu es venu nous chercher ? » insista Helm en accourant vers son ami, Greg sur les talons.

Ils le rejoignirent en quelques foulées, et cette fois, Erwin ne put que froncer les sourcils devant cette mine défaite.

« Moi non, répondit lentement le Grec. Lui. »

Erwin pesta une fois de plus. Assis côté passager, Efthimios et Greg à l'arrière, il observait l'amiral qui conduisait à vive allure, vraisemblablement en direction du tarmac provisoire installé dans les ruines encore chaudes de la banlieue de Lviv, presque entièrement rasée par les combats de blindés. De temps à autre, au milieu des débris, on distinguait une pale d'hélicoptère ou encore un réacteur de Furie. Et des corps par centaines, exposés sur des kilomètres autour de la ville. Pourtant l'Amiral qui n'avait pas eu la politesse de se présenter ne semblait pas dérangé outre mesure.

« Leurs pertes sont incroyables, dit le haut gradé pour engager la conversation.

— Pas les nôtres ? ricana Greg derrière Erwin.

— Où m'emmenez-vous ? demanda finalement Erwin d'un ton presque agressif. J'espère que ça n'a rien à voir avec…

— Josch ? termina le conducteur sous les yeux stupéfaits

d'un Efthimios qui avait du mal à ne pas se trahir. Pas du tout. Vous saviez que le colonel Andersen vous avait repéré pour représenter le soldat moyen de notre armée, il vous l'a dit, non ?

— Je lui avais répondu que la propagande fédérale n'était pas de mon ressort, riposta sèchement le lieutenant. Et je croyais avoir été clair sur ce sujet. Je me bats parce que c'est mon travail. On me paye pour défendre ma patrie, je le fais. Je ne veux pas être payé pour lui mentir.

— Tout de suite les grands mots… On va juste vous demander de poser avec le président des États-Unis d'Europe, lui serrer la main et raconter vos étonnants exploits. Vous appelez ça mentir aux gens ? »

Erwin resta muet. Il savait ce qui l'attendait.

« Ai-je le choix ?

— En fait… Non. Sinon, nous honorerons un martyr. Mais ça, il vous l'a déjà dit aussi. Et qui d'autre que vous sait le mieux qu'un mort peut encore avoir une certaine influence. »

Était-ce à cause de l'adrénaline, de la fatigue, de la colère, du stress ou simplement un manque total de contrôle sur soi, mais Erwin sortit son revolver pour le braquer sur la tempe de l'amiral qui ne remua pas un cil. Le temps sembla s'arrêter et son esprit rationnel fut balayé par un vent de folie. Toute sa rage contenue se déversait sans qu'il ne puisse réagir, comme dans un mauvais rêve.

« Je vous interdis ! »

L'amiral restait toujours immobile. Il freina lentement, se rangea méthodiquement puis arrêta le véhicule. Helm décida inconsciemment de vider le sac de sa frustration après des années d'enquêtes et de désillusions.

« Ne faites pas l'idiot comme lui…

— Il n'a rien fait ! s'égosilla Erwin dépassé par ses sentiments. Le tribunal militaire va rectifier son jugement ! Que ça plaise ou non aux corrompus qui l'ont fait fusiller !

— Ça, c'est vous qui le dites, rétorqua le gradé comme si

de rien n'était. »

Les deux soldats, à l'arrière, ne savaient pas comment réagir. Le malaise était aussi palpable que le stress d'Erwin dont le doigt frémissait sur la détente.

« Erwin, fais pas le con, dit seulement Zaratis, les yeux exorbités.

— Le lieutenant Helm ne tirera pas, lui répondit-il. Il sait ce qui l'attend dans le cas contraire. »

La réplique ramena Helm à la réalité comme une chute dans l'eau glacée. Il réalisa la portée de son geste entre deux frissons et rangea son arme après une longue hésitation. Ses yeux trahissaient son trouble alors qu'il réalisait ce que sa pulsion incontrôlable l'avait poussé à faire.

« Si vous refaites ça, ce sera dans votre dossier, lieutenant Helm. Et sera *également* considéré comme haute trahison.

— De quoi vous parlez ? fit Greg, les sourcils froncés.

— Rien, répondit Erwin, la rage au ventre et le visage en sueur. Excusez-moi je… je sors à peine de la centrale…

— Ne vous inquiétez pas, je suis passé par là aussi.

— Où ? lui demanda le lieutenant pour désamorcer la situation.

— La Crise Maghrébine en 2010, j'étais en Europex à Alexandrie pour protéger les intérêts africains contre les Arabes Unis… Sale période… »

Pour la première fois depuis leur rencontre, l'amiral qui ne lui avait même pas donné son nom laissait apparaître une émotion, tristesse mêlée de regrets. Dans les souvenirs du lieutenant, ce sujet était relativement tabou en cours d'Histoire… Ayant enfin l'impression de parler à un être humain, Erwin décida d'accepter. Du moins d'y mettre un peu plus de bonne volonté.

« Bon, OK, je les ferais vos photos.

— Ne pensez pas que j'attends de vous une chanson au coin du feu pour fêter ça. Je vous comprends, croyez-moi. »

Il sembla hésiter avant de poursuivre sur le ton de la

conversation.

« Vous savez, avant tout ça, je l'ai connu. »

Erwin releva les yeux et sembla sous le choc. Les choses se carambolaient dans sa tête.

« Vous êtes l'amiral Benz ? Celui qui était avec lui en Slavie ?

— C'est bien moi. Je ne peux rien dire sur lui en votre présence en ce qui concerne les chefs d'accusation, vous le savez.

— Vous pourriez m'aider à prouver qu'il n'a pas trahi ! Vous êtes au courant !

— Faites ce qu'on vous dit de faire et, alors, vous en saurez sûrement plus, coupa l'amiral avec un regard d'avertissement. Maintenant, plus un mot sur ce sujet. Et ne faites plus rien de stupide… de ce genre. »

« Tu sais de quoi ils parlaient ? demanda Greg pendant que la Furie Officielle s'éloignait dans le lointain et que la pluie recommençait à tomber.

— Non, avoua Efthimios sans trahir sa curiosité. Mais ça a l'air sérieux. Je n'avais jamais vu Erwin péter un plomb, avant.

— Moi non plus, acquiesça Greg, le regard sombre. Pas comme ça. »

Balder jeta un coup d'œil par la bulle de tirailleur. Cramponné au fauteuil de ce dernier, dans le poste arrière d'une Furie d'Assaut, il observait le paysage défiler en dessous de l'engin. Et les troupes qu'elle survolait.

« Il y en a tellement, murmura-t-il au tireur. Et tout ça en même temps… »

La contre-offensive était visible depuis le ciel, les colonnes de blindés sécurisant tous les grands axes de circulation. Les champs étaient scrupuleusement protégés pour éviter que les Slavistes n'emploient la fameuse politique de la terre brûlée. Balder n'aurait pas aimé être à la place des Slavistes sur la route de l'armée européenne, imaginant les récalcitrants regardant leur maison brûler, leur ferme... Évidemment, des exactions étaient prévisibles, mais Marc Dean n'en avait cure, il se contentait amplement de ne pas être impliqué et de pouvoir observer cette vague européenne depuis les airs.

Les bataillons de défenses slavistes présents n'avaient pour mission que d'étouffer une armée encerclée et sans ressources. Mais contre une masse hargneuse, ardente, aux munitions rechargées, la donne était sensiblement différente. La déroute gagnait les troupes slavistes, ce qui tendait lentement à prouver que la « taupe » au sein de l'Eurocorps se trouvait bien dans le Haut-Commandement. Et confirmait une infiltration importante des hautes sphères politiques et militaires des États-Unis d'Europe.

Balder, lui, ne se souciait pas de politique. Après ce qu'il avait vu à Ternopil, et avoir dû fuir après que le piège slaviste se soit refermé, puis appris le plan que les Slavistes de Lviv avaient monté avec les civils dans leur centrale nucléaire, il était prêt à raser la principauté entière, quel qu'en soit le prix. Si le pays n'avait pas autant de ressources exploitables, surtout en matière d'agriculture, Balder n'eut pas hésité à lancer une Bombe K sur la Slavie.

« Plus de Slavistes, et on n'en parle plus », aimait-il à répéter.

Le mot d'ordre de la plupart des troupes était : Kiev. Prendre Kiev, capitale de la principauté. Avec une attaque formidable réunissant les troupes prévues pour la Slavie et la Russie, la principauté de ce satané Zwiel ne résisterait pas longtemps. Des troupes partaient également vers Rovno ou Tchernovtsy. L'ancienne Hongrie avait été la première à subir les foudres des États-Unis d'Europe. Il y avait comme un parfum de revanche dans l'air teinté d'ironie. La Hongrie avait quitté l'Union Européenne pour ne pas se fédérer, jugeant l'orientation des E.U.E. trop radicale, trop militariste. Et aujourd'hui, les soldats européens ricanaient sous cape en constatant que ce choix allait s'avérer fatal : elle se trouvait du mauvais côté. Pourtant, Balder pouvait presque entendre la voix sévère d'Erwin lui glisser à l'oreille : « C'est peut-être le signe qu'au fond, ils n'avaient pas tort ». Cette impression lui gâchait un peu son plaisir alors qu'il entendait dans son casque le pilote qui se réjouissait ouvertement de leur progression phénoménale, moult commentaires et blagues slavophobes à l'appui. Balder l'aimait bien, c'était un chouette type un peu barré, dont le premier réflexe en apprenant qu'il partait piloter une Furie sur le front fut d'écrire son groupe sanguin sur son casque. On n'était jamais trop prudent, disait-il.

Et sa voix enjouée déblatérait les faits sans discontinuer avec un enthousiasme déconcertant. Dès que le télex du général Peterson était parvenu aux troupes stationnées dans les environs de Bratislava, elles avaient foncé vers Budapest, prestigieuse cité de Slavie. En huit heures, la partie proéminente de la principauté était pacifiée jusqu'à Debrecen, sans rencontrer suffisamment de résistance pour ralentir. Fait troublant, releva-t-il à plusieurs reprises, certaines populations semblaient même... leur préparer le terrain. Plus de 3 000 kilomètres carrés étaient pris à la Slavie en un temps record, et la logistique européenne ne pouvait en être la seule cause. La plupart des Furies d'Assaut avaient soutenu cette offensive pour que cette patte slaviste dans le ventre européen ne se referme pas sur les troupes en marche, comme Zwiel avait tenté de le faire une première fois. Pourtant les premiers rapports Euronet étaient formels, et il imagina à haute voix les Grands Amiraux du HCS se frottant les mains et se congratulant devant cet accueil inattendu mais bienvenu.

En ex-Ukraine, c'était un tout autre son de cloche. La résistance était plus importante, et ce certainement pour protéger la capitale d'où Ergovich Zwiel diffusait ses vidéos de propagande sur fond de *Hej Sloveni*. L'assaut avait démarré plus tard pour des raisons logistiques, mais l'avancée n'était pas compromise. Avec la technologie moderne, progresser en territoire ennemi était beaucoup plus facile.

Marc sentait les vibrations de la Furie à travers le rembourrage du siège. Il se tourna vers la verrière une dernière fois avant d'aller se boucler dans son harnais, dans la soute. Il se prit à penser à ses amis, Greg, Cyril et Erwin, bien meilleurs que lui, sans doute en parade dans les lignes arrière, à pavaner pour la propagande, pendant que les autres « mauvais » se coltinaient le travail harassant. La vie était tellement injuste dans des cas pareils. Les regrettait-il ? Oui, tout de même. Il regrettait les chamailleries et les soirées de beuverie, les blagues de Cyril et les longues nuits aux discussions sans fin avec Greg, il regrettait les amis qu'il avait connus avant ce rassemblement où on lui avait craché sa faiblesse à la figure, à lui Marc Dean. Les gens qu'il avait fuis, les « bons » qui allaient glaner des médailles et grimper les échelons sur son dos après cet appel funeste, sur la place d'armes, il ne souhaitait plus les voir.

George Peterson sourit de toutes ses dents. Il venait de recevoir confirmation. Bien sûr, la centrale n'offrait plus d'avantage stratégique, mais il ne restait pas de poche de résistance. Il pouvait aller de l'avant. Il saisit son télex et écrivit son message avant de préparer sa diffusion. Une voix l'interpella.

« Il va bientôt partir pour Berlin.

— Erwin Helm ? Parfait. Je n'aime pas que ça traîne ! D'ailleurs, je me prépare à lancer nos troupes, c'est un moment historique. Nous allons enfin avancer sans que l'ennemi puisse anticiper nos attaques. Ils vont découvrir notre stratégie changeante. Et nous vaincrons.

— Je crains le contraire, répliqua Eggton en ôtant sa casquette. Si vous lancez effectivement nos troupes sans en informer le président, nous risquons de tomber dans un conflit anarchique qui sera considéré comme un coup d'État. Une révolution. Préparez-vous à un blocage international. Nous n'aurons le soutien de personne si le président n'est pas capable de contenir ses propres troupes.

— Vous craignez une guerre totale ? »

Il transmit son télex d'une simple pression de l'index.

« Moi, j'aime assez les défis », ajouta-t-il.

Peterson savait qu'à l'instant même où il prononçait cette phrase plus de 80 000 soldats prêts au combat, soit 80 garnisons sur les milliers que comptait l'Europe, venaient de recevoir l'ordre d'avancer en Slavie en direction de Kiev. Deux cents Furies devaient décoller, 4 000 chars devaient se mettre en route, toute l'Europe devait trembler, car la guerre totale du général George Peterson venait de commencer.

Il ignorait cependant qu'à des centaines de kilomètres de là, la Russie Indépendante venait d'entamer sa contre-offensive à l'instant où l'Europe se lançait dans la mauvaise direction.

# MOUVEMENT 2

# Épilogue

Berlin. 14 septembre 2033 au matin.

« Monsieur Helm ? »

Le silence régnait dans la petite mais coquette chambre d'hôtel. L'ambiance feutrée du salon s'harmonisait avec les couleurs des tissus dans la chambre à coucher. Celle où, justement, se trouvait Erwin Helm. Mais il n'entendait pas le majordome à l'accent allemand très prononcé.

« Monsieur Helm ? reprit la voix distinguée derrière la porte.

— Laissez, répondit une seconde voix, plus sourde, de l'autre côté du bois. Laissez-le se reposer encore un peu. »

Et pour Erwin, ce n'était pas du luxe. Après un vol de plusieurs heures dans une Furie réaménagée pour des besoins plus protocolaires que le combat, il avait débarqué à Berlin, exténué et totalement désorienté. La tête continuait de bourdonner, mais les mains n'étaient plus glaciales. Dans la plus grande discrétion, il avait rejoint une chambre dans un hôtel plus surveillé que la frontière européo-slaviste. Une longue douche l'avait partiellement libéré de la crasse, de l'odeur de la fumée et du sang séché. Mais le malaise d'avoir laissé derrière lui ses amis avec un simple au revoir, et ses hommes sans même un mot, ne le quittait pas. Alors qu'il avait à peine commencé à se sentir enfin entouré, il était une fois de plus arraché à cette normalité. Curieuse idée de la normalité, certes, mais finalement, dans le maelström de la guerre, où il suffisait de suivre les ordres et rester en vie, son existence lui semblait enfin tellement simple, limpide. C'était lui et ses camarades, vivant chichement mais vivant. Vivant !

Sur la chaise, près du lit, l'uniforme froissé et puant était roulé en boule. Gisant à côté du ceinturon et de son arme de poing, ainsi que le bâton électrique qui avait tué Heinemann, que Greg avait récupéré et lui avait confié. En se penchant vers lui discrètement, il lui avait fait part de ce qu'il croyait possible d'arriver, lorsqu'on entrait dans le monde politique. Et une arme de défense qui n'était pas mortelle du premier coup était ce dont Erwin risquait d'avoir besoin, selon Mertti.

Erwin n'avait que très peu parlé, durant le vol. Ayant enfin la possibilité de relâcher la pression, il s'était assoupi, se réveillant une heure plus tard avec le sentiment coupable de profiter du sommeil sur le dos de ses camarades. Mais plus grande était son appréhension de servir la propagande. Cela le répugnait assez, surtout en pensant à l'utilité que les États-Unis d'Europe faisaient des symboles. Des bons comme des mauvais.

Il ouvrit les paupières et sentit ses sens se réveiller. Son toucher, avec les draps moelleux et chauds, doux comme une caresse. L'ouïe, soulagée des explosions et des rafales pour les remplacer par un violent acouphène. Plus à l'aise après s'être brossé les dents, il n'avait plus cette haleine fétide. L'odorat. Le parfum des couvertures, propres, lessivées. Ces yeux fixèrent l'ordre de la pièce, les meubles propres, les rideaux impeccables, les bibelots inutiles mais rassurants.

Pourtant une pensée lui traversa l'esprit. Que faisaient en ce moment Greg, Petros, les frères Tardel, Efthimios, Gayans ? Klaus ? Joffrey ?

*Ils souffrent.*

Arraché au plaisir par cette vision atroce, il se redressa en sursaut, la sueur au front. Sa place n'était pas ici, dans ces draps moelleux. Les autres avaient confiance en lui et feraient n'importe quoi pour lui. Mais au lieu de les soutenir, il dormait paisiblement dans des draps de luxe ? Que dirait Grégory en le voyant ainsi, tel un pacha ? Ou

340

Cyril… Cette fois c'en fut trop. L'image d'Engström souffrant le martyre sur une civière, ou pire, la même image, mais Cyril ne souffrant plus…

Il saisit fébrilement le combiné de téléphone posé sur la table de chevet.

« Dites-leur que je vais descendre tout de suite. »

Une demi-heure plus tard, Erwin lisait les nouvelles, accoudé au bois d'ébène du minibar. Une musique calme donnait à la pièce l'ambiance feutrée et reposante des hôtels berlinois. À ses côtés, l'amiral Benz dégustait le café le plus serré qu'il eut été possible d'obtenir dans toute la ville. Les civils ne leur prêtaient pas attention, les militaires étant soigneusement évités depuis Lviv, et le doux brouhaha des discussions de bar fredonnait une lancinante rengaine aux oreilles des deux hommes en uniforme.

Il venait de retrouver l'amiral Benz avant, savait-il, de rejoindre le lieu de la conférence de presse qui ferait de lui un héros éphémère. D'ici là, il aurait le temps d'effectuer le service que lui avait discrètement demandé Greg. Par chance, Erwin n'avait pas été fouillé. Pas encore, du moins.

« Vous êtes bien reposé ? »

Erwin leva distraitement les yeux de l'*Europœn Tribune* pour dévisager Benz.

« Il n'y a rien sur la guerre en Slavie, dans ce journal.

— C'est l'édition du matin, elle ne peut pas encore tenir compte de l'avancée surprise de la nuit, lieutenant Helm.

— Soit, fit-il négligemment, nous achèterons l'édition du soir !

— Nous avons plus urgent à l'ordre du jour que le planning des magazines *people*, lieutenant ! Vous ferez des interventions officielles – télé, papier, Euronet, tout le bazar. Nous vous donnerons une feuille où seront indiquées les réponses à éviter, les questions pièges classiques, etc. Vous verrez, ce sera très simple. »

Le silence retomba quelques lourdes secondes, puis

341

Erwin se lança.

« Et pour Josch ?

— Quoi, Josch ? fit l'autre, visiblement troublé.

— Oui, insista tout de même le lieutenant. Vous l'avez connu, et étiez avec lui en Slavie. Pourquoi ne pas avoir témoigné en sa faveur, pour lui éviter l'inculpation. »

Erwin, les dents serrées, observa minutieusement tous les tics nerveux qui révélèrent la tension de l'amiral. Ce dernier leva un sourcil et s'octroya un sourire faux.

« Qu'est-ce qui vous fait croire, *lieutenant*, que je ne l'ai pas fait...

— Le rapport du capitaine Holly l'affirme, attaqua Erwin en se penchant en avant. Vous avez même accrédité la thèse de la trahison avant de vous rétracter, juste histoire de paraître le moins crédible possible et laisser planer le doute, je suppose !

— Lieutenant, reprit l'amiral en haussant le ton, il me semble que vous vous adressez à un officier supérieur, je pourrais vous blâmer pour ce comportement !

— J'ai raison, vous avez menti ! poursuivit-il sans plus tenir compte des avertissements. Et j'ai des preuves !

— Reprenez-vous, Helm, je crois gronder mon fils de douze ans ! »

Erwin encaissa la répartie. Lui qui était habitué à son piédestal de chef de chambrée parfait venait de se faire rappeler son incapacité à rester calme au moment opportun. Fâché contre lui-même de s'emporter comme un enfant, il inspira profondément, déterminé à adopter un ton plus adulte. Pourtant, pas question de laisser cette douche froide lui souffler le seul avantage qu'il avait sur Douglas Benz :

« Ne noyez pas le poisson avec votre petite famille, le rapport indique pas mal de choses sur vous... »

En instant sur le mot « rapport », Helm avait touché la corde sensible, et il le savait.

« Ce... *rapport*... dont vous parlez ? Il n'est pas officiel ?

— Non, mais cela lui confère une partialité peut-être plus intéressante que celui que vous avez vous-même paraphé, ne croyez-vous pas ? Holly était un ami de Josch Helm, au même titre que vous, à ceci près que lui ne l'a pas trahi.

— Vous présumez trop, *jeune* homme. De plus le dossier est bouclé, je n'ai rien de plus à vous dire. »

Il fit mine de se lever pour sortir. Erwin resta assis, presque par caprice. Il avait réellement cru que mettre la pression sur Benz avec le dossier de Holly lui permettrait d'arracher quelque chose. Il n'aurait pas su dire quoi, mais au point où il en était, il aurait bien accepté un blâme et des jours d'arrêt pour insubordination, si seulement ils avaient pu lui donner quelques indices de plus...

« Je ne sors pas sans que vous m'ayez dit pourquoi ! »

Benz venait de comprendre pourquoi son jeune interlocuteur le harcelait au mépris de l'étiquette et le provoquait sans vergogne. Étrangement, ce ne fut pas un sourire cynique ou méprisant qui étira ses lèvres fines, mais plutôt le fantôme amer d'un souvenir lointain. Comme s'il revivait par une cruelle ironie un moment de sa vie qu'il aurait souhaité oublier à jamais.

« Ne pensez pas que vous soyez irremplaçable, il y a plein de bons soldats en Slavie... »

Sa menace manquait cruellement de conviction. Non pas qu'elle soit vide de sens, Erwin était bien conscient qu'elle était à prendre avec le plus total sérieux. Non, c'était autre chose... Une lassitude, dans la voix de l'amiral, une tristesse qui transformait presque l'intimidation en avertissement amical.

« C'est vous qui me forcez à venir ici au lieu de faire mon devoir, rétorqua Helm, soudain désarçonné par ce revirement de situation. Si ça ne tenait qu'à moi, je retournerais auprès de mes amis pour les soutenir ! »

Benz hocha de la tête, ses yeux trahissant plus vivement ce que son sourire laissait déjà entendre. Douglas aurait aimé lui dire à quel point il ressemblait à Josch en cet instant précis. Et à quel point il s'en désolait. Néanmoins, il savait qu'il valait mieux n'en rien dire, ne pas l'encourager. Tout ce qu'il pouvait se permettre, c'était un conseil d'ami. Oui, d'ami... Un conseil que Josch lui-même lui avait asséné lorsqu'il avait essayé de le convaincre que ce qu'il faisait était juste :

« Un homme nommé Jean de la Varende a dit un jour : le plus difficile n'est pas de faire son devoir... »

Il commença à s'éloigner, le cœur lourd en réentendant la dernière phrase que lui avait adressé Josch Helm, et ne l'avait plus quitté depuis. Surtout pas le jour de l'exécution.

« ... mais de savoir où il se place. »

Quelques heures plus tard.

Le téléphone était sur vibreur, mais Emma sursauta tout de même, tirée de sa torpeur rêveuse. Dans son petit appartement de fonction, la climatisation diffusait un air tiède délicieusement agréable. Le café était froid à présent, elle regarda sa montre et vit qu'elle s'était assoupie deux heures. La télévision tournait toujours, la énième rediffusion d'une série européenne dont elle pouvait presque jurer avoir vu tous les épisodes. Deux fois.

« Cardin.

— Emma, c'est Gonzalez. Désolé de te déranger pendant ton jour de congé, mais j'ai un autre service à te demander. »

La jeune femme s'était levée et alla s'observer dans le miroir. Le teint terne, elle faisait peur à voir. Elle semblait encore plus fatiguée que ses jours de travail ! Emma se passa une main sur le visage en bâillant.

« Je ne suis plus bonne à rien aujourd'hui, chef, plaisanta-t-elle doucement.

— Ne t'inquiète pas, c'est pour demain. »

*Qu'est-ce que ça change...*

« On a un militaire prévu pour une série de conf', tu

serais disponible pour l'encadrer ?

— Nicolaj peut le faire, il s'ennuie à mourir, répondit-elle la voix étouffée. Et les militaires, c'est pas mon rayon, les petits moutons soldats bons à tout faire me donnent des allergies. »

La voix de son supérieur sembla hésiter au bout du téléphone. Habituée à l'entendre donner ses ordres à la volée dans les couloirs, cette attitude lui paraissait étrangement décalée. Après sa drôle d'expérience avec Michael Kith, c'était à croire que tout le monde autour d'elle s'était concerté pour agir exactement comme elle ne s'y attendait pas. C'était assez perturbant.

« Justement, ça éviterait que... »

Emma attendit, mais les mots ne venaient pas aux lèvres de son chef.

« Écoute, c'est compliqué, mais on m'a demandé de te mettre sur le coup...

— Il y a quelques mois, j'étais une pestiférée et aujourd'hui on m'appelle en congé ? »

Aussitôt qu'elle eut fini sa phrase, la jeune femme se mordit la lèvre inférieure. La fatigue déliait trop souvent sa langue et elle se rendit compte de l'énormité de sa réflexion. Après tout, comme Nicolaj essayait de lui faire entrer dans le crâne, elle était déjà sur la pente ascendante depuis un moment, maintenant. Il fallait qu'elle aille de l'avant.

« Désolée, murmura-t-elle. Chef, je suis vraiment...

— Il faut que ça soit toi, l'interrompit-il plus sèchement. On m'a appelé, ça vient d'en haut. Pose pas de question. »

Ce qu'elle ne savait pas c'était que Gonzalez lui-même s'en posait un tas. Assis derrière son ordinateur portable, l'homme se tortillait d'embarras, l'esprit rempli d'inconnues. Un coup de fil du bureau présidentiel, et une simple requête, nette et précise : « La fille qui enquêtait sur Trovich doit chaperonner Erwin Helm, c'est un ordre. » Pourquoi ? Dans quel but ? Le chef du département de censure peinait à dissimuler sa curiosité derrière sa voix autoritaire. Son anxiété aussi.

« Prends un cachet, dors toute la journée jusqu'au matin s'il le faut, mais j'ai besoin de toi, demain. Je te mail les détails. »

Il raccrocha. Emma soupira et se morigéna pour sa sottise. Elle jeta son téléphone sur le petit canapé drapé de rouge et se laissa tomber sur le pouf devant la petite table en verre. Pourquoi tout son univers se comportait-il si étrangement ces derniers temps ? Qu'il était confortable, parfois, d'avoir une routine où tout était toujours prévisible et attendu, sans risque et sans danger.

Et sans avenir. Sans progrès. Cette perspective de stagnation lui agrippa la gorge et balaya tous ses doutes en un clin d'œil. Les choses changeaient autour d'elle, et elle allait s'adapter. Hors de question de rester sur le carreau pendant que le monde continuait de tourner. Demain, et même si cela ne l'enchantait pas, elle se lèverait de bonne heure et irait encadrer ce soldat inconnu, tout ça sans se demander pourquoi. Les réponses viendraient d'elles-mêmes, inutile se triturer les méninges inutilement. Avec la guerre qui venait de commencer, encadrer un militaire serait un dossier sensible, et qui plus est, on venait de la recommander pour ce boulot. Elle qui voulait toujours qu'on reconnaisse son mérite, on lui en offrait une belle occasion. Elle ne comptait pas la laisser filer.

« Faut savoir ce que tu veux, ma belle. »

La tonalité sonna longtemps avant qu'enfin Carolis ne décroche le combiné. Michael tremblait, ses mains étaient moites et ses yeux rougis par la fatigue, l'excitation et la peur. Sa respiration lui était pénible mais il se sentait... un autre homme. Pas foncièrement, il restait Michael Kith. Mais pour la première fois depuis bien des années, il se sentait prêt à être libre.

« Carolis ?

— C'est moi, dit-il seulement, la gorge serrée.

346

— Je ne peux pas te parler longtemps, Mike, s'excusa-t-elle, baissant visiblement la voix pour rester discrète.

— Tu... n'es pas seule ?

— Non.

— Ah...

— Ce n'est pas du tout ce que tu crois... Qu'est-ce que tu veux ? le pressa-t-elle, sans agressivité cependant.

— Je l'ai fait. »

Il avait lâché ses mots tout à trac, comme une bombe. Ils jaillissaient de sa bouche comme de la grenaille, le libérant du poids insoutenable qui l'écrasait depuis des jours. Pourtant, la jeune femme ne semblait pas comprendre la portée de ses paroles.

« De quoi tu parles, Michael ?

— L'article. Sur vous, sur Père Manfred, je l'ai fait. »

Le silence qui s'en suivit fut éloquent. On pouvait presque entendre leurs battements de cœur en simultané à chaque bout de la ligne.

« Un ami à moi au *Federal Post Journal* va s'assurer que ça soit dans l'édition du soir en échange de l'exclusivité d'une interview du Ministre de la Défense et de la Guerre que j'ai décrochée auprès du Ministère de l'Information. Ils impriment ça dans quelques heures. Nad... Carolis, je vais publier sur vous. Je l'ai fait. »

Kith n'avait pas encore vraiment réfléchi à ce qu'il attendait, à ce qu'il pouvait espérer. Il ne s'attendait à rien de particulier, car il avait été trop occupé à se morfondre, puis boire, puis écrire comme jamais encore il n'avait écrit. Ces deux derniers jours n'avaient été qu'une enfilade interminable d'heures passées devant l'écran à taper, retaper, retravailler, encore et encore. Maintenant qu'il avouait à Carolis s'être engagé et avoir pris un tel risque, il commença à espérer un remerciement, pour commencer. La déception fut à la hauteur de son travail.

« C'est trop tard, Michael. »

Choc. Il dut s'y reprendre à deux fois pour déglutir. Le

journaliste resta coi, l'angoisse que trop familière déchirant le voile de l'euphorie. Comment ça trop tard ?

« Père Manfred a été incarcéré dans une prison fédérale de haute sécurité en attendant un procès tronqué. Ils ont ratissé tout Charlottenburg pour faire une rafle. Ils ont eu plusieurs de nos amis.

— Je… je suis désolé mais…

— Ils nous ont poussés à la révolte, poursuivit-elle comme une litanie emplie de colère. Ils nous traquent comme des bêtes. Ça ne pouvait plus durer. »

Kith respirait difficilement en comprenant ce que son ex-amie lui avouait à demi-mot.

« Ce n'est pas ce que Père Manfred voulait, avança-t-il en sentant le danger surgir d'un coin où il ne l'attendait pas. Il espérait éviter la violence !

— S'il n'est plus là aujourd'hui, c'est peut-être le signe qu'il s'est trompé, riposta-t-elle avec véhémence. Si tu étais si enclin à le suivre, pourquoi tu n'as pas écrit cet article quand il te l'a demandé ! »

La panique se mêlait à la culpabilité alors que Michael réalisait ce qui se déroulait sous ses yeux. La disparition de Manfred allait donner de l'eau au moulin des radicaux qui s'en serviraient de martyr, trahissant tout ce en quoi ce brave homme croyait… Et son article à la gloire du prêcheur allait leur servir de carburant pour attiser sympathie à leur cause et haine du gouvernement. Il venait de leur offrir un outil de propagande sur mesure. Sans même s'en rendre compte.

« Vous… vous ne pouvez pas faire ça ! s'insurgea-t-il en comprenant qu'il participait à un désastre.

— C'est en cours, Michael, ça va arriver. Personne ne peut plus rien y changer. Très bientôt, les États-Unis d'Europe réaliseront que nous ne sommes pas quelques contestataires isolés, mais une vraie force de révolte populaire. Nous frapperons au cœur.

— Nadja, tu peux pas me faire ça !

— Adieu. »

Elle raccrocha. Michael Kith resta un instant tétanisé, le combiné bipant inutilement dans son oreille. Les défédératistes s'apprêtaient à sortir en force, et son article tomberait à point nommé. Ce qui en temps normal était suffisant pour le mettre en prison serait peut-être synonyme pour lui de bien pire. Pour la première fois de sa vie qu'il tentait quelque chose de constructif, il venait de faire exactement le contraire. Il venait de jouer les agitateurs à son insu. La voix d'Emma Cardin susurra à son oreille. « Jeter de l'huile sur le feu ne provoquerait pas un débat mais des émeutes »... Kith savait qu'elle avait raison. Il avait définitivement et totalement échoué.

Et les États-Unis d'Europe allaient bientôt en payer le prix.

*À suivre...*

# REMERCIEMENTS

Mes plus chaleureux et plus sincères remerciements à mon Bataillon Furie à moi, Kevin, Nicolas et Arnaud, qui ont permis à l'univers de se développer et de devenir ce qu'il est aujourd'hui, à savoir ce livre, là, entre vos mains. Merci pour vos encouragements et votre soutien !

Merci aussi à ceux qui suivent l'aventure depuis pas mal d'années maintenant, de ma famille à mes amis, qu'ils aient lu l'une des trop nombreuses versions ou pas. Je sais que beaucoup n'osaient plus croire mais ça y est, on y est, il m'a juste fallu un peu de temps.

Mention spéciale à Ludovic pour ses conseils avisés et son soutien quand il le fallait, et à Karoline pour son excellent travail et sa patience. Merci beaucoup, sans vous la sortie de ce tome aurait été bien différente…

Et merci à toi, lecteur !

Contact : florent.lenhardt@hotmail.fr

En savoir plus : http://europaen-tribune.blogspot.fr

Printed in Great Britain
by Amazon